西南大学重大科研专项项目"当代翻译文学的解殖民与中国文化自信力的提升"（SWU1709732）资助成果。

重庆市作家协会文艺创作项目资助成果。

抗战大后方
社团翻译文学研究

熊辉 等 ◎ 著

中国社会科学出版社

图书在版编目（CIP）数据

抗战大后方社团翻译文学研究/熊辉等著．—北京：
中国社会科学出版社，2018.9
ISBN 978 - 7 - 5203 - 2972 - 9

Ⅰ.①抗…　Ⅱ.①熊…　Ⅲ.①中国文学—现代文学—
文学翻译—研究②抗战文艺研究—中国　Ⅳ.①I046②I206.6

中国版本图书馆 CIP 数据核字（2018）第 180355 号

出 版 人	赵剑英
责任编辑	郭晓鸿
特约编辑	席建海
责任校对	冯英爽
责任印制	戴　宽

出　　版	中国社会科学出版社
社　　址	北京鼓楼西大街甲 158 号
邮　　编	100720
网　　址	http://www.csspw.cn
发 行 部	010 - 84083685
门 市 部	010 - 84029450
经　　销	新华书店及其他书店

印　　刷	北京明恒达印务有限公司
装　　订	廊坊市广阳区广增装订厂
版　　次	2018 年 9 月第 1 版
印　　次	2018 年 9 月第 1 次印刷

开　　本	710×1000　1/16
印　　张	20.5
插　　页	2
字　　数	251 千字
定　　价	88.00 元

凡购买中国社会科学出版社图书，如有质量问题请与本社营销中心联系调换
电话：010 - 84083683

目　　录

绪　　论

一　研究对象及价值

如何界定文学社团？抗战大后方究竟包括哪些重要的文学社团？
这些文学社团的翻译活动和文学译介有什么研究价值？应该如何去
研究抗战大后方社团的翻译活动？对这些问题的界定与回答是本课
题得以展开的基础。

既然是研究抗战大后方社团的翻译文学，那就得厘清什么是社
团。长期以来，人们将文学社团的讨论与文学流派捆绑在一起，这
种做法自然有较多的合理因素，毕竟每个文学社团都有相对统一的
创作主张和相对稳定的创作风格，这样就易于形成一个文学流派；
同时，具有相同创作风格的某些流派很容易积聚起一批作家，组建
成稳定的文学社团。而实际上，文学社团和文学流派之间存在很大
的差异，朱寿桐先生曾对二者加以如下甄别："人们将文学社团和文
学流派并称，或许是因为它们都是一定的集合体，不过文学社团是
文人的集合体，文学流派是风格的集合体，其差异性不容忽略，随
便将这两个现象加以并称，反映了我们学术上的粗疏。更重要的是，
这样的并称往往导致人们认识上的如此误区：一定的文学社团必然

对应于一定的文学流派，正像人们认定文学研究会是现实主义的，而创造社必然是浪漫主义的一样。"① 文学社团和文学流派既相区别又相重合，按着这样的思路，我们就可以将具有不同创作风格的文人群体界定为社团。比如抗战大后方的西南联大作家群，它就是一个汇聚了各种创作风格的文人组成的社团；又比如"战国策派"，其成员虽然没有形成统一的创作主张和风格，但因为是文人结社性质的团体，仍然可以将之视为一个社团；此外，"中华全国文艺界抗敌协会""七月派""中苏文化协会"等，都可以根据它们是文人的集合体而视之为社团。虽然这些团体不全是文学社团，但它们无疑都参与了中国抗战文学的建设，并且有自己的文艺主张和文艺思想，翻译了大量的外国文学作品，是与文学相关的社团。因此，本课题主要探讨这些文学社团的翻译活动与文学译介，从翻译文学的角度重新认识抗战社团与抗战文学的关系，同时研究各社团内部文学翻译的差异与共性。

文学社团是抗战大后方丰富文学活动的载体，而外国文学对社团创作的影响又是通过翻译的中介活动来实现的。在本课题看来，没有大后方文学社团的办刊热情和创作经验，我们今天很难见到蔚为壮观的大后方抗战文学图景，很多优秀的抗战文学作品也会因为阵地的缺乏而难以和读者见面，更难以从历史的风尘中保留下来。与此同时，翻译文学是大后方文学社团创作活动的重要构成部分，也是其创作的重要资源，但对大后方社团文学产生实质性影响的是翻译文学。因此，本课题的研究主要集中在社团的翻译文学上。中国人吸收西方文学营养的途径主要有三种：阅读外文原文、阅读翻

---

① 朱寿桐：《中国现代社团文学史》，人民文学出版社 2004 年版，第 2 页。

译作品、接受外国文学教育。清末民初，尽管接受西式教育的人数比先前有了较大幅度的增长，但国内擅长外语并精通翻译的人依然不多，所以大多数国人只有通过阅读翻译作品来了解并认知外国文学。有学者在谈论中国近代以来接触西学的普遍情形时说："严复是当时寥寥无几的翻译大师之一，他的教育背景和对西学的理解程度几乎无人能及，所以不具有普遍意义。而刘师培对西学较严复为肤浅的理解，却恰好代表了当时多数士子接受西学的程度，因为他们与刘氏一样，既不通外文，又受过多年中国旧式教育，差不多有共同的知识基础。"① 即便到了五四时期，刘师培接受西学的方式仍然具有普遍意义，即外国文学对中国作家的影响主要是通过阅读翻译文学来实现的，像五四一代能读懂外语原文的诗人，比如胡适、郭沫若、冰心、李金发、徐志摩、闻一多等翻译的外国诗歌在审美上造成的新奇效果诱发了多数不懂外文的读者对翻译文学的模仿，这种模仿型的创作最终促成了外国文学对中国文学的深远影响。抗战时期，世界反法西斯运动以及反战文学的发展成为中国抗战文学的重要借鉴资源，文学社团的翻译活动带动了其创作的发展。而对于大多数中国人来说，他们通过阅读翻译文学来获得对外国抗战文学的认知，鼓舞了他们同日本侵略者殊死斗争的勇气。也正是从这个意义上讲，大后方社团的翻译文学给译者和读者的情感带来了潜移默化的感染，丰富并提升了中国的抗战文学。

从已有的研究看，人们往往注重从创作的角度来讨论社团，将大后方文学社团的发展演变过程置于翻译文化语境中来加以考察的成果并不多见，也没有专门的著作问世。而实际情况却是，大后方

---

① 李帆：《刘师培与中西学术——以其中西交融之学和学术史研究为核心》，北京师范大学出版社 2003 年版，第 109—110 页。

社团的文学创作与外国文学的翻译一脉相承，所以本课题研究社团的翻译文学就具有开创意义和学术价值。周作人曾在《中国新文学的源流》中指出："由于西洋思想的输入，人们对于政治、经济、道德等的观念，和对于人生、社会的见解，都和从前不同了。应用这新的观点去观察一切，遂对一切问题又都有了新的意见要说要写。然而旧的皮囊盛不下新的东西，新的思想必须用新的文体以传达出来，因而便非用白话不可。"① 正是思想内容的转变呼求着文体的变化，政治意识形态分割后的文学话语环境对外国文学的翻译形成了不可逆转的影响，外国的抗战文学和民族意识浓厚的作品得到了大量的翻译，而译文则多采用了浅显易懂的语言形式，目的是传递出外国文学作品的抗争精神，激发中国人民的抗日情绪。不管形式如何，每一时期的文学都会相应地承载并表达出它所属时代的情感内容，中国文学在漫长的历史道路上充分表现了各个时代的精神特征，只是到了近代，新思想的引入才对其提出了形式革新的要求。翻译文学在抗战时期的文艺期刊中占有一席之地，在抗战文学中也构成了一定规模。但是文学翻译也像文学创作一样，受译者自身的文化环境、文学观念等因素制约，抗战时期的翻译文学译介就凸显出了抗战的时代特性。此外，不同的文艺方针和意识形态也会导致翻译文学负载不同的文化。从刊物的意识形态入手，去探讨翻译文学背后所蕴含的时代文学意蕴和政治倾向，将更有助于理解抗战时期的文化特质。所以，探讨大后方社团的翻译文学及其对中国抗战文学语境的顺应更具针对性和价值。

　　将抗战大后方文学社团的翻译文学作为研究对象，不仅仅是为

---

① 周作人：《中国新文学的源流》，河北教育出版社 2002 年版，第 58—59 页。

了廓清抗战大后方的文学社团及其翻译作品的基本面貌，也是为了通过具体而微观的研究开掘出更加丰富的研究内容和更加开阔的研究空间。文学翻译是一项文化交流活动，翻译文学作为其成果就成了文化交流的必要中介。考察抗战大后方社团的翻译文学，有助于了解这一时期中外文化和文学交流的基本情况，进一步理解当时文学社团的创作活动及文学旨趣，从社会需要的角度为我们今天的文学翻译活动提供诸多的参考和实践经验。同时，文学翻译通过引入外国文化为民族文学的发展带来清新之风；通过消除语言隔膜让译语国读者领会异国文化风情和精髓，进而在宏大的文化比较视野中体认到本民族文化的发展路向。抗战时期社团的翻译文学不仅顺应了自身的创作主张，而且满足了全民族抗战时期的文学需求，奠定了苏俄文学在现代文学中的特殊地位；改变了中国现代文学的语言和表达方式，使之染上了浓厚的欧化（准确地讲是外化）色彩；促进了早期中国现代文学文体的发展演变。此外，抗战大后方社团翻译文学既以"他者"的身份通过外部影响来促进民族文学的发展，又以民族文学构成要素的身份直接参与了大后方文学的建构。因此，大后方文学社团的翻译文学对中国社会和现代文学的积极影响毋庸置疑，研究该时期的文学翻译活动以及翻译文学文本就具有深刻的理论意义和实践意义。

研究抗战大后方社团翻译文学，将丰富抗战时期文学社团的研究内容和视角。抗战大后方社团翻译文学是中国抗战文学地图上不可或缺的构成要素。本课题立意发掘其文学性、历史价值和社会影响等内容，从翻译文学之镜中窥见抗战文学及社团文学被遮蔽的一些属性。研究抗战大后方社团翻译文学的文学性和文学史价值，将突破"启蒙""革命"和"言志"的阐释体系，超越"传统/现代"

或"域外/境内"的二元研究模式，展示抗战大后方社团翻译文学以及抗战文学发展的基本轨迹与本真面貌。本课题将深化对抗战大后方社团及其翻译文学的阶段性认识，揭示在不同阶段、不同的社团内部重要作家与译者的社会意识、精神世界、战争心理，以及翻译选择与中国抗战文学之间极为密切的各种潜隐关系。展示抗战时期文学社团、翻译文学与中国抗战文学之间多元的"融合"空间，探讨不同阶段的语境对翻译文学的诉求或翻译文学对中国抗战文学不可规避的影响，从而阐明翻译文学对抗战文学影响的合法性以及二者不可辩驳的艺术和现实关联。

从具体的翻译现象和翻译文本出发，拓展出抗战大后方社团研究的有效空间。通过查阅大量的文献资料，本课题负责人整理出大量抗战大后方的翻译文学作品，而现有的大后方翻译文学大都被"进步"的苏俄翻译文学遮蔽，研究成果主要集中在苏联文学、莎士比亚戏剧等方面，对其丰富性的还原必将赋予本课题更为开阔的研究空间。在整体描述各国文学翻译概况的同时，应注意考察它们多元的复合型关系，应说明各社团文学的译介与20世纪20—30年代的承传与积淀关系，以敞亮抗战时期的翻译与先前相比在主题和艺术上的差异，并找到抗战时期的文学社团与五四时期文学社团的融合与超越。在论述抗战语境对社团翻译文学的诉求以及对中国抗战文学的意义时，应思考社团翻译文学与创作之间深刻的文化关联及共同承载的文学使命，应厘清二者潜隐或显现的关系纠葛，不断澄清社团翻译文学与中国抗战文学和抗战现实之顺向和逆向关系。在注重翻译文学文本研究的同时应注意引入文化研究，这是本课题研究的重点内容，涉及抗战大后方翻译文学文体形式、精神内容的特殊性以及它对中国文学的影响和建构；涉及抗战大后方社团翻译文学的出版、传播和社会影响；涉及抗战大后方社团翻译文学在翻译层面的"变形"，翻译文本与源文本之间的差异以及它们在各自所属的文化语境中的"形象"问题等，这些内容可以让人们充分了解抗战大后方的文学社团及其翻译文学的总体特征。

总之，本课题不是为了将研究固定在民族"救亡"的旗帜下，也不是为了呈现均质的、"进程"式的抑或先验性的社团翻译文学与抗战文学之间的主题纠葛，而是试图在方法论上建立起中国文学社团、翻译文学和抗战文学之间的多维艺术空间，在差异的共时性中展示并反思抗战大后方的社团翻译文学，使其在今后的学术研究中收到越来越多的关注。

二　国内外研究现状

近年来，抗战文学的历史价值和对现实特殊的观照方式已经成为学术界探讨的重要话题，且大后方文学社团的创作成就与对民族抗战胜利的推动作用也已被众多学者提及，但大后方社团文学研究与抗战时期丰富的社团创作活动形成了巨大反差，与当时社团在抗战中起到的"鼓动"作用和历史价值明显脱节。和抗战大后方社团研究的薄弱现状相比，大后方社团繁荣的文学译介活动遭遇了更为严重的"遮蔽"，迄今为止，很少有学者专门就抗战大后方社团的文学译介活动进行过探讨，大后方社团的翻译文学研究还没有拉开序幕。因此，研究抗战大后方社团翻译文学对于整个中国抗战文学的研究而言具有不可替代的价值。

海外及中国港澳台地区抗战大后方社团翻译文学的研究：抗战大后方文学社团诞生于特殊的时代语境中，海外及中国港澳台地区曾举办过两次关于中国抗战文艺运动的国际学术研讨会：一是1980年在法国巴黎举行的国际学术研讨会将"中国的抗战文艺运动"作为讨论的专题之一；二是 1981 年香港中文大学举行的抗战文艺运动学术研讨会。尽管有很多海外汉学家参加了这两次国际学术研讨会，针对中国的抗战文学和文艺运动进行了广泛而深入的研究，获得了大陆学者难以想象的学术视野和眼光。但对中国抗战语境的隔膜和对中国文学审美方式的疏离，很多研究成果具有明显的片面性。其中对大后方文学的研究十分有限，对大后方在抗战时期中国文坛上的特殊地位重视不够，没有人专门来探讨战争语境下的文学社团活动，对抗战大后方的文学翻译活动无人论及，更没有人谈及大后方的社团翻译文学。近年来，包括日本在内的很多海外学者开始反思战争带给人们的心理创伤，将研究的范围扩大到了大后方的重庆、桂林和昆明等地，开始关注大后方的文学社团，比如日本庆应义塾大学的关根谦先生围绕在重庆活动的"七月派"进行了大量的关于中国抗战大后方的文学研究，但依然没有涉及社团的文学翻译和介绍活动。总体上讲，海外及中国港澳台地区对抗战大后方文学的研究还停留在把抗战大后方文学作为整个中国抗战文学或现代文学构成部分来研究的阶段，并没有将其作为独立的研究内容，更没有从抗战大后方的文学活动中剥离出社团翻译文学这一特殊的文学生产和交流活动。

国内抗战大后方社团翻译文学的研究：中国大陆抗战大后方文学研究主要集中在两个时期，第一个重要时期是抗战期间，即 20 世纪 30—40 年代抗战大后方文学的发生和成熟期。这一时期的研究主要是配合抗战需要而对大后方文学创作和文学活动做出及时的评价和指导，使文学创作进行相应的调整以声援民族抗战行动。因此，强烈的批判精神成了该时期大后方文学研究的总体特征。抗战时期大后方文学研究首先集中表现为对文学情感内容的批判。比如 1938

年 2 月 20 日，黎嘉在《新华日报》上发表了题为《诗人，你们往哪里去?》的评论文章，主要是对欧外鸥、柳木下、黄鲁、欧罗巴、胡明树和扬起等自称为"少壮派"的诗人出版的"一种漂亮的诗刊《诗群众》"提出批评。其次，抗战时期大后方文学的研究体现为对诗人创作思想的批判。比如胡风从大后方文学创作实际出发写了《今天，我们底中心问题是什么?》一文，批评了穆木天对抗战文学的看法，认为其关于"抗战文学底'大部分'是'个人主义抒情主义'，'个人主义的感伤主义'"的看法"不是事实"。最后，抗战时期大后方文学的研究体现为对文学文体艺术的批判。比如，1942 年，施蛰存在《文学之贫困》一文中针对抗战文学的现状提出疑问，认为抗战文学"贫困得可怜"。第二个重要时期是新时期以来至经济体制改革期间，即 20 世纪 80 年代至 90 年代中期。随着思想解放潮流的兴起，抗战大后方文学研究在大后方文学研究的热潮中获得了相应的发展和提高。该时期抗战大后方文学的研究成果主要集中体现为多本专著的出版。从 20 世纪 80 年代下半期开始，四川教育出版社陆续推出了"国统区抗战文学研究丛书"，比如《文学理论史选料》(苏光文，1988 年)，《诗歌研究史料选》(龙泉明编，1989 年)，《大后方散文论稿》(尹鸿禄，1990 年)，《战火中的文学沉思》(吴野，1990 年)，《大后方的通俗文艺》(杨中，1990 年)，《抗战诗歌史稿》(苏光文，1991 年)，《火热的小说世界》(文天行，1992 年)，《大后方文学史》(文天行、吴野，1993 年)，《国统区抗战文学运动史稿》(文天行，1994 年)；后来西南师范大学出版社出版了《大后方文学论稿》(苏光文，1998 年) 这套书系为我们今天研究大后方文学提供了重要的文献资料；重庆出版社 1989 年出版了《中国抗日战争时期大后方文学书系》20 册，为抗战大后方文学的研究提供了丰富的文学文本。21 世纪初叶，吕进等撰写的《20世纪重庆新诗发展史》（重庆出版社 2004 年）开拓了地域新诗史研究的先河，作为战时的抗战大后方，重庆繁荣的抗战文学诗歌成为本书的重要内容之一。该书第二章《抗战时期：重庆新诗的第一次高潮》对抗战大后方文学组织、社团、文学刊物和重要诗人做了较为全面的"扫描"。但由于"史"的书写需要体大虑周，抗战大后方文学自然在这部文学史中没有得到详细的论述。四川社会科学院文学研究所创办的《抗战文艺研究》出版了三十多期，对大后方文学的研究起到积极的推动作用。总体上讲，抗战大后方文学的研究还处于滞后的状态，已有的研究成果难以支撑起大后方丰富的文学创作活动。

就现代文学社团的研究而言：刘文俊先生的《桂林抗战文化城的社团》一书是目前唯一研究抗战大后方社团的专著，该书所谓的社团包括"文化社团和非文化社团，而文化社团又可以细分为戏剧、音乐、美术、新闻、科技、教育、宗教等类，非文化文学社团又可以细分为政治、经济、体育、工会、妇女及同学等类"①。因此，该书对文学社团的研究只涉及"文协"桂林分会，而对其他文学社团的讨论则着墨不多。朱寿桐先生撰写的《中国现代社团文学史》是目前国内研究现代文学社团最有代表性的成果，该书从探讨中国现代文学研究与社团研究的关系入手，重点分析了五四新文化运动至20 世纪 30 年代出现的主要文学社团的文学活动，比如新潮社、文学研究会、学衡派、新月派等社团与中国现代文学生态及中国现代文学批评之间的关系成为该书的主要内容，显示出著者扎实的文学研

① 刘文俊：《桂林抗战文化城的社团》，黄山书社 2008 年版，第 21 页。

究功底和敏锐的学术把握能力。但该书对中国现代文学史上第三个十年的文学社团涉及甚少，并且认为："40 年代的文学史主体框架中连这种文派现象也开始瓦解，结构发生了更大的变化。抗战以后，文派瓦解而归并为统一战线，左翼作家、鸳鸯蝴蝶派作家、自由派作家都联合起来了，形成了一个个文艺阵地；战争形成的客观空间环境决定了文学的空间切块，可以将这些切块称之为'文阵'。所谓大后方文学、国统区文学、孤岛文学、解放区文学等都是这样的切块，处在各种切块中的文人被迫放弃了文派运作的方式，而改为在不同的区域中自处于不同的阵地，于是这是一个'文阵'的时代。"① 相对于声势浩大的五四文学社团而言，抗战时期的文学社团似乎更加关注民族的解放独立以及自我内部创作思想的践行，很难在广泛而普适的文学层面上产生全国性的文学影响，但这并不意味着抗战时期的文学社团就应该被所谓的"文阵"取代。相反，抗战时期的文学社团数量众多且文学旨趣各异，对其加以探讨和研究，同样有助于中国现代文学第三个十年文学研究的深化。

所有这些关于大后方文学的研究或文学社团的研究其实都忽略了至关重要的一项内容——大后方文学社团的翻译文学。贾植芳先生说："由中国翻译家用汉语译出的、以汉文形式存在的外国文学作品，为创造和丰富中国现代文学所作出的贡献，与我们本民族的文学创作具有同等重要的意义和价值。"② 谢天振先生说："既然翻译文学是文学作品的一种独立的存在形式，既然它不是外国文学，那么它就该是民族文学或国别文学的一部分，对我们来说，翻译文学

---

① 朱寿桐：《中国现代社团文学史》，人民文学出版社 2004 年版，第 249 页。
② 贾植芳：《译介学·序一》，谢天振《译介学》，上海外语教育出版社 1999 年版，第 3 页。

就是中国文学的一个组成部分，这完全是顺理成章的事。"① 根据译介学的观点，抗战大后方的社团翻译文学应该成为抗战文学的重要构成部分，研究大后方文学应该注意研究大后方社团及其文学译介活动。从目前抗战大后方文学的研究内容来看，除了对抗战大后方文学文本、文学活动或文学理论有所涉及之外，抗战大后方的文学社团、文学的传播、受到的外来影响、文学翻译和文学刊物等领域的研究还有待进一步拓展和深化，尤其是抗战时期大后方社团的文学译介活动更是值得重点探讨的内容之一。目前，只有部分著作的部分章节约略探讨了抗战大后方的文学翻译活动。比如查明建和谢天振先生撰写的《中国 20 世纪外国文学翻译史》（上卷）第四章"抗战时期及 40 年代的外国文学翻译"（1938—1949），虽然没有专门讨论大后方的外国文学翻译，但其中的内容已经涉及了很多大后方的翻译文学。又比如靳明全主编的《重庆抗战文学与外国文化》（重庆出版社 2006 年），谈到了外国作家作品对重庆抗战时期文学创作的影响，但对"翻译"这一中介活动的关注还不够，而且对翻译文学活动发生的文化语境或翻译文学作品的传播、接受、影响等内容也较少涉及。

抗战大后方社团翻译文学的研究实际上还没有真正展开，大后方社团研究以及社团的翻译文学研究应该随着抗战大后方文学研究的发展而逐渐进入研究者的研究视野，成为一项必不可少的研究内容。

三　研究思路与方法

抗战大后方社团的翻译文学对抗战文学乃至民族抗战胜利的推

---

① 谢天振：《译介学》，上海外语教育出版社 1999 年版，第 239 页。

动作用毋庸置疑，但由于强烈的民族文化认同感、文学社团研究的中国立场以及翻译文学研究的局限或者影响研究对翻译中介的忽略等因素，导致社团翻译文学特有的文学和社会价值得不到充分彰显。一般来讲，新材料的发掘、新观点的归纳以及新方法或视角的采用都会赋予文学研究的创新性。本课题吸纳翻译研究与文学研究的新思路和方法，对社团翻译文学的研究不再局限于语言层面的意义转换和情感传达，而是将社团翻译文学的价值取向和影响研究作为重点内容，并旁涉社团翻译文学的意识形态建构和国家情感的渲染等相关话题。

美国翻译批评家劳伦斯·韦努蒂（Lawrence Venuti）从文化批评的角度提出"异化翻译"（Foreignizing Translation）概念，为本论题的展开提供了宏观思路。韦努蒂在 20 世纪末期出版了轰动翻译界的《译者的隐形：翻译史论》（*The Translator's Invisibility – A History of Translation*）一书，作为翻译文化学派的一种思路，他反对传统地将翻译作品"归化"为符合目标语文化及其语言习惯的作品，这种将原作者"请到国内来"的方法实质上是把外国的价值观念融汇到译语文化中，从而掩盖了译者对原作的选择、对原作语言文化形式的处理乃至基于原作的再创造活动，使译者在翻译过程中的能动作用处于"隐形"的遮蔽状态。韦努蒂由此提出了异化翻译的理念，其所谓的异化翻译的内涵比我们通常意义上所谓的直译丰富得多："一方面，异化翻译对原文进行以本民族为中心的挪用，将翻译视为再现另类文化的场域，因而从文化政治的角度把翻译提上议事日程；另一方面，正是翻译呈现出来的另类文化使异化翻译能够反映出原文在语言和文化上的差异，发挥重新建构文化的作用，并使那些与民族中心主义相背离的译文得到认可，在一定程度上修正本国的文学经典。"①

如果我们采用韦努蒂的异化翻译观来审视和打量抗战大后方社团的翻译文学，就会发现，正是因为抗战大后方对外国文学进行了以符合中国抗战需要为中心的"挪用"，才使得这一时期外国文学的翻译成为再现中国军民抗战文学的又一特殊场域，从民族和国家建构的立场上将翻译行为上升到政治的层面。尽管中国香港学者张景华在《重新解读韦努蒂的异化翻译理论》一文中总结了韦努蒂异化翻译的多重含义，认为其含有"精英主义意识"（elitism），"文化精英可以通过异化翻译来影响其社会主流价值观。韦努蒂心目中异化翻译的译者和读者都是'文化精英'，而不是普通读者，因而异化翻译也被他称为'少数化翻译'或'小众化翻译'（minoritizing translation）。异化翻译是不太适合大众的，因为'大众的审美意趣是追求文学中所表现的现实主义错觉，抹杀艺术与生活的区别，他们喜欢的译文明白易懂，看上去不像是翻译'"②。抗战大后方社团翻译文学由于各个社团在人员构成、文学旨趣以及对待抗战的态度等方面存有差异，因而他们翻译外国文学作品时在语言策略上难以统一为"归化翻译"或"异化翻译"，通常是采用多种研究方法共同完成了作品的翻译。比如"文协"抱着团结文艺界人士共同抗战的目的，其译文多采用通俗易懂的语言；西南联大作家群由于多是南迁的知识分子，其译文更注重"文"与"质"的双重审美效果。大后方社团的翻译文学看起来有悖于韦努蒂的"异化翻译"观念，但这似乎仅仅是语言表达层面的问题。从内容的维度来讲，大后方社团

———————

① Venuti, Lawrence. *The Translator's Invisibility – A History of Translation*. New York: Routledge Press, 1995. p. 148.

② 张景华：《重新解读韦努蒂的异化翻译理论》，《译者的隐形——翻译史论》，外语教学与研究出版社 2009 年版，第 9 页。

的翻译文学力图传递出"异域"的文化色彩，译者也希望译文讲述的是外国故事，因为只有这样才能使中国读者意识到全世界的抗战形势，意识到不只是中华民族在孤独地同法西斯作艰苦卓绝的斗争，进而增加中国民众坚持抗战的信念和抗战必胜的信心。因此，抗战大后方社团翻译文学在民族抗战文学发展过程中发挥了"建构文化的作用"，于是在韦努蒂的启示下，本课题将大后方社团翻译文学与社团文学主张、社团审美与外国文学的译介选择等作为研究的重要内容，力图在语言的部分"归化"和内容的"异化"之间重新解读翻译文学所呈现出来的国家意识和民族立场。

文化研究和社会学研究范式的介入极大地拓展了翻译研究的领域。美国学者安德烈·勒菲弗尔（Andre Lefevere）认为当前的翻译研究不再以语言学研究为主要方法，提出了翻译研究的"文化转向"①，从而引起了翻译研究内容的革新，"文化研究对翻译研究产生的最引人注目的影响，莫过于 70 年代欧洲'翻译研究派'的兴起。该学派主要探讨译文在什么样的文化背景下产生，以及译文对译入语文化中的文学规范和文化规范所产生的影响。近年来该派更加重视考察翻译与政治、历史、经济与社会制度之间的关系"②。翻译文化学派的观点使人们开始对翻译文学文本的外部环境产生了兴趣，于是大后方社团翻译文学与抗战语境的关系、翻译文学的潜在读者以及翻译文学对抗战的存进等内容就进入了本课题研究的视野。严格来说，翻译社会学派应该划归到翻译文化学派的范畴，澳大利亚著名学者安东尼·皮姆（Anthony Pym）近年来致力于从社会学的角度去研究翻译，他在《翻译史研究方法》（*Method in Translation on*

---

① 郭建中：《当代美国翻译理论》，湖北教育出版社 2000 年版，第 160 页。
② 同上书，第 156 页。

History）一书中所凸显出来的一个重要理念就是"强调用社会学的方法来研究翻译，突出翻译与整个社会诸多因素之间的互动关系"①。比如对《新华日报》社翻译文学的研究中，本课题就注重从战时国统区的语境出发，从伦理道德、文化过滤、政治宣传以及抗战环境等社会或文化的角度去研究社团的翻译文学，彰显的就是翻译的文化批评或翻译的社会学批评模式。

法国著名学者福柯（Foucault）的权力/话语结构模式对研究抗战大后方社团翻译文学提供了更为开阔的研究思路。福柯在他极具影响力的著作如《知识考古学》《疯癫与文明》《规训与惩罚》《权力与反抗》乃至《性史》显示出权力运作最明显和最复杂的地方是其所强调的话语，因为在他看来："在人文科学里，所有门类的知识的发展都与权力的实施密不可分。"② 翻译实践活动的展开必然受到一定社会历史境遇的影响，尤其是发生在两种文化之间的权力关系的影响："粗略说来，由于第三世界各个社会（当然包括社会人类学家传统上研究的社会）的语言与西方的语言（在当今世界，特别是英语）相比是'弱势'的，所以它们在翻译中比西方语言更有可能屈从于强迫性的转型。其原因在于，首先，西方各民族在它们与第三世界的政治经济联系中，更有能力操纵后者。其次，西方语言比第三世界语言有更好的条件生产和操纵有利可图的知识或值得占有的知识"③。塔拉尔·阿萨德（Talal Asad）的话表明译者对翻译文本的选择其实

---

① ［澳］皮姆：《翻译史研究方法·导读》，外语教学与研究出版社 2007 年版，第4 页。

② ［法］米歇尔·福柯：《规训与惩罚》，刘北成、杨远婴译，生活·读书·新知三联书店 1999 年版，第 18 页。

③ ［美］塔拉尔·阿萨德：《英国社会人类学中关于文化翻译的概念》，引文参见刘禾《跨语际实践——文学，民族文化与被译介的现代性》，宋伟杰译，生活·读书·新知三联书店 2002 年版，第 4 页。

与个人审美价值取向的偏好和语言能力的深浅并无多大的关系，对翻译实践起着主导作用的乃是符合政治体制实践的各种形式和福柯所说的知识/权力的关系，这些因素决定的认知方式将某些对外国文学权威化或者经典化，并且压制了其他认知方式和文艺观念。因此，现在进入我们研究视野的翻译文学其实是在强势文化所特有的权力的操控下翻译而成的，很多并不是出于译者个人的主观选择。

本课题实际上是对比较文学影响研究理念的一次实践，把"抗战大后方社团翻译文学"作为研究对象，必然会采用比较文学的研究方法。在比较文学媒介学的基础上产生的译介学（Medio – translatology）"是对那种专注于语言转换层面的传统翻译研究的颠覆"①。比较文学中的翻译研究由于文化因素的介入而显示出与传统翻译研究的巨大差异，如果说传统的翻译研究主要是一种语言层面上的研究，那比较文学中的翻译研究就是一种文学研究乃至文化研究。谢天振先生将从比较文学或比较文化的角度出发对翻译（尤其是文学翻译）和翻译文学进行的研究称为译介学，② 认为翻译研究的对象不在语言层面，译介学"把翻译看作是文学研究的一个对象，它把任何一个翻译行为的结果（即译作）都作为一个既成事实加以接受（不在乎这个结果翻译质量的高低优劣），然后在此基础上展开它对文学交流、影响、接受、传播等问题的考察和分析"③。所以相对于传统的语言研究来说，译介学拓宽了翻译研究的领域。译介学为我们研究翻译文学提供了新的视角和方法，只有译介学把翻译文学作为理所当然的研究对象。传统的翻译研究注重翻译语言和翻译过程

① 曹顺庆：《比较文学论》，四川教育出版社 2002 年版，第 138—148 页。
② 参见谢天振《译介学·绪论》，上海外语教育出版社 1999 年版，第 1—23 页。
③ 同上书，第 11 页。

的对等性，翻译文学（诗歌）不在其观照范围内；一般意义上的文学研究多是以国别或民族文学为研究对象，再放宽眼界无非包括了文学的比较研究，翻译文学在学术研究的园地里成了"无家可归的'孤儿'"①。译介学作为比较文学研究的一个分支，专门研究比较文学视野下的文学翻译活动和翻译文学，从而使翻译诗歌的研究有了方法上的归宿。译介学和传统翻译学的区别为我们研究翻译诗歌消除了很多争议和障碍，我们不必再去计较诸如"文学可否翻译"，"文学翻译的标准"以及"作家翻译的利弊"等问题，而是把翻译文学都视为一个既定的客观文本，以这个客观的文本为依托展开文化的影响研究。因此，本论题把大后方社团翻译文学视为"既成事实"，不去对它做真伪和价值评判，更多的是论述译文对中国抗战现实的意义以及对中国抗战文学发展的影响。

当然，本课题除在宏观上采用以上研究思路或方法之外，在具体的研究中还会采用如下方法：比如对部分翻译文本的细读、分析会用到形式主义批评文论的方法和研究思路；在比较译文和原文时还会使用交往行为理论，因为对二者关系的研究涉及主体间性的问题；刘禾的"跨语际实践"理论也为本课题的开展提供了很好的视角，有助于厘清外国文学是怎样进入中国抗战文学系统的。这些方法和研究思路相互渗透，共同指导本课题的开展。

四　主要研究内容

本课题的主要研究内容如下：

"绪论"首先梳理并总结了目前抗战大后方翻译文学、抗战大后方文学社团的研究现状，指出大后方社团翻译文学与社团创作关系

---

① 谢天振：《译介学》，上海外语教育出版社1999年版，第15页。

的研究、社团翻译文学与中国抗战文学关系的研究等目前处于薄弱状况，从而点明本课题研究的重要价值。接下来是本课题研究思路和方法的分析，翻译文化学派、社会学派、权力/知识话语，以及韦努蒂的"异化翻译"观和比较文学学科内的译介学等理论，为本课题的开展提供了宏观的思路和方法。最后是本课题研究对象的界定，并阐明本课题的选题原因和即将展开研究的主要内容。

第一章"'文协'的翻译文学研究"：立足于"文协"具体可考的刊物之上，对翻译文学的大致情况进行整理统计，发现"文协"总会与分会在翻译文学的选择上风格各不相同，并以《抗战文艺》上的翻译文学为例，点出《抗战文艺》上翻译作品的选择与"文协"每一届理事会选举之后人员变化的关系，探究"文协"是怎样从一个独立的以抗日救亡为理念的文学组织转变成政治斗争的阵地。从"文协"翻译文学的选择上来看，文学为政治所利用，不仅仅是抗战的必需，也是党派角力中将精神食粮用作政治斗争手段导致的必然结果。对"文协"各个会刊上的翻译文本进行了具体的分析，总结出"文协"的翻译文学在内容上呈现出的三个特征：首先是配合时代形势直接表现反抗法西斯的侵略以及揭露法西斯的丑陋和残酷，其次是充满了战斗精神和反叛思想倾向的作品用来平衡文学的功利性与艺术性，最后是通过吸收外国文学营养达到促进中国现代文学发展的目的。同时，"文协"翻译文学的三个特征在一定程度上与抗战过程中文艺家们的心态变化相呼应：战争伊始，知识分子战斗情绪高亢激昂，文艺作品充满了时代感与目的性，由于这种为宣传而写作的理念导致整个抗战文艺的质量不高、弊病丛生，文艺家们逐渐开始重视文艺作品的审美性问题；到了抗战的最后阶段，知识分子的政治热情几乎全被消磨完，不少身心俱疲的文艺家开始回归纯文学。

第二章"战国策派的翻译文学研究"：战国策派在抗战时期曾活跃一时，作为一个同人团体，这一派别所创办和主编的刊物主要有《战国策》《民族文学》《今日评论》和《军事与政治》，另外战国策派还在《大公报》重庆版上开辟了《大公报》"战国"副刊。以这些刊物为阵地，他们以自由知识分子的姿态提出自己的政治、文化和文学主张。本部分以这些刊物的翻译文学作品为中心，对战国策派的翻译文学和翻译思想进行探讨：第一，对战国策派主要刊物上的翻译文学作品进行统计和整理，并分析了战国策派翻译中的国家立场和审美坚守；第二，从时代语境角度分析了战国策派的文学选择，探讨了其翻译文学中对战争底层的书写、对国民的塑造、审美追求以及其翻译文学的特点；第三，对战国策派的改编进行了分析和探讨，指出了战国策派改编存在的合理性以及改编中所体现出来的思想意识；第四，探讨战国策派的翻译思想，辨析了战国策派翻译思想的特点。

第三章"西南联大的翻译文学研究"：西南联大文学大师如云，文学翻译硕果累累，是 20 世纪中国文学翻译史上不可忽视的一部分。本章以《文聚》以及《贵州日报·革命军诗刊》上发表的译作为线索，多方查询，相互印证，得出联大外国文学作品翻译数十篇，力求还原联大外国文学译介情况之本貌。第一，本章梳理了西南联大成立的背景，对西南联大的研究现状做一个总体的把握与反思，并从中说出论文研究的意义与方法；第二，从师资队伍、教学管理、文学社团等方面来分析联大翻译文学兴盛的原因，接着对西南联大翻译文学概貌进行简要介绍；第三，细致地分析了在抗战语境下知识分子的担当意识；第四，以卞之琳、冯至、穆旦的翻译作品为例来考察这一知识群体在抗战语境下的生命体验。

第四章"'七月派'的翻译文学研究"：立足于统计整理史料《七月》上的翻译作品，对"七月派"的翻译情况做整体性描述。结合翻译史，清理《七月》译者群。从语言学理论和文化翻译研究的角度分析翻译作品，了解"七月派"对译作的选择。再从比较文学译介学入手，根据译作或翻译论述总结"七月派"的翻译文学思想。具体而言，第一节主要是分析介绍"七月派"及其研究现状；第二节"抗战时期'七月派'对外国文学作品的翻译"，包括对日本反战文学的译介、对苏联及东欧文学的译介和对欧美文学的译介等内容；第三节"抗战时期'七月派'对外国文论作品的翻译"，包括对苏联及东欧文论的译介、对欧美文论的译介以及翻译文论与"七月派"文艺主张的关系等三个方面的内容。

第五章"中苏文化协会的翻译文学研究"："中苏文化协会"作为一个具有多种性质的民间组织，在当时对翻译俄苏文学做出了重要贡献。中国新文学运动的发生受益于翻译文学，"中苏文化协会"自成立起就十分重视翻译，其创刊词里明确指出，通过翻译达到以沟通中苏文化的工作为主。翻译文学作为国别文学的一部分，在抗战时期，其特殊性体现在文学价值与社会功利性的平衡上。对"中苏文化协会"翻译文学的研究，既能避免文艺创作质量不高的尴尬，又能不落传统研究方法的俗套，管中窥豹地了解整个《中苏文化》的文艺情况。第一节主要是对中苏文化协会的介绍以及对其翻译文学研究现状的梳理；第二节"中苏文化协会译介俄苏文学的概况"，包括《中苏文化》与"中苏文化协会"、《中苏文化》对俄苏文学的译介概况等内容；第三节"中苏文化协会翻译文学的特征"，包括《中苏文化》的文学翻译与20世纪三四十年代的苏联文学、《中苏文化》的文学翻译与抗战期间国共关系的变化、《中苏文化》上的"回译"现象以及苏联作家中的中国形象等内容；第四节"俄苏文学翻译的中国情结"。最后是"中苏文化协会"翻译文学价值评判，包括时代大背景下的"中苏文化协会"和"中苏文化协会"与其他刊物翻译俄苏文学比较。

第一章 "文协"的翻译文学研究

"文协"是中国抗战时期最大的文学社团,其分会遍布大后方各地及解放区。"文协"总会和分会创办的文学期刊繁多,成为抗战时期大后方发表文学作品的主要阵地。同时,由于"文协"在成立之时,有鲜明的文学立场和政治立场,其文学翻译因此也具有较为统一的主题思想。但与此同时,据查证,各分会的文学翻译也呈现出不同的色彩,这为我们研究进一步了解"文协"及其分会的情况提供了可靠的证据。

第一节 "文协"及其翻译文学研究现状

随着 1937 年 7 月 7 日卢沟桥枪炮声的响起,中国进入了一个新的历史时期,中国文艺的发展也翻开了新的一页。为建立抗日民族统一战线的精神,1938 年 3 月 27 日中华全国文艺界抗敌协会在汉口成立(简称"文协")。"文协"团结了全国的文艺作家,它的成立标志着中国文艺界抗日民族统一战线的形成，"这在抗战的阵营上，是急需；在文艺本身的发展上，是必需"①。

一

"文协"是一个具有组织性的社团，也是一个具有鲜明思想主张的社团。

在"文协"的成立大会上，推举了蔡元培、周恩来、罗曼·罗兰、史沫特莱等十三人为名誉主席团，主席团为邵力子、冯玉祥、郭沫若、陈铭枢、田汉、张道藩、老舍、胡风等十余人，大会秘书处由王平陵、冯乃超等八人组织。会上还选出了理事四十五人，分别是老舍、郭沫若、茅盾、丁玲、邵力子、冯玉祥、田汉、陈铭枢、老向、郁达夫、成仿吾、巴金、张天翼、王平陵、胡风、孟十还、马彦祥、穆木天、盛成、冯乃超、张道藩、楼适夷、胡秋原、姚篷子、吴组缃、陈西滢、陈纪滢、华林、沙雁、胡绍轩、徐蔚南、沈从文、曹禺、郑振铎、朱自清、朱光潜、曹聚仁、黎烈文、许地山、夏衍、曹靖华、张恨水、沈起予、施蛰存、谢六逸等；候补理事十五人，分别是周扬、吴奚如、孔罗荪、罗烽、舒群、曾虚白、吴漱予、立波、丘东平、艾芜、欧阳山、黄源、宗白华、梁宗岱、崔万秋等。② 大会还决定出版会刊《抗战文艺》，并提出了"文章下乡、文章入伍"这一著名口号。1938 年 5 月 4 日，《抗战文艺》创刊，这是贯穿抗战始终的唯一刊物，发刊词提出要求作家摒除门户之见，关注民族大敌，将文艺的影响深入到广大的抗战大众中去，"使文艺这一坚强的武器，在神圣的抗战建国事业中肩负起它所应该肩负的

---

① 草莱：《中华全国文艺界抗敌协会筹备经过》，《文艺月刊》（第 9 期）1938 年 4 月 1 日。

② 参见《全国文艺界空前大团结》，《新华日报》1938 年 3 月 28 日。

责任"①。1938 年 8 月,"文协"内迁重庆。为了更大范围地联合全国作家、加强抗战文艺的宣传及方便联络分散在各地的会员开展工作,"文协"还先后在全国各地筹备建立了分会,按其成立时间次第有昆明分会、宜昌分会、襄樊分会、成都分会、香港分会、延安分会、桂林分会、晋东南分会、曲江分会、贵阳分会、晋西北分会、晋察冀边区分会、三台分会等,除分会外,"文协"还在长沙、榆林、自流井(自贡)、汉中、金华、洛阳、兰州等地设有通讯处(会员不足十人的分会)。

日本的入侵给中国社会带来了巨大的影响和改变,文学艺术也不例外。"文艺家是民族的心灵,民族的眼和民族的呼声,没有一个伟大的文艺家不为着自己民族的健康和繁荣而尽力,也没有一个向上的民族,不敬爱自己的文艺家。"② "九一八"事变后,萧军、萧红、端木蕻良等东北作家率先用笔发抗战之声,揭露侵略者的暴行,反映东北人民在帝国主义铁蹄下的血泪,成为抗战文艺的先驱。1937 年抗日战争全面爆发后,中国新文艺运动的内容从此转向宣传和反映抗战。"再没有哪个阶段的现代中国文学像这第三阶段(1937—1949 年。——笔者注),即战争年代对中国后来几十年的发展影响如此深远了。"③ 抗战文艺记录了中国人民反抗日本侵略者的艰难历程,展示了中国的文学发展由学习西方到回归传统,是中国现代文学的一个重要组成部分,而"文协"在推动抗战文艺的发展方面做出了不可磨灭的功绩。"文协"在《中华全国文艺界抗敌协会简章》中明确指出:"本会以联合全国文艺作家共同反对日本帝国

---

① 《〈抗战文艺〉发刊词》,《抗战文艺》(第 1 卷第 1 期)1938 年 5 月 4 日。
② 《全国文艺界抗敌协会成立大会》,《新华日报》1938 年 3 月 27 日。
③ [德] 顾彬:《二十世纪中国文学史》,范劲等译,华东师范大学出版社 2008 年版,第 178 页。

主义的侵略，完成中国民族自由解放，建设中国民族革命的文艺，并保障作家权益为宗旨。"① 由此可以看出，在抗战的特殊时代语境下，"文协"的成立主要是为了组织和领导以文艺为抗战手段的运动。因为中国的新文学是在外国文学的影响下发展起来的，一般的文学作品与普通大众的审美能力存在较大差距，且抗战需要全体民众的参与，文艺需要输送到前线和乡村中去，于是"文协"在成立之时就提出了"文章下乡、文章入伍"的口号，发动作家走出"象牙塔"，接触大众，接触现实，实现文艺大众化，通过文艺达到增强全民抗战勇气的目的。

二

对抗战及抗战文艺发挥了重大作用的"文协"，自然受到了不少学者的关注，目前关于"文协"的研究主要包括以下几个方面：

1. 对"文协"文学史价值的研究。"文协"首先在中国抗战文艺史上占据了一席之地。蓝海著的《中国抗战文艺史》称"文协"以集体的力量为抗战而服役；② 章绍嗣等著的《武汉抗战文艺史稿》认为"文协"在团结文艺作家、宣传抗战、提倡通俗文艺、开展文艺批评、繁荣文艺创作等方面做了艰苦卓绝的工作，在中国现代文学史上写下了光辉灿烂的一页。③ 当然，中国现代文学史上也少不了"文协"的身影。唐弢、严家炎主编的《中国现代文学史》对"文协"给予了极高的评价，认为其提出的"文章下乡、文章入伍"的口号对鼓动作家深入现实斗争产生了积极的影响，从大的范围上来

---

① 《中华全国文艺界抗敌协会简章》，《文艺月刊》（第9期）1938年4月1日。
② 参见蓝海《中国抗战文艺史》，现代出版社1947年版，第41页。
③ 参见章绍嗣等《武汉抗战文艺史稿》，长江文艺出版社1988年版，第201页。

讲,"文协"为民族解放战争做出了极大的贡献。① 冯光廉等编著的《中国现代文学史教程》认为"文协"推动了地方文艺运动的发展,对抗战文艺的建立和文艺界统一战线的形成做出了不朽的贡献。② 钱理群、温儒敏、吴福辉所著的《中国现代文学三十年》除了肯定"文协"的作用外,还谈到了文学创作与抗战之间的关系:"文学必须充当时代的号角,必须直接反映现实,必须为普通民众所接受,这些观念都成为众多作家的共识。在国难当头,炮火连天的时刻,作家们没有情绪去咀嚼争辩文学性呀、审美呀等等似乎显得不合时宜的问题。"③ 郭志刚、孙中田主编的《中国现代文学史》看到了"文协"对文学发展的影响,认为"文章下乡、文章入伍"的口号加强了作家和社会生活、人民群众之间的联系,促进了文艺的通俗化和大众化,为发展中国新文学积累了宝贵的经验,在文艺人才培养上做出了很大的贡献。④ 不同于中国大陆学者的看法,香港学者司马长风在《中国新文学史》是这样评价"文协"的:"作家们感于'文章入伍'的口号,将抗日宣传与文学创作混为一谈,使文学创作一度陷入窒息状态。面对民族兴亡的战争,作家应该利用本身的声名和影响来尽抗日宣传的义务,但是在抗日宣传之外,仍有文学创作的本业;这是截然两码事。"⑤ 司马长风痛感中国大陆的文学史记述的不是纯粹的文学,而是在政治牢牢控制下被异化的文学,因此

---

① 参见唐弢、严家炎主编《中国现代文学史》(第3卷),人民文学出版社1980年版,第4—5页。

② 参见冯光廉等编著《中国现代文学史教程》(上册),山东教育出版社1984年版,第131—133页。

③ 钱理群、温儒敏、吴福辉:《中国现代文学三十年》,北京大学出版社1998年版,第447页。

④ 参见郭志刚、孙中田主编《中国现代文学史》(修订版)(下册),高等教育出版社1999年版,第5页。

⑤ 司马长风:《中国新文学史·下卷》,昭明出版社1978年版,第1—2页。

在他所作的文学史中想要去除弊病、打破枷锁。但是中国文学，特别是中国现代文学的发展原本就与政治紧密相关，每一次重大的政治事件都会影响文学的发展方向，中国现代文学史的分期就与政治挂着钩。司马长风不只是将文学与政治完全割裂开来，而且在抗战和政治之间简单地画了一个等号，然后得出抗战与文学是两码事的结论。司马长风忽略了战争造成的文学氛围和作家创作心理的改变，这些都直接影响着文学作品的选材和风格，无论是自觉还是不自觉，中国这段时期的文学都已被刻上抗战的烙印，就如郭沫若所言："为文艺而战斗，为战斗而文艺，成了一而二、二而一的东西，作家们增进了他们的自信自觉，这些精神便是可能产生高度艺术作品的母胎。"①

2. 对"文协"的介绍。这方面的研究包括五个方面，首先是对"文协"大致情况与总体特点的研究：《从两首诗说到文协》引出老舍和郁达夫为"文协"作的两首诗讲述了"文协"的成立过程，老舍的诗为《贺全国文艺界抗敌协会成立》："三月莺花黄鹤楼，骚人无复旧风流。忍听杨柳大堤曲，誓雪江山半壁仇。李杜光芒齐万丈，乾坤血泪共千秋。凯歌明日春潮急，洗笔携来东海头。"郁达夫的诗为《感时》："明月清风庚亮楼，山河举目涕新流。一成有待收斯地，三户无妨复楚仇。报国文章尊李杜，攘夷大义着春秋。相期各奋如椽笔，草檄教低魏武头。"②《论文协的历史特征》将"文协"定义为中国现代文学史上一个以领导和组织全国文艺作家从事抗战文艺运动为基本目标的全国性文学组织，其历史特征乃组织和领导

---

① 郭沫若：《中国战时的文学与艺术》，《新华日报》1942 年 5 月 28 日、29 日。
② 徐明庭：《从两首诗说到文协》，《武汉文史资料》1995 年第 4 期。

全国抗战文艺运动①。《"文协"的社群形态与抗战文学文化研究的视域》认定"文协"是文化整合视域下一个特殊的文学社群组织，使文学发挥了新的功能，并以此为基点透视整个抗战文学②。《文协是怎样建立起来的》在史料的基础上整理了"文协"非正式筹备、正式筹备和成立三个阶段，通过对其建立过程的考察发现国民党政府在其中发挥着重要作用，而"文协"也承担着政府委托的抗战文化宣传工作③。《论文协在抗战时期的历史形象变迁——以历届常务理事为中心》点出了"文协"的组织特征，从与国民政府联系紧密到以左翼作家为主体的历史形象变迁，分析了发展变化的原因在于作家对两个政党的认同及国共两党不同时期的文化政策④。钱文亮所著的《新文学运动方式的转变》专门辟出一章从战时文艺组织的准集权形态谈论了"文协"，提到了"文协"成立的历史必然性，既是国共两党的政治需要，同时也是爱国文艺作家的时代要求。从筹备到建立，"文协"表现出来的强烈的组织性和计划性，满足了现代中国文人渴望参与"国家建设"的心理，其组织和推动的文艺活动表明了"五四时期诞生的中国新文学及其运动方式，自始至终都受救亡图强、创立现代民族国家的现代化运动的左右与影响"，"文协"的复杂性、多样性和丰富性的原因也在于新文学的价值是它能成为一种与社会改造紧密结合的运动⑤。

---

① 参见段从学《论文协的历史特征》，《社会科学研究》2007 年第 3 期。
② 参见杨洪承《"文协"的社群形态与抗战文学文化研究的视域》，《当代作家评论》2008 年第 3 期。
③ 参见段从学《文协是怎样建立起来的》，《新文学史料》2008 年第 4 期。
④ 参见段从学《论文协在抗战时期的历史形象变迁——以历届常务理事为中心》，《重庆师范大学学报》（哲学社会科学版）2009 年第 4 期。
⑤ 参见钱文亮《新文学运动方式的转变》，上海文化出版社 2010 年版，第 155—196 页。

其次是对"文协"成员的研究:《在"文协"的旗帜下——冯玉祥与老舍交往片段》① 和《老舍与冯玉祥的交往和友谊》② 通过讲述老舍与冯玉祥的交往过程,侧面反映"文协"促进中国文艺界大团结。《在"文协"岗位上——老舍与"文协"》围绕"文协"的成立、支撑、抗战文艺运动的发展和与国民党的斗争四个方面,考察了老舍对"文协"所做的工作及巨大贡献。③《论老舍在文协中的领导地位之建立》认为老舍在"文协"中的领导地位,建立在其对"文协"会务工作中的苦干和牺牲精神。④《成都文协时期的陈翔鹤同志》是"文协"成员对"文协"常务理事陈翔鹤的回忆,讲述了陈翔鹤与成都分会的一些往事。⑤《访老作家牧野》是对"文协"成都分会会刊《笔阵》主编牧野的访谈,讲述了在萧条经济下创办《笔阵》的艰难。⑥《抗敌文协与李劼人》⑦ 和《李劼人先生与"文抗——文协"成都分会片段》⑧ 通过对李劼人言行的记录,叙述了"文协"成都分会的筹备经过。《"孤客""总管"与"文协"——谈老舍与郁达夫的交往与友谊》记叙了郁达夫客居南洋时向海外宣传"文协",并发动募捐为经济窘困的"文协"筹款。⑨

---

① 崔石岗:《在"文协"的旗帜下——冯玉祥与老舍交往片段》,《阜阳师范学院学报(社会科学版)》1984 年第 Z1 期。

② 张桂兴:《老舍与冯玉祥的交往和友谊》,《中国现代文学研究丛刊》1998 年第 4 期。

③ 参见曾广灿《在"文协"岗位上——老舍与"文协"》,《河北大学学报(哲学社会科学版)》1986 年第 4 期。

④ 参见段从学《论老舍在文协中的领导地位之建立》,《中国现代文学研究丛刊》2006 年第 4 期。

⑤ 参见劳洪《成都文协时期的陈翔鹤同志》,《新文学史料》1980 年第 4 期。

⑥ 参见丛培香,胡玉萍《访老作家牧野》,《新文学史料》1988 年第 3 期。

⑦ 车辐:《抗敌文协与李劼人》,《新文学史料》1992 年第 2 期。

⑧ 谢扬青:《李劼人先生与"文抗——文协"成都分会片段》,《新文学史料》1992 年第 2 期。

⑨ 参见张桂兴《"孤客""总管"与"文协"——谈老舍与郁达夫的交往与友谊》,《汕头大学学报》(人文社会科学版)2009 年第 6 期。

再次是关于"文协"两场论争的研究：1938 年 12 月 1 日，梁实秋在《中央日报》副刊《平明》上发出一则《编者的话》，说道："现在抗战高于一切，所以有人一下笔就忘不了抗战。我的意见稍为不同。于抗战有关的材料，我们最为欢迎，但是与抗战无关的材料，只要真实流畅，也是好的，不必勉强把抗战截搭上去。至于空洞的'抗战八股'，那是对谁都没有益处的。"[1] 这篇文章遭到了"文协"成员的集体反击。《文坛究竟坐落在何处——论文协同人对"与抗战无关论"的批判》指出这场批判乃"文协"同人为确立在文坛的领导地位，坚持抗战文艺基本方向而发动的，实际上双方在抗战文艺题材和艺术质量上的观点是一样的。[2]《"民族形式"论争的起源与话语形态分析》分析了与"文协"有关的另一场论争——国统区文学的"民族形式"之争，探究出其起源是"文协"抗战初期发动的通俗文艺运动，指出了论争者将意识形态权力话语内化成文学话语，使这场论争暴露的问题比论争本身更具有意义。[3]

从次是关于"文协"开展的活动：战争给中国的经济造成了毁灭性的打击，物价飞涨、通货膨胀，这些都严重制约了"文协"活动的开展。《抗战时期文协经济状况考察》指出了"文协"因经济状况面临着严重的生存危机，导致不少的计划活动因窘困的经济而被迫搁浅。[4]《关于抗战时期在大后方的作家生活保障运动》讲述了抗战时期作家因贫病而面临死亡威胁，"文协"掀起了作家生活保障

---

① 梁实秋：《编者的话》，《中央日报》1938 年 12 月 1 日。

② 参见段从学《文坛究竟坐落在何处——论文协同人对"与抗战无关论"的批判》，《晋阳学刊》2010 年第 1 期。

③ 参见段从学《"民族形式"论争的起源与话语形态分析》，《社会科学研究》2009 年第 5 期。

④ 参见黄菊《抗战时期文协经济状况考察》，《成都大学学报》（社会科学版）2012 年第 3 期。

运动和救助贫病作家运动。① 《文协与抗战时期的保障作家生活运动》通过对保障作家生活运动的梳理，认为国民政府和社会各界对该运动的支持破坏了文学生产商业化的现代性传统，得出了战时的新文学无法独立生存的结论。② 《鲁迅在新文学传统中的领导地位之建立——文协与抗战初期的鲁迅纪念活动》分析了"文协"在新文学传统演化成权力话语的历史情境下，积极参与鲁迅纪念活动，以集团的名义确立了鲁迅在新文学传统中的领导地位。③ 《新的文学社会空间之开拓——文协与抗战时期的战地文艺工作》梳理了"文协"所做的战地文艺工作：重视战地文艺工作者的行踪、刊载报道前线的通讯、总结战地文艺宣传经验、组织作家战地访问团等，指出"文协"开辟了新的文学社会空间，使战地文艺得以诞生。④ 《"抗战文艺"的历史特征及其终结——从文协同人的检讨和反思说起》叙述了"文协"同人于 1939 年底对抗战文艺进行的检讨和反思，总结了抗战文艺的发展过程和历史特征，认为"文协"1940 年召开的座谈会确定了中国新文学的发展方向，标志着抗战文艺走向终结。⑤

　　最后是对"文协"史实的考察：《中华全国文艺界抗敌协会史料选编》选取了能真实地、历史地、全面地反映"文协"面貌的史

---

① ［日］杉本达夫：《关于抗战时期在大后方的作家生活保障运动》，《重庆师范大学学报》（哲学社会科学版）2009 年第 1 期。

② 参见段从学《文协与抗战时期的保障作家生活运动》，《江汉大学学报》（人文科学版）2010 年第 3 期。

③ 参见段从学《鲁迅在新文学传统中的领导地位之建立——文协与抗战初期的鲁迅纪念活动》，《鲁迅研究月刊》2008 年第 7 期。

④ 参见段从学《新的文学社会空间之开拓——文协与抗战时期的战地文艺工作》，《井冈山大学学报》（社会科学版）2011 年第 4 期。

⑤ 参见段从学《"抗战文艺"的历史特征及其终结——从文协同人的检讨和反思说起》，《南京师范大学文学院学报》2011 年第 3 期。

料编辑成书,为研究者提供了方便。① 《作家战地访问团史料选编》的史料来自"文协"组织的作家战地访问团,十三位作家从重庆出发,途经多个省市,深入到战地中访问,创作出了优秀的文艺作品,书中内容包括集体日记"笔游击"、团长王礼锡的日记和白朗的日记《我们十四个》。② 《中华全国文艺界抗敌协会会员索考》通过三则材料印证了"文协"会员人数总体上在三百人以上,囊括了全国各党派的知名文艺作家。③ 《文协档案揭秘》描述了 2002 年 6 月 27 日被拍卖的"文协"档案的大致情况。④ 《文协档案选辑》选辑了文协档案中的重要文献,包括出席证、选举名单、理监事名册、信件、通知、函、计划书、报告底稿、电喑、会员名册等。⑤

3. 对"文协"刊物的研究。关于总会会刊《抗战文艺》的期数历来说法不一,《〈抗战文艺〉的版本问题》考辨了因战火而导致统计困难的《抗战文艺》版本情况。⑥ 《关于〈抗战文艺〉》是编辑委员会的成员之一孔罗荪对《抗战文艺》的创刊过程、刊载的重大事件、出过的特辑、增辟的"每周论坛"、报道的文艺动态和终刊号的回忆。⑦ 《武汉时期的〈抗战文艺〉》也是以当事人的立场记述了《抗战文艺》在武汉创刊的具体经过及办刊的艰难。⑧ 《〈抗战文艺〉中的诗歌研究》对发表的诗歌作品进行了统计分析,希望通过对

---

① 参见文天行、王大明、廖全京编《中华全国文艺界抗敌协会资料选编》,四川省社会科学院出版社 1983 年版。

② 参见廖全京、文天行、王大明编《作家战地访问团史料选编》,四川省社会科学院出版社 1984 年版。

③ 参见邓牛顿《中华全国文艺界抗敌协会会员索考》,《新文学史料》1995 年第 2 期。

④ 参见邓牛顿《文协档案揭秘》,《中华读书报》2002 年 8 月 14 日。

⑤ 参见邓牛顿《文协档案选辑》,《南京师范大学文学院学报》2002 年第 3 期。

⑥ 参见彭玉斌《〈抗战文艺〉的版本问题》,《新文学史料》2006 年第 2 期。

⑦ 参见罗荪《关于〈抗战文艺〉》,《新文学史料》1980 年第 2 期。

⑧ 参见锡金《武汉时期的〈抗战文艺〉》,《中国现代文学研究丛刊》1982 年第 1 期。

《抗战文艺》上刊载的诗歌了解整个抗战时期的诗歌发展面貌。①
《战火硝烟中的文学生态——〈抗战文艺〉研究》考察了《抗战文
艺》创刊、复刊、终刊的过程，剖析了战时特殊文学生态环境对其
的影响，以小见大地揭示了这种特殊的文学生态环境对整个抗战文
艺的影响。②《战歌》是"文协"昆明分会会刊，创刊人和编辑人之
一的罗铁鹰在《回首话〈战歌〉》中详细介绍了其创办始末、作者
作品情况及其他相关情况。③同样也是《战歌》创刊人和编辑人的
雷溅波，在《我与〈战歌〉诗刊》中怀念了故友徐嘉瑞、罗铁鹰，
称《战歌》为文艺战士的"阵地"，点出其具有鲜明的办刊宗旨、
覆盖面广、荟萃人才的特色。④《有关〈谷雨〉的一些材料》是根据
对作家萧军的走访整理出的关于"文协"延安分会会刊《谷雨》的基
本情况，谈到了《谷雨》的目录、创作与批评和讨论文艺问题特辑。⑤

    4. 对"文协"分会的研究。《文协的分会》列述了所知的"文
协"各分会的阵容和活动。⑥《论抗战时期"文协"分会的活动》不
但对分会的活动进行了详细地梳理和适当地评价，并探讨了总会与
分会的关系，揭示了分会在抗战文艺史上的作用和意义。⑦《"文协
北碚分会说"考辨》纠正了"文协北碚分会"的错误说法，通过报

---

①　参见林虹霓《〈抗战文艺〉中的诗歌研究》，硕士学位论文，重庆师范大学，
2010 年。
②　参见彭玉斌《战火硝烟中的文学生态——〈抗战文艺〉研究》，博士学位论文，
中国社会科学院，2006 年。
③　参见罗铁鹰《回首话〈战歌〉》，《新文学史料》1983 年第 1 期。
④　参见雷溅波《我与〈战歌〉诗刊》，《云南师范大学学报》（哲学社会科学版）
1991 年第 4 期。
⑤　参见刘增杰、王文金《有关〈谷雨〉的一些材料》，《新文学史料》1982 年第 2 期。
⑥　参见［日］杉本达夫《文协的分会》，李家平摘译，《中国现代文学研究丛刊》
1989 年第 4 期。
⑦　参见潘成菊《论抗战时期"文协"分会的活动》，硕士学位论文，重庆师范大
学，2003 年。

刊的报道及"文协"的工作报告指出北碚分会实际上是"文协"总会设立的一个办事处。① 《"文协桂林分会"的历史作用》强调桂林分会的领导权掌握在共产党和左派手中,在八路军桂林办事处和南方局文化工作组的领导下开展各项工作。② 《高举团结抗战旗帜的文协桂林分会》具体描述了桂林分会开展的各种活动,被总会誉为"成绩是全国最好的"分会。③ 《"文协"桂林分会与桂林抗战文化运动》介绍了桂林分会为推进桂林的抗战文化运动所做的大量工作,分析了桂林分会之所以能发挥巨大作用的原因。④ 《回忆抗战后期的"昆明文协"和募捐救济贫病作家》讲述了昆明分会在接到老舍来信后响应总会号召募捐救济贫病作家,在文中还公布了一篇具有中国现代文学运动史意义的文件——《为宣布结束募集援助贫病作家基金运动的公启》。⑤ 《抗战初期昆明文协成立的前前后后》选取了一个颇为特别的视角,即发生在"文协"昆明分会的作家文人之间因地域偏见产生的摩擦。⑥ 《延安"文抗"创建始末以及相关问题》辨明了延安"文协"与"文抗"的区别,"边区文协"乃陕甘宁边区文化界救亡协会的简称,延安"文抗"是中华全国文艺界抗敌协会的分会,且脱胎于"边区文协"的子会陕甘宁边区文艺界抗敌联合会。⑦ 另外,重庆并非"文协"的分会,因"文协"在汉口成立

---

① 参见段从学《"文协北碚分会说"考辨》,《重庆师范大学学报》(哲学社会科学版)2007年第1期。

② 参见万一知《"文协桂林分会"的历史作用》,《学术论坛》1982年第6期。

③ 参见杨益群《高举团结抗战旗帜的文协桂林分会》,《学术论坛》1985年第11期。

④ 参见张红《"文协"桂林分会与桂林抗战文化运动》,《广西大学学报》(哲学社会科学版)2004年第1期。

⑤ 参见李何林《回忆抗战后期的"昆明文协"和募捐救济贫病作家》,《新文学史料》1984年第1期。

⑥ 参见余斌《抗战初期昆明文协成立的前前后后》,《西南学刊》2012年第2期。

⑦ 参见程鸿彬《延安"文抗"创建始末以及相关问题》,《新文学史料》2008年第4期。

不久后迁到了重庆，所以也有关于重庆与"文协"的研究论文。《抗战期间"文协"作家的重庆集聚地》踏访了重庆与"文协"有关的地方，如华裕农场、南温泉、北碚、张家花园 65 号等。①《论重庆抗战文化地图中的"文协"》考察了"文协"在重庆组织和领导的各种抗战文化活动，揭示了其对重庆文化的深远影响。②

5. "文协"的翻译文学研究。"文协"的刊物上除了有原创作品外，还刊载了为数不少的翻译作品。《简论"文协"的抗战诗歌译介活动》以"文协"会刊《抗战文艺》上的译诗及翻译观念为依托，从翻译外来文学的必要性、译诗的选择与分析和中外诗歌的双向译介三个方面论述了"文协"诗歌译介活动产生的重要作用与意义。③《重庆中华全国文艺界抗敌协会文学翻译活动研究（1943—1945）》以"文协"为例，对重庆文艺社团的文学翻译活动进行了一番考察。④

纵观上述研究现状，我们可以发现对"文协"的研究虽然涉及各个层面，但在"文协"文学作品尤其是翻译文学作品上的研究仍然有待深入。

三

"文协"作为一个文学社团，且是当时中国最大的文学社团，几乎囊括了中国所有的一流作家，在其刊物上发表作品的不乏老舍、郁达夫、茅盾、艾青、郭沫若、巴金、闻一多等的大家，然而其研

---

① 参见吴福辉《抗战期间"文协"作家的重庆集聚地》，《汉语言文学研究》2011年第 1 期。

② 参见彭玉斌《论重庆抗战文化地图中的"文协"》，《重庆社会科学》2005 年第 1 期。

③ 参见熊辉《简论"文协"的抗战诗歌译介活动》，《文艺理论与批评》2011 年第 2 期。

④ 参见盛毓秀《重庆中华全国文艺界抗敌协会文学翻译活动研究（1943—1945）》，硕士学位论文，贵州大学，2008 年。

究现状却出现了文学立场缺失的情况，这不禁让人反思"文协"被社会历史价值遮蔽下的文学价值。

究其原因，从客观上来讲，"文协"为宣传抗战而进行的一系列活动，如发动作家下乡入伍、组织作家战地访问团深入前线、开展通俗文艺运动等，开辟了新的社会文化空间，深深地影响了以后中国文学的发展，产生了巨大的社会历史价值，文学价值与之相比失色不少；从主观上来讲，"文协"的文艺创作乃至整个抗战文艺的作品都存在艺术上的缺陷，这也是"与抗战无关论"的由来。尽管"文协"成员大肆批判梁实秋，然而实际上他们自己也早已注意到抗战文艺题材狭隘的毛病，就这个问题，"文协"还在 1940 年年底召开过座谈会，题为"一九四一年文学趋向的展望"，对抗战以来的文学作品进行了检讨，说明了当时文艺创作的质量总体上不高。尽管战时作品的文学性为舆论宣传做出了让步，流于模式化和口号化，但是文学作品乃抗战文艺的基石，避开它来研究"文协"无疑是片面的。当学者一面大力赞扬"文协"的社会历史价值，一面闭口不谈其文学价值时，当前"文协"研究的不足和缺憾就已经暴露在我们面前了。

在"文协"刊物上刊登的作品中，翻译作品占了不少的篇幅。谢天振在《译介学》里说："文学翻译还是文学创作的一种形式，也是文学作品的一种存在形式。"① 我们可以认为，"文协"的文学翻译也属于"文协"文学创作的一部分。中国新文学运动的发生受益于翻译文学，"文协"自成立起就十分重视翻译，其简章规定文艺作者、文艺理论及文艺批评者和文艺翻译者方有资格成为"文协"会员，② 宣言里也说："在增多激励，与广为宣传的标准下，有我们的翻译——

---

① 谢天振：《译介学》，上海外语教育出版社 1992 年版，第 209 页。
② 参见《中华全国文艺界抗敌协会简章》，《文艺月刊》（第 9 期）1938 年 4 月 1 日。

把国外的介绍进来，或把国内的翻译出去。"① 翻译文学作为国别文学的一部分，在抗战时期，其特殊性体现在文学价值与社会功利性的平衡上。翻译文学，首先，绝对要具有被翻译的价值，作品的艺术性乃衡量其价值的主要标准；其次，反映战斗精神的作品乃翻译的首选，抗战时期的文艺需要坚定民众的抗战信念，团结各方的抗战力量，因此社会功利性不可或缺。于是，一直被文学史抛弃的翻译文学在这个时期闪现出独特的魅力来。它无其他抗战文艺作品题材狭隘、内容空洞的艺术缺陷，又能发挥文艺的宣传功能，完美地诠释了文艺与抗战的关系，在民族文学陷入低谷之时为其注入新鲜的血液。对"文协"翻译文学的研究，既能避免文艺创作质量不高的尴尬，又能不落传统研究方法的窠臼，管中窥豹地了解整个"文协"的创作情况。

本章将立足于史料，统计整理"文协"从总会到分会刊物上各种文学体裁的翻译作品，对"文协"的翻译情况做一个整体性地描述。然后结合"文协"的发展历史，了解"文协"是如何选择翻译作品的。最后从语言学理论和文化翻译研究的角度分析翻译作品，从比较文学中的译介学入手，考察译作特点，达到促进"文协"整体研究的目的。

第二节 "文协"的文学立场

中国文艺工作者在 20 世纪 30—40 年代的全民族抗战中表现出空前的团结协作精神和社会激情，1938 年 3 月 27 日成立的中华全国

---

① 《中华全国文艺界抗敌协会宣言》，《文艺月刊》（第 9 期）1938 年 4 月 1 日。

文艺界抗敌协会（以下简称"文协"）是其重要标志。由于"文协"在特殊的时代语境中与抗战现实和民族政治联系过于紧密，以至于人们忽略了它构成主体及活动内容的文学性。事实上，作为张扬抗战文学的主流团体，"文协"参与组织的与抗战时局相关的活动既属于政治历史的范畴，更属于文学观照的重要内容，对"文协"的研究还亟待从文学的角度去还原其文学面貌。本节在梳理史实的基础上，从构成主体、文学主张和社团特征等方面论证了"文协"是中国现代文学史上规模最大的文学社团。

一

"文协"究竟是一个什么样的组织？在《中华全国文艺界抗敌协会史料选编》一书的"编选说明"中，编者认为："中华全国文艺界抗敌协会（简称'文协'）是抗日战争时期中国共产党领导的文艺界统一战线组织。它在抗日争民主的斗争中立下了不朽的功勋。"① 而在另一篇名为《"文协"概述》的文章中同样认为："'文协'是党领导下的文艺界统一战线组织。"② 根据这些记述，我们不用过多地推敲和思索就能得出结论："文协"是由共产党领导的抗战组织。但实际情况真的如此吗？

"文协"的成立与政党无关，它是作家在抗战时期的自觉行为。"文协"并非共产党人出于某种政治或民族利益的立场而组织安排成立的，它是中国作家在抗战的过程中为了发挥群体的力量而自觉凝聚在一起的结果。倡导组织成立中华全国文艺界抗敌协会的阳翰笙

---

① 文天行、王大明、廖全京编：《中华全国文艺界抗敌协会史料选编·编选说明》，四川省社会科学院出版社1983年版，第1页。
② 文天行：《"文协"概述》，《国统区抗战文艺研究论文集》，重庆出版社1984年版，第29页。

回忆"文协"的产生时说，他参加"剧协"成立大会的那天有了成立"文协"的想法："于是，我便想立刻在会场中找一个在中国文艺社方面负责的朋友来谈谈，我在会场中搜视了一遍，恰巧瞧见了平陵，嘴上吸着一支香烟笑嘻嘻地正在跟一个朋友'吹牛'。当时我便走过去把我的意思告诉了他，他听了很高兴，立刻笑嘻嘻的打着'宜兴国语'回答我：'赞成！赞成！兄弟非常之赞成！'于是我们商谈的结果，便决定他去向力子先生请示，我到作家之间去奔走。"① 根据阳翰笙的记录，"文协"的成立涉及中国文艺社，涉及王平陵、邵力子和产生成立"文协"想法的阳翰笙三人。中国文艺社是 1932 年张道藩与叶楚伧等成立的与"左联"的文艺方针相对立的文学团体，与中国共产党不仅没有直接联系，反而在文学创作思想上背道而驰；而王平陵当时是国民党中央政府的高级官员，新中国成立后去了中国台湾，他不可能是"潜伏"的共产党员。邵力子虽然 1921 年加入上海共产主义小组并在同年加入中国共产党，但在 1926 年却退出了中国共产党，在国民政府仕途顺利。邵力子 1949 年作为国民党政府和平谈判代表团成员，到北平与中国共产党进行和平谈判，虽因国民党府政拒绝签订和平协定而脱离国民党政府留在北平，积极支持中国共产党的革命事业，但在当时，他的思想和政治立场至少不是代表共产党的。所有这些迹象表明"文协"的提出和成立时需要得到的支持并非共产党人，而是一批有志于抗战的民族人士。

也许有人会说，阳翰笙 1925 年就加入了中国共产党，他提出成立"文协"的时候已经是一名共产党员，因此"文协"也可以说是

---

① 阳翰笙：《"文协"诞生之前》，《抗战文艺》（"文协成立五周年纪念特刊"）1943 年 3 月 27 日。

共产党倡导成立的。我们姑且不去管阳翰笙的个人意见是否能够代表整个党组织的文艺观念，仅从他有了想法以后未向组织汇报或找组织谈论"文协"筹备事宜，就可断定共产党与"文协"之间很难存在领导和被领导的关系。即便是阳翰笙个人的想法能够代表党组织的文艺发展策略，但在实际成立过程中他本人却并没有参加任何筹备工作。根据阳翰笙在《"文协"诞生之前》一文中的叙述，虽然"文协"的成立有赖于他的倡导和"到作家之间去奔走"，但后来他被郭沫若"找去协助他筹组三厅工作去了，因此，'文协'的筹备工作……也就只好告退，大大小小的工作全都由老舍、华林、胡风、乃超、平陵……这几位朋友负责办理去了"①。从老舍和胡风与中国共产党深厚的关系出发，从二人抗战时期的文艺主张与共产党团结抗敌的文艺方针相吻合出发，得出共产党在"文协"成立过程中具有主导地位和作用似乎合情合理。我们姑且不论老舍在抗战时期是否真的具有共产主义的信仰和理想，但从他本人当时在文艺界的地位和作用分析，其主导"文协"的力量非常有限，这里可以举出老舍在"文协"的入会誓词为证："我是文艺界一名小卒，十几年日日夜夜操劳在书桌上和小凳子之间，笔是枪，把热血洒在纸上。可以自傲的地方，只是我的勤劳。小卒的心中没有大将的韬略，可是小卒该做的一切，我确实做到了。"②不管老舍是否出于自谦的口吻，但或多或少都可以证明他在"文协"成立乃至以后都不具有独当一面的实力。将作家还原到当年的创作语境和创作心理中，我们不难发现共产党通过"文协"团结作家抗战的认识有悖老舍等人的

---

① 阳翰笙：《"文协"诞生之前》，《抗战文艺》（"文协成立五周年纪念特刊"）1943 年 3 月 27 日。
② 老舍：《入会誓词》，《文艺月刊》（第九期）1938 年 4 月 1 日。

文学初衷，他本人曾毫无掩饰地说："我不是国民党，也不是共产党，谁真正抗战我就跟谁走，我就是一个抗战派。"① 此话一方面道出了抗战时期作家的民族情怀；另一方面也说明了"文协"的立场不是附庸某一政党，而是致力于民族抗战。

根据共产党在国统区创办的最具影响力和指导意义的《新华日报》的报道来看，共产党与"文协"之间也不存在领导关系，"文协"是一个独立于政党之外的文学社团。在《庄严热烈的文艺阵——记全国文艺界抗敌协会筹备大会》一文中有这样的话："中央要人汪精卫先生，冯焕章先生都以文艺人的资格预定到会，很可惜的终于为别的要会未能出席。"② 如果是共产党领导成立了"文协"，那汪精卫之流肯定不会被邀请出席会议，记者的报道也不会为这类人物的缺席而感到可惜。同时，根据《新华日报》记者的报道，"文协"成立仪式上讲话者的先后顺序分别是邵力子、王平陵、陈真如、老舍和胡风等，这从某种程度上也表明了"文协"的成立不是共产党组织和领导的。《中华全国文艺界抗敌协会宣言》明确表明了"文协"的政治立场以及活动目的："抗战救国既是我们的旗号，我们是一致的拥护国民政府与最高领袖。我们相信文艺是政府与民众间的桥梁，所以必须沿着抗战到底的国策，把抗敌除暴的决心普遍的打入民间；同时把民间的实况转达给当局。"③ 如果"文协"是共产党领导的，那其成立"宣言"绝不会容忍"拥护国民政府与最高领袖"等字眼的存在，"文协"也不会被认为是"政府与民众间的桥梁"，更不会把国民党的政策成为"国策"了，这充分说明了

---

① 老舍：《灵的文学与佛教》，《海潮音》1941 年第 2 期。

② 记者特写：《庄严热烈的文艺阵——记全国文艺界抗敌协会筹备大会》，《新华日报》1938 年 2 月 25 日。

③ 《中华全国文艺界抗敌协会宣言》，《文艺月刊》（第 9 期）1938 年 4 月 1 日。

"文协"的成立不是政党领导的结果。

从中华全国文艺界抗敌协会的简章中可以看出"文协"并非政治性团体，而是一个不折不扣的文艺组织。"文协"的宗旨是："本会以联合全国文艺作家共同反对日本帝国主义的侵略，完成中国民族自由解放，建设中国民族革命的文艺，并保障作家权益为宗旨。"说明"文协"的最终目的不是要实现某政党的政治权力，而是为了建设中国民族革命的文艺。从"文协"的组织来看，"本会以全体会员大会为最高机关"的宣言说明了"文协"并非受管辖于某个组织或政党，乃是文艺工作者自己的组织。① "文协"的成立本质上是抗战现实需要文艺界团结起来抵御共同的民族敌人。"全国文艺界是革命者忠实的伙伴，民族斗争的前哨，在这一次的爱国大战刚发动时，立刻他们就守住了自己的岗位，发挥了斗争的力量。……每一个文艺工作者，都已经看到了共同的一点，就是，如果能够坚强的团结起来，从每一个所站立的哨岗上，取得互相呼应；表里一致的结合，必可使大家的意志、精力，毫不浪费地完全打击到敌人的身上，使中国最后胜利的日子，尽可能地缩进。"因此，筹划组织全国文艺界抗敌协会"在抗战的阵营上，是急需；在文艺本身的发展上，是必需。"② 因此，"文协"的成立是抗战的现实要求把文艺工作者与革命者等同起来，发挥作家的战斗精神，迎接民族解放战争的胜利。老舍曾说："全国文艺界抗敌协会这个组织，正和别的民众抗敌团体一样。"③ 进一步说明了"文协"在当时很多人看来就是一个不

---

① 参见《中华全国文艺界抗敌协会宣言》，《文艺月刊》（第9期）1938年4月1日。

② 草莱：《中华全国文艺界抗敌协会筹备经过》，《文艺月刊》（第9期）1938年4月1日。

③ 老舍：《一年来文协会务的检讨》，《抗战文艺》（第4卷第2期）1939年4月25日。

归附于任何党派的民间组织，只是构成人员是具有较高知识素养的文艺工作者而已。

"文协"的文学观念契合了当时共产党提倡的团结抗敌的方针政策，但二者有相似的主张并不表明就存在领导和被领导的关系，几乎全国所有的民间组织和官方组织其时都主张团结抗战，把争取民族的独立和自由作为自己的行动指南。把"文协"当作是共产党领导的抗敌组织实在有些牵强，但以上论证并不表明共产党与"文协"之间没有任何联系，也不表明共产党的文艺方针和抗战精神对"文协"没有任何影响，更不表明"文协"就是国民党领导的文艺组织。

二

既然"文协"不是共产党领导的文艺组织，更不是因"尽力于抗战和与政府合作"而成为国民党领导的"'御用'机关"①。那"文协"究竟是谁领导的具有什么特殊性质的协会呢？接下来，本节试图从"文协"的构成主体、社团特征以及文学主张等方面出发来阐发"文协"具有文学社团的性质。

"文协"是新文化运动以来最广泛的文艺团体，几乎全中国的作家都加入了这个行列。虽然"文协"成立时到会的人数不多，但在有限的作家群体中包含了多种创作路向和文艺主张，这使它得以迅速地在全国很多地方建立了分会或通讯组，团结了大量的文艺工作者。《新华日报》对"文协"的构成主体做了这样的报道："虽然因为文艺人的星散各地，到会的只有六七十人，但其中包含的成分，

---

① 老舍：《五年来的文协》，《抗战文艺》（"文协成立五周年纪念特刊"）1943年3月27日。

实在是有新文学运动以来所从未有过的新阵容。抗日的共同目标，把大家毫无间隔的团结起来。"① 这表明"文协"融合了各种创作流派，最大限度地团结了国内文艺界的知识分子。"文协"组织部在成立一年后的总结中写道："惟经一年来的艰苦奋斗，组织的规模，已粗具雏形；全国大学文学院院长，教授，作家，名记者……已大率由于情感的融洽，时代的感召，责任的督促，踊跃入会，将来进一步努力，自不难在抗战中加强文艺武器的力量，在建国中发扬文艺复兴的光辉。"② 由此可见，"文协"在一年的时间里吸收了全国主要的文艺界中坚力量，并且在成都、昆明、桂林、香港、宜昌、襄樊等地成立了分会，在长沙等地成立了"全国文艺界抗敌协会通讯处"。无论从会员的分布还是组织机构的分布来看，均超出了以往任何一个新文学社团的规模和广泛程度，不愧为中国现代文学史上最大的文学社团组织。

"文协"不仅与政治派别和政党意识无关，而且与文学上的派别亦无联系，它是全中国人民在面对日本侵略时团结心态的集中体现。"文协"成立的当日，在《告全世界的文艺家书》一文中有这样的描述："中华全国文艺界抗敌协会今天在汉口成立。这个集团的命名就指明了这不是一个普通的文艺集团，而是一切文艺家为反抗暴日帝国主义的大团结；集合在这抗日旗帜下的我们，虽然在文艺的流派上说起来是可以区分为多种多类的，但是我们在政治上只有一个目标一个信念；中华民族必需求得自由独立，而要求得到自由独立，必需全民族精诚团结！"③ 这段话基本上可以让我们建构起对"文

---

① 记者特写：《庄严热烈的文艺阵——记全国文艺界抗敌协会筹备大会》，《新华日报》1938 年 2 月 25 日。
② "文协"组织部：《组织概况》，《抗战文艺》（第 4 卷第 1 期）1939 年 4 月 10 日。
③ 《告全世界的文艺家书》，《文艺月刊》（第 9 期）1938 年 4 月 1 日。

协"的认识，即其性质是不带任何政治派别观念的"文艺集团"，其成立的目的是中国的解放和自由，在承认创作流派存在差异的基础上，所有的作家都具有团结抗敌的相同信念。《新华日报》在名为《全国文艺界空前大团结》的社论中认为"文协"是"中国历史上空前的，也是抗战进程中最值得欢欣鼓舞的盛举"！"文协"的成立"表示了全中国的文艺作家，已经凝固的团结在一起，将文艺的武器，英勇的放在中华民族解放战争的疆场上发挥着比以往更强大的战斗力量"①。进一步说明了"文协"是新文学历史上规模最大的全国性文艺社团。周恩来在"文协"成立大会上说："今天到会后最大的感动，是看见了全国的文艺作家们，在全民族目前，空前的团结起来。这种伟大的团结，不仅仅是在最近，即在中国历史上，在全世界上，如此团结，也是少有的！这是值得向全世界骄傲的。"②可见，"文协"是名副其实的中国现代文学史上最大的文学社团。

与以往的新文学社团或组织不同的是，"文协"周围的所有作家都面临共同的时代难题和生存危机，这使他们能够比以前任何一个组织或社团都更具有向心力和团结协作精神，其构成人员的复杂性同时也说明了"文协"的包容性。"过去中国文艺界虽有过几次全国性的组织，但是因种种原因不能一致，总不能有良好的成果。现在情势已经完全不同了，全国上下，已集中目的于抗敌救亡……已无一不为亲密的战友，无一不为民族的力量。我们应该把分散的各个战友的力量，团结起来，像前线战士用他们的枪一样，用我们的笔，来发动民众，捍卫祖国，粉碎寇敌，争取胜利。"③ 从这些描述

---

① 《全国文艺界空前大团结》，《新华日报》1938 年 3 月 28 日。
② 同上。
③ 楼适夷：《中华全国文艺界抗敌协会发起旨趣》，《文艺月刊》（第 9 期）1938 年 4 月 1 日。

中我们可以看出,"文协"的旨趣并非为了宣传某个党派的意识形态,也并非是某个党派的"传声筒",它是在民族危亡时刻团结所有的文艺工作者,通过作品鼓舞最广泛的人民大众投入到抗战中去,争取民族的独立和自由。也正是如此,"文协"不仅最广泛地团结了中国的文艺工作者,而且最广泛地应和了大众的文化需求,成为中国现代文学史上最为大众化的、普及程度最高的文艺社团和文艺组织。"文协"比新青年社、创造社或文学研究会等具有更大的包容性和协作精神。之前文学团体之间面对的矛盾主要来自文学观念上的互不认同,现在的文学团体或者说全中国的文艺创作者面对的矛盾来自外敌的入侵和自我生存危机,共同的敌人将持有不同文学意见的作家团结在了"文协"周围,形成了自新文学运动以来罕见的作家团结的局面。

秉承新文学二十多年来直面社会动荡的传统显示出"文协"团结、抗战和民族的文学主张。"中国的新文艺运动,是从中国人民大众参加民族解放斗争的过程中产生出来的,因此他一开始便肩起了这个伟大斗争的使命;他还只有很短促的二十年的历史,我们不能对他作过于苛刻的要求,但是在这短短的二十年中,许多卓越的文艺工作者,在苦难的环境,前赴后继,奋发前进,始终没有一时一刻忘却他的时代的民族的责任。一切比较成功的作品,更没有一篇不是民族的心灵的呐喊,他毫不留情地揭发了民族的现实,非常敏感地指出了日紧一日的民族的危机,鼓励无数千万的知识青年投奔于民族斗争的疆场,纵使因此而遭受压迫,也毫不畏怯。"① 《新华日报》的社论不仅肯定了新文学诞生的时代背景和所处的语言环境

① 《全国文艺界抗敌协会成立大会》,《新华日报》1938年3月27日。

与民族解放斗争相关联，而且高度赞扬了新文学作家在困难面前不曾屈服的伟大人格。类似的言论也出现在"文协"的"成立宣言"中："中国新文艺运动的历史，才只有短短的二十年。在这二十年中，内忧外患，没得一日稍停，文艺界也就无时不在挣扎奋斗。……从表面上看，它似乎是浮动的，脆弱的；其实呢，它却似是一贯的不屈服，不绝望；正因为社会激剧的动荡，所以它才不屈不挠的挺身疾走，文艺家因生活窘迫，因处境困难，有的衰病，有的夭亡，可是前赴后继，始终不肯放弃了良心，不肯因身家的安全而退缩。"① 正是有了这样的新文学传统和作家精神，中华民族在遭受日本侵略的时候，全国的作家"必需把力量集聚到一处，筑起最坚固的联合阵营，放起一把正义之火，烧净了现存的卑污与狂暴"②。因此，"文协"的成立表明抗战文学是对新文学革命精神和爱国情怀的承传，"文协"会员的创作是对社会责任的担当和大众情感的抒发。

注重文学与大众的结合使"文协"在文学体式上主张大众化和通俗性。楼适夷起草的《中华全国文艺界抗敌协会发起旨趣》不仅表明了"文协"的成立是为了团结文艺界人士共同抗敌，而且表明了"文协"是会员的创作要以发动大众抗战为目的。"半年来抗战的经验，给我们宝贵的教训，一个弱国抵抗强国的侵略，要彻底打击武器兵力优势的敌人，唯有广大的激励人民的敌忾，发动大众的潜力。文艺者是人类心灵的技师，文艺正是激励人民发动大众最有力的武器。数年来为了呼吁抵抗，中国文艺界无疑地尽了最大的责任。但自抗战展开以来，新的形势要求我们更千倍地努力。"③ 在中

---

① 《中华全国文艺界抗敌协会宣言》，《文艺月刊》（第9期）1938年4月1日。
② 同上。
③ 楼适夷：《中华全国文艺界抗敌协会发起旨趣》，《文艺月刊》（第9期）1938年4月1日。

国新文学历史上，很多作家因为共同的文学审美价值取向而结社成为文学组织，比如"为人生"的文学研究会，张扬浪漫精神的创造社等均是如此。在认识到了人民大众的力量对于抗战胜利起着关键性作用的基础上，"文协"同人们进而"感到文艺抗战工作的重大"，他们必须将文艺宣传的抗战精神和人民大众的接受能力结合起来，进而选择了大众化和通俗性的文艺创作方向。从"文协"会刊《抗战文艺》发表的作品来看，"文协"的各种文艺样式在抗战时期发挥了独特的作用："在共雪国仇恨，维护正义下，有我们的理论。在善意的纠正，与友谊的切磋中，有我们的批评。在民族复兴，公理战胜的信念里，有我们的创作。……我们的工作由商讨而更切实的到民间与战地去，给民众以激发，给战士以激励。"[1] 因此，抗战文艺中曾出现了利用旧形式、利用民间文艺形式和大众话语的创作潮流，也出现了"民族形式问题"等的理论探讨，这其实都是抗战文艺为了满足大众接受能力的结果，从另外一个角度反映出"文协"在文体形式上的通俗性和大众化审美取向。

总之，"文协"的成立源于作家抗战的民族情结，虽然蒙上了较为浓厚的政治历史色彩，但其构成主体、社团特征和文学主张却表明了它的文学社团特质。因此，我们不应该再从政治历史的角度对"文协"加以误读，而应该从文学的维度去把握"文协"这个新文学史上规模最大的文学社团的群体特征，彰显出它在中国现代文学史上的"文学"价值。

---

① 《中华全国文艺界抗敌协会宣言》，《文艺月刊》（第9期）1938年4月1日。

第三节 "文协"的翻译文学概貌

要了解"文协"的翻译文学作品情况,就必须以"文协"会刊为依托。"文协"成立后不久,会刊《抗战文艺》诞生,成为"文协"成员以笔为武器向敌人宣战的阵地。各地分会成立后,也纷纷创办自己的会刊,与总会会刊一起为广大人民群众提供精神食粮。由于特殊的战时环境,"文协"刊物的保存情况堪忧,大多数刊物除留有只言片语外无任何资料可考,某些刊物仅有书目存世,还有的刊物部分期数缺失。有鉴于此,我们对"文协"翻译文学的研究范围便划定在有具体资料可查的刊物范围内。鉴于会员主要在会刊上发表作品,而且会刊最鲜明地体现出了"文协"的文学理念,因此本部分内容主要以"文协"创办的刊物为依托来呈现其丰富的翻译文学面貌。

一 总会的翻译文学

"文协"总会会刊《抗战文艺》在 1938 年 5 月 4 日创刊于武汉,武汉失守后于 1938 年 10 月 15 日在陪都重庆复刊。艰难的战争环境给《抗战文艺》的编辑、出版及发行都带来了严重困难,历经了三日刊、周刊、半月刊、月刊、不定期刊等多种形式,在 1946 年 5 月 4 日终刊于重庆,成为贯穿抗战始终的唯一刊物。因此,下文接下来主要以会刊为准来梳理"文协"总会的翻译文学概况。

《抗战文艺》编委会成员有:王平陵、田汉、安娥、朱自清、朱光潜、成仿吾、老向、老舍、吴组缃、宋云彬、周文、郁达夫、胡风、胡秋原、茅盾、徐炳昶、姚篷子、冯乃超、夏衍、陈西滢、张天翼、舒群、阳翰笙、叶以群、叶绍钧、适夷、郑伯奇、郑振铎、穆木天、锡金、钟天心、丰子恺、罗荪等。《抗战文艺》上共刊载有翻译作品 49 篇，这些译作具有重要的文学价值和研究意义。

　　《抗战文艺》从创办之初就很重视翻译文学作品的发表。《中国文学在苏联》（作者罗果夫，译者戈宝权，第 1 卷第 5 期，1938 年 5 月 21 日），论文《关于"艺术和宣传"的问题》（作者日本鹿地亘，译者不详，第 1 卷第 6 期，1938 年 5 月 28 日）、《在特鲁尔前线》（作者西班牙菲荻南·吉伦，译者马耳，第 1 卷第 8 期，1938 年 6 月 11 日）、《高尔基致孙中山先生书》（作者苏联高尔基，译者包泉，第 1 卷第 9 期，1938 年 6 月 18 日）、《西班牙战争中的诗人》（作者 D. 特里瓦尔，译者高寒，第 2 卷第 1 期，1938 年 7 月 16 日），报告《巴塞龙那上空的"黑鸟"》（作者西班牙巴利欧，译者马耳，第 2 卷第 4 期，1938 年 8 月 13 日），作家小纪《西班牙的革命作家别尔加曼》（作者苏联凯林，译者铁弦，第 2 卷第 4 期，1938 年 8 月 13 日）、《国际纵队歌》（作者德国 E. Weinert，译者马利亚，第 2 卷第 4 期，1938 年 8 月 13 日），诗《哀悼》（作者法国 N. Babas Varof，译者马耳，第 2 卷第 4 期，1938 年 8 月 13 日），特写《赵老太太会见记》（作者日本绿川英子，译者不详，第 2 卷第 4 期，1938 年 8 月 13 日）、《俘虏》（作者美国史沫特莱，译者不详，第 2 卷第 4 期，1938 年 8 月 13 日），作家小纪《我底略历》（作者鹿地亘，译者不详，第 2 卷第 4 期，1938 年 8 月 13 日），西班牙通讯《第四十三师团》（作者 M. 斐尔兰台斯，译者戈宝权，武汉特刊第 1 号，1938 年 9 月 17 日）、《近代的中国艺术家是一个政治家》（作者陈依范，译者马耳，武汉特刊第 1 号，1938 年 9 月 17 日）、《一九三八年七月十八日》（作者爱伦堡，译者戈宝权，武汉特刊第 4 号，1938 年 10 月

15 日)、《意大利法西斯蒂在瓜达拉哈拉的遭遇》(作者苏联柯尔佐夫,译者立波,第 2 卷第 9 期,1938 年 11 月 5 日)、《托尔斯泰一百年诞生纪念》(作者 M. Brovin,译者高植,第 11、12 期合刊,1938 年 11 月 26 日)、《一九三八年七月十八日》(作者爱伦堡,译者戈宝权,第 3 卷第 3 期,1938 年 12 月 17 日)、《一颗炸弹》(作者 H. M. Muguyev,译者白澄,第 3 卷第 8 期,1939 年 2 月 4 日)、《给苏联的作家们》(作者 U. 辛克莱,译者张郁廉,第 3 卷第 12 期,1939 年 3 月 1 日)、《手榴弹之歌》(作者苏联 V. 古谢夫,译者铁弦,第 4 卷第 5、6 期合刊,1939 年 10 月 10 日)、《乌克兰诗人雪夫琴可底诗》(作者雪夫琴可,林德舍英译,译者周醉平,第 4 卷第 5、6 期合刊,1939 年 10 月 10 日)、《我们怎样提拔新作家》(作者苏联 P. Pavlenko,译者李葳,第 5 卷第 2、3 期合刊,1939 年 12 月 10 日)。

进入 1940 年,《抗战文艺》上发表的翻译作品依然十分丰富。《跟着码头工人前行》(作者 A. Brown,译者王礼锡,第 5 卷第 4、5 期合刊,1940 年 1 月 20 日),诗《谟罕默德礼赞歌》(作者德国歌德,译者梁宗岱,第 6 卷第 1 期,1940 年 3 月 30 日)、《伊朗诗人费尔岛西的罗密欧与朱丽叶》(作者不详,译者张秉铎,第 6 卷第 1 期,1940 年 3 月 30 日),中篇连载《油船"德宾特号"》(作者苏联克雷莫夫,译者曹靖华,第 6 卷第 3 期,1940 年 11 月 1 日,第 6 卷第 4 期,1940 年 12 月 1 日,第 7 卷第 1 期,1941 年 1 月 1 日,第 7 卷第 2、3 期合刊,1941 年 3 月 20 日,第 7 卷第 4、5 期合刊,1941 年 11 月 10 日),欧战报告文学《休假十日》(作者法国阿笛勒,译者金满城,第 6 卷第 3 期,1940 年 11 月 1 日)、《沙姆涉佛的游击战》(《战争与和平》之一章,作者俄国托尔斯泰,译者郭沫若、高值, 第 6 卷第 3 期, 1940 年 11 月 1 日)。

1942—1943 年是《抗战文艺》发表翻译作品最少的年份, 直到 1944 年, 总会会刊上发表的翻译作品才又开始恢复繁荣。长篇连载《梦》(作者法国埃弥尔·左拉, 译者李颉人、马宗融, 第 9 卷第 1、2 期合刊, 1944 年 2 月 1 日, 第 9 卷第 3、4 期合刊, 1944 年 9 月, 第 9 卷第 5、6 期合刊, 1944 年 12 月)、《塞尔维亚之歌》(作者塞尔维亚贝拉·巴拉慈, 译者侍桁, 第 9 卷第 1、2 期合刊, 1944 年 2 月 1 日)、《收养》(作者法国弗·歌白, 译者马宗融, 第 9 卷第 1、2 期合刊, 1944 年 2 月 1 日)、《论斯丹达尔》(作者勃朗台斯, 译者侍桁, 第 9 卷第 3、4 期合刊, 1944 年 9 月), 散文《我们见天儿的面包》(作者法国杜哈美尔, 译者李青厓, 第 9 卷第 3、4 期合刊, 1944 年 9 月)、《小猫的死》(作者绿川英子, 译者乔, 第 9 卷第 3、4 期合刊, 1944 年 9 月)、《论〈红与黑〉》(作者勃朗台斯, 译者韩侍桁, 第 9 卷第 5、6 期合刊, 1944 年 12 月)、《战时的肖洛河夫》(作者戴雷季埃夫, 译者唐旭之, 第 9 卷第 5、6 期合刊, 1944 年 12 月)、《卜儿佐查》(作者 A. Havrilyuk, 译者若斯, 第 9 卷第 5、6 期合刊, 1944 年 12 月)、《古典传统与苏联长篇小说》(作者吉尔波丁, 译者蒋路, 第 10 卷第 1 期, 1945 年 3 月, 第 10 卷第 2、3 期合刊, 1945 年 6 月)、《关于 A. 托尔斯泰的论文》(作者亨利·洛维奇, 译者子涛, 第 10 卷第 1 期, 1945 年 3 月)、《罗曼·罗兰》(作者法国阿拉贡, 译者焦菊隐, 第 10 卷第 2、3 期合刊, 1945 年 6 月), 小说《一个黑海的传奇》(作者 L. 梭罗佛育夫, 译者荃麟, 第 10 卷第 2、3 期合刊, 1945 年 6 月)、《回到大的气派》(作者多罗色汤姆生, 译者朱自清, 第 10 卷第 2、3 期合刊, 1945 年 6 月)、《战时的苏联和知识分子》(作者卡弗托洛夫, 译者海观, 第 10 卷第

2、3 期合刊，1945 年 6 月），小说《老渔夫》（作者不详，译者钱新哲，第 10 卷第 4、5 期合刊，编好未曾出版），小说《彼得大帝》（作者不详，译者戈宝权，第 10 卷第 4、5 期合刊，编好未曾出版），论文《论〈奥勃洛摩夫〉》（作者不详，译者蒋路，第 10 卷第 4、5 期合刊，编好未曾出版）、《李家的人们》（作者日本绿川英子，译者不详，第 10 卷第 4、5 期合刊，编好未曾出版）、《这是你的战争》（作者不详，译者徐迟，第 10 卷第 4、5 期合刊，编好未曾出版）。

《抗战文艺》上翻译文学的体裁多样，有诗歌、报告、通讯、小说、散文、文论、作家小记等。翻译作品来自西班牙、美国、俄国、德国、法国、日本、苏联、英国、塞尔维亚等国，其中以西班牙和苏联的作品最多，且《抗战文艺》是"文协"会刊中唯一刊登有日本文学作品的刊物，作者是反侵略作家鹿地亘和绿川英子，鹿地亘还曾参加过"文协"的成立大会。《抗战文艺》也是唯一连载有中长篇小说的"文协"刊物，其翻译文学的内容十分丰富：有来自西班牙前线抗击法西斯的报道，有高尔基写给孙中山的书信，有华裔对中国近代艺术家的分析，有歌德、托尔斯泰这些伟大作家的作品，还有专门研究著名作家和评论优秀著作的文论等。从内容上看，《抗战文艺》在选择翻译作品时前后有着很大的变化。因为《抗战文艺》的存在时间最长，因此翻译作品的数量是"文协"刊物中最多的，但是在 1942—1943 年间，翻译文学曾中断过。至于《抗战文艺》的翻译文学为什么会出现转变，以及 1942—1943 年为什么没有刊登翻译作品，这与国内党派之间的政治斗争有关，我们会在后文细说。

二　昆明分会的翻译文学

1938 年 5 月 1 日，中华全国文艺界抗敌协会云南分会在昆华民众教育馆桂香楼成立，其前身是 1937 年 12 月成立的"云南文艺工作者抗敌座谈会"。该会成立之时未经总会的批准，且总会已指定穆木天、朱自清、沈从文、施蛰存等人为昆明分会的筹备员，1939 年 1 月"云南分会"改名为"昆明分会"，筹备员进入理事会，表明昆明分会得到了"文协"总会的承认。本文主要以会刊《文化岗位》和《战歌》为例，整理"文协"昆明分会的翻译文学状况。

《文化岗位》是"文协"昆明分会的会刊，1938 年 7 月创刊于昆明，1940 年 2 月停刊，翻译作品有 2 篇：《赵教官》（作者不详，译者欧阳震，第 1 卷第 3、4 期合刊，1938 年 10 月 31 日，"九月文艺竞赛"特辑），《夏伯阳》（作者富曼诺夫，译者何首、郭定一，第 1 卷第 5 期，1938 年 12 月 15 日）。

"文协"昆明分会另一会刊《战歌》乃是诗歌月刊，是抗战时期的重要诗歌刊物，被茅盾誉为"闪耀在西南天角的诗星"①，由徐嘉瑞、澎波、罗铁鹰于 1938 年 8 月 18 日在昆明创办，第 1 卷第 6 期出版后改为不定期刊，第 2 卷第 3 期出版后，即 1941 年 1 月停刊。之所以取名为"战歌"，是因为创办者最初的决定就是"我们的诗刊，只登抗战诗歌创作、反侵略压迫的译诗和革命诗歌理论"，"谢绝那些与抗战无关的作品"。"《战歌》上的诗创作约有一万二千行，完全是反映抗日战争的诗（其中几乎每期都有延安和晋察冀边区作者的诗，有几期中也有爱国华侨的诗）；译诗约有一千二百行，完全是反侵略反压迫的诗。"②《战歌》创刊号的《发刊词》中表明了鲜明的办刊宗旨："我们的当前，是血与肉搏斗的时代，弱小的民族向强暴的法西斯作勇猛抗战的时代。在我国，已经展开了空前未有的

---

① 《文艺阵地》（第 2 卷第 3 期）1939 年 11 月 16 日。
② 罗铁鹰：《回首话〈战歌〉》，《新文学史料》1983 年第 1 期。

大决斗。一切的艺术家们都毫不迟疑地参加了每一个战斗的部分。守住自己的岗位，为整个中华民族的存亡贡献自己的生命。""我们要用诗歌和刺刀保卫我们垂危的祖国。"①《战歌》在筹办时乃是一个独立的刊物，就在创刊号付印前几天，"文协"昆明分会理事会希望将《战歌》算作分会的刊物，壮大昆明分会声势、加强昆明文艺界的团结，于是《战歌》变成了昆明分会会刊，成为"文协"刊物中一个特殊的存在。

《战歌》上的翻译诗歌有 21 篇：《马赛曲》（作者不详，译者陆侃如，创刊号 1938 年 8 月 16 日）、《快去吧》（作者不详，译者张镜秋，创刊号 1938 年 8 月 16 日）、《从中世纪到文艺复兴》（作者 Pario，译者张镜秋，第 1 卷第 2 期，九一八特辑）、《献》（作者法利浦，译者张镜秋，第 1 卷第 3 期，1938 年 11 月）、《自由》（作者涅克拉索夫，译者彭慧，第 1 卷第 4 期，1938 年 12 月）、《近代的年代》（作者 W. 惠特曼，译者高寒，第 1 卷第 4 期，1938 年 12 月）、《在医院里》（作者波兰 Josefo Tenen baum，译者张镜秋，第 1 卷第 4 期，1938 年 12 月）、《战景》（作者 Ceral Can Sie，译者罗铁鹰，第 1 卷第 4 期，1938 年 12 月）、《希特勒的衣》（作者不详，译者张镜秋，第 1 卷第 5 期，1939 年 1 月）、诗论《论大众歌曲》（作者苏联杜那耶夫斯基，译者铁弦，第 1 卷第 6 期，1939 年 2 月通俗诗歌专号）、《我的父亲的围场》（作者不详，译者高寒，第 1 卷第 6 期，1939 年 2 月，通俗诗歌专号）、《你别离了我》（作者不详，译者张镜秋，第 1 卷第 6 期，1939 年 2 月，通俗诗歌专号）、《穿过街衢》（作者不详，译者张镜秋，第 1 卷第 6 期，1939 年 2 月，通俗诗歌专

---

① 雷溅波：《发刊词》，《战歌》（创刊号）1938 年 8 月 16 日。

号)、《反法西斯进行曲》(作者 E. mihalski，译者张镜秋，第 2 卷第 1 期，1940 年)、《毒瓦斯》(作者法柏，译者罗铁鹰，第 2 卷第 1 期，1940 年)、《诗三首》(作者俄国莱曼托夫，译者高寒，第 2 卷第 2 期，1941 年 1 月)、《中国的妇人》(作者威忒·白纳尔，译者罗铁鹰，第 2 卷第 2 期，1941 年 1 月)、《凯旋入城》(作者 Charles Novman，译者罗铁鹰，第 2 卷第 2 期，1941 年 1 月)、《难民船》(作者 N. 卡陀淑，译者袁水拍，第 2 卷第 2 期，1941 年 1 月)、《妈妈和他的孩子》(作者脱哇妥夫斯基，译者华玲，第 2 卷第 2 期，1941 年 1 月)、《纪念马雅可夫斯基》(作者不详，译者徐嘉瑞，第 2 卷第 2 期，1941 年 1 月)。

《战歌》上的译诗完完全全地满足了创刊者最初的愿望，没有一首译诗的内容是与抗战无关的，也正因为如此，大部分的译诗来自同样被法西斯侵略的西班牙。通过上文的整理，我们可以看到《战歌》一个特别明显的问题，那就是译者数目过少。《战歌》上共有译诗 21 首，却只有 9 位译者，一多半的诗歌是由张镜秋、罗铁鹰和楚图南(高寒)3 人翻译的，其中张镜秋有译诗 8 首，罗铁鹰有译诗 4 首，楚图南有译诗 3 首。楚图南不消细说，是著名的文人、翻译家，有多部翻译著作留世；罗铁鹰，上文提过，是《战歌》的创刊人之一，有名的"抗战诗人"，但他却不是严格意义上的翻译家；译诗数量最多的张镜秋，既不是诗人，也不是作家，而是一位世界语专家，他所翻译的诗歌都是西班牙反法西斯战争的诗。承担了大部分翻译工作的三位译者，只有一位是真正的翻译家，因此译诗的质量可想而知。《战歌》的体裁只有诗歌，又将内容圈定在抗战这个范围之内，使大多数翻译家在选择诗歌翻译和进行诗歌翻译时的艺术思维被束缚住，造成了《战歌》翻译文学在译者这块的窘迫处境。

再加上所选取诗歌的原作者除莱曼托夫、涅克拉索夫和惠特曼外，大多籍籍无名，这些都影响了《战歌》翻译文学的艺术审美性。归根结底，造成《战歌》这种状况的是其办刊宗旨，而提出这项宗旨的雷溅波是一位左联诗人。

三 成都分会的翻译文学

"文协"成都分会的成立颇为曲折，1938 年 2 月成都文艺界便开始自行筹组"文抗协会"，"文协"成立后指派了周文、朱光潜、马宗融、沙汀、罗念生等人为成都分会的筹备员，于是将申报的"文抗协会"改为隶属"文协"的成都分会，但当局一直拖延不予批准，后来老舍与冯玉祥亲临成都，分会才得以在 1939 年 1 月 14 日成立。为考察"文协"成都分会的翻译文学，本文主要以会刊《笔阵》为载体。

《笔阵》是"文协"成都分会的会刊，1939 年 2 月 16 日创刊，目的主要是使成都的文艺工作者取得紧密联系，编辑委员会由陈翔鹤、顾绥昌、萧军、李劼人等 11 人组成，同年 11 月 25 日休刊，1940 年 4 月 1 日复刊，由半月刊改为了月刊，1943 年 4 月 15 日再次休刊，1944 年 5 月 5 日改为丛刊复刊，出版了一期翻译专辑后终刊，共 30 期。

由于《笔阵》的第 1 期、第 5 期、第 6 期、第 13 期、第 14 期、新 1 卷第 2 期、新 1 卷第 6 期缺失，我们已知的刊载在《笔阵》上的翻译作品共有 27 篇：小说《马拉加》（作者不详，译者纾胤，新 1 卷第 1 期，1940 年 4 月 1 日），随笔《第一次和高尔基会面》（作者不详，译者林丰，新 1 卷第 3 期，1940 年 6 月 1 日），小说《鬼》（作者高尔基，译者丘埜，新 2 卷第 1 期，1940 年 10 月 1 日，鲁迅先生逝世四周年纪念特辑），诗《青年们的五月》（作者贝多芬，译者无以，新 2 期，1941 年 5 月 1 日），童话《雀子》（作者高尔基，译者方大野，新 2 期，1941 年 5 月 1 日），诗《赠丽娜》（作者歌德，译者 SY，新 3 期，1941 年 6 月 1 日），诗《怀乡曲》（作者歌德，译者 SY，新 3 期，1941 年 6 月 1 日）。

1942 年之后，"文协"成都分会的翻译文学作品发表的数量更多。小说《沉默的邦齐》（作者柏莱兹，译者李葳，新 4 期，1942 年 8 月 20 日）、小说《新沙塞宁传》（作者柯金勒，译者龙夫，新 4 期，1942 年 8 月 20 日）、诗人评传《诗人华尔特尔·封·德伏格尔维德》（作者不详，译者卢剑波，新 4 期，1942 年 8 月 20 日）、剧《左边的月亮》（作者不详，译者弥沙，新 4 期，1942 年 8 月 20 日，新 5 期，1942 年 10 月 15 日，新 6 期，1942 年 11 月 15 日，新 7 期，1943 年 1 月 15 日）、小说《柏蒂花园》（作者戊扬·古久列，译者李葳，新 5 期，1942 年 10 月 15 日）、小说《快乐王子》（作者王尔德，译者巴金，新 5 期，1942 年 10 月 15 日）、诗《听见收获物》（作者奥登，译者邹绿芷，新 5 期，1942 年 10 月 15 日）、小说《爱情》（作者匈牙利森诃，译者马耳，新 6 期，1942 年 11 月 15 日）、诗《我做过一次奇异的看守》（作者惠特曼，译者姚奔，新 6 期，1942 年 11 月 15 日）、诗《死亡国》（作者意大利 Enrico Nencioni，译者卢剑波，新 7 期，1943 年 1 月 15 日）、诗《生死之流》（作者意大利 Enrico Nencioni，译者卢剑波，新 7 期，1943 年 1 月 15 日）、小说《两个同名者》（作者希米诺夫，译者钱新哲，新 8 期，1943 年 4 月 15 日）、短篇小说《顾平》（作者高尔基，译者耿济之，新篇第 1 号翻译专辑，1944 年 5 月 5 日）、短篇小说《悲哀》（作者契诃夫，译者李葳，新篇第 1 号翻译专辑，1944 年 5 月 5 日）、短篇小说《灰毛驴》（作者土耳其海力德，译者钱新哲，新篇第 1 号翻译专辑，

1944年5月5日）、诗《孩子的血》（作者古塞夫，译者无以，新篇第1号翻译专辑，1944年5月5日）、论文《论萨克莱的〈纽康门家〉》（作者车尔尼雪夫斯基，译者洪钟，新篇第1号翻译专辑，1944年5月5日）、剧《想象的对话》（作者兰多，译者罗念生，新篇第1号翻译专辑，1944年5月5日）、剧《生日茶会》（作者丹麦柏格斯腾，译者陈翔鹤，新篇第1号翻译专辑，1944年5月5日）、《〈单身姑娘〉译序》（作者不详，译者李颉人，新篇第1号翻译专辑，1944年5月5日）。

《笔阵》上的翻译文学与"文协"其他刊物相比，在体裁上更显多样，除了常见的诗歌、小说、散文、论文外，还有剧本和童话等多种形式。剧本有三个，一个长剧本《左边的月亮》，两个短剧本《想象的对话》和《生日茶会》；童话有两篇，分别是高尔基的《雀子》和王尔德的《快乐王子》。《快乐王子》在当时被归为短篇小说，以今天的眼光来看应属童话一类，且剧本和童话这两类体裁的译作只在《笔阵》上出现过。从作品的译出国来看，有来自较为少见的匈牙利和丹麦。从内容上来说，《笔阵》的翻译文学与抗战的联系并不够紧密，原因有三：第一，《笔阵》是从1940年才开始刊登翻译作品，这时全民的战斗热情开始逐渐回温，不再是时时处处提"抗战"；第二，《笔阵》的创刊目的是为了紧密联系成都的文艺工作者，抗战并不是主要任务；第三，《笔阵》上的一些非翻译作品，如杂文、随笔等，这些体裁的作品承担了表现成都当地人民抗日的任务。虽然《笔阵》的翻译文学并没有呈现出对某一国或某一类作品的偏向，但是作品被译介数量最多的是高尔基，且《笔阵》在1944年复刊革新后的第一辑是以高尔基的小说《顾平》为刊名，因此尽管《笔阵》上的翻译文学最具有艺术性和审美性，却仍没有成为纯文学的净土。

四　桂林分会的翻译文学

"文协"桂林分会的成立带有明显的党派性质。1938 年 11 月 30 日，在共产党南方局和周恩来的指示下，文艺界人士在桂林月牙山倚虹楼举行座谈会，商议组织"文协"桂林分会，推举巴金、夏衍为筹备员。1939 年 7 月 4 日，夏衍、田汉、艾青、艾芜等 23 人组成"文协"桂林分会筹备委员会，7 月 9 日，筹备会发表宣言："桂林文艺工作者，为求抗战文艺运动更广泛的展开，为求创作与理论的更进步，为求青年文艺工作者的培养，为求前方与后方，国内与国外文艺工作联系之密切，一致迫切地感到在这西南抗战中心的桂林，有成立文协分会的必要，现正积极筹备，期于最短时期内成立分会。"① 1939 年 10 月 2 日，"文协"桂林分会成立。

考察"文协"桂林分会的翻译文学，主要以会刊《抗战文艺》为主。"文协"桂林分会的会刊也叫作《抗战文艺》，艾芜编辑，1940 年 3 月 1 日出刊，但只出了这一期就停刊了，翻译作品有 2 篇：《莱蒙托夫论》（作者薛诺维支，译者黄药眠），《萨尔脱可夫·西溪德林》（作者苏联 N·罗斯托夫，译者立波）。前一篇文章主要论述了莱蒙托夫的生平和文学创作情况，之所以选取这样一篇论文来翻译，主要在于莱蒙托夫的作品具有反抗精神。有学者在论及莱蒙托夫在抗战大后方的译介时认为："大后方属于国民党统治区域，大后方民众在抗战时期势必会面临双重社会困境：一是在国民党统治下对个体自由和精神独立的向往，二是在日本侵略下对民族独立和自由权力的捍卫。而这两种困境集合在个人身上就会体现出反叛情绪，

① 《成立文协桂林分会宣言》，《救亡日报》1939 年 7 月 9 日。

莱蒙托夫及其作品的译介在客观上也顺应了抗战大后方对文学创作的这种潜在需求。"①

桂林分会由于会刊出版的卷期很少，因此以刊物为中心考察其翻译文学作品势必受到局限。而实际上，桂林作为抗战时期的文化都市之一，桂林分会会员的文学翻译活动比较频繁，其翻译文学作品数量也远不止这两篇，这方面的资料有待进一步发掘整理。

五 延安分会的翻译文学

"文协"延安分会的情况十分复杂。抗战时期延安发行了很多书报杂志，以延安文艺工作者为中心的刊物也有多种，而属于"文协"延安分会的刊物只有《谷雨》一种。

基于强大的政治感召力，延安聚集了来自四方的文艺工作者，文艺团体如雨后春笋般涌现。1937年11月14日，陕甘宁边区文化界救亡协会成立，简称"边区文协"，包含了文学、音乐、戏剧、文字、语言及社会科学等诸多领域的社团，出版有刊物《文艺突击》。1938年9月11日，"边区文协"的文学界统一组织——陕甘宁边区文艺界抗敌联合会——成立，简称"文联"，成员有成仿吾、刘白羽、沙汀、卞之琳、丁玲、田间等。1939年5月，《文艺突击》发布启事："边区文艺界抗战联合会为与全国文艺界抗敌协会取得密切的联系起见，于五月十四日下午在文协召开全体大会，决定改为中华全国文艺界抗敌协会延安分会，选举成仿吾、周扬、萧三、丁玲、艾思奇、柯仲平、沙可夫、严文井、赵毅敏、陈学昭、张振亚等为理事。"② 也就是说从1939年5月14日起延安分会在名义上已归属

---

① 熊辉：《抗战大后方对莱蒙托夫的译介》，《重庆师范大学学报》2013年第2期。
② 《文艺突击》（新1卷第1期）1939年5月25日。

中华全国文艺界抗敌协会，然而实际上并非如此。1941 年 7 月 4 日，《解放日报》刊出《中华全国文艺界抗敌协会延安分会启事》："本分会为开展文艺工作，团结从事文艺创作及文艺运动同志，决自本年七月一日起改为独立工作团体，接受陕甘宁边区文化协会原有杨家岭会址、财产及一部分有关文艺工作，正式启用印记，开始办公。嗣后凡有关于本会信件往来及事务接洽，均请径函或移驾杨家岭本分会为荷。"① 至此延安分会才从"边区文协"的下属分支正式转变为中华全国文艺界抗敌协会的分会。1942 年 3 月，延安分会又从重庆"文协"总会的领导变成陕甘宁边区政府的直接领导。为与"文协"其他分会保持一致，我们将延安分会的存在时间划定为 1941 年 7 月 1 日到 1942 年 3 月 5 日。那么无论是边区文化界救亡协会 1938 年 10 月 16 日出刊的《文艺突击》、1940 年 2 月 25 日出刊的《中国文化》，还是延安文艺界抗战联合会 1939 年 2 月 16 日出刊的《文艺战线》，又或是延安分会 1940 年 4 月 15 日出刊的《大众文艺》、1941 年 2 月 25 日出刊的《中国文艺》都不能算作是"文协"的刊物，只有 1941 年 11 月 15 日由"文协"延安分会编辑出版的《谷雨》才是真正意义上的"文协"刊物。本文接下来主要以《谷雨》为例来梳理"文协"延安分会的翻译文学概况。

《谷雨》是双月刊，编委会由舒群、丁玲、艾青、萧军、何其芳组成，于 1942 年 8 月 15 日终刊，共出 6 期，翻译作品有 13 篇：《艺术与现实之美学的关系》（作者不详，译者周扬，创刊号 1941 年 11 月 15 日），《普式庚底抒情诗》（作者普式庚，译者玮璐，第 1 卷第 2、3 期合刊，1942 年 1 月 15 日)、《列宁与艺术创作的根本问题》

---

① 《中华全国文艺界抗敌协会延安分会启事》，《解放日报》1941 年 7 月 4 日。

（作者不详，译者曹葆华，第 1 卷第 2、3 期合刊，1942 年 1 月 15
日）、《在死的阴影里》（作者白洛麦尼斯，译者不详，第 1 卷第 4
期，1942 年 4 月 15 日）、《哈兹山旅行记》（作者不详，译者吴伯
箫，第 1 卷第 4 期，1942 年 4 月 15 日）、《我立下纪念碑》（作者不
详，译者埃弥，第 1 卷第 4 期，1942 年 4 月 15 日）、《论条虫》（作
者不详，译者陈适五，第 1 卷第 4 期，1942 年 4 月 15 日）、《白洛麦
尼斯》（作者不详，译者又然，第 1 卷第 4 期，1942 年 4 月 15 日）、
《基督第四次跌落在他的十字架下面》（作者意大利 G. 健尔麦南多，
译者不详，第 1 卷第 5 期，1942 年 6 月 15 日）、《果戈里论》（作者
高尔基，译者曹葆华，第 1 卷第 5 期，1942 年 6 月 15 日）、《坏老
婆》（作者不详，译者曹葆华，第 1 卷第 6 期，1942 年 8 月 15 日）、
《电话》（作者不详，译者黎璐，第 1 卷第 6 期，1942 年 8 月 15
日）、《查伊可夫斯基和他的作品》（作者不详，译者李又然，第 1
卷第 6 期，1942 年 8 月 15 日）。

延安在抗战时期属于解放区，特殊的政治地域决定了其翻译的
外国文学作品主要以苏联和俄国的为主。作为苏联社会主义文学的
伟大旗手，高尔基自然受到了延安文学的青睐，被塑为延安文学创
作的榜样。与此同时，像普希金这样具有反抗精神的诗人，也成为
延安翻译文学界追逐的对象。总之，"文协"延安分会的文学翻译体
现出鲜明的政治特色，符合延安文艺的总体方向和具体诉求。

以上所列的 6 种"文协"刊物共刊登有翻译作品 114 篇，其中
《抗战文艺》桂刊和《谷雨》都仅留有书目，无具体资料可考。

从所梳理的情况来看，"文协"选择的翻译作品体裁多样，有诗
歌、小说、散文、戏剧、童话、随笔、评论、通讯、报告文学等多
种形式，作品译出国包含苏联、俄国、意大利、西班牙、法国、匈

牙利、德国、丹麦、土耳其、英国、日本、伊朗等。分会会刊在选择翻译作品时各有侧重:《文化岗位》和《抗战文艺》桂刊都仅有2篇译作,略去不提;《战歌》因创办人之一雷溅波是左联诗人,注重诗歌的现实功利性,即使是翻译的诗论也是致力于诗歌的大众化和通俗化;《谷雨》是延安分会的机关刊物,由于延安特殊的政治诉求导致其注重对苏联作家作品的翻译和介绍。《笔阵》是最重视翻译文学的"文协"刊物,也是唯一出过翻译专辑的刊物,译作数量是除总会会刊外最多的,选择的作品多出自名家,如高尔基、歌德、王尔德、奥登、惠特曼、契诃夫等,文学价值极高;至于总会会刊《抗战文艺》,在翻译作品的选择上略显复杂,前期刊登的翻译作品凸显出强烈的战斗性,多是直接表现反抗法西斯的侵略,以西班牙为主要译出国,后面逐渐开始重视翻译作品的文学价值,俄国、苏联文学比重加大。

"文协"各地会刊在翻译文学上表现出来的差异性间接向我们展示了总会与分会之间关系不够紧密,总会对分会缺乏强大的领导力和号召力,为我们进一步了解"文协"提供了一个新的视角。

第四节 "文协"的变迁与翻译选择

"文协"的人员主要以迁居大后方的文化人士为主,但每次理事会的选举和构成人员的变化,都会导致"文协"文学创作方向的改变,相应地也会影响到他们对翻译文学的选择。

一

"文协"的官方性与翻译文学的抗战性。"文协"成立之初具有一定的官方性质，因此其对翻译文学的选择就具有十分明显的时代性特征，那就是将抗战性作为翻译选材的主要标准，并无阶级的反抗性和争取自由民主的政治性。

人们对"文协"的认识一直都存在这么一个误区，那就是认为"文协"是受共产党的领导。《中华全国文艺界抗敌协会史料选编》在《选编说明》中指出"中华全国文艺界抗敌协会（简称'文协'）是抗日战争时期中国共产党领导的文艺界统一战线组织。"① 《武汉抗战文艺史稿》认为"抗战八年，'文协'在中国共产党和进步文艺工作者的支持下，在老舍等人的努力下，组织日益健全和扩大"②。昆明会刊《战歌》的编辑者之一罗铁鹰也认为："'文协'是中共领导下的文艺界的抗日统一战线的组织。"③ 司马长风在其《中国新文学史》中写道："老舍是独立作家，被推为担任这一职务（总务部主任——笔者注）甚为适当。副主任华林则为国民党系作家；重要的组织部主任王平陵也是国民党系作家；从这看来，当时的'文协'显在国民党的控制之下。大概由于王平陵等拙于组织活动、操纵乏术，致'文协'很快即变成左派的工具。几乎所有中共出版的新文学史著，都肯定'文协'的利用价值。"④ "文协"原本是一个独立的以抗日救亡为理念的文学组织，后来却被贴上了政治标签，从文学阵地转变成政治斗争的阵地，这种转变是怎么发生的呢？我们试从"文协"翻译文学的选择上探其端倪。前面我们已说到"文协"总会对分会缺乏强大的领导力，总会与分会之间联系并

---

① 文天行、王大明、廖全京编：《中华全国文艺界抗敌协会资料选编》，四川省社会科学院出版社 1983 年版。
② 章绍嗣等：《武汉抗战文艺史稿》，长江文艺出版社 1988 年版，第 201 页。
③ 罗铁鹰：《回首话〈战歌〉》，《新文学史料》1983 年第 1 期。
④ 司马长风：《中国新文学史》（下卷），昭明出版社 1978 年版，第 20—21 页。

不紧密，会刊风格各不相同，故此仅以总会会刊《抗战文艺》上的翻译作品为例加以说明。

"文协"成立之初，第一任理事会成员主要由爱国知识分子和文艺家构成。由于它具有国民党官方主持的性质，因此该时期的"文协"主要选择具有抗战性的外国作品来进行翻译。姚篷子1927年加入了共产党，1930年又加入了中国左翼作家联盟，1934年发表《脱离共产党宣言》，任国民党中央文化运动委员会委员，1938年任职于国民政府军事委员会政治部文化工作委员会，其此时的文学立场基本与国民党官方保持一致。老向原名王向辰，1919年加入了国民党，与老舍、老谈合称"三老"，抗战时期是一名坚定的爱国作家。这份名单显示了"文协"成立之初与国民党政府关系更为密切一些。第一届理事在任期间，也就是1938年3月至1939年4月，此为抗战初期。《抗战文艺》上的翻译作品显示出了极强的现实功利性，就是宣传和反映抗战。作品译出国以西班牙为主，如《在特鲁尔前线》《巴塞龙那上空的"黑鸟"》《第四十三师团》。20世纪30年代西班牙人民为抗击国内外反动势力发动了民族革命战争，是国际反法西斯斗争的重要组成部分，其文学作品充满了强烈的战斗精神，对中国民众极具鼓舞力量。"文协"的成立本就是应抗战之所需，翻译文学自然是要为抗战服务的，于是《抗战文艺》上早期的翻译作品是不遗余力地宣传与反映抗战。

需要单独指出的是，这一期间《抗战文艺》上还曾刊有一篇政治性极强的译作——《高尔基致孙中山先生书》。这封书信高尔基写于1912年10月，在1937年才公布于世，高尔基在信中祝贺了孙中山工作的成功，从时间上来看指的应是辛亥革命，高尔基认为沙皇政府使俄国人民站到了中国人民的对立方，以其为代表的社会主义者坚决反对这种因统治阶级的贪欲而造成的人民内部的仇恨，他希望孙中山能写一篇文章，论述关于中国人民对俄国资本家的态度及如何反抗其剥削行为的。[①] 这封书信于 1938 年被刊载在《抗战文艺》第 1 卷第 9 期上，委婉暗示了希望国内党派能放弃门户之见，各个阶级联合起来，共同对抗民族大敌。

因此，抗战初期"文协"是站在国民党官方立场上的，是带有官方色彩的全国性文学组织。

二

"文协"迁居抗战大后方之后，第二届理事会成员中左翼作家明显增多，因此该时期其翻译文学作品多来自苏联。当"文协"成员发生变化之后，其翻译选择苏联文学作为译介对象的现象也越来越突出。

1939 年 4 月 15 日，"文协"第二届理事会选举，票选之后的常务理事为叶楚伧、邵力子、张道藩、郭沫若、老舍、郑伯奇、胡风、姚蓬子、华林、王平陵、阳翰笙、宋之的、安娥、老向、孔罗荪等 15 人。[②] 常务理事会成员中的左翼文人明显增多，如郭沫若、郑伯奇、胡风、阳翰笙、安娥。出版部的正主任仍是姚蓬子，副主任变成了中共党员、左翼文人孔罗荪。

从 1939 年 10 月到 1940 年 3 月期间，《抗战文艺》上仅刊有 6 篇翻译作品，但却有一半都是苏联文学。如《手榴弹之歌》《乌克兰诗人雪夫琴可底诗》《我们怎样提拔新作家》。1940 年 4 月，日军开始轰炸重庆，"文协"临江门会所被炸，文协成员被迫疏散到了南

---

① 参见高尔基《高尔基致孙中山先生书》，包泉译，《抗战文艺》（第 1 卷第 9 期）1938 年 6 月 18 日。
② 参见《文抗协会选出常务理事》，《新华日报》1939 年 4 月 16 日。

温泉和北碚,"文协"会务陷入停顿状态,到了秋季才恢复正常活动,这期间《抗战文艺》只出了一期,即第 6 卷第 2 期,且并无翻译作品。1940 年 11 月 1 日第 6 卷第 3 期上,《抗战文艺》又开始刊登翻译作品,分别是苏联中篇连载《油船"德宾特号"》、欧战报告文学《休假十日》和《战争与和平》中的一章《沙姆涉佛的游击战》。这段时期《抗战文艺》上苏联文学的译作比重增大,可见左翼文人在"文协"翻译文学选择上的影响力。左翼文人如此积极于苏联文学的译入,与其肩负的联系国际无产阶级文学的任务有关。瞿秋白 1931 年致鲁迅的一封关于翻译的信中说:"翻译世界无产阶级革命文学的名著,并且有系统的介绍给中国读者,(尤其是苏联的名著,因为它们能够把伟大的十月,国内战争,五年计划的'英雄',经过具体的形象,经过艺术的照耀,而供献给读者)——这是中国普罗文学者的重要任务之一。"[1]

另外,我们也不能忽视鲁迅的翻译思想对"文协"的影响。1940 年 10 月,"文协"举行了纪念鲁迅逝世四周年的晚会,会议上决定研究和学习鲁迅的现实主义方法和精神,成立"鲁迅研究会",《抗战文艺》第 6 卷第 4 期上便出现了一系列研究鲁迅的文章,其中就有曹靖华的《鲁迅先生与翻译》。曹靖华在总结鲁迅的翻译思想时,首先就提到了俄苏著作占到了其全部译作的三分之二[2]。瞿秋白推崇苏联文学是因为这是无产阶级革命的文学,鲁迅致力于翻译俄苏文学则是因为这些作品是"为人生"的文学。

"文协"中左翼作家的增多、对鲁迅的推崇和对鲁迅翻译文学思想的倡导等,势必会导致"文协"对苏联作家作品的青睐,故此阶

---

[1] 罗新璋、陈应年编:《翻译论集》(修订本),商务印书馆 2009 年版,第 335 页。
[2] 参见曹靖华《鲁迅先生与翻译》,《抗战文艺》(第 6 卷第 4 期)1940 年 12 月 1 日。

段主要选择翻译苏联文学。

三

"文协"的文学立场由于受政治事件的影响而在共产党和国民党之间摇摆。党派之争和"左翼"文人的退出，导致"文协"翻译文学的凋敝，但随着共产党人完成了对"文协"的掌握后，会刊的出版发行渐渐稳定下来，刊发的翻译文学作品又开始增多。

1941 年 1 月，皖南事变爆发，左翼进步文人相继离开重庆。这次事件不但暴露了国内党派之间政治上的矛盾，也直接导致了美学上的对立。"文协"成立的第四年，也就是 1941 年 3 月，"文协"选出了第三届理事，在渝理事有：叶楚怆、冯玉祥、郭沫若、张道藩、老舍、茅盾、田汉、谢冰心、姚篷子、王平陵、郑伯奇、巴金、胡风、洪深、曹靖华、孙伏园、华林、徐仲年、何容、老向、陈望道、阳翰笙、孔罗荪、冯乃超、宋之的等 25 人。① 左翼进步文人的离开，自由学院派作家的退出，使官方右翼文人掌控了"文协"，"文协"逐渐被政党文化渗入，成为政治角力场。继 1940 年 11 月《抗战文艺》刊有 3 篇译作外，一直到 1941 年 11 月，近 1 年的时间中，《抗战文艺》除继续连载前面已刊登的苏联作家克雷莫夫的中篇小说《油船"德宾特号"》外，再无其他译作，之后翻译文学一度出现空白。

1943 年 3 月 27 日，"文协"举行第五届年会并改选理事，选出在渝理事老舍、茅盾、郭沫若、姚篷子、张道藩、王平陵、邵力子、胡风、夏衍、孙伏园、宋之的、阳翰笙、徐霞春、姚雪垠、叶以群、曹禺、陈纪滢、冯乃超、马宗融、李辰冬、梅林等 21 人。4 月 1 日推选出常务理事 5 人，分别是老舍、徐霞村、姚篷子、胡风、王平

---

① 参见《文艺界抗敌协会第三届理事选出》，《新华日报》1941 年 3 月 23 日。

陵。出版组的正主任还是姚蓬子，副主任是中共党员、左翼文人叶以群。① 理事会成员中左翼进步文人数量超过了官方右翼文人，双方所占据的常务理事席位势均力敌，打破了官方右翼文人掌控"文协"的局面。"文协"成立五周年的时候，《新华日报》发表社论称"文协"是"全国文艺工作者精诚团结之象征"②。

到了1944年六周年的时候，《新华日报》社论已正式承认"文协""坚定地领导了全国文艺作家"③。接着中共南方局联合进步文人开展了纪念老舍创作二十周年的活动，将老舍从独立作家塑造成为左翼进步文人，间接表明了中共对"文协"的领导权。"1943年的第四届理事改选，标志着'文协'的活动越来越多地带上了党派政治的色彩，而一般意义上的文学组织的特征则越来越趋于淡化，由此而最终演变成了一个以民众政治斗争为主要活动目标的新型民众团体。"④ 从1944年2月起，《抗战文艺》上恢复了刊登翻译作品。此时"文协"的政治归属已确定，不再需要通过文学为其张目，因此刊登的翻译文学数量不仅大幅度增多，更具文学价值，且无论是题材还是体裁的选择面也更加广泛，尤其值得注意的是多篇文论的译入。如《论斯丹达尔》《论〈红与黑〉》《古典传统与苏联长篇小说》《关于A.托尔斯泰的论文》《论〈奥勃洛摩夫〉》等，这些文论的出现不仅让我们看到了鲁迅关于俄苏文学"为人生"的翻译思想对"文协"的影响，也使《抗战文艺》上的翻译文学淡化了政治的影响力，具有更多的文学审美价值。

"文协"会员的变化导致其翻译文学选材的变化，共产党员积极

---

① 参见《文艺界抗敌协会五届理监事选出》，《新华日报》1943年4月3日。
② 《祝"文协"成立五周年》，《新华日报》1943年3月27日。
③ 《祝"文协"成立六周年》，《新华日报》1944年4月16日。
④ 段从学：《"文协"与抗战时期的文艺运动》，北京大学出版社2012年版，第80页。

入会以及对国民党当局政治前途的担忧，使得"文协"后期的翻译作品更多地倾向于苏联文学的译介，并预示着阶级政治必将成为继民族政治之后中国的主要社会问题。

四

通过上文的梳理我们不难看出，"文协"每一届理事会选举之后，《抗战文艺》上刊登的翻译作品都会出现一些变化，这些变化与"文协"成员各自的政治立场有关，这也就回到了老问题上：文艺与政治的关系。

《抗战文艺》1938 年刊登的译作《近代的中国艺术家是一个政治家》表明了"文协"文艺家们的态度。文章作者乃是一名画家，叫陈依范，广东中山客家人，生于南美特列尼达，早年在英国受教育，抗战期间在欧美城市展出中国画家作品，向世界人民介绍中国的抗日战争，激发欧美反战人士援助中国。《近代的中国艺术家是一个政治家》是陈依范在欧洲开了中国艺术展览回来后，用英文写的一篇关于中国新兴艺术家应该是怎样的一个人物的文章。陈依范认为我们的军事原则是全民众用游击和正规军的方式反抗侵略者，政治原则是统一战线，艺术家的原则是国防的民主的写实主义，那么"艺术制作家同时也就变成一个政治家"。陈依范给艺术家安排了一个艰巨的任务："如何使我们四万万五千万人民，在政治和经济上，达到平等与兴盛的地步。"要完成这个任务，艺术家要能分析政治和社会情势，对近代生活的种种现象有正确的情感反应并正确、真实、写实、有效地传达给观众。要动员全民众来抗战，近代艺术就应该走到民众中去,"年青的艺术家们把中国的艺术引到了现实主义之路"①。

中国的文人一直都有政治家的身份,文艺与政治从来不是泾渭分明。古代的科举制度就决定了文人能够参与国家建设,而近代中国文人的政治理想却一直没有施展的空间。陈依范为艺术家安排的任务实际上是把文学艺术纳入了民族复兴计划当中,顾彬甚至断定抗战时期"艺术不再由那些兼作政治家的艺术家,而是由一度是艺术家或偶尔从事艺术的政治家们来组织"②。事实上,中国文学的政治化并非是政治家们的一厢情愿,在政治家看来,文学是为政治服务的,是革命事业的一部分。在文艺家眼中,政治又何尝不是文学发展最强大的动力,就如雷溅波所言:"伟大的诗人和伟大的作品产生,必需是伴着艰苦的革命战争的事业,共同甘苦,共同受难,必需是具有伟大的革命一般的魄力。"③

从"文协"翻译文学的选择上来看,文学为政治服务,不仅仅是抗战的必需,也是党派角力中将精神食粮用作政治斗争手段导致的必然结果。

第五节 "文协"翻译文学的特征

《圣经·旧约》记载,大洪水过后,耶和华以彩虹与人类定下约定,不再用洪水淹没大地,劫难后存活下来的人都是诺亚的子孙,

---

① 陈依范:《近代的中国艺术家是一个政治家》,马耳译,《抗战文艺》(武汉特刊第1号)1938年9月17日。
② [德]顾彬:《二十世纪中国文学史》,范劲等译,华东师范大学出版社2008年版,第178页。
③ 溅波:《从苏联的诗歌说起》,《战歌》(第2卷第1期)1940年。

他们都讲一样的语言。直到某天，有人提出了一个问题：如果洪水再次来临怎么办？于是人类决定修建一座巴别塔。当巴别塔直入天际时，耶和华被惊动了。人类的齐心协力使他产生了警惕，并恼怒人类怀疑他的誓言，耶和华决定惩罚人类。于是耶和华悄悄来到人间，改变并区别了人类的语言，人类因语言不通而分散在各地，巴别塔自然也停工了。巴别塔的故事象征着人类语言的多样性及翻译的不可能性，但是这却有一个悖论，如果翻译的可能性不存在，我们又是如何知道这个故事？所以尽管巴别塔没有完成，但是上帝企图通过不同语言来分裂人类的目的并没有达到，因为人类可以通过翻译互传信息、汇聚力量。"翻译乃是对各人隐秘、民族独特意识的背叛。"① 那么译者如鲁迅所言，就是盗火的普罗米修斯，翻译的火种让我们从使用其他语言的民族的文学中获得力量，辉照着全人类的进步。

一 "文协"翻译文学的反战性

当国家民族遭遇生死存亡的危急时刻，一切皆为抗战服务，文学也不例外。文学如同时代的镜子，映射着时代的发展与变化。当这个时代被战火所笼罩，文学又怎能"独善其身"？抗战时期成就了中国的抗战文艺，特殊的战争语境使"文协"的翻译文学呈现出鲜明的时代特征。

"文协"的翻译文学反映了第二次世界大战期间遭受法西斯侵略的国家人民的情感，这些作品的内容符合中国遭受日本侵略的现实，成为中国抗战文学的有机构成部分。抗战时期翻译得最多的是西班牙文学，因为该国遭受了法西斯的侵略，人民反战的呼声很高，国

---

① 廖七一等：《当代英国翻译理论》，湖北教育出版社2004年版，第72页。

际社会对西班牙给予了极大的援助，翻译这样的文学能让中国人感同身受。比如《在特鲁尔前线》是一个名叫菲荻南·吉伦的西班牙救护队士兵写给世界语杂志《人民阵线》的一封信，讲述了西班牙战士从法西斯的手里夺回了特鲁尔及救助当地人民的情景。特鲁尔战役发生在西班牙二十年来最冷的冬天，"在脚下的雪差不多有六十公分深"，"浓厚的雾和灰尘使人们呼吸困难"，战斗过程非常血腥，特鲁尔市遭到重炮与飞机的轰炸，双方伤亡损失超过十四万人，特鲁尔战役的胜利成为西班牙内战的转折点。能够赢得这场重要且艰苦的战役，作者在字里行间流露出无比的兴奋之情，"大家是那么地兴奋，我真是无办法把他们描画出来"，并对特鲁尔人民的惨痛遭遇表示出极大的同情，"有许多许多悲惨和受难的情景——成千上万的妇女和小孩的情景。她们曾被恐怖和暴力统治着，被欺骗和暴行所蹂躏着"。西班牙士兵不仅为当地普通民众提供水和食物，也救助了被法西斯所抛弃的敌兵，体现了伟大的人道主义关怀。作为救护兵的作者还为一个伤兵输了三百格兰姆的血，帮助其恢复了健康。这封来自前线的书信语言朴实，以朋友的口吻讲述了作者的所见所闻，尽管刚刚才经历过一场残酷的战斗，作者却拥有良好的心态，开篇就告诉大家"我现在生活得很好，很愉快"，乐观向上的态度给为战争所困扰的中国读者带来了极大的安慰。[①]

马德里保卫战成为世界反法西斯人民的楷模，马德里人民保卫国家的精神激励着中国人民继续反抗日本的侵略。"诗歌在西班牙人民的血液里面，它直接地有力地影响了他们的情绪。"[②] 马德里保卫

---

① 参见〔西〕菲荻南·吉伦《在特鲁尔前线》，马耳译，《抗战文艺》（第 1 卷第 8 期）1938 年 6 月 11 日。

② D. 特里瓦尔：《西班牙战争中的诗人们》，高寒译，《抗战文艺》（第 2 卷第 1 期）1938 年 7 月 16 日。

战后，有人从拿破仑战争的诗歌中找出了一部分进行改编，印出来并散发到街上，造成了意想不到的效果。后又有一个即兴诗人站在被炸毁的瓦砾堆上朗诵诗句，被人们以口耳相传的方式散播开来，称为"小罗曼司"。尽管这种形式的诗歌只能算是有韵律的标语或者是单纯的进行曲，但是在西班牙群众中间影响甚广。这儿有一个生动的例子告诉我们"小罗曼司"在西班牙的受欢迎程度，一个军人来到诗人 R. 亚尔伯特面前说道："我幸而昨天没有受了重伤，这时我想你当如何地写出一篇关于我的罗曼司来。"诗人 R. 亚尔伯特几年前曾为巴拿马写过一首国民诗歌，在西班牙士兵中间广为流传，因为诗歌中写到的发生在巴拿马的场景成为今日西班牙的预言：

> ……/是呀/那是这么长久的年代，/太长久了，所以我们听着外国酒杯在这里叮当响着的声音。/所以这里的草色也知道了外国铁蹄，/这里的太阳闪照着外国枪炮的炮筒，/两海相交在这里，也只是为着外国船舶的贸易，/这里的花朵，这里的巨蟒，为着供给外人的赏玩，/这是的春晓，这里的微风，也只是吹拂着外国人的前额，外国人的商行，和外国人的俱乐部。/……①

读完这几节诗歌，相信所有的中国读者都会感到心酸，这不仅是巴拿马、西班牙人民的遭遇，也是近代中国的真实写照。自 1840 年起，几乎世界上所有的资本主义国家都对中国发动过侵略战争，破坏中国的主权独立和领土完整，中国人民在自己的国土上沦为奴隶，任由外国人耀武扬威。这首诗歌描述了所有曾被奴役的民族的

---

① D. 特里瓦尔：《西班牙战争中的诗人们》，高寒译，《抗战文艺》（第 2 卷第 1 期）1938 年 7 月 16 日。

共同经历：土地任由外国人横行，民族尊严被践踏在地。我们会任由这样的暴行继续吗？不！我们要反抗！我们要战斗！《反法西斯进行曲》便是一首充满战斗激情的诗歌，为了民主共和，为了世界和平，战士们吹响号角，奔赴前线，各国人民团结一起，与法西斯做英勇的抗争：

> ……/快到前线，/号角声喧。/反抗卍形符号，/为了民主共和。/西班牙的人民已起来捍卫，/劳工群众坚强的结队。/英勇而沉默的走上战场，/勇猛的联军，带着必胜的信念，/快到前线，/号角声喧。/……/快到前线，/号角声喧。/反抗卍形符号，/为了民主的共和。/我们也和别的民族前来，/一同参加斗争，歌声留在唇间，/帮助西班牙的捍卫，/我们所有的人们，都集合胧来，/号角声喧，/冲到前线，/挺，挺进，一点不疲倦，/为了和平的世界！①

"文协"除翻译了大量反法西斯国家的作品外，还特地翻译了国外反映中国抗日战争的诗篇，让中国人民感受到来自国际社会的关注。西班牙人民英勇反抗的精神通过译作传达给了中国读者，同时中国的抗战也引起了世界人民的关注，一些文艺家将目光投向东方，看到中国在侵略者铁蹄下的累累伤痕，看到普通民众因战火而流离失所，看到无数幸福的家庭被轰炸得支离破碎，看到妇女儿童在枪炮下挣扎求生，他们愤而用诗歌揭露日本的暴行：

> 哑！哑！哑！/在毁灭了的乡村，/乌鸦的叫声。/昨夜是一个渔人的小镇，/竹制的家屋，/鱼网晒在河岸，/孩子们的欢

---

① E. Mihalski：《反法西斯进行曲》，张镜秋译，《战歌》（第2卷第1期）1940年。

笑／滚沸的尘埃满布的街上。／继后，飞机的咆哮，／炸弹的惊叫，／长时间的狂嚣，／跟着是长时间的寂寥：／直到天色破晓。／只有一个人未失掉生命———一个孩子，炸碎了双脚，／焦干的嘴唇发出低微的呻吟。／苍蝇嗡嗡地在乱草中低鸣，／蚂蚁沿着竹子的碎片爬行，／灼热的太阳爬过扬子江上。／哑！哑！在毁灭了的乡村，／乌鸦的叫声。（《战景》）①

诗歌展现了中国扬子江边一个宁静的渔村被轰炸前后的场景。疲惫的渔民们享受着黎明前的最后一个美梦，却在飞机的轰炸中永远沉睡过去，唯一幸存下来的孩子失去了双脚，往日的欢笑声变成低微的呻吟，陷入死寂的渔村，甚至能听见苍蝇的低鸣和蚂蚁的爬行。太阳升起来了，这个孩子和整个中国却停留在了黑暗中。诗人用中国古诗中传统意象———乌鸦的叫声———作为开头和结尾，既令诗歌具有了强烈的张力，也使诗歌产生浓浓的悲凉感，拉近了与中国读者的距离。诗人还通过太阳这个意象来象征日本，"灼热的太阳爬过扬子江上"，代表了日本侵略者在中国土地上烧杀抢掠，给中国人民造成了巨大的痛苦和伤亡。

中国的抗战不仅受到了国际社会的关注，还赢得了国际社会的支援，很多外国工人因为有支持中国抗日的念头而努力地工作。有些译作能让我们感受到来自国际的温暖，《跟着码头工人前进》就讲述了一群可爱的英国码头工人拒绝为日本人搬运用来轰炸中国的飞机大炮。1938 年 1 月 21 日，一艘日本船停靠在英国米得波罗码头，因为日本人在英国买了四百吨用来造飞机大炮的生铁。可是在运货时，日本人碰了钉子，所有的工人拒绝搬货，日本人第二天只得空

---

① Ceral Can Sie：《战景》，罗铁鹰译，《战歌》（第 1 卷第 4 期）1938 年 12 月。

载而归。一个星期后,米得波罗码头停了一艘英国船,要求工人们将生铁搬上船,工人们再次拒绝,言不愿做刽子手,把机器运到日本去杀中国人,最终这批生铁也没能运到日本去。码头工人的行为不禁让人肃然起敬,更让中国民众感受到国际友人的深情厚谊,正义的力量让中国人民与世界人民紧紧地团结在了一起。《跟着码头工人前进》是单张诗,英国的单张诗运动兴起于 1938 年 1 月,由左书会诗歌集团(Left Book Club Poetry Group)发起。他们从来稿中选择一些诗歌,每一首都印在一张相当厚的纸上,纸上还印有与诗歌内容相对应的木刻,卖一个便士。单张诗运动不仅仅是单纯的诗歌运动,也是政治运动,因此被选择的诗歌既要有艺术性,也必须有政治意义。该运动发起时中国人民已进行了五个月的抗战,国际正义力量纷纷伸出援助之手,单张诗运动的第一首诗《跟着码头工人前进》就献给了中国,所卖的钱也全部捐助给了中国,该诗全文如下:

> 扫山模墩的码头工人们/不肯为假笑的日本鬼弯腰,/搬运那些残酷的飞机大炮,/去"应惩"倔强的中国人。/在米德波罗,我们望着/空垂的起重机,傲然不动,/一些平常的工人吧咧,/却给手眼通天的日本鬼个钉子碰!/既然利物浦、伦敦、格拉斯可/教工头碰了钉,对混账发了火,/不管运□①的那些货,/咋们怎不该拥护经济封锁。/若不把他们的鬼话拆穿,/停止他们的供给和谎言,/生铁是买去做炮弹,/现钱、给我们英国的老板赚。/我们若不跟着工人走,/把那些禽兽弄得束手,/炮弹会雨似的向中国的孩子们扔,/只要日本鬼子把心一横。②

---

① 因文献资料太过久远,部分文字模糊不清,故用此符号代替,下同。
② A. Brown:《跟着码头工人前进》,王礼锡译,《抗战文艺》(第 5 卷第 4、5 期合刊)1940 年 1 月 20 日。

通过以上翻译文学作品可以看出，"文协"刊登的这些配合时代形势的翻译作品都是直接表现反抗法西斯的侵略以及揭露法西斯的丑陋和残酷，但生硬的技巧和口号式的呐喊暴露出了作品的种种缺陷。文学本应反映时代特征，无奈写作目的性太强，内涵略显单薄，以致艺术性完全俯首在时代性之下，因此这些译作昙花一现，并未在文学史上留下印记。尽管这些作品显现出艺术技巧上的贫乏，但是这些种种的不足都被其所承担的思想弥补着，读者的目光放在了作品里所蕴含的时代精神上，他们要的是能听到振奋人心的疾呼，至于译者的艺术修养，读者无力评价，更没有心情去细嚼作品背后的深意，他们只想看到最流于表面的战斗激情。文艺家的事业辉耀着抗战前途，对于当时的翻译家来说，翻译出来的作品最重要的不是流芳文学史，而是能给战争中的军民带来信念、安慰、鼓励，对中国的抗战发挥出巨大的力量，这才是译作最大的价值，就如"文协"的发起者之一叶君健为《中国翻译家词典》写的序中所说："一个严肃的翻译工作者从不是为翻译而翻译的。"① 他一定具有明确的目的性和表达时代诉求。

"文协"与时代相贴切的翻译文学，反映出的不仅仅是政治的需要，还有文艺家的责任与良心。正是有了这些反映抗战的翻译作品，中国人民的抗日激情方进一步得到提升，为民族的解放伟业贡献了精神力量。

二 "文协"翻译文学的反抗性

对广大人民来说，抗战时期的中国社会充满了双重压迫：一是

---

① 《中国翻译家词典》编写组：《中国翻译家词典》，中国对外翻译出版公司1988年版，第viii页。

必须面对日本侵略的战争压迫，二是必须面对国内统治阶层的阶级压迫。尤其对于有志于社会革命的进步人士而言，这两种压迫都会激发他们的反抗情绪，"文协"的翻译文学同样表达了反抗精神。由于对日本侵略者的压迫主要体现为反战情绪，因此本节所谓的"反抗性"，主要是指社会底层对阶级压迫的反抗。

"文协"翻译文学的反抗性首先体现为劳动人民对当局统治的抗争。《乌克兰诗人雪夫琴可底诗》译入了6首诗歌，雪夫琴可（后译作舍甫琴科）成为"文协"刊物上作品被译介数量最多的诗人。舍甫琴科是19世纪乌克兰伟大的人民诗人、画家、民主革命者，他出身农奴，题材多以解放农奴为主，内容充满了对沙皇制度的仇视、对革命的热情，以及对人民力量的自信，其作品对乌克兰现实主义诗歌的发展和俄国革命都产生了极大的影响。民间广为流传着舍甫琴科的故事：一次沙皇召见舍甫琴科，文武百官都向沙皇鞠躬致敬，唯有他凛然直立，沙皇勃然大怒，问他为什么不鞠躬，舍甫琴科不卑不亢地说，是你要见我，不是我要见你，如果我像其他人那样弯腰的话，你又怎么能看得清我呢？舍甫琴科曾在自传里写到他的一生是乌克兰历史的一部分，他的人生遭际是整个沙皇制度压迫下乌克兰人民痛苦命运的缩影，他的一生都在为被压迫人民的独立而斗争。在这位伟大的诗人、革命者诞生125周年的时候，苏联为其举行了全国性的纪念活动，"文协"也是在这一年，即1939年刊登了他的6首诗歌。早在20年代，郭沫若就翻译过舍甫琴科的诗作，至今有包括鲁迅、茅盾、周作人、戈宝权等在内的40多位翻译家翻译过其作品，"他底诗简朴、生动，而富热情，有音乐美，颇具民族歌作风"，"诗多诉说民众遭遇的不幸，充满对压迫者反抗的呼声"：

当我死时，把我深深/埋葬在坟丘里吧。/将我埋在广大的草原外，/在那乌克兰可爱底土壤里。/在那永远可以忘得见的/绵亘无边的田野外，/在那中有咆哮着的丹尼泊河/悬崖壁立的两岸上……/把我埋得深深地，但你们起来/在欢笑中打碎你们的锁链！用压迫者作恶的血/洒向自由上！/当伟大的新种，/那自由的宗族临盆时，/呵，用亲切而平安的话/来纪念我吧。（《当我死时》）①

这首诗写于 1845 年 12 月 25 日，诗人病卧于乌克兰的彼烈雅斯拉夫，原诗并没有标题，因为诗歌内容是关于诗人死后的遗愿，也被命名为《遗嘱》。诗人幻想自己死亡后埋在乌克兰的草原上守卫可爱的故土，日日能看见辽阔的草原，夜夜能听见咆哮的河水，灵魂与家乡日夜相伴，不愿离开，唯当丹尼泊的河水把敌人的鲜血从乌克兰冲向大海、奴役的枷锁被奋起的人民打破，诗人的灵魂才会离开祖国，飞往天堂。诗人在病中仍忧心人民的处境，哪怕是死亡也不能阻断其民主主义革命思想的信念，诗人急切地渴望把群众从痛苦的命运中解救出来，摆脱被压迫、奴役的地位，走向独立与自由。诗歌流露出的强烈的反对民族压迫、反对专制制度的革命倾向，对于感同身受的中国读者来说，能够引起极大的共鸣。

不同于舍甫琴科，诗人莱曼托夫（后译作莱蒙托夫）出身于俄国贵族家庭，其作品多塑造与上流社会做抗争的叛逆形象。普希金去世后，莱蒙托夫愤然写下《诗人之死》一诗，直言罪魁祸首是俄国上流社会，触怒当局从而被捕流放，1841 年与人决斗时被杀害。莱蒙托夫诗如其人，刚健有力、鞭辟入里，"文协"译入了三首诗，

---

① ［苏］雪夫琴可：《乌克兰诗人雪夫琴可底诗》，周醉平译，《抗战文艺》（第 4 卷第 5、6 期合刊）1939 年 10 月 10 日。

分别是《匕首》、《帆》和《在牢狱中》，其中抒情诗《帆》以其丰富的内涵著称于世，成为诗人与俗世相抗衡、渴望社会变革的风暴快些到来的象征：

> 在雾霭的无边黝碧的海上，/一片孤独的白帆，/他想逃去祖国的什么呢？/想在异地追求了什么呢？/涛浪翻滚，飓风怒吼着，/船桅倾侧且呲呲地叫了，/唉，他不是从幸福中逃出，/也不是想追求了美满的幸福。/在他的头上是太阳的金色的胸脯，/在他的下面是流水，光辉，澄碧，/但他，一个叛逆者，欢喜于暴风雨，/就好像在暴风雨里才有了安适。[①]

1832年，莱蒙托夫因参与莫斯科大学反对保守派教授事件被勒令退学，转向圣彼得堡近卫军骑兵士官学校求学，《帆》就写于莱蒙托夫进入近卫军骑兵士官学校的前夕。在人生的重大转折时刻，内心躁动不安的莱蒙托夫站在波罗的海海滨，将自己比作一片白帆。孤独游弋在无边海面上的白帆，头顶着艳阳，身下是缓缓流水，心里却渴望着惊涛骇浪，犹如有着不安情绪的诗人，希望在狂风骤雨中找到心灵上的安适。同样地，表面歌舞升平、一片平静的俄国社会，也亟待着一场暴风雨般的变革。这首诗反映了19世纪30年代俄国进步人士渴望自由、渴望风暴的叛逆情绪，鼓励人们去探索、去和黑暗的现实做斗争。一百年后，这首诗中的暴风雨，也成了中国人民心中的渴望。战争是残酷的，但是也是洗刷中国百年耻辱、改变中国社会现状的重要契机，战争伊始，中国的知识分子是以一种亢奋的心态欢迎战争的到来，如同白帆欢迎暴风雨的到来一般，

---

① ［俄］莱蒙托夫：《诗三首》，高寒译，《战歌》（第2卷第2期）1941年1月。

臧克家在《我们要抗战》中写道："战争是可怕的吗？否！四万万人都眼巴着它，一心欢喜，欢迎着战争——我们翻身的日子！……我们爱和平，然而今天我们却欢迎战争！"① 冯至在 1945 年抗战结束后写下的《八月十日灯下所记》中也提到了战争打响时的心态："我听着炮声，深深地喘了一口气，好像放下了一个长年的重担，这重担是比'九一八'还早便已经压在我们身上了。同时感到，整个的中国也在喘了一口气。"② 鸦片战争之后中国社会的半殖民性质让所有中国人的肩上都负起了一个重担，历经百年时间到抗战前夕这重担已不堪承受，被压抑到极致的中国急需一个突破口，一场战争带来的耻辱需要另一场战争来洗刷，阴森沉闷的天地急需一场猛烈的暴风雨来彻底清洗。

中国是一个多民族国家，"文协"也翻译了表现少数民族为自由而反抗的作品。《抗战文艺》就出过一期反映少数民族斗争生活的特辑，即"回民生活文艺特辑"，刊登了梁宗岱翻译歌德的颂歌《谟罕默德礼赞歌》。《谟罕默德礼赞歌》是歌德写于狂飙突进运动时期的颂歌，热情洋溢，充满了强烈的反叛精神。狂飙突进运动是 18 世纪七八十年代发生在德国的一场声势浩大的文学运动，是年轻的知识分子受到法国启蒙运动思想家卢梭的影响而掀起的一场文学革命，他们要求摆脱封建束缚、解放个性、投入自然的怀抱，《谟罕默德礼赞歌》便是狂飙突进运动时期歌德用民歌式语言表现个人感受和自然美的代表作：

---

① 臧克家：《我们要抗战》，《臧克家文集》，山东文艺出版社 1985 年版，第 211—213 页。

② 冯至：《八月十日灯下所记》，《山水斜阳》，黑龙江人民出版社 1999 年版，第 95 页。

试看那石上泉，/闪耀着快乐，/像一颗星底眼睛！/远在白云间，/仁慈的精灵/□养着他底青春/在危崖底丛林中。/清新而活泼，他从云间翩翩地/洒在白石上，/又呼啸着/□向□天。/在巉岩的山经里，/他追逐着五彩的石子，/□先驱者底步伐，/他领着他那兄弟们的溪流/和他一起前进。/……/于是他更庄□地/涨起来；他那壮阔的波澜/把整个民族涌起来！/于是他胜利地向前滚着，/把名字赐给他所过的地方，/城市纷纷在他脚下诞生出来。/他更滔滔地往前冲，/把浴着光焰的高塔底尖顶/和云石的宫殿（他底/丰盈的子孙们）都留在后头。/……①

一道从悬崖流出的朝气蓬勃的山泉，拉着兄弟清泉，流经山谷，滋养了鲜花绿草，却无视花儿的挽留继续向平原行进，途中接纳了受荒漠、骄阳与山丘之苦的江河溪流，滚滚向前，最后汇入永恒的海洋。歌德以山泉为喻，讲述了伊斯兰教先知穆罕默德的降生及其思想的传播过程，赞美了穆罕默德海纳百川的伟大形象。穆罕默德在阿拉伯半岛上传播伊斯兰教，用了二十三年时间将一盘散沙的阿拉伯人凝聚成一个团结的民族，就如同吸纳了溪流与江河的巨涛，使阿拉伯人从中汲取了力量。抗战时期，中国的回族人民有四千多万人，占总人口的十分之一，是中国抗战的重要力量。回族人民又具有强烈的民族意识、爱国情操，当侵略者向中国开炮时，回族人民积极投身战斗，冲锋陷阵，与汉族及其他民族的人民一起为祖国效力。"文协"译入《谟罕默德礼赞歌》，既是尊重回族人民的宗教

① ［德］歌德：《谟罕默德礼赞歌》，梁宗岱译，《抗战文艺》（第6卷第1期）1940年3月30日。

信仰，也是希望借诗歌中蕴含的团结精神，鼓励回族人民英勇抗击日本帝国主义的侵略。

"文协"翻译的部分作品虽然具有反抗精神，不直接表现抗战的时代性，但其丰富的内涵及蕴藏的精神间接推动了中国抗战事业的发展，那就是在有压迫的地方一定会有反抗的力量，日本人的侵略同样会激起中国人的反抗。文艺与杀戮本应是互不相容的，这个时期的中国把文艺作为杀戮的武器，要消灭法西斯侵略者，要消灭剥削阶级，文艺家们在释放政治热情的同时也牺牲了自己的艺术个性，写作陷入逐步模式化的困境。"文协"作为一个全国性的文学组织，要在抗战文艺的整体走向上做出表率，既要发挥文艺的宣传作用，也要杜绝"抗战八股"。为此，本文接下来将探讨"文协"翻译文学的文学性和审美性。

三　"文协"翻译文学的审美性

"文协"的翻译文学除具有反战性和反抗性之外，也没有完全舍弃艺术价值，"文协"通过译入关于反抗阶级压迫、具有战斗精神和反叛精神的外国文学，既为抗战贡献了力量，又提升了"文协"整体的艺术水平，即在契合时代主题的同时也具有很强的文学性。从另外一个层面讲，"文协"翻译的作品不全是为着抗战需要，这些来自名家的经典作品还是具有浓厚的审美特质。

"文协"一方面竭力通过翻译文学为抗战摇旗呐喊；另一方面继续向中国引进优秀的文学作品并吸收外国文学营养，促进中国现代文学的发展。1898 年梁启超发表《译印政治小说序》，"不仅为政治小说的翻译做了学理上的倡导，而且开启了中国翻译文学的功利性目的"①。中国文学尤其是诗歌就一直有着"文以载道"的功利传统，在社会转型的过程中，文学甚至担负起了救国的重任，鲁迅就是认为与其医治国人的身体不如救治国人的心灵而弃医从文，抱着用文学改造中国国民性的目的。在鲁迅看来，要改变中国，就得改变国民精神，要改变国民精神，就得依靠文学。对待翻译，鲁迅也是看重其对中国现代文学发展的帮助，翻译能够输入新的文化、新的思想，以及新的表达方式，创造出新的中国现代语言，翻译和创作应一同提倡，不可偏颇某一项，看轻翻译会导致创作的脆弱，翻译会鼓励创作。中国文学从传统走向现代，外国文学的译介在其中发挥了重要作用，"文协"在选择译作时，也尤为看重这一点。

王尔德是 19 世纪英国著名作家，也是英国唯美主义运动的倡导者。出于对儿子的爱，王尔德致力于童话故事的创作，《快乐王子》就是其中的一篇。《快乐王子》刊登在"文协"成都分会会刊《笔阵》1942 年 10 月的新 5 期上，译者是巴金。不过这并不是《快乐王子》第一次进入中国读者的视野，它最早是由周作人译入中国的，还是与鲁迅合编的《域外小说集》的开篇之作，当时的译名"安乐王子"，因为采用的是文言文，佶屈聱牙，所以受众面窄，反响不大。《域外小说集》是鲁迅和周作人的第一部译作集，重在介绍被压迫民族的作家作品，这些短篇小说均有一种来自底层的痛苦意识和苍凉精神，《快乐王子》被放在篇首，足见周氏兄弟对其的重视。在《域外小说集》出版的二十年后，也就是 1929 年，鲁迅为许广平翻译的童话故事《小彼得》作序，言道："凡学习外国文字的，开手不久便选读童话，我以为不能算不对，然而开手就翻译童话，却很

---

① 熊辉：《五四译诗与早期中国新诗》，人民文学出版社 2010 年版，第 3 页。

有些不相宜的地方，因为每容易拘泥原文，不敢意译，令读者看得费力。"① 这句话可以看作是1909年译入《快乐王子》的一个反思，既然开手不适宜翻译童话，为何又会选择《快乐王子》呢？描述翻译学派的代表人物吉迪恩·图里认为，翻译的目的是要向目的语文化中输入存在其他文化中的有价值的元素，② 周作人便是看中了《快乐王子》所蕴含的人道主义精神，后来周作人提出的"人的文学"也是立足于人道主义的基础上，快乐王子的故事为我们诠释了何为"利己而又利他，利他即是利己"③。

巴金在20世纪40年代用白话文再次翻译了《快乐王子》，刊登在"文协"会刊上，这个版本被广大中国读者所接受，至今仍有较大影响。我们细看《快乐王子》的这次译入，发现了一些有趣的矛盾现象。《快乐王子》乃是唯美主义的代表作，唯美主义运动在19世纪后期出现于英国的文学和艺术领域，以王尔德的被捕作为结束标志。这场运动是反维多利亚风格风潮的一部分，具有后浪漫主义的特征。王尔德不仅是唯美主义运动的倡导者，也是唯美主义创作的实践者。他认为，凡是客观地描述自然与人生的都是拙劣的艺术，艺术应远离生活，不是艺术再现生活，而是生活模仿艺术。唯美主义者提出"为艺术而艺术"的口号，反对艺术具有功利性和说教性，认为艺术与道德之间毫无关联。不得不说，唯美主义者的主张与当时的文艺趋势是完全相悖的，因为在大部分的文艺家看来，国家民族危机远比个人的天性重要，这种无功利性的美学原则至少在战争时代是不合时宜的。其实早在日本占领东三省后，中国文学已普遍

---

① 罗新璋、陈应年编：《翻译论集》（修订本），商务印书馆2009年版，第332页。

② Gideon Toury: *Descriptive Translation Studies and Beyond*, Shanghai: Shanghai Foreign Language Education Press, 2001, p. 98.

③ 陈思和主编：《中国现代文论选》，上海教育出版社2010年版，第17页。

从描写美转向揭示丑，剔除个人色彩、遵从战斗命令的"遵命文学"逐渐取代了"人的文学"，那么，唯美的《快乐王子》为何会被"文协"选择刊登出来且被广大中国读者所接受呢？

首先，《快乐王子》满足了当时中国读者的精神需要。前面我们提到，战争伊始中国知识分子的心态是亢奋的，但是随着抗战的持久，文艺家们已疲于口号式的呐喊，民众的战斗热情也慢慢被磨平，取而代之的是对战争的厌倦和疲乏，这种厌战情绪反映到文学上来就体现在对与抗战无关作品的喜爱，《快乐王子》就是其中的一个代表。故事里没有政治因素，没有战斗与抗争，只有舍己为人的王子和燕子，读者从中体悟到的唯有纯美与感动。再深一步说，我们认为，处于战争相持阶段的1943年，民众需要的不再是激情，而是在长期的抗争中看到希望，获得坚持下去的力量。这是一种矛盾的心态，精神和心理上都被战争折磨得筋疲力尽的文艺家和读者，一方面不愿再看到政治目的性太强的文学作品；另一方面又渴望类似的作品能加强自己对战争必胜的信念。冻死的燕子和破碎的王子铅心被天使带到了天堂，正义与善良得以宣扬，《快乐王子》恰好符合了当时民众的矛盾心态和精神需求，充满希望的结局抚慰了中国读者的心灵。

另一个最重要的原因在于，《快乐王子》的译入有利于促进中国儿童文学的发展。炮火连天的中国难以为儿童创造一个良好的生存和成长环境，战争严重妨碍了儿童的健康发展，然而儿童是国家的未来、民族的希望，"文协"在选择译作时正是考虑到这一点，才会刊登由巴金用白话文翻译的童话《快乐王子》，旨在用这篇唯美主义的经典作拂去枪炮落在孩子们纯净眼睛里的尘埃，治愈战争给孩子们带来的心理创伤，还给他们一个纯粹的世界。童话是儿童文学的重要分支，"童话"之名来自 1909 年商务印书馆开始编撰的供儿童阅读的作品集《童话》。中国古代虽无"童话"这一叫法，却已有实际意义上的童话，这些童话多以神话、寓言或民间故事等形式出现。中国最早的童话研究者便是周作人，他东渡日本留学后接触到高岛平三郎编的《歌咏儿童的文学》及著作《儿童研究》，对其产生兴趣开始翻译并研究童话。在封建社会时期，儿童不算是一个独立的人，因而没有专门为儿童创作的文学。随着社会的进步，西方首先开始认识到儿童与成人具有同等的人格，为了儿童身心的健康发展，培养儿童的独立性与创造力，逐渐有了供儿童阅读的作品。中国儿童文学的自觉是在五四新文化运动时期，因为这一时期大量的外国文学被翻译介绍到中国，其中就有儿童文学，从而刺激了中国儿童文学的发展，中国文艺家也因此开始重视和创作儿童文学，儿童逐渐成为翻译文学的受众之一，儿童文学慢慢发展成为中国现代文学的一个类别。

以《快乐王子》为例，我们看到了"文协"为中国现代文学的发展计之长远。需要说明一点的是，《快乐王子》虽是童话，但在当时是被归于短篇小说一类的。众所周知，中国古代正统文学乃是诗歌，小说被视为不入流的微末小技，一直受到束缚与遏制，到了近现代才因遭遇国家危机而具有了现代性，承载了政治意识和国家信念，中国文学从传统走向现代的标志就是诗歌向小说的转变。1902年梁启超从维多利亚小说和日本政治小说中受到启发，认识到小说对于社会改革的作用，提出"小说界革命"，促使了小说创作热潮的出现，清末最后十年出版的一千五百多部小说，就有三分之二是翻译外国的作品。鉴于小说的特殊地位，尽管抗战阶段诗歌比小说更适于激励与宣传，但小说仍是"文协"翻译文学的主要体裁。在翻译小说中，"文协"尤为重视批判现实主义作家作品的译介，如托尔斯泰《战争与和平》、左拉的《梦》以及契诃夫的《悲哀》等。因多数批判现实主义著作乃鸿篇巨制，碍于篇幅所限，"文协"还通过翻译文论的形式向中国读者介绍这些作家作品，如《论斯丹达尔》《论〈红与黑〉》《罗曼·罗兰》《果戈里论》等。批判现实主义形成于19世纪的欧洲，是现实主义传统的继承和发展，之所以被称为批判的现实主义，是因为其具有强烈的社会批判乃至文化批判精神，正式提出批判现实主义并为其下定义的是高尔基："资产阶级的'浪子'的现实主义，是批判的现实主义：批判的现实主义揭发了社会的恶习，描写了个人在家庭传统、宗教教条和法规压制下的'生活和冒险'，却不能够给人指出一条出路。"① 20世纪中国文学的主导文艺思潮便是现实主义，陈思和认为，中国新文学的一个基本主题是对现代文明的呼唤，中国人民在追求这个目标经历了种种磨难后，认识到欲发展现代文明，首先必须要扫除原有的障碍，于是对现代文明的渴望转化为对社会现实的批判。② 中国非工业化社会缺乏孕育批判现实主义的环境，文艺家们只能从西方文学中学习现实主义的批判功能，因此关于此类作品的译介显得尤为重要。欧洲批判现实主义的美学原则及严肃的批判精神，对20世纪中国现实主义文学理论及创作产生了深远的影响。"文协"会刊多次刊登批判现实主义作品，乃是中国文学向现代转型的必然选择。

总而言之，"文协"的翻译文学除肩负抗战救国的任务外，还具有很强的审美性，后者为中国现代文学的发展提供了资源和方向。

---

① ［苏］高尔基：《高尔基选集：文学论文选》，孟昌、曹葆华译，人民文学出版社1958年版，第300页。

② 参见陈思和《中国新文学发展中的现实战斗精神——现实战斗精神与现实主义的分界》，《中国现代文学研究丛刊》1987年第2期。

　　从"文协"翻译文学的内容上来看，"抗战"是贯穿始终的主题与目的，大部分译作是揭露法西斯的罪恶，以及激励民众奋起反抗，另外那些充满了战斗精神和反叛思想倾向的作品也间接为抗战事业贡献着力量。同时"文协"的文艺家们还深刻认识到，中国现代文学的发展绝不能因战争而停滞，会刊通过刊登西方各个流派的代表作品以及评论文章引进西方先进文学思潮，帮助中国文学在担负时代使命的同时能够继续前行。"文协"翻译的文学主题在一定程度上与"文协"乃至全中国所有文艺家的心态变化相呼应：战争爆发后初期，知识分子战斗情绪高亢激昂，满怀激情地以笔为武器，猛烈抨击侵略者，文艺作品充满了时代感与目的性。由于这种为宣传而写作的理念导致整个抗战文艺的质量不高、弊病丛生，文艺家们逐渐开始重视文艺作品的审美性问题，但"抗战"仍是文艺的主要任务，于是兼具战斗精神与艺术价值的译作被选择用来平衡文艺与政治之间的关系。与此同时，"文协"也注重对纯文学作品的翻译，为战时中国文学输入了西方文学营养，有助于促进中国文学的发展提高。

第二章 战国策派的翻译文学研究

在艰难的战争环境中，战国策派无论在理论倡导，还是在社会和文学实践方面，都致力于文化和国民的改造。该派同人借助翻译的各种手段，向国内民众传达了精英知识分子在抗战时期关于战争、国民性乃至启蒙精神的思考。

第一节 战国策派及其翻译文学研究现状

一

1941年4月1日，《战国策》半月刊在昆明创刊，标志着"战国策派"的正式登场，其核心人物有陈铨、林同济、雷海宗、贺麟和何永佶。战国策派刊物的撰稿人来自不同领域，除了上述五人外，还包括朱光潜、费孝通、陶云逵、冯至、冯友兰、吴宓、梁宗岱、沈从文、吴晗等。这些撰稿人，大多有西方留学背景，具有知识分子的自由意识，在民族危机深重、民族矛盾尖锐的时代，普遍具有强烈的家国情怀。

就战国策派本身而言，它并不是一个如文学研究会和创造社那样具有完整组织和章程的团体，这从《战国策》第二期的《本刊启事（代发刊词）》中就可以看出："本社同人，鉴于国势危殆，非提倡及研讨战国时代之'大政治'（High politics）无以自存自强。而'大政治'例循'唯实政治'（Real politics 及'尚力政治'Power politics）。'大政治'而发生作用，端赖实际政治之阐发，与乎'力'之组织，'力'之运用。本刊如一'交响曲'（Symphony）以'大政治'为'母题'（Leitmotif），抱定非红非白，非左非右，民族至上，国家至上之主旨，向吾国在世界大政治角逐中取得胜利之途迈进。此中一切政论及其他文艺哲学作品，要不离此旨。知高明垂注，仅此布闻。海内同志，倘进而教之，则幸甚！"① 要"抱定非红非白，非左非右，民族至上，国家至上之主旨"，在彼时实非易事，不过从已有的资料可以看出，该派学人既不愿意为国民党所豢养，② 也没有向左翼人士"缴械投降"。战国策派本身是一个集政治、文化、哲学、文学于一身的综合团体，它并不要求成员之间思想的一致性，甚至对彼此之间不同的意见，表现得都很宽容。

围绕这一派别的刊物除了《战国策》外，还有《大公报》"战国"副刊（重庆），雷海宗主编的《今日评论》（昆明），陈铨主编的《民族文学》（重庆）和《军事与政治》。此外，《文化先锋》③

---

① 《本刊启事（代发刊词）》，《战国策》（第2期）1940年4月15日。

② 关于战国策派与国民党当局的关系，参考了江沛的《战国策思潮研究》、黄岭峻的《论抗战时期两种非理性的民族主义思潮——保守主义与"战国策派"》及黄克武的《蒋介石与贺麟》等文献，这些文章有的指出虽然云南王龙云曾试图以资助的名义将《战国策》办成自己的家刊，有的表明贺麟也曾经接受蒋介石的资助从事西洋哲学翻译，但是战国策派诸人始终能坚持自己的学者身份，他们与国民党当局并非亲密无间。

③ 鉴于《文化先锋》为国民党所办，具有浓厚国民党党派意识，故笔者没有将《文化先锋》列入战国策派同人刊物之中，只在引用个别文章时有所提及。

上也发表过战国策派学人的大量论著。胡风曾经在一次座谈会上对同人杂志做过如下论述："我所说的'同人杂志'，是指编辑上有一定的态度，基本撰稿人在大体上倾向一致说的，这和网罗各方面作家的指导机关杂志不同。"① 据此界定，上述刊物都可以看作是战国策派的"同人杂志"，亦可看作是战国策派的舆论阵地，上面发表了大量战国策派学人的论文，具有相似的思想倾向性。

同时这些刊物也是该派作家翻译介绍外国文学的重要平台，刊登了不少翻译文学作品。如何永佶的改编，贺麟和朱文振对翻译理论问题的论述等，这些都显示了该派对翻译的重视。据笔者统计，战国策派的主要刊物上发表的各类翻译作品有47篇，译介的作品来自英国、美国、苏联、法国、德国、古希腊等多个国家，译者队伍包括朱文振、罗念生、梁宗岱、方重、柳无忌等著名学者和作家。

二

战国策派是一个有鲜明政治、文化和文学主张的综合派别，在抗战时期，时人就对战国策派的主张做出了强烈的反应，附和赞同者有之，批判挞伐者也不少。但彼时对战国策的评价和批判多受政治意识形态摆布，甚少学理和学术意味。新中国成立以后直到"文化大革命"结束，战国策派学人受到强烈批判以及对该派的研究受到冷落则是时代的必然。从1979年以来，对战国策派的研究和评价越来越受到学界重视，相关研究文章和研究专著不断涌现。更为重

---

① 《现时文艺活动与"七月"——座谈会纪录》，《七月》（第3卷第1—6期）1938年6月1日。

要的是，此时的研究与以往多从道德和政治立场做价值判断不同，主要体现了学术探讨的理性精神。

就文学研究而言，目前涉及战国策派文学观的研究成果十分丰富。① 这些研究文章大都选择陈铨或林同济作为战国策派文艺和美学思想的代表，以二者的文艺主张和文学作品为实例进行分析，以之言说战国策派。这些论文对战国策派的"民族至上，国家至上"的民族文学观进行了辨析，注重联系时代语境分析战国策派的文艺和文化主张，立足于民族和国家的层面上，论述战国策派文艺思想和文化主张的现实功利意义。其中有的也看到了战国策派文艺主张与其实际创作之间的分裂，如《"战国策派"：关于国家与民族的叙述和文学想象》（贺艳，硕士学位论文，西南大学，2003 年）；也有从话语权力的视角探析战国策派的文艺思想，如《权力的踪迹：战国策派文艺思想的话语分析》（白杰，硕士学位论文，西南大学，2006 年）。这些对战国策派的研究方法和研究内容奠定了今天人们对该派的研究基调，对战国策派的性质也有了大体一致的看法。

但对于以上所有研究成果而言，无一例外地忽略了战国策派对

---

① 相关的硕博论文就有 12 篇：苏春生的《文化救亡与民族文学重构："战国策派"文学思想论》（1997，华中师范大学），江沛的《战国策派思潮研究》（2000，南开大学），贺艳的《"战国策派"：关于国家与民族的叙述和文学想象》（2003，西南大学），宫富的《民族想象与国家叙事——"战国策派"的文化思想与文学形态研究》（2004，浙江大学），王学振的《论战国策派的文艺观》（2004，重庆师范大学），陈亚娟的《"粉墨登场"的民族主义：由陈铨看"战国策派"关于民族（国家）的言说》（2005，北京师范大学），白杰的《权力的踪迹：战国策派文艺思想的话语分析》（2006，西南大学），路晓冰的《文化综合格局中的战国策派》（2006，山东大学），尹小玲的《论"战国策"派的"民族文学"观》（2008，厦门大学），姜永玲的《战火中的文学呐喊与沉思——论作为文学流派的战国策派》（2008，云南大学），苏宁的《"战国策派"文学理论与实际创作关系研究》（2009，河北大学），高阿蕊的《战国策派的美学思想初探：以陈铨和林同济为代表》（2011，西南大学），潘剑贞的《战国策派"民族文学"观探析》（2012，福建师范大学）。

国外文学、文论乃至思想的翻译介绍，不能不说是目前战国策派研究的一大缺憾。就翻译研究而言，从目前所能查阅到的相关文献资料中，没有对战国策派的翻译做深入的研究，没有单独的文章对之做专门探讨，亦没有从流派的角度研究其翻译的成果。

战国策派的翻译分为翻译文学作品和翻译理论文章。在已有的研究成果中，并没有关于战国策派翻译文学作品的论述。在战国策派翻译理论研究方面，主要涉及对贺麟和朱文振的翻译思想的论述。对朱文振的翻译思想研究方面，陈福康的《中国译学史》① 和《中国译学理论史稿》② 两本书中只是对朱文振的翻译主张略有提及。另外还有两篇文章涉及朱文振的翻译，即郑延国的《莎译园地一朵新花——朱文振仿戏曲体译莎片段简析》③，彭利元的《国内翻译研究的语境化思潮简评——以五部译学专著为例》④，前者对比了朱生豪和朱文振两兄弟所翻译的莎士比亚戏剧的几个片段，指出朱文振用仿戏曲体翻译莎士比亚戏剧的美学价值；后者论述了朱文振后期翻译思想中对翻译语境的重视，可见这两篇文章所阐释的问题都与战国策派翻译理论思想无关。

在贺麟的翻译思想研究方面，王思隽和李肃东撰写的《贺麟评传》⑤ 对之略有涉及。此外，马永康的《"dialectic"译名讨论——以贺麟、张东荪为中心》⑥ 从"dialectic"（现通译为辩证法）的不

---

① 陈福康：《中国译学史》，上海人民出版社 2010 年版。
② 陈福康：《中国译学理论史稿》，上海外语教育出版社 2002 年版。
③ 郑延国：《莎译园地一朵新花——朱文振仿戏曲体译莎片段简析》，《外语教学与研究》1990 年第 1 期。
④ 彭利元：《国内翻译研究的语境化思潮简评——以五部译学专著为例》，《外语教学》2007 年第 2 期。
⑤ 王思隽、李肃东：《贺麟评传》，百花洲文艺出版社 2010 年版。
⑥ 马永康：《"dialectic"译名讨论——以贺麟、张东荪为中心》，《世界哲学》2002 年第 1 期。

同翻译中分析了不同的时代语境下对这一哲学术语的接受过程。文炳的《从〈康德译名的商榷〉一文解读贺麟的早期哲学术语翻译思想》① 指出了贺麟翻译思想中的"华化西学"的精神，"翻译要融贯中西古今哲学的学术主张"。张学智的《贺麟的哲学翻译》② 论述了贺麟对翻译的重视和翻译中的严谨，指出了贺麟对哲学翻译的贡献。卢丙华的《近现代川籍学者翻译思想及成果综述》③ 简要介绍了贺麟的翻译思想和译作，另一篇文章《论贺麟翻译的哲学思想观》④ 对贺麟的翻译思想有概括的介绍，认为贺麟翻译的核心思想是"意一，言多；意是体，言是用，诚是意与言间的必然逻辑关系"，同时认为贺麟翻译思想是其哲学思想的重要部分，分析了贺麟翻译思想中存在的翻译与民族文化话语权之间的关联。刘波、陈清贵的《试析抗战时期的四川翻译》⑤ 对贺麟的翻译仅有简略的提及。郑延国的《哲学家眼中的翻译——金岳霖、贺麟译观探微》⑥ 对比了贺麟与金岳霖的翻译观点，指出二者的一些翻译观点在当下的现实意义。还有缪钺在 1944 年发表于《思想与时代》的《评贺麟译斯宾诺莎〈致知篇〉》一文，从文化发展和国人思维改造的层面高度评价了贺麟翻译的斯宾诺莎的《致知篇》。

以上这些文献并没有对朱文振和贺麟翻译思想进行全面而深入

---

① 文炳：《从〈康德译名的商榷〉一文解读贺麟的早期哲学术语翻译思想》，《泰安教育学院学报岱宗学刊》2010 年第 1 期。

② 张学智：《贺麟的哲学翻译》，《广东社会科学》1991 年第 4 期。

③ 卢丙华：《近现代川籍学者翻译思想及成果综述》，《前沿》2010 年第 6 期。

④ 卢丙华：《论贺麟翻译的哲学思想观》，《重庆科技学院学报》（社会科学版）2009 年第 7 期。

⑤ 刘波、陈清贵：《试析抗战时期的四川翻译》，《外语艺术教育研究》2011 年第 2 期。

⑥ 郑延国：《哲学家眼中的翻译——金岳霖、贺麟译观探微》，《解放军外国语学院学报》2001 年第 4 期。

的研究，更没有从战国策派的角度论述二者翻译思想的独特性所在，这为进一步探讨战国策派的文学翻译留下了较为宽广的空间。

三

众所周知，战国策派并不是一个纯文学派别，自抗战时期出现以来，对它的评论、研究也不局限于文学领域，而作为整体的战国策派的文学翻译尚无人问津。

之所以造成这种情况，一方面固然由于战国策派本身的翻译文学较其创作而言甚少；另一方面也在于战国策派本身只是一个松散流派的这一特点，使得对其翻译的界定带来了一定的困难。当然，也与人们对翻译文学的漠视不无关系。但是翻译的参与，是战国策派介入现代政治、文化、历史、文学言说的话语方式之一。对战国策派翻译的研究，整理其翻译文学作品和翻译思想文献，可以有助于认识抗战时期大后方的文学翻译情况，认识那个时期翻译思想的某些特质；此外，从翻译的视角对战国策派的研究，既有利于我们认识战国策派本身，也有利于理解抗战时期——甚至自鸦片战争以来——翻译的性质和地位。最后，基于对战国策派译者的考察，其现代知识分子心态的开放性和地位的边缘性，也为我们提供了一个视角去认识保持民族性与实现西方参照下的现代性之间的紧张关系，分析近现代以来我们民族整体的焦虑和矛盾的某些问题所在，感受知识分子在民族危难时期的担当意识与政治参与意识，以及在这种参与中所体现出来的认知方式和精神气质。一方面，"现代知识分子区别于传统之士，他们或创办报纸、杂志，或在学校求学、任教，或自由结社，借助知识而不是政治权力在社会上发挥影响作用。虽然他们在政治上是边缘人，在社会上漂泊不定，但是思想上则有极大的社会影响，属于文化精英阶层"①；另一方面，"自五四以来，知识分子的精英心态更强，总觉得自己可以说大话、成大事，反而不能自安于社会边缘"②，从现代知识分子的矛盾状态中也可以看出战国策派学人如何借助翻译介入国家民族现代性的建构。

本节在收集整理战国策派所有译作和翻译理论文章的基础上，论述了战国策派翻译与其诗学主张之间的关系，还在抗战语境下，从战国策派翻译思想的角度分析了民族性与现代性之间的紧张关系及其调和，力图从流派的整体特征中来把握和分析战国策派的翻译思想。

第二节　战国策派的翻译文学概貌

战国策派翻译并改编了一定数量的外国文学作品，显示出他们一贯的国家立场和民族意识，同时也折射出该派学人在抗战语境下对文学艺术审美价值的坚守。

一

为了能对战国策派的翻译做进一步的论述，首先必须对该派的翻译文学进行具体的统计，据查阅原始期刊统计，发表在战国策派同人刊物上的各类翻译作品有47篇。具体篇目情况如表2－1所示。

---

① 王本朝：《中国现代文学制度研究》，西南师范大学出版社2002年版，第31页。
② 李欧梵：《现代性的追求：李欧梵文化评论精选集》，生活·读书·新知三联书店2002年版，第21页。

表 2 - 1　　　　　　　　战国策派翻译作品统计

翻译文章	作者	译者	期刊	刊发期数	国别
蜚腾之死	佚名	尹吉	战国策	1940 年第 1 期	古希腊
两件法宝——仿希腊神话	佚名	吉人	战国策	1940 年第 1 期	古希腊
偷天火者——仿希腊神话（二）	佚名	尹吉	战国策	1940 年第 2 期	古希腊
补遗："这个好！"——仿希腊神话（二）	佚名	吉人	战国策	1940 年第 2 期	古希腊
摆脱尔——仿希腊神话（四）	佚名	吉人	战国策	1940 年第 9 期	古希腊
阿灵比士山的革命	佚名	吉人	战国策	1940 年第 11 期	古希腊
智慧女神的智慧	佚名	吉人	战国策	1940 年第 14 期	古希腊
心理	Mansfield	林同端	民族文学	1943 年第 1 卷第 1 期	英国
麦耶尔牧师	卡罗萨（Carossa）	姚可昆	民族文学	1943 年第 1 卷第 2 期	德国
智利地震	Keinrich Von Kleist	商章孙	民族文学	1943 年第 1 卷第 2 期	德国
现代英国文学的背景	Fredb. Millett	柳无忌	民族文学	1943 年第 1 卷第 2 期	英国
醃蓿萝	Mansfield	林同端	民族文学	1943 年第 1 卷第 4 期	英国
艺术与人生	Roger Fry	戴镏龄	民族文学	1943 年第 1 卷第 4 期	英国

翻译文章	作者	译者	期刊	刊发期数	国别
林边老妪	乔叟	方重	民族文学	1943 年 第 1 卷第 4 期	英国
忏悔	莫泊桑	吴达元	民族文学	1943 年 第 1 卷第 4 期	法国
车居央的教士	A. 都德	吴达元	民族文学	1944 年 第 1 卷第 4 期	法国
战胜者	不详	朱文振	军事与政治	1941 年 第 1 卷第 2 期	不详
中国是美国经济优势的保证	不详	彭荣仁	军事与政治	1941 年 第 1 卷第 3 期	不详
一个走马灯的故事	Donald Barr Childsey	令公	军事与政治	1941 年 第 1 卷第 3 期	不详
哈台排长	R. E. Danielson	阮肖达	军事与政治	1941 年 第 1 卷第 4 期	不详
希特勒必无善终	不详	彭荣仁	军事与政治	1941 年 第 1 卷第 6 期	不详
W 计划	Gaaham Seton	朱营	军事与政治	1941 年 第 1 卷第 6 期	不详
日本海军将为强大空军所毁灭	Kurt Bloch	彭荣仁	军事与政治	1941 年 第 2 卷第 1 期	不详
步兵师对山地守势敌之攻击	（苏联）达瓦得杰	枫村	军事与政治	1941 年 第 2 卷第 1 期	苏联
将日寇挤进坟墓	Nathauiel Peffer	彭荣仁	军事与政治	1941 年 第 2 卷第 2 期	不详
二次大战军事的检讨	译自军事评论杂志	秉真	军事与政治	1942 年 第 2 卷第 4 期	不详

续　表

翻译文章	作者	译者	期刊	刊发期数	国别
巴黎的权威	Montague Glass	芸台资	军 事 与 政治	1942 年第 2 卷第 4 期	美国
德国降落伞部队（续）	P. E. PHAM	赵光汉	军 事 与 政治	1942 年第 2 卷第 6 期	不详
窥伺日本国境的美国闪击舰队	［日］新名义丈夫	李裕	军 事 与 政治	1942 年第 3 卷第 2 期	日本
自制	F. T. Goued	自生	军 事 与 政治	1942 年第 3 卷第 3 期	不详
小蓓蒂	Leonard Merrick	黄丰	军 事 与 政治	1942 年第 3 卷第 3 期	不详
瑞士军备概况	不详	王之珍	军 事 与 政治	1942 年第 3 卷第 3 期	不详
世界民主联邦组织方案	斯特利特（C. K. Streit）	柯硕亭	军 事 与 政治	1942 年第 3 卷第 5 期	美国
德国之装甲师	（德）海因兹	郭道武	军 事 与 政治	1942 年第 3 卷第 5 期	德国
心理战争论	里德尔·哈特（Liddel Hart）	钱能欣	军 事 与 政治	1943 年第 4 卷第 4 期	英国
英国装甲部队之战术战略的新思想	J. Scatt Cock-burn	郭道武	军 事 与 政治	1943 年第 4 卷第 4 期	英国
一个犹太少女的奋斗	不详	蒲立德	军 事 与 政治	1943 年第 4 卷第 5 期	不详
《德国心理战》书后	Kimball Young	丁祖荫	军 事 与 政治	1943 年第 4 卷第 6 期	美国

续　表

翻译文章	作者	译者	期刊	刊发期数	国别
心理战争在军事上的重要性	[美] F. E. Gillette	钱能欣	军事与政治	1943 年第 4 卷第 6 期	美国
美国陆军的训练	马歇尔	潘焕坤	军事与政治	1944 年第 6 卷第 1 期	美国
神庖饭馆轶事	Leonard Merrick	奋晨	军事与政治	1944 年第 6 卷第 1 期	不详
斗牛去	不详	和沅长	军事与政治	1944 年第 6 卷第 2、3 期	不详
逃脱死线	长谷川敏	李裕	军事与政治	1944 年第 6 卷第 6 期	日本
一千元的票子	Manuel Komroff	张沅长	军事与政治	1945 年第 7 卷第 3 期	不详
希腊遗产	不详	罗念生	军事与政治	1945 年第 7 卷第 3 期	不详
战争与美国妇女	不详	尤亚贤	军事与政治	1945 年第 7 卷第 3 期	不详
飞弹：跟着纳粹垮，也完了	译自英文战争杂志，Harold Sale 原著	郭麟	军事与政治	1945 年第 8 卷第 2 期	不详

　　注：

（1）表中作者的名字未加修改。

（2）表中统计了战国策派同人刊物的所有翻译作品。

（3）表中原作者及作者国别不详者，统计时均以"佚名"或"不详"标识。

（4）表中作品信息均按各刊物刊载时间为序排列。

（5）戏剧《逃脱死线》的作者长谷川敏为抗战时期的战俘，这篇戏剧为长谷川敏作为战俘时所作。

（6）该表未将陈铨的改编的戏剧《祖国》《金指环》和 1940 年商务印书馆

出版的《西洋独幕笑剧》统计在内。① 该表亦未将贺麟和朱文振关于翻译的理论文章统计进去，即贺麟的《论翻译》② 和朱文振的《译诗与新诗的格律》③。

　　表 2 - 1 统计了《战国策》《民族文学》和《军事与政治》上的翻译作品，包括文学翻译、新闻、报告及通讯类的翻译。在战国策派另两个同人刊物《今日评论》及《大公报》"战国"副刊中，没有翻译作品的发表，故二者未在表 2 - 1 中得到反映。本节以战国策派同人刊物为中心，研究战国策派的翻译作品，故表中的信息是根据上述刊物的原刊及影印本统计出来，做到以原始资料为论证依据。

　　如表 2 - 2 所示，战国策派的翻译作品大多来自欧美国家，这与战国策派译者的学习及留学经历有关。④ 就文学翻译的具体作家而言，包括了莫泊桑、都德、乔叟等著名的散文家和小说家。就译者而言，包括了罗念生、柳无忌、姚可昆、朱文振、吴达元、方重等著名的学者，他们同时也是优秀的翻译家。

---

　　① 李杨在《陈铨著译年表》中认为，《祖国》是陈铨改编自德国剧作家弗雷德里希·沃尔夫的剧本《马门教授》，又指出，《祖国》一剧与《马门教授》之间又经过了其他的中介，由于缺乏直接有力的资料能证明二者之间的联系，并且该剧并未发表在战国策派主要刊物上，故笔者没有将该剧列入战国策派的翻译文章中。在 1942 年 6 月 30 日发表于《军事与政治》第 3 卷第 1 期的《〈金指环〉后记》中，陈铨提到《金指环》受 Maeterlink 的 Mona Vanna 的影响，因而在剧情结构上有相似的地方，但是此剧为陈铨创作，已为学界共识，故笔者也没有将它列入战国策派翻译中。1940 年商务印书馆出版的《西洋独幕笑剧》已难以寻找，仅在李杨的《陈铨著译年表》存目而已。
　　② 贺麟：《论翻译》，《今日评论》（第 4 卷第 9 期）1940 年 4 月。
　　③ 朱文振：《译诗与新诗的格律》，《民族文学》（第 1 卷第 5 期）1944 年 1 月。
　　④ 战国策派译者群大多接受过西式教育，相当一部分还有留学经历。如罗念生和柳无忌曾留学美国；朱文振 1937 年中央大学外文系毕业；吴达元早年就读于清华大学外文系，1930 年赴法留学；方重 1923 年毕业于清华大学，之后留学美国；姚可昆 1932 年留学德国。

表 2-2　　　　　　　　　　　战国策派翻译作品国别分布

国家	翻译作品数（篇）	在译作中所占比重（%）
英国	7	14.89
古希腊	7	14.89
美国	5	10.63
德国	3	6.38
法国	2	4.26
日本	2	4.26
苏联	1	2.13
不详	20	42.56

通过以上梳理，战国策派的翻译情况得到大致呈现，本文后文的论述将以此为基础展开，分别对战国策派的文学翻译、改编及翻译思想进行解析。

二

日本侵华战争的全面爆发，将自晚清以来的民族危机推向了最为严重的地步。鼓舞全民积极投入抗日战争的时代洪流中，争取民族的独立与解放成为当时的民族重任。因此，战时的社会动员显得格外重要，抗战时期的社会氛围加强了对文学的社会效果的期待。战国策派主张"国家至上，民族至上"①，强调抗战第一、胜利第一，一方面回应了抗战时期的社会心理，另一方面也是自古文人"以天下为己任"的担当意识的体现。

———————

① 《本刊启事（代发刊词）》，《战国策》（第2期）1940年4月15日。

如前所述，战国策派并没有一个严密的组织，他们没有统一的纲领，只有一个宽泛的宣言，没有所有成员都必须听命的将令，甚至其成员都不是完全固定的，成员之间的思想也差异极大，它更多的是一个松散的同人流派。但是战国策派活跃于中国抗战之最艰难时期，在最需要民族自信的年代里高扬着自信；在一个阶级矛盾、党派矛盾重生并走向尖锐而分裂社会的时候，这个国家的领土被不同的民族、不同的政治军事力量分割统治的时候，依然对这样残破的国家、对这片土地上生存的民族满怀希望和信任。他们具有开阔的眼界、强烈的参与精神和坚定的民族信念，代表了一个时代的希望和坚守。

战国策派的成员都具有强烈的家国情怀，同时大多人具有留学经历，接受过西式教育，个性较为解放，因而濡染了较为浓郁的自由意识。但是面对抗战的现实，他们在自由与统制、民主与集权、个性解放与集体群治主义等关系上，更偏向后者。对翻译的态度也基本上反映了该派的文学以及文化观点，这表现在对翻译文章题材的选择，对主题的改造和改编等方面，使得翻译作品具有浓厚的时代特色，反映时代的情绪，鼓舞抗战的时代精神。而居于意识形态之争旋涡中的战国策派，也会以翻译影响着民众的社会觉悟和政治觉悟。

在中国近现代史上，翻译成为不同民族之间一种文化和文学的交往方式，如张之洞所言："道莫患于塞，莫善于通；互市者通商以济有无，互译者通士以广学问。尝考讲求西学之法，以译书为第一义。"① 关于翻译的作用，钱锺书也说："它（指翻译）是个居间者或联络员，介绍大家去认识外国作品，引诱大家去爱好外国作品，仿佛做媒似的，使国与国之间缔结了'文学因缘'，缔结了国与国之

---

① 张之洞：《上海强学会分会序》（1895），宋原放、李白坚编《中国出版史》，中国书籍出版社 1991 年版，第 175 页。

间唯一较少反目、吵嘴、分手挥拳等危险的'因缘'。"① 由此可见，翻译自近现代以来，受到了怎样的关注，被赋予了怎样重大的意义，被赋予了多么巨大的期待！

因此，除了发挥翻译建构民族国家的功能之外，战国策派的翻译也传承了翻译活动的交流功能，甚至是该派人士内心思想的曲折表达方式。翻译毕竟不同于创作，它可以是逃避国民党书报审查的手段，凡是创作中不便说、不能说的可以在翻译中求得宣泄，真可谓借翻译的酒杯浇现实的块垒；它也可以是在意识形态之争之下，在高度紧张的时代氛围中，为自己打开的一个透气的小窗，为灵魂寻求自由的小憩之地；它同样也可以是游离于时代对文艺的严厉苛求之外，为自己建构起纯文学的园地。由此可见，战国策派对翻译的态度既有合于时代语境的一面，也有属于受过西式或新式教育的知识分子的趣味的一面。

文学本来就具有不同的功能，在抗战这个民族危亡之时，要求文艺为抗战服务，突出文艺的宣传和教化功能，本身无可厚非，但同时文艺的娱乐和审美功能，也必然会得到具有较高文学和文化修养的知识分子的坚守。

第三节　时代语境下的文学选择：战国策派的翻译文学

战国策派的核心成员之一陈铨是国民党党员，另一个核心成员何永佶是云南省财政厅厅长的秘书，还用这一身份为《战国策》杂

---

① 钱锺书：《七缀集》，生活·读书·新知三联书店 2002 年版，第 79 页。

志拉过赞助，但是我们不能就此断定战国策派倾向于国民党宣扬独裁和一党专政的政治意识。事实上，战国策派的成员构成相当复杂，在政治上他们多采取超党派的中间路线，在思想上显得丰富而芜杂。① 但是身处抗战的大环境中，他们并没有向当权者低头，同时也没有向激进派缴械，始终在强烈的家国情怀之下，保持作为学人的独立精神，固守着学者的身份，安于自由主义知识分子的边缘地位，创作文学或借助翻译书写自我、书写民族与国家。

战国策派的文学翻译大多有严肃的主题，有对政治的追求，有延续近代以来对西方文化影响的回应，有对人性的深刻探讨，也有属于个人私密趣味的把玩。这些翻译或立足于救亡与启蒙，表现民族生存与个人发展之间的关系；或在文艺与政治间游走，以其精英主义的立场直面民粹主义的挑战；而对女性的关注是战国策派的一贯作风。他们的书写里固然有对国家、民族的责任，也有个人主义精神，有人道主义思想，有对人性的悲悯和关怀，有现代人的心理体验和生命意识。以民族生存的名义（无论国民党还是共产党皆是如此）要求每个人高度服务于集体的时候，战国策派无论理论上还是文艺实践上都给个人留下了相当大的自由空间，或许站在中西文化比较位置上的他们更能理解精神独立和思想自由对于个人的意义，以及对于民族国家的重要性。只是个人的需要和时代的需要发生了严重的冲突，他们的声音被淹没在一片挞伐声中。

一 战争中的底层书写

战国策派的很多文学翻译作品看似与抗战密切相关，但却不以直接表现抗战为目的，是对战争年代底层人们的关注，是对个体生

---

① 参见江沛《战国策派思潮研究》，天津人民出版社 2001 年版，第 9 页。

命在战时语境中的关怀。

这些翻译作品侧重表现个人在战争背景下的生存状态。比如朱文振翻译的《战胜者》直接以第一次世界大战为背景，通过一个美国年轻人和一个亲历战争的英国退伍士兵布拉当的谈话，描述了某次关键战役的一个制胜细节，即面对德国持续不断的进攻，被拖得筋疲力尽的比利时军队试图去海边寻找英国舰队的支援，在靠近海岸时抓住了一个德军哨兵，即后文提到的贝台尔，结果只等来了两艘扫雷艇，这当然不足以补充比利时的实力以顶住德军的进攻，但是作为艇长的布拉当，想到船上的一百多套苏格兰士兵服装，于是便让比利时派两个连换上这些军服，并送上几挺机枪，造成英国援军已经到达的假象，希望借此骗过德军，后来德军果然上当，而没有发起有效的攻击。这让比利时军队守住了协约国左翼阵线，保住了巴黎，直接导致了后来德军的战败。故事结尾讲到布拉当在那次战役的海岸边遇到那晚因睡觉被抓住的哨兵贝台尔，他深悔那晚睡着了，睡觉失职造成了德军的耻辱战败，后来贝台尔请求布拉当将他死后的骨灰带回那个海岸上，曾经最为敌对的布拉当和贝台尔竟然成了朋友。整篇文章似乎并不是在讲述战争，而是在揭示战争中人与人之间的心灵对话，虽然文章还笼罩着对德国重新武装起来的担忧，但在对战胜者给予荣耀的同时，也对战败者给予尊重，而对身处战争中的各类人群并没有进行道德的判断，而是一种人道的同情。

《一个犹太少女的奋斗》讲述了从一战到二战时期，一个犹太少女朱蒂斯的成长和奋斗历程，从小身为犹太人的她就受到无数歧视，但是生活的无情并没有摧垮她，反而激发了她趋向光明、获得知识、争取自由和追求快乐的勇气与决心。犹太人在一战和二战时期的欧洲是一个颇受歧视而灾难深重的民族，其悲惨境遇甚于身处抗战水深火热中的中国，这篇文章翻译的时间在文末标明为"三十一年八月"，即 1942 年 8 月，那正是抗战的艰难时期。文章所表现的朱蒂斯的奋斗何尝不是对处于消沉中的中国人的抗战情绪的鼓舞和激励。但相比彼时有些以国家、民族、阶级的名义对个体生命的漠视的论调，文章对生命的尊重也是一种抗议，体现出浓厚的人道关怀。

《哈台排长》讲述参与了美国南北战争，做过北军排长并获得了勋章的退伍老兵哈台，他虽然"获得奖章"，"人民敬重他"，但是他并没有"自诩为英雄"，也不愿意接受政府的钱，他觉得自己"筋强力壮"，可以"做事谋生"。哈台在给同样参加过内战的地主的儿子杰克讲完自己最重要的经历后脸色惨白，不久便去世了，在弥留之际，念到的依然是要安葬自己的队长。这一平凡而忠诚的军人形象在抗战时期的寓意是不言自明的，这种对忠义之士的宣扬，战国策派本身也有此主张，如贺麟曾鼓励谢幼伟翻译鲁一士的《忠之哲学》[①] 一书，原因之一便是有感于彼时许多不忠不义的汉奸卖国贼之流，目的是意欲对这类人群加以鞭挞和痛击。不过有学者指出，"1930—1940 年代，学者们热衷于将鲁一士的《忠之哲学》引介到中国绝非偶然，而是与抗战的时代背景以及当时'主义崇拜'的观念密切相关，更与蒋介石所希望宣扬的类似日本武士道的立国精神相配合"[②]。但是就《哈台排长》而言，与"主义崇拜"并没有关系，仅仅是为了赞颂抗战官兵的忠诚之心。

《斗牛去》则讲述了一个被俘虏的美国"客籍"空军士兵在被

---

① 鲁一士：《忠之哲学》，商务印书馆 1943 年版。
② 黄克武：《蒋介石与贺麟》，《中央研究院近代史研究所集刊》（第 67 期），"中央研究院"近代史研究所，2010 年 3 月，第 11—12 页。

关押期间的遭遇，他起初被严刑拷打，逼问己方军队的实际情况，而"我"只简单说了个"不知道"。后来美国使馆大使和领事来看他，从此他的待遇有了很大的提高，在被关押期间有的士兵很凶残，有些年长的士兵则对他很和善，他还帮一个被吓坏了的意大利籍炮兵出主意在受审时撒谎，这件事被这位不满十九岁的炮兵招了出来，他的待遇又回到了从前糟糕的状态。文中提到的"斗牛"其实就是枪决的意思，经过一番折腾，他最终还是获救了，而没有像其他俘虏那样被送去"斗牛"。这篇文章虽然仍以战争为背景，但是行文中却颇有幽默的味道，比如结尾处，这位美国士兵半夜被一个面貌狰狞的卫兵带出去，在以为他要被枪决的时候，文章却转向了另一方面，他被汽车送往美国大使馆。这似乎是用一种滑稽的笔调调侃了战争和枪决的残忍。

这些文学翻译作品虽然具有鲜明的社会和时代内容，但却与"江山"和"社稷"无关，也与彼时的文学创作潮流相异，没有表达战时政治的混乱，没有书写战争的残酷，没有令人窒息的社会底层生存状态的描绘，没有咄咄逼人的宏大的主题。在战争大背景下，普通士兵和下级军官作为前线的主要抗战力量，却因为地位的低下而不为社会所关注，人们更多关注的是某一次战役的胜负和战争的进程。在这类翻译作品中，译者依然选择了以小人物为主角的作品来书写战争，关注个人多于群体，更多地表达了对生命的尊重。

二　灾难下的国民塑造

传统文化在五四时期受到了强烈的冲击，面对西方发达的经济、强大的武装、强势的文化和咄咄逼人的气势，变革自强是每个有识之士的共同心态。战国策派继承了近代以来的"尚力"思潮，变革传统文化，谋求民族的独立和强大，这在翻译中也多有表现，真可谓托"翻译"言志。如《林边老妪》《智利地震》《车居央的教士》等，译者借异域的文化书写表达了自己对于本民族文化的意见，或批评或期许，在域外文学的语境里言说自我文化的固陋，引起人们的深思和反省，意欲重塑中国国民的形象。

《林边老妪》通过拯救了一位年轻骑士性命的贫穷丑陋的老妪要求这位骑士娶她为妻这件事，批判了骑士对于女性样貌、出身、地位、财富的偏见，讲述了人的高贵在于他的美德，这美德不能从自己高贵的祖辈那里继承，不能以财产的多寡来衡量，亦不能凭地位的高低来判断，只有依靠自己的修养获得。同时这位老妪还说外表的美丑和一个女子的德行没有必然的联系，在一番批评之后，之前被迫娶老妪为妻的骑士表示愿意接受她的一切，最后这位老妪原来是一位天使，还成了一位美貌而贤德的妻子，小说也这么结束了。这样的一个小故事闪烁着启蒙主义的光芒，它以一种鲜活明快的节奏表达了对文化的期待和人的培养。不过该文也有说教的目的，即要求人们明白美德之于一个人的重要性，而美德的养成是靠后天的习得而非因袭，译者改造国民性和各种陈腐观念的用心跃然纸上。

《智利地震》讲述了在智利首都圣雅阁受宗教蛊惑的暴民对一对青年爱侣的摧残。年轻的家庭教师与他的雇主汗理克雅斯德隆先生的女儿相爱了，却被这位老绅士发现了，他把女儿送去了尼姑庵（笔者注：实为修道院，文中翻译为尼姑庵），但是他们俩最终还是继续幽会并生下了一个小孩。这件事暴露后，在宗教气氛浓厚的圣雅阁，她被判处火刑烧死，后改为斩首，而他在绝望之时决定自缢，就在要行刑的当天，智利发生了空前的大地震，在一片混乱中，他们及他们的孩子都暂时得救了，暂时没有人记得他们，他们重新聚在了一起。在一天之内经历了生死两重天的两个人，都将这带来巨大灾难的大地震看作上帝给予的恩惠，心中充满了感激和欣喜。但是第二天在城内举行弥撒时，主教想借助这次灾难，重新确立人们对宗教的忠心，他将灾难归结于人们行为的不检点和肮脏，最后将矛头直指叶罗尼模和瑛秀斌这对曾引起众怒的两人，在以白狄理罗为代表的愚昧暴民的打击下，两人双双殒命。这场变故来得太突然，在地震发生的第一天，人们不分阶级、不分财富、不分地位互相帮助的温馨氛围，在这场屠杀中消于无形。巨大地震所带来的巨大灾难并没有给这个国家带来巨大的变革，民众依旧受保守宗教的蛊惑而愚昧凶暴，人间的至爱真情不能打动他们，这里面有对人性深深的失望，还有对阶级对立、阶级矛盾遮遮掩掩的表现。译者何尝不希望中国人在抗日战争的大灾难中，学会宽容和尊重他人，把共同抗敌的团结互助转化为和平语境下的温情。

《自制》通过几个故事讲述了一个人内在修为的正确和重要性，这种对"个人"自制的强调，同样萦绕着对个人外在世界的表现和内在世界的观照，通过内在的有序去把握外在世界，并将外在世界纳入自己"自制"后的强有力的有序意识中。这样的翻译与战国策派强调"力"的思潮是相关联的，其中舞动着尼采"超人"哲学的影子。如讲到马其顿亚历山大大帝的事迹，他能打下一个地域广大的帝国，在于他的"自制"，所以他控制了一切；而他的失败也正在于他没有能够完全"自制"，他杀了他忠诚的伙伴。这样通过翻译对战国策派理论的图解寓说，是其理论指导和现实需要共同作用的结果。这既可以是对战争中人的素质的要求，但更多的却属于民族形象塑造的范畴，即要求国民要有自制的成熟心理和遇事冷静的态度。还比如《车居央的教士》讲述一位教士在他主管的教区向宗教信仰越来越匮乏的教民的布道，批判了一些不良的社会风气，希望人们能够树立起对宗教的信心和信念，让社会变得更加有序，让社会风气清新而干净，这对国民素质提出了更高的要求。

战国策派的翻译作品有相当部分是关于国外政治军事方面情况的报道，大多是对时局的分析和看法，属于新闻通讯类的翻译或报告文学翻译。战国策派的通讯翻译向国人传达了国外的政治和军事情况。如《希特勒必无善终》《世界民主联邦组织方案》《步兵师对山地守势敌之攻击》《英国装甲部队之战术战略的新思想》《美国陆军的训练》《飞弹：跟着纳粹垮，也完了》等。内容涉及国际政治的现状和走向，战争双方实力的比较，军事训练教程，战术思想的运用，军事装备的使用等。这些内容虽然不是文学题材，但也反映出战国策派对世界政治、军事的观照，表现出宽广的视野、务实的精神和积极的态度。而且从实用的角度来讲，在抗日战争的时代大背景下，这些翻译作品能让更多的人民了解一定的军事知识，了解国外的军事发展现状，提升国民的科技和军事素养。

抗战时期既是一个大变革的时代，亦是一个大混乱的时代，社会陷入无序之中，人们的思想处于新旧交替之时，文化也处于转型之中。一种新的传统在中西文化的交融碰撞中，在传统与现代的难分难解中，慢慢地生成。战国策派所翻译的这些作品，通过人们普通生活的场景或大灾难下的生存际遇，展示了译者在不同寻常的语境下重塑民族形象的主观努力。

三　文学审美价值的追求

文学审美价值与纯文学观念紧密联系在一起，纯文学在中国的出现和确立经历了一个过程，并且自五四以来的各个时期，其所指涉的具体内涵也有所不同，其存在的合理性也毋庸置疑："正因为存在着'不纯'的文学，即文学承担了过多的不应由文学承担的使命、责任和功能，造成了对文学审美内质的伤害，所以才要提倡'纯'文学，使文学回到非功利的、纯粹审美的本体上去。"同时，纯文学的价值在于其内涵的滑动性和不确定性："文学是一个关系到生命存在的话语系统，它具有非常丰富的意义和无限多样的形式，是个常说常新的话题。'纯文学'之于文学的意义，也是在多重关系中历史地呈现出来的，这些关系包括感性与理性，功利性与非功利性，艺术与人生，甚至是文学与政治等等。'纯文学'正是在这多重关系中历史地显示自身边界的，而它的价值也许正在于其内涵的这种不确定性。"①

以纯文学或文学审美的视角和方法审视战国策派的翻译，可以发现其中不少篇章表现了对彼时党派政治和抗战现实的疏离。抗战时期的喧嚣并没有完全将文艺作品掩盖，这些作品表现了对个体和人性的关注，如林同端翻译的《醃莳萝》《心理》，吴达元翻译的《忏悔》等，这些作品没有硝烟的气息，也没有对政治的寓意和说教，而是注重对男女爱情的书写，注重对陷入爱情的人性的刻画和表现，注重文学本身的特征，显示了对文学审美价值的坚持和追求。

《醃莳萝》的题名颇具玩味，译者认为"原文题目似双关，然无法译出"②，"醃莳萝"在文中本只是很普通的一个泡菜，它是船夫们乐于分享的味道，是人与人之间和善、关爱的扭结，更代表着文中男女主人公曾经憧憬和畅想过的美丽自由生活的味道，而两人的爱情也颇似这种名叫"醃莳萝"的酸菜。他曾经深爱过她，而她给了他一封让他伤心欲绝的信。时隔六年后重逢，他看似富有，她陷入困顿，在交谈中，她竟发现，他才是唯一懂她的那个人，她对

---

① 陈国恩：《"纯文学"究竟是什么》，《学术月刊》2008 年 9 期。
② Mansfield：《醃莳萝》，林同端译，《民族文学》（第 1 卷第 4 期）1943 年 12 月。

于弄丢的幸福深感追悔和痛苦，而他多年来也一直处于得不到她的爱的痛苦之中，但是一切为时已晚，这次他们不期而遇却又不欢而散，他依旧怯弱并变得自私，文末他付账时的行为泄露了他依旧不富有的事实。小说以简洁而流畅的文笔从生活的小处表现人物情绪的变化。

《心理》说的是一个对英国戏剧有精深见解的三十岁中国女戏剧家和一个"必将伟大"的三十一岁小说家的爱情心理，文章刻画了二人细腻的心理经历。他很高兴地去她的住处找她，她也很高兴他的造访。但是他们的谈话却时常陷入尴尬沉默，他为了打破沉默不断地制造着话题，她也应声附和，结果弄得气氛更加紧张，然后他想逃，然后她失落、失望而愤怒了，他们最终不欢而散，最终没能在一起。这种对恋爱心理的表达，表现出译者对流于表面的爱情的批判。

《忏悔》描写了相依为命的两姐妹，在妹妹临死之时的忏悔。妹妹马格黎得在十二岁那年毒死了她悄悄深爱着的姐姐苏珊娜的未婚夫亨利，她自己也中毒了，但是她意外地活了下来，但由于中毒，她老得很快，出于对姐姐的悔恨，她也和她姐姐一样，终身未婚，始终陪伴在苏珊娜身边。马格黎得死前才把这个藏在她心里四十余年的秘密说了出来，她祈求苏珊娜的饶恕，而苏珊娜原谅了她同样深爱的妹妹。这种对人性的关怀和宽容的精神，值得在人世间不断地提倡。

《一个走马灯的故事》则具有小资情调，讲述了两个法国人为了挣钱，购买了一套走马灯，去法属太平洋的某群岛表演以期挣钱的故事。但是事情并不像他们预想的那样顺利，经过一番折腾和戏剧性的情节后，这二人都各挣了法国王子的五千法郎后欣然而归。在离开的时候，其中一人打开了走马灯，并在上面放了一把火，走马灯就在音乐中转动着、燃烧着，本来觉得很难听的音乐，突然对"我"来说却变成了"从来没有听过这样好听的音乐"。这个故事颇有黑色幽默的味道，展示对金钱的追求中的戏剧性情节，在反讽中让人看清了生命中值得珍惜的东西，不是金钱而是兴趣和爱好。

《小蓓蒂》从已经年老的身为地主的卢杞和同样年老的作为穷困医生的潘利说起，二人以前同在一个地方居住，牧师看好好学的潘利，认为他会扬名显身，而认为卢杞会成为父母的大累。但事实却相反，卢杞凭打拳获得了相当的财富，过上了地主的生活，而潘利花掉了父母的一大笔钱，最后作为医生却收入微薄。多年以后他们的儿女也已经长大，但在两家人的往来中，潘利的儿子哈洛特和卢杞的女儿格洛利亚私奔了，这让卢杞愤怒异常，他原打算把女儿嫁给一个贵族，以弥补自己没办法获得爵士头衔的遗憾。过了十年，哈洛特和格洛利亚带着儿子比耳·潘利依旧在剧院过着困苦的生活，他们找到老潘利去请求卢杞原谅他们，但是老卢杞过了十年依旧愤怒，不肯原谅。一次在街上他试图悄悄去看看哈洛特和格洛利亚演出的剧院，半路看到一个小孩将一个大孩子打倒，原因是那个大孩子经常嘲笑他出演过一个小女孩的角色，即小蓓蒂。老卢杞认定这个小孩有打拳的天赋，因而非常喜欢这个小孩，当得知他竟是自己的外孙比耳·潘利时，更是喜不自胜，卢杞让比耳带他去找他的父母，他就这样原谅了哈洛特和格洛利亚，故事以皆大欢喜结尾。译者想表达的是，人生的很多仇恨有时会因为偶然的小事得以化解，所以人不必生活在仇恨的痛苦中。

这些小说的故事情节都很简单，没有任何抗战的气息，文章注重对审美的追求，是对抗战时期"文艺为宣传"的社会功用的反拨。而审美追求的背后，是对人本主义、人道主义、个体价值和生命尊严的高扬，是对"人作为万物尺度"的体现。这些翻译作品背后的观念是对人沉潜的思考，没有救亡的焦急，没有阶级对抗的混乱，没有加诸文学社会功利的目的，没有启蒙的浮夸，也没有去表现资本社会的金钱罪恶，有的只是普通人的爱恨、普通人的观念，甚至是有些小资情调。有的作品不乏幽默滑稽处，如《一个走马灯的故事》和《神庖饭馆轶事》，但是从中依旧不难看出译者以译作的方式表达了对文学的审美追求。这样的翻译文章还能在当时的社会氛围中得到较多的刊发，本身是一个值得注意的现象。如前所述，战国策派诸人走的是超党派的自由主义中间路线，他们无意介入党派之间的意识形态之争中，他们固然不愿意与国民党同流合污，也不愿意与之唱反调，同样不愿意陷入与共产党支配的左翼人士的笔战中。翻译在这里，既是回避国民党为了加强舆论控制而实行的报刊审查制度，也是借翻译这类文学作品，表达了对左翼人士文艺主张中的非文学取向的背离，在抗战救国的语境中与大众化的抗战文学保持一定距离，表现出对文艺趣味的开掘和坚守。

当然，这些作品在抗战时期并不能得到广泛的支持，那时已很难有纯粹的审美追求，在民族存亡的紧要关头，生存成为人们的第一要义，很少有人能够冷静下来去欣赏纯的文学作品和译作。同时，这类译作也和战国策派的诗学主张"志不同道不合"，但是他们依然能够刊发出来，除了译作的趣味外，战国策派的包容性也是很重要的原因。对纯文学作品的翻译折射出战国策派对抗战时期时代需要的疏离和对自身文艺主张的游移，而正是这种疏离和游移进一步映衬出他们的自由主义意识和小资情调。

四　翻译文学的特点

如果改编这种特殊的翻译形式具有浓重的本国语言特征，那么战国策派严肃的文学翻译又具有什么样的特点呢？

战国策派的文学翻译具有较鲜明的自由主义意识。不论是直接表现政治的翻译，还是纯文学的翻译，它们都与抗战时期的主流文学思潮（包括与战国策派本身的文艺主张）相去甚远，与主流文学实践（甚至与战国策派核心之一陈铨的创作）也大异其趣。这一现象既是近代以来自严复和梁启超译介宣传个人主义思想的延续，① 也是译介以个人主义为基调的外国文学的必然。只是"在严复这里，个人、自由不具有本位性，他的立足点和终极点都是民族和国家，严复明显也强调个人的自由和权利，但他充分肯定这些价值的前提是国家和民族原则，所以，当这些价值有碍于民族和国家利益时，它们便马上遭到了限制甚至否定"②。与之相较，战国策派虽然也极其看重国家和民族利益，但是他们的翻译并没有在个人与国家或个人与群体间言说自由与平等，他们的译作中没有文学功利主义的纠葛，只有个人主义、自由主义话语的独立表达。

值得玩味的还有战国策派翻译文学中的中国元素。如《醃菜萝》中的男主人公准备去中国旅行，《心理》中的女主人公是一位中国女性，《一个犹太少女的奋斗》中的朱蒂斯的丈夫去了中国进行医疗援助，如此等等。虽然不能说这些中国元素必然影响译者的翻译选择，但这至少表明在译者的视界里，中国与世界是相互联系的图景，其

————————

① 严复将穆勒的《论自由》翻译为《群己权界论》，梁启超对卢梭等人有所介绍，此后，尤其是五四时期，个人主义和自由主义得到空前的传播。

② 高玉：《论严复的自由主义思想及其近代意义》，《福建论坛》（人文社会科学版）2004 年第 1 期。

翻译中的中国形象的表达，既是译者作为民族话语代言人野心的伸张，也是一种对本国地位的定位和国家期许，从中也不难看出潜在的民族文化身份的认同意识。而这样的文学意图出现在与抗战相去甚远的翻译文学中，可见近现代以来中国人对国家命运、民族前途的关注和关怀，在文学翻译上一脉相承的历史延续性，已经深深渗入中国人无意识的翻译选择中。

不管是政治性的翻译，对文化的批判，还是通过翻译表现对文学的坚守，我们都可以看出贯穿近代以来的救亡和启蒙主题，而在"救亡压倒启蒙"的年代，我们仍然能从战国策派的文化、文艺和政治主张中看到启蒙的观念，从翻译文学中看到启蒙的实践，比如女性解放的意识，人道主义关怀，力图对时间的把握，对人性悲悯博大的表现，对社会秩序的思考和尊重等。从这些翻译文学作品中，我们可以窥探出战国策派学人的气魄和理性精神。

第四节　演绎文艺思想的另类翻译实践：
战国策派的文学改编

以勒菲弗尔、巴斯内特为代表的翻译研究学派注重对翻译的外部研究，他们将翻译视作意识形态、诗学和赞助人共同作用下的结果，这一理论正适用于对战国策派对外国文学"改编"的研究。在《战国策》上刊载了尹及和吉人（何永佶）的 7 篇仿写文章，都是仿照希腊神话的短篇故事，虽然形式上流于拼凑，但其内容有对时局政治的明讽暗喻，有对战国策派文化及文艺主张的直接演绎，甚至也有启蒙的味道，而"仿写"这一翻译研究范畴的出现，本身也可以看出《战国策》的编辑思想及其背后该派学人对政治、社会和文化的介入精神。

一 作为特殊翻译方式的改编

"改编"是否是一种翻译，是否可以纳入战国策派的翻译范畴加以讨论？要使本部分内容"合法化"，我们首先必须回答以上问题。

在翻译学上，"改编"（Adaptation）具有两重意义：首先，"从传统意义上讲，指用来采取特别自由的翻译策略而做出任何目标文本的术语。此术语通常意味着要对文本做相当大的改动，以更适合特定读者比如儿童或特定的翻译目的。"① 从改编的这层意义上讲，战国策派在烽火岁月里，为了特定的抗战目的或鼓舞特定的人群参与抗战而改编的外国文学作品，正好符合改编这种特殊的翻译方式。其次，"改编是一种曲折的翻译，意思是翻译时不依赖源语与目标语之间存在的结构或概念上的对应形式"②。改编的这层含义其实偏离忠实的翻译更远，也就是说我们不能拿改编后的作品（某种意义上的翻译文本）去对应原文，并以此来评判翻译的得失，因为这种翻译行为本身就摆脱了翻译语言学派追求的"信息对等"。③ 改编是一种策略，目的不在原文本的意义，而在借助翻译之名传达出译者在母语文化语境中意欲表达的思想。因此，这更进一步说明战国策派的改编行为是一种翻译活动，只是此翻译的目标不在目标语文本的准确性，而在目标语文本的合语境性，即译文所需要的意义内涵超出了原文本的内容，译者根据自己所需增加了内容。综上所述，从改编的界定以及其所包含的翻译行为来看，本文将战国策派的改编

① Mark Shuttleworth&Moira Cowie. *Dictionary of Translation Studies.* Manchester, UK：St. Jerome Publishing, 1997, p. 3.

② Ibid, p. 4.

③ Nida. E. A&Charles R. Taber. *The Theory and Practice of Translation.* Leiden：E-. J. Brill. 1969, p. 12

行为纳入翻译的范畴进行论述是符合翻译学精神的。

　　中外翻译文学史上，采用改编的方式来翻译外国文学作品的例子比比皆是。改编外国文学作品的方式得以产生并发生影响，在于战国策派文学观念和社会意识的共同作用。但是改编作品有其特殊的地方，一方面拼凑痕迹明显，并不是对希腊神话的严肃翻译，所反映的思维模式也是国人的思维方式：宙斯的革命原因竟是要保住自己的妻子不被父亲染指；《智慧女神的智慧》中引用了"厄于陈蔡"这一典故等。作者借用了希腊神话的人物、人名、地名、神话故事的一些情节，而讲述的却是一个个带有强烈异域色彩的、让中国人颇为熟悉的故事，即用外国人的形象来演绎中国人自己的境况。

　　在外国翻译文学史上，借用翻译来染指现场语境或当下历史事件的情况较为普遍，"罗马史诗和戏剧的创始人，也是罗马最早的翻译家李维乌斯·安德罗尼柯（Livius Andronicus，B. C. 284？—B. C. 204）在翻译希腊诸神的名字时，不用音译，而是用相近的罗马神的名字取代原名。如，将希腊的宙斯译成罗马人信奉的主神朱庇特，将希腊的赫尔墨斯译成罗马人的信使墨丘利，将希腊的克洛诺斯译成罗马人的农神萨图恩，将缪斯译成卡墨娜。而历史剧作家涅维乌斯（Gnaeus Naevius，270—200？B. C. ）则在翻译、改编或创作的戏剧中，大都采用了希腊戏剧的形式，中间插入许多纯罗马的特色，把两出希腊戏剧的形式合成一出罗马'混合喜剧'"①。由此可见，倘若把根据外国文学作品改编的文本视为译本的话，"翻译就是对文本形象的一种形式的改写；其他文学形式如文学批判、传记、戏剧、电影、拟作等也都是对文本形象的改写。而改写就是对文本

---

　　① 陈历明：《翻译：作为复调的对话》，四川大学出版社 2006 年版，第 75 页。

的操纵，改写就是使文本按操纵者所选择的方式在特定的社会文化里产生影响和作用。"① 战国策派的改编，作为一种产生于一定社会环境并试图作用于一定社会环境的文本，以希腊神话为摹本，借助外国文学的外衣而出现于世人面前，正符合翻译在中国近现代史上被赋予的巨大使命，也体现出改编这种文学创作形式本身所具有的重要意义。

为什么译者要改编外国文学作品？除了上面所论述的"操控"目的之外，还由于"他者"话语的在场。如在中国传统文化中，"性"在公开场合和文人创作中几乎是个禁忌话题，但是在翻译中却可以较为自由地言说，原因在于其域外的特点，不仅让原来不便说、不能说的事情变得可以轻松谈论，甚至可以理直气壮地大肆渲染。而"域外"作为"他者"的在场所提供的合理性和权威性，在有意无意间为国人（不管是"译者"，还是读者）所接受。由此可见，改编中借"他者"的口吻说出了对我们来说难以启齿或者不便畅谈的主题，这其中得到凸显和加强的是"他者"的话语，培养了"他者"的话语优势和权威，扩大了"他者"话语的控制范围和影响深度。这其实反映出中外二元文化对立中，中国文化所居于的弱势地位。但这种弱势心理并不只是战国策派同人的意识或潜意识，而是自近现代以来，国人在有意无意中形成的普遍心理。"五四时期知识分子对中国文化地位的认识远不如清末那么'自大'，自身所处的弱势文化地位使新文化运动的提倡者们大量翻译介绍或模仿西方作家的作品，并将向西方学习看作是中国文学的出路。"② 在向西方学习的历程中，外国文化、文学参与了对本国国民性格的重建，并使之

① 谭载喜：《西方翻译简史》，商务印书馆 2004 年版，第 243 页。
② 熊辉：《五四译诗与早期中国新诗》，人民出版社 2010 年版，第 94 页。

获得了相应的话语权威。当然，"他者"话语权力的在场并不利于战国策派政治、文化和文学主张中所隐含的民族文化自信或国民身份认同的建构，正如有学者所说："中国人企图利用非中国的或中国以外的东西来建构中国人的同一性，从而使自己从矛盾的生存状态中解脱出来。这种矛盾既支持又损害了他们那种前所未有的举动，即让中国文学和文化成为世界民族文学和文化之一员的努力。"① 由此可以看出战国策派的改编作为翻译行为的尴尬处境，一方面让"他者"的在场有助于改进或提升现有文学处境；另一方面"他者"对民族文学的发展又形成了强制性的压制和制约。因此，战国策派的文学改编具有一定的历史局限性。

无论如何，译者试图对某时代政治、社会意识、民族文学、审美趣味施加影响时，或试图"毫无顾忌"地阐发自己的思想和精神主张时，只有改编这种特殊的翻译方式才最行之有效。也正是凭借改编的行为，战国策派的文艺思想和精神主张才在战乱的历史语境下获得了长足的生存空间。

二　宣扬"战"与"力"的文艺思想

众所周知，抗战时期国共结成了统一战线，国民党政府不再将共产党视为匪类，而共产党也将国民党政府视为中国唯一之合法政府，将自己控制的区域和军队纳入国民政府序列。但是国共之间的摩擦没有停止，1939 年 1 月，国民党五届五中全会上通过了"溶共防共限共"的方针，1940 年爆发了国共两军之间的黄桥之战、皖南事变等严重冲突。在政治宣传上，国民党以"国家至上""民族至

① 刘禾：《跨语际实践》，宋伟杰等译，生活·读书·新知三联书店 2002 年版，第 334 页。

上"为口号；共产党以民族、民主和自由等价值尺度作为批判的武器，抨击国民党的独裁和政治腐败，国共意识形态的矛盾有愈演愈烈之势。20 世纪 40 年代初期也是抗战最艰难之时，面对国土的大片沦丧、日寇的步步逼近、前线的节节失利，国统区的投降主义渐渐抬头，一时间"求和论"甚嚣尘上。

面对复杂的意识形态之争和越来越消极的社会情绪，战国策派逐渐形成了自己的文艺思想观念。结合国民党的政策和自身的政治追求，战国策派主张"民族至上""国家至上""抗战第一""胜利第一"，宣扬"尚力"政治，"他们试图走一条超党派政治的中间路线，以期民族救亡、文化救亡"。① 反映在文艺上，陈铨提出民族文学观，林同济提出"恐怖·狂欢·虔恪"② 三母题，意在民族意识的培养，民族精神的重塑，民族信心的鼓动，"各国的文学都经过民族文学运动的阶段，而民族文学的发达，首先由于民族意识的觉醒。一个民族的文学之所以有价值，一定由于他们自己认识自己，自己看重自己，摆脱前人窠臼而自由创作。这种文学就是民族的文学"③。战国策派关于抗战文学的看法深深地影响了他们对外来文学的吸收和改编，在他们为数不多的七篇改编文章中，颇有对其文艺主张的演绎之势。

在《智慧女神的智慧》一文中，何永佶通过宙斯和雅典娜之口，说出了其对战争的态度。文中写到，宙斯的地位"建筑于武力之上，于是阿灵比士山上的世界，战云密布，'战'为中心，'战'为常

---

① 徐传礼：《历史的笔误与价值的重估——"重估战国策派"系列论文之一》，《东方丛刊》1996 年 3 期。

② 林同济：《寄语中国艺术人——恐怖·狂欢·虔恪》，《大公报·战国副刊》（重庆）（第 8 期）1942 年 1 月 21 日。

③ 陈铨：《民族文学运动试论》，《文化先锋》（第 9 期）1942 年 10 月 17 日。

态，'战'为家常便饭"。没有战乱而生活富足、安定、清闲、恬淡
的阿奇迪亚人试图劝宙斯休战，"朝代的起落与我们无关，国家的兴
亡与我们无涉"，"为什么一定要终日扰攘，比权较力、闹到风声鹤
唳，鸡犬不宁，于己无益，于人有碍呢"？面对这样的质问和劝谏，
宙斯骂道，"我所需要的不是牛奶蜜糖，而是'力'与'势'"，"战
争是我的发祥点，亦是我的归宿点"，"愚蠢的俗人们！莫以为宇宙
是一和平机构，莫希冀世界大同，世界大同只有在我们的武力统治
下方能实现"。"'变'是世界的原动力，万物中的唯一真相。""战
争是一'大毁灭者'（Great Destroyer），但同时是一'大创造者'
（Great Greator），毁灭中包含创造，创造中包含毁灭。"战争中"赢
的是席卷天下，奠定民族生命的基础，打开创造新文化之门径。谁
能说战争中没有输赢呢？"智慧女神说道："我虽口说和平，然念念
不忘武备，世人呼我为'智慧女神'（Goddess of Wisdom），恐怕就
是因为这点：在和平中不忘武备！"① 文章中阿奇迪亚人的言论颇似
投降主义的论调，而文章借宙斯和雅典娜之口说出了战国策派的抗
战主张。

类似的言论在其他几篇中也有相近的表述，如对战国策派主张
的"大政治"的直接宣扬。《摆脱尔——仿希腊神话（四）》② 一文
的副标题即是"阿灵比士山的大政治"，文章讲述了众神联合起来推
翻老王克隆洛斯（Kronos）在阿灵比士山的统治，建立以宙斯为首
的新神系。而众神与宙斯本来是有极大矛盾和怨恨的，比如宙斯打
断了神中铁匠海蜇士提斯（Haephaestus）的腿，挖掉了财神普鲁塔
士（Plutus）的眼睛，与诸神之中的战略家马士（Mars）交恶，"但

---

① 吉人：《智慧女神的智慧》，《战国策》（第 14 期）1940 年 11 月。
② 吉人：《摆脱尔——仿希腊神话（四）》，《战国策》（第 9 期）1940 年 8 月。

是诸神是玩大政治的人，怨恨（Grudge）从来没有被打在他们的政治算盘之内"。"那些睚眦必报的小政治，让混浊世界的凡夫俗子去玩去！"而什么是"大政治"，《摆脱尔——仿希腊神话（四）》却语焉不详，文中结尾处强调的是宙斯的无比强大及高贵德行，"他（指宙斯）的字典里没有'怨恨'，唯有'忠心'（Loyalty）二字。只要你对他忠心，那你怎样得罪他，笑他，骂他，批判他，奚落他，甚至于打他的耳光，都不要紧"。并劝诫众神道："旁人你可以'摆脱尔'（Betray）一次，两次，以至于无数次，宙斯你不能'摆脱尔'至两次！这是'大政治'的作风，与'小政治'迥异其趣！"众神最后都"欣然举宙斯为革命领袖，推倒克隆洛斯的统治，奉有雷霆作武器者为神中之王。"这样的"大政治"对现实的影射颇为明显，面对日寇的侵略，唯有抛弃怨恨，推举具有强大武装和高贵德行的人为"革命领袖"，并对革命领袖忠心，方能建立强大的政权。文中对各个人物的政治和解的劝谕，对比彼时国共及其他政治势力之间（如蒋介石与云南王龙云之间）的矛盾的讽喻劝诫之意是非常明显的。

这些文章中还有对传统文化中"非战"的柔性文化的批评，如《智慧女神的智慧》一文中直接宣扬"'战'为中心，'战'为常态，'战'为家常便饭"，居于反面的阿奇迪亚人对于和平的劝解显得软弱无力且市侩庸俗。而事实上，在古希腊神话中，宙斯和雅典娜不可能有关于战争的对话，众神也不会有"大政治"的想法，各路神祇也不会对战争有如此现代和深刻的洞见。那为什么他们会对古希腊神话中的人物和某些情节做如此离奇的改编呢？"改编是一种策略，当目标文化中不存在源文本所描述的状况时，或没有与源文本相同的意义内涵时，常采用此策略。"① 此话不仅再次阐释了改编是一种翻译类型，而且也说明了改编的结果就是译文（或改编本）要借助翻译的策略来传达改编者的主观意图。由此可见，战国策派的改编是一种不折不扣的翻译策略。

三　彰显启蒙意识

战国策派的文艺理论在改编作品中体现得淋漓尽致，除上面谈到的宣传战争和政治主张外，还体现在启蒙意味和精英主义意识中。

试看林同济的"恐怖·狂欢·虔恪"三母题，试图给没有信仰的中国人以类似信仰的心理。这种基于个人心理思维方式的改造，表现在文学及文学主张中，是一种精英主义的倾向。"文学的领域里，没有平凡人的足迹。"② 对希腊神话的改编文本显然都不是普罗大众的故事，它诚然指涉着每一个中国人，希冀着每个作为独立个体的国人能够树立神一般的意识和精神。比如在《偷天火》一文中，普罗米修斯将天神赖以维系生命的天火偷到人间，让他亲手创造的凡人同样拥有智慧，这一故事本身的寓意与启蒙主义精神何其相似。但是彼时面对一个积贫积弱、工业薄弱、农业落后、宗法思想还相当顽固又长期战乱的中国，这显然还是一个神话。七篇改编的故事主人公无一不是神，无一不具有极大的神力和高超的智慧，这是因为战国策派的同人知道："社会的进展，是要靠少数超群绝类的天才，不是靠千万庸碌的群众。"③ 其中精英主义（或可称为极端个人主义）意识是相当明显的。在《螭腾之死》中，通过作为神之子的

---

① Mark Shuttleworth&Moira Cowie. *Dictionary of Translation Studies.* Manchester, UK: St. Jerome Publishing, 1997, p. 4.

② 陈铨:《文学与时代》，重庆师范学院中文系《国统区文艺资料丛编》编辑组《国统区文艺资料丛编——"战国派"（一）》，重庆师范学院 1979 年版，第 115 页。

③ 陈铨:《德国民族的性格与思想》，《战国策》（第 6 期）1940 年 6 月 25 日。

菲腾（Phaeton）一次冒险求驾太阳车所带来的灾难后果，表现了菲腾的勇敢，菲腾之父太阳神菲勃斯（Phaebus）的守信；表现了菲腾勇于尝试并为自己的行为承担责任的担当精神，这些无不体现着人作为万物之灵的高贵品质，彰明了对中国人人格的改造企图。

改编作品中所流露出来的对女性的态度，也颇有启蒙的意味。《两件法宝》和《补遗："这个好!"》直接涉及两性之间关系的话题，两文均将女性地位提高到了无与伦比的程度。在《两件法宝》里，通过一个简单的故事界定了男女之间的社会地位和关系——男性居于社会权力的中心，而女性居于男性的中心，从而表明女性间接拥有社会的操控权力。《补遗："这个好!"》更是通过改造过的亚当和夏娃被逐出伊甸园的故事，强调了战国策派对女性主题的偏好。亚当在看到阿灵比士山（今通译为"奥林匹斯山"）上诸神对女性的爱护、爱欲和追求后，对夏娃一改以往毫无意识的态度，变得极为体贴和关心，似乎他们是在被逐出伊甸园来到阿灵比士山才打开了智慧，学到爱的真谛和怎样去维系爱情。《摆脱尔》中宙斯答应推翻自己父亲统治的原因并不是"替天行道""打倒独裁""推翻帝国主义""建立共和"等美而不惠的口号，而是为了保护自己的妻子不受到来自父亲的霸占。由此，该文确立了爱情在人们心中的崇高地位，确立爱情为人类最纯真之情感，确立爱人为人世间之最重要私产。这样的文学主题本身就是启蒙意识，颇有西方文艺复兴时期的味道，因为"在中国传统文学中，女人的功能几乎停留在肉体上"①，从来不会得到男性的关爱，更无社会地位可言。

为什么战国策派会在抗战的"救亡"语境中溯回五四新文化精

---

① 李欧梵：《现代性的追求：李欧梵文化评论精选集》，生活·读书·新知三联书店2002年版，第100页。

神而再发"启蒙"之声？这看似不合时宜的论调其实暗合了他们一贯的思想主张和情感诉求，即强国梦想和爱国情怀。战国策派希望借助战争之力达到改造民族的目的。战国策派对社会意识的介入，对民族文化改造的希冀，对女性的尊重和对精英主义的倾向，出发点无不是对民族新生的渴望。他们认为战争固然有残酷的一面，有生死存亡的考验，但是正因为如此，才能最大限度地激发民族的潜能，才能借助战争实现民族的新生。正如战国策派同人陈铨所说："这次抗战发生后，由于民族意识的普遍觉悟，正是中华民族感觉到自己是一个特殊民族的时候。"[①] 他们看到国人面对的不仅仅是对日本的抗战，甚至看到战争之后的世界格局，有学者对比了战国策派的政治军事见解和第二次世界大战后世界冷战格局之间的相似性，[②]进一步说明了战国策派对政治和军事的洞察能力。由此，战国策派的言论不能不让人另眼相看，他们以其卓越的眼光，勾画着世界的图景，预测我们将要面临的挑战，而中华民族要在这种比抗日更严峻的世界形势下生存，唯有强调"力"的主义，"力"的政治，实现民族的新生。

尽管战国策派的思想中有颇多商榷之处，但其爱国主义情怀却是抗战语境下主流的民族情感，他们由此提出的启蒙思想在总体上应给予正面的肯定。

四　坚守民族文学的方向

战国策派诚然没有统一口径的文艺理论主张，陈铨提出了民族文学观，林同济提出了文学的三母题，"恐怖·狂欢·虔恪"，二者

---

① 陈铨：《民族文学运动试论》，《文化先锋》（第 1 卷第 9 期）1942 年 10 月 17 日。
② 参见江沛《战国策派思潮研究》，天津人民出版社 2001 年版，第 114 页。

之间也有些许不同。

战国策派的民族文学观具有创新的气质和开阔的视野。民族意识的觉醒必然呼唤民族文学的创新，一味地拘泥于前人的限制不是民族文学发展的正路。陈铨说："各国的文学都经过民族文学运动的阶段，而民族文学的发达，首先由于民族意识的觉醒。一个民族的文学之所以有价值，一定由于他们自己认识自己，自己看重自己，摆脱前人窠臼而自由创作。这种文学就是民族的文学。"①但是他们毕竟是喝过"洋墨水"的，有开阔的学术眼界，没有把自己局限在狭隘的民族主义中。因此，战国策派的民族文学具有世界眼光和历史高度，从其民族文学的三原则中便可见出此等气魄，"第一民族文学运动不是口号的运动"，"第二民族文学运动不是排外的运动"，"第三民族文学运动不是复古的运动"。同时陈铨还指出，民族文学运动要发扬"固有精神""固有道德"和"民族意识"。②

战国策派的民族文学观注重文学与时代的结合，注重文学"表现时代"和"指导时代"的社会功能。"以为第一流的文学家，应当同时是先知先觉，他不但要表现时代，同时还要指导时代。时代必须要进展，在不进展的时候，文学家必须要设法使他进展，在已经进展的时候，他必须要明白地领导大家去建设新的文化。"③ 第三，民族文学必须表现出对人性的关怀。"文学家不但要把握时代，还要了解人性，时代是动的，人性是静的，时代是变的，人性是不变的。文学家从静中去观动，从不变中去观变。所以一方面他能够

---

① 陈铨：《民族文学运动试论》，《文化先锋》（第 1 卷第 9 期）1942 年 10 月 17 日。
② 同上。
③ 陈铨：《文学与时代》，重庆师范学院中文系《国统区文艺资料丛编》编辑组编《国统区文艺资料丛编——"战国派"（一）》，重庆师范学院 1979 年版，第 114 页。

顺应时代，开创时代；一方面他又能够了解人类社会的根本，因势利导，是人类了解宇宙人生真正的意义。"① 第四，民族文学还应该是天才的文学，这是他们精英立场的再次体现。战国策派的精英主义倾向在上文已有所提及，"中华民族的天才！今后批评与创造，尽可不必顾虑学究先生和政治小丑的讥评，因为他们讥评中隐含的规律，根本没有可靠的基础。你们何妨放开脚步，踏到另外一个山峰，让侏儒们在下边埋怨非笑呢？"② 不仅陈铨，林同济的"恐怖·狂欢·虔恪"三母题，本身就受到尼采超人哲学的直接影响。

战国策派试图在历史的长廊和世界的全景中勾勒出民族文学发展的图景，他们对文学的观照有其全面而深刻的一面，文学必须表现对人性的关怀，必须书写出宇宙的深邃浩瀚，而特定的时代又使战国策派的民族文学观有特定的内容，那就是服务抗战，这些内容都可以在改编作品中得以呈现。《蜇腾之死》可以看到林同济"恐怖·狂欢·虔恪"三母题，其对人性试图施加影响的动机；《偷天火者》颇有以启蒙者自居的态度；《摆脱尔》《智慧女神的智慧》的时代内容十分鲜明。不管尹及和吉人对改编文学的态度如何，作为一种文学兼文化现象，其对读者趣味和思想影响远胜于创作，而且其目的性也更明确。

此处不得不提及的是，战国策派的改编颇似彼时的政治宣传，形成这种创作或翻译格局的原因固然是时代对文艺的要求所致，但也有该派学人服务抗战的自觉意识。战国策派的改编毕竟不同于单纯的宣传，从上文的分析中我们可以看到，改编作品中所体现出来

---

① 陈铨：《文学与时代》，重庆师范学院中文系《国统区文艺资料丛编》编辑组编《国统区文艺资料丛编——"战国派"（一）》，重庆师范学院 1979 年版，第 114 页。

② 陈铨：《文学批评的新动向》，重庆师范学院中文系《国统区文艺资料丛编》编辑组编《国统区文艺资料丛编——"战国派"（一）》，重庆师范学院 1979 年版，第 108 页。

的启蒙意识和文艺思想，使得改编这种特殊的翻译类型渗透出强烈的人文内涵和文学色彩。

第五节　战国策派的文学翻译思想

活跃于抗战时期的战国策派的翻译思想，必然充斥着民族国家话语，而从学者的眼界和学识出发，他们却能较为客观冷静地看待战时的翻译现状，阐述较为完整的翻译见解。战国策派的翻译思想在中国译介史上并无创新之处，甚至存在明显的缺陷，导致后世甚少提及于此，更重要的是他们其他方面的成就掩盖了翻译思想的锋芒。但不管怎样，从一个流派的角度对战国策派的翻译思想加以研究，本身也是具有价值的。

阐述战国策派翻译思想和翻译理论的主要是贺麟和朱文振两位作家，相关的文章共计五篇：贺麟的《论翻译》[①]《论翻译的性质和意义》[②]；朱文振的《略论翻译》[③]《论翻译莎士比亚》[④]《译诗及新诗的格律》[⑤]。本文仅以二人抗战期间的相关论述作为研究对象，对他们其他时间撰写的相关文章不计在内，以呈现战国策派抗战时期的翻译思想。

一　哲学视野下的翻译思考

贺麟是新儒学的重要代表，走的是王阳明的心学路向，是"新

[①] 贺麟：《论翻译》，《今日评论》（第 4 卷第 9 期）1940 年 4 月。
[②] 贺麟：《论翻译的性质和意义》，《思想与时代》（第 27 期）1943 年 10 月 1 日。
[③] 朱文振：《略论翻译》，《学生之友》（第 4 卷第 4 期）1942 年 4 月 1 日。
[④] 朱文振：《论翻译莎士比亚》，《出版界（半月刊）》（第 1 卷第 10 期）1944 年 10 月。
[⑤] 朱文振：《译诗及新诗的格律》，《民族文学》（第 1 卷第 5 期）1944 年 1 月。

心学"主要创立者之一。北平解放时，贺麟没有应蒋介石之邀南行，最后留在了大陆。新中国成立后他慢慢放弃了唯心论哲学，转向唯物主义。在抗战期间，贺麟与蒋介石及国民政府关系密切，他所主持的"西洋哲学名著翻译委员会"的经费即由蒋介石答应提供，这应该是"政治和文化的民族主义的结合"①。贺麟主持的"西洋哲学名著翻译委员会"对翻译外国哲学的态度相当审慎，成绩可圈可点。

贺麟的《论翻译》和《论翻译的性质和意义》标题不同，内容却一字不差，他从哲学的高度上论述翻译的性质和意义。在看待翻译的地位上，贺麟认为翻译事业关系到中国自主的新学术的建立。他将翻译提到哲学的层面论述其得以发生的可能性，以"言意之辨"阐述自己的思想，认为"意一言多"，"意是体，言是用"，同一个意思可以用不同的话语表达，这不仅可以出现在同一民族语言内部，同样可以出现在不同语言的转换中。他说："今翻译的本质，即是用不同的语言文字，以表达同一的真理，故翻译是可能的。"从翻译的可能出发，他还论述道："翻译是以多的语言文字，去传达同一的意思或真理，故凡从事翻译者，应注重原书义理的了解，意思的把握。"② 但是姑不论原书的意思是否明确而容易把握，是否具有义理的特征。原作未必就只有单一或明确的思想内涵。同时译者作为读者对原作亦必有自己的理解，不同的译者对原作的把握必有差别，甚至相去甚远。如张隆溪所言："写成的作品就像离弦的箭，信息一旦发出去，就不再可能由作者控制，它将落在什么地方，将怎样被

---

① 黄克武：《蒋介石与贺麟》，《中央研究院近代史研究所集刊》（第67期），"中央研究院"近代史研究所，2010年3月，第11—12页。

② 贺麟：《论翻译》，《今日评论》（第4卷第9期）1940年4月。

人理解和处理，在很大程度上要视信息的接受者即读者而定。"① 不论是作为译者的读者，还是译作所面对的读者，他们对同一作品的处理都不可能相同。由此可见，贺麟从心学出发，认为凡书只有一个义理，而人人都必趋向此义理，这种论述策略有欠完整。

在涉及译作与原作的关系时，贺麟同样在哲学的层面论述了译作并不一定不如原作，译作甚至可以比原作更好，懂原文的人同样应该阅读译作，以及译作对译入语国文化发展的意义。

二　形式与内容、直译与意译之间

战国策派的两员翻译"大将"贺麟和朱文振都对翻译做过精辟的阐发，但作为同人，他们的翻译见解却有很多不同之处，比如对待形式和内容的关系，对待直译和意译的态度等。

在形式与内容之间，战国策派更倾向于选择有内容的作品进行翻译。贺麟曾言："凡原书不能表达真切之意、普遍之理，而只是该国家或民族的特殊文字语言之巧妙的玩弄，那便是不能翻译，不必翻译或不值得翻译的文字。"② 从形式主义出发，这种对待翻译的态度也是失之偏颇的，但是联系具体的时代，彼时犹如贺麟自己所论述的那样，翻译人才并不多，或许这样的翻译策略也是一种选择，而贺麟作为一个"心学"家，看重的当然是对著作思想内涵的把握，而对形式有所忽略。朱文振就有所不同，他在《译诗及新诗的格律》《论翻译莎士比亚》和《略论翻译》等文章中都对诗歌的形式极其看重并做了烦琐的论述。他认为新诗作为一种"自由诗"，也可以有格律，但是格律应该是自由的，不应该拘于外国的粗糙模仿，更要

① 张隆溪：《二十世纪西方文论述评》，生活·读书·新知三联书店 1986 年版，第 190 页。

② 贺麟：《论翻译》，《今日评论》（第 4 卷第 9 期）1940 年 4 月。

避免走入旧体诗给诗歌严格限定韵律的死胡同："'新诗'也容许韵律，而且希望尽多的韵律，但各种韵律的形成和应用，应当是自由的。"① 论及莎士比亚诗剧的翻译时，朱氏更是不肯简单忽略莎翁戏剧的素体诗特征，执着于阐述用本民族语言形式去翻译莎士比亚素体诗的可能性和可行性，并做过这方面的尝试，只是社会效果并不理想。除了形式之外，朱文振也比较注重译文的语言。在《略论翻译》中，他提出了翻译所需要的基本技能即"四通"——"一通外国文"，"二通本国文"，"三通中外文字的文法习惯之比较"，"四通常识"。依这样的要求，译者必须精通外国文字，还要精通文言文，他的"通本国文"即是针对文言文而言，朱氏反对佶屈聱牙的古文，同时也反对彼时尚未定型的欧化的白话文，他有自创一体的意图，不过他的实绩并不突出。

从内容和形式的关系出发，贺麟是主张"意译"的，但是他给形式留下了一点空间，而朱文振对"直译"和"意译"都持批评态度，他将二者视为翻译语言策略上的两大极端。朱文振对翻译的具体语言事实层面的论述着墨甚多，他讲求翻译的语言的时代性，认为一个时代有一个时代的文学，有一个时代的文学的语言特征，各个时代之间的语言不能轻易互相借用，这其实更多的是他过于严谨烦琐，囿于自设的理论无法突破，缺少变通。朱文振在《略论翻译》最后给出的翻译捷径或秘诀是"随机应变"，而这需要"天分和修养"。此外，贺麟和朱文振都承认存在不可译的情况，这是针对诗歌的特殊民族形式而言的。

贺麟和朱文振翻译思想的差异反映出人们对翻译的不同解读，

---

① 朱文振：《译诗及新诗的格律》，《民族文学》（第 1 卷第 5 期）1944 年 1 月。

既是战国策派同人内部的矛盾之处，也是战国策派翻译思想丰富性的体现。

三　翻译思想的特点

贺麟和朱文振对翻译的论述都可以看出经验主义的策略和思路，同时洋溢着鲜明的国家立场和民族情怀。

贺麟虽然试图将斯宾格勒和黑格尔与中国心学结合起来，希望开创一个能适应和指导时代的新哲学。但是在对待翻译的哲学问题上，他还是运用了经验主义的论述策略，在论述"言意关系"时如此，在"可译与不可译"的问题上也是如此，在对待原作与译作的关系上也并无二致。比如贺麟为了证明"言一意多"，"意为体，言为用"的观点，列举了如下几个事实："但就经验中的事实言，有时言实可尽意，有时言浮于意。有时他人之言，实完全可以表达自己之意。有时自己因用语言文字表达自己之意时，反而引出新意。有时因听见或看见他人用语言文字表达自己原有的意思时，亦可引起自己的新意。有时又因用语言文字表达自己原有的意思时，亦可引起自己新意思。"①

朱文振也是如此，在对待莎士比亚的翻译时，考察了莎士比亚的素体诗与中国文学史上的各种文体——骚体、古体诗、近体诗、曲、皮黄、弹词或鼓书、新诗——之间的可译性后，提出了自己的见解，认为可以将莎翁的诗剧翻译为"曲"和"新诗"的混合体——这与他的哥哥朱生豪的翻译实践大异，理由当然是经验之中的。经验主义策略的心理基础，正是李泽厚所言的实用理性精神："把自然哲学和历史哲学铸为一体，使历史观、认识论、伦理学和辩证法相合一，成为一

---

① 贺麟：《论翻译》，《今日评论》（第4卷第9期）1940年4月。

种历史（经验）加情感（人际）的理性，这正是中国哲学和中国文化一个特征，这样，也就使情感一般不越出人际界限而狂暴倾泻，理智一般也不越出经验界限而自由翱翔。"① 战国策派同人如此看待翻译，更深刻的原因或许在于作为一个中国人，他们无法走出 "一种清醒冷静而又温情脉脉的中庸心理：不狂暴，不玄想，贵领悟，轻逻辑，重经验，好历史，以服务于现实生活"②。

战国策派同人对待翻译的出发点都是基于国家民族的立场，认为翻译外国文学可以建构民族文学，可以增进国人的见识。他们在对翻译的哲学阐释中这样写道："能表达他人固有的意思较他人自己尤表达得清楚详尽切当者，将叫作代言人。大政治家就是民意的代言人。大哲学家和大文学家，就是时代意思或民族意思的代言人。"③ 贺麟看重翻译，在于翻译可以引进外国的哲学名著，可以重建我国的学术文化，朱文振执着于形式的探讨，也在于试图将外国文学的内容和形式尽量真实地介绍到中国，开启本民族读者的阅读眼界，而翻译的权威也是和民族文化话语的权威、特定时代各个领域领袖的权威是等同的。

在现代翻译理论中，翻译活动已不再是一个独立的事件，它受到社会权力的各种限制，也表明译者在翻译过程中的重要性。翻译始终都有一条标准，即对原文的忠实。从这样的对翻译的界定中，可以发现贺麟和朱文振对待翻译的态度，在一定程度上都涉及了翻译所必然关涉的两个层面——内部和外部。他们既关心语言的转换，而民族国家立场的在场，也让他们的翻译思想中自觉不自觉地处于

---

① 李泽厚：《中国思想史论》（上），安徽文艺出版社 1999 年版，第 309 页。
② 同上书，第 310 页。
③ 贺麟：《论翻译》，《今日评论》（第 4 卷第 9 期）1940 年 4 月。

翻译的外部研究的言说之中。彼时的中国不仅受到日本军国主义的肆虐，而自鸦片战争以来的，本民族文化受到的强烈冲击，中西文化碰撞后给中国知识分子的焦灼感，也或隐或显地存在于战国策派同人的身上。他们同样面临近现代所有知识分子所必然面对的问题——回应西方文化的挑战，和承担同样的任务——重建本民族的话语权威。翻译是历史的必然选择，但却充满了感伤的情愫。没有翻译事业的蓬勃发展，中国的近现代史不可想象，但是也正是翻译，在打开国人眼界的同时，另一方面，也可以说是深深伤害了国人的民族自尊和自信。贺麟的试图融合中西哲学之路是如此；朱文振力图在保留源语国文学语言特征的同时，表现出民族语言的特征，其对于语言时代性的推崇，或许正是其维持民族自尊心的工具。从民族的立场出发，而又要让翻译事业向民族的生存与发展这样宏大而满是荆棘的道路上迈进，他们对待翻译的心态是矛盾的。

尽管如此，他们对待翻译的态度是非常积极的，并没有陷入狭隘的民族主义中，也并不消极保守。如贺麟说道："直要到我们对于一个东西能用自己的国语（Mother – tongue）表达时，这个东西才会成为我们的所有物。有权利用自己的语言来说话来思想，就是一种真实的自由。"[1] "中国的新学术文化如要有坚实的基础，盛大的发展，无论学术界人士和教育负责的当局，似须对于西洋学术思想名著的翻译工作，予以认真的注意。"[2] 他们对民族文化的未来的积极乐观的精神和坚定的信念，也是民族主义和国家立场的体现。

战国策派同人的翻译思想虽然有种种局限，但他们能以学者的眼界认识到没有翻译的发展就难以振兴民族，在那个时代能以较宽

---

[1] 贺麟：《论翻译》，《今日评论》（第 4 卷第 9 期）1940 年 4 月。
[2] 同上。

阔的胸怀推动翻译的发展，能较为冷静地看待翻译事业并提出自己的翻译思想，这本身就是一种让人肃然起敬的精神。

较为严肃的文学翻译能体现文学的批判功能和审美追求。在时代对文学的政治和宣传作用强调到极大程度的时候，战国策派诸译者以其文学翻译实绩表达了对文学之为文学的坚守，体现出将文学留给文学的精神。同时以陈铨和林同济为代表的战国策派的民族文学观念，也为个体情感的抒发和思想的阐发留有一定的空间。在战国策派的同人刊物上，还有相当一部分游离在时代氛围之外的纯文学译文的发表，它们或是一种小资情调的表现，或是对人性做纯粹的探讨，而不涉及社会意识和政治内容。这些翻译文学作品或许是对时代的逃避，又何尝不是以一种不合作的态度抗拒着那个时代对文艺的肆虐。总的来说，战国策派的翻译在抗战的特定语境中，其改编行为比较接近战国策派关于国家民族、文化和文学的主张，表现出对社会现实的高度关注。这既是自梁启超提倡译印"政治小说"以来，借文学改造国民、改良社会思想的延续，也是战国策派同人政治意识的表现。

由此可见，战国策派的翻译文学所反映的内涵是相当丰富的，所关涉的范围也相当广泛，所思索的空间也极其深远。这些内容为研究战国策派提供了一个视角，循此再度审视抗战时期该派同人的政治意识和文化、文学观念。作为自由主义知识分子群，其心态的相对开放性和地位的边缘性，也为我们提供了重新打量保持民族性与实现西方参照下的现代性之间的紧张关系，分析近现代以来我们民族整体的焦虑和矛盾所在。

"一切历史都是当代史。"对这一流派历史性的考察，也为当下文学和思想的社会价值取向提供了某种参照，这正是研究战国策派翻译文学的题中之意。

第三章　西南联大的翻译文学研究

西南联大"学术独立、精神自由"的学风让师生得以开办了大大小小多种多样的文学社团，众多文学社团的成立及其刊物的创办，为西南联大师生提供了有效的交流平台和翻译作品发表的阵地。虽然西南联大偏居云南，所处环境相对封闭，在民族生死存亡之际，中国传统士大夫"家天下"的精神在联大师生身上体现无疑。不仅出现了像闻一多这样的民主斗士，而且不少翻译家以译笔唱出了知识分子的担当意识。

第一节　西南联大作家群及其翻译文学研究现状

国立西南联合大学，简称西南联大，由平津两地三所高校组成：清华大学、北京大学及南开大学，它的存在是战争的产物。

一

随着日本全面侵华的展开，南开校园被毁，北平岌岌可危，为保存中国传统文化、储备日后建国力量，教育部下令清华、北大、南开及中央研究院迁往长沙，组成国立长沙临时大学（中央研究院后迁往重庆）。之所以选择长沙而不是一开始就选择较为偏远的大西南，主要是出于迁校已有的物质基础：早在 1935 年，面对整个华北动荡不安的局势，清华大学曾拨巨款在长沙岳麓山下动土修建整套校舍以应对将来的战争，日本侵华步伐的迅猛发展出乎所有人的意料，还未等校舍建成（始预计 1938 年初可投入使用），战火就蔓延到了长沙①，临时大学只得再迁昆明，改名为西南联合大学。

尽管处于烽火连天的战争时代，西南联大文学活动活跃，各种社团层出不穷。最初有蒙自的"南湖诗社"，后文法学院从蒙自迁回昆明后，南湖诗社扩大改名为"高原社"。随后有"群社""冬青社""联大文艺社""联大剧团和戏剧研究社""联大剧艺社""南荒社""耕耘社""文聚社"等文学社团蜂拥而出。每个文学社团都通过各种方式出版文学刊物，有条件的社团则发行印刷品，经济稍微困难的社团则自制壁报。西南联大校门口有一面"民主墙"，常常是贴满了各社的壁报，据联大学生回忆："在木板上贴着 30 多种不同的壁报。那里有《纯文艺的文艺》《新诗》《冬青》等，有专门性的《法学》《社会》等，有综合性的《现实》《人民》《大路》等，有专门报道同学们动态的《联大半月刊》。真是琳琅满目，美不胜收。"②

本课题便以冬青社《贵州日报·革命军诗刊》以及文聚社《文聚》发表的译作为基础，同时尽量搜集其散落在各个报刊、杂志上

---

① 长沙临时大学于 1937 年 11 月 1 日正式开始上课，就在这一天上午就响起空袭警报，未投弹。1937 年 11 月 24 日日军在小吴门（现长沙市区中山路、八一西路与建湘路的交汇地段）附近投弹，伤亡严重。

② 云南省政协文史委编：《云南文史资料选辑（第 4 辑）》，云南人民出版社 1988 年版，第 104 页。

的联大师生译作，以研究西南联大的文学翻译。根据《国立西南联合大学校史》，长沙临时大学已是联大前身，所以联大存在时间应从1937年8月始至1946年7月31日梅贻琦在最后一次联大常委会上宣布联大正式结束为止，这也是本文选取翻译作品的时间年限。

西南联大作为当时国内著名高校的联合体，其雄厚的师资力量自不必待言：朱自清、闻一多、吴宓、陈寅恪、叶公超、卞之琳、冯至等都是中国现代文学史上熠熠生辉的名字，陈寅恪更是被称为教授中的教授。他们中间大部分人都有留学背景，"联大一百七十九位教授当中，九十七位留学美国，三十八位留欧陆，十八位留英，三位留日，二十三位未留学"①，可见海外见识和外国文化素养之丰富。事实上，西南联大的三位常委梅贻琦、张伯苓和蒋梦麟均留学美国，深受国外民主平等思想的熏陶，他们作为联大的管理层，在很大程度上促进了学校自由民主学风的形成。温德（Robert Winter）、燕卜荪（William Empson）、白英（Robert Payne）等外籍教授也先后来到西南联大，其中燕卜荪是拥有数学头脑的现代诗人，他给西南联大学生带来了现代派诗歌，白英不懂中文，却和同事及联大学生合作翻译了不少唐诗及当代中国诗歌，积极有效地推动了当时的翻译活动，其中就包括了卞之琳自译的十六首诗歌。另外，作为战时最高学府，大师云集且学术自由的西南联大吸引了祖国各地的优秀学子，其中穆旦、许渊冲、王佐良、杨周翰等人日后都是新中国独当一面的翻译家。在联大的学习和经历的文学或翻译活动为他们日后从事翻译工作打下了坚实的基础。

这些因素表明，西南联大拥有浓厚的外国文学和文学翻译氛围，

---

① 西南联大"除夕"副刊主编：《联大八年》，西南联大学生出版社1946年版，第160—161页。

以及良好的文学翻译传统。所以，考察联大的文学翻译活动具有十分重要的学术价值。

二

距离西南联大解体已经过去半个多世纪了，直至今日我们还可以看到各种关于西南联大的书籍出版，相关的研究性论文也不在少数。总体来说，现有关于西南联大的研究可以分为以下几个方面：

一是联大校友所撰的回忆性和纪念性文字。如《笳吹弦诵在春城——回忆西南联大》《笳吹弦诵情弥切——国立西南联合大学五十周年纪念文集》《联大八年》《我心中的西南联大》《西南联大精神永垂云南：国立西南联合大学昆明建校六十五周年纪念文集(1938—2003)》《西南联合大学叙永分校建校五十周年纪念集(1940—1990)》《云南文史资料选辑》第34辑《西南联合大学建校五十周年纪念专辑》《我心中的西南联大：西南联大建校七十周年纪念文集》《难忘联大岁月：国立西南联合大学在昆建校六十周年纪念文集》等不一而足。这些专著所辑录的文章都是在世界各地的联大校友为怀念母校而撰写，从不同的角度讲述了其在联大岁月中感受最深的人和事，表达了对母校最真切的怀念之情。与集体写作并存的还有一类是个人写的怀念西南联大的文字，如许渊冲的《追忆似水年华：从西南联大到巴黎大学》、赵瑞蕻的《离乱弦歌忆旧游——从西南联大到金色的晚秋》、杨祖陶的《回眸——从西南联大走来的六十年》。这些作者无一例外都是从联大毕业，联大四年扎实的学习为他们日后深造打下了坚实的基础。联大在他们生命中占了重要位置，是他们人生经历中不可不提的一笔。

二是从学术角度来研究论述西南联大。这类著作又可分为以下几类：一类是对联大精神风貌的描写，如江渝的《西南联大：特定历史时期的大学文化》《西南联大的文化选择与文化精神》都注重抒写西南联大抗战时期"刚毅坚卓、自强不息"的文化精神。二类是描写抗战时期联大这一特殊的知识分子群体，较早的有谢泳的《西南联大与中国现代知识分子》（论文集）论述了联大学术传统的构建及现代知识分子集团的形成；赵新龙、张国龙的《西南联大：战火的洗礼》便以联大特殊历史时期，特殊的知识分子群体作为一种文化现象进行阐释；刘宜庆的《先生之风：西南联大教授群像》则描绘了联大大师云集的盛景。三类是从战争这一特定历史时期的角度考察西南联大，如刘宜庆的《绝代风流——西南联大生活录》聚焦于战争环境下联大师生的教学活动及日常生活，更有易社强（美，西南联大荣誉校友）历时二十余年写成的迄今最佳联大校史《战争与革命中的西南联大》①，其文资料翔实，力求做到言必有据。著者不仅采访过多位联大校友，还不远万里来到中国，收集资料的同时跟随联大迁移的脚印先后去到长沙、昆明、蒙自及叙永，探访联大遗迹。此文视角较之其他联大校史略有不同，高屋建瓴的同时从小处着笔，譬如第七章写文学院，重在介绍性情各异的教授。② 从长沙临大时期到昆明联大复员解体，颇为完整地描绘了联大历史，重现昔日联大的风采。

三是考察西南联大特色各异的文学社团活动。姚丹的《西南联大历史情境中的文学活动》，重点在考察联大教授、学生、社团的文学活动。《季节燃起的花朵：西南联大文学社团研究》共八章，除第一章总论外，其余七章分别考察了南湖诗社、高原文艺社、南荒文

---

① ［美］易社强：《战争与革命中的西南联大》，饶佳荣译，九州出版社2012年版，封页。

② 同上书，第138页。

艺社、冬青文艺社、文聚社、文艺社、新诗社等社团的产生发展。

四是从文学研究角度入手研究联大。杨绍军的《战时思想与学术人物》，以联大学者的著作和论述为考察对象，梳理出联大人文学科清晰、准确的发展脉络。特别值得一提的是杨绍军的《西南联大时期文学创作及其外来影响》，作者从比较文学视角出发运用比较文学方法，分别探讨了西南联大的诗歌创作及其外来影响、小说创作及其外来影响及联大诗歌评论。也有从探讨联大的学术与其时的教育互动的，如王喜旺的《学术与教育互动：西南联大历史时空中的观照》简要回顾了西南联大学术与现代教育的互动关系；杨立德的《西南联大教育史》则论述了联大学术与其师资管理、办学理论、人才培养等方面的关系。关于西南联大的研究不仅著述丰富，还有纪录片《西南联大启示录》问世。在战时艰苦卓绝的环境里，西南联大弦歌不绝，培养出了数量众多的国内外知名学者，这不能不说是一个奇迹。西南联大的办学经验对于今天的大学来讲是很有借鉴意义的。

如上所述，关于西南联大的研究早已蔚然成风，但关注的层面集中在联大的精神风貌、知识分子群体、学术传统、文学创作、文学社团活动及联大的教育机制等。对西南联大的文学翻译研究成果稀少，① 除去局部介绍联大师生翻译成就和思想的几篇文章外，② 对西南联大文学翻译作学理性研究的主要有如下论述：《论卞之琳在西

---

① 这类文字有《论赞助人对西南联大文学翻译活动的操控》《西南联大文学翻译研究》（以当代著名翻译理论家安德列·勒菲弗尔的操控翻译三要素理论为基础，从"赞助人、诗学、专业士"三方面论述西南联大时期的文学翻译）。

② 这类文字有《半个世纪的脚印——记袁可嘉先生翻译生涯》《吕荧在文学翻译领域里的不朽业绩》《为了翻译的一生——文学翻译家金隄教授学术生涯》《用心和眼睛传递诠释灵魂的艺术——袁可嘉的外国诗歌翻译》《以白英个案为例解析编辑对翻译作品的影响》《从〈英国诗史〉看王佐良的文学史及翻译主张》等六篇。

南联大的文学翻译成就》以卞之琳在西南联大时期翻译奥登的十四行诗及衣修伍德的《紫罗兰姑娘》为例，探讨他当时的翻译思想和方法。① 另有一篇《论赞助人对西南联大文学翻译活动的操控》运用勒菲弗尔的赞助人体系理论，探讨直接赞助人白英对联大翻译活动的影响。另有对西南联大文学翻译作整体性考察对象的研究文章《西南联大的文学翻译研究》，作者以翻译理论家安德列·勒菲弗尔的操控翻译三要素为理论基础，注重从"赞助人""诗学""专业人士"三个层面考察西南联大时期的文学翻译活动。第一章介绍勒菲弗尔及其理论；第二章分析当时联大的赞助人体系；第三章探讨联大的诗学倾向及在其影响下的文学翻译活动，所举翻译作品有沈有鼎、余铭传、杨业治、浦江清、袁家骅、李赋宁、金隄、袁可嘉等翻译的中国古诗，闻一多、袁可嘉、冯至等人翻译的中国现代诗歌、卞之琳的自译诗，短篇小说有叶公超翻译的卞之琳的《红裤子》，也谈到了其时卞之琳翻译奥登和衣修伍德、冯至翻译的歌德和里尔克、闻家驷翻译的魏尔伦及吴达元翻译的《费嘉乐的结婚》，但是作者更多的是指出事实，一笔带过，甚至连发表情况都未曾提起；第四章分析联大翻译活动，举卞之琳在西南联大时期翻译的奥登的十四行诗及衣修伍德的《紫罗兰姑娘》为例探讨卞之琳当时的翻译思想和方法，另分析了白英作为编辑对翻译作品的影响。

综上所述，尽管其文也是以西南联大文学翻译为研究对象，但主要探讨的是联大的文学翻译活动而非文学翻译作品，而且论述到的翻译作品绝大部分是中译英的翻译，尽管提到有英译中的作品，但却没有作具体的梳理和探究。其时联大师生不仅积极从事中国文

---

① 赵俊姝、王志勤：《论赞助人对西南联大文学翻译活动的操控》，《昆明学院学报》2008 年第 3 期。

学作品的外译工作，对外国文学的介绍也不遗余力。

　　与《西南联大的文学翻译研究》侧重文学翻译的"活动"层面和中国文学的外译不同，本文正是以其极少论述的外国文学作品的翻译为考察对象，侧重翻译文学的"文学"层面，探讨在抗战语境下西南联大对外国文学作品的译介。

　　三

　　考察西南联大翻译的外国文学作品，有助于厘清西南联大的相关研究。随着西南联大研究不断升温和逐步深入，近年来已出版不少学术专著，各种期刊学位论文也层出不穷。其中研究西南联大作家群体所受外来影响的成果也逐渐增多，比如邓招华在《西南联大诗人群研究》中论及该时期联大诗人群体的创作所受到的外来影响。《西南联大时期文学创作及其外来影响》运用比较文学方法，辟三章分别论述了诗歌、小说、诗歌评论的写作及其外来影响。遗憾的是，以上研究并没有进一步考察外来影响的来源，是通过自己阅读翻译外国作品，还是阅读别人翻译的作品，或当时西南联大外籍教师的影响？所以说，作为联大文学活动的特殊构成部分，考察这一时期联大的文学翻译概况，不仅可以为联大研究带来新的内容，而且对于理解当时当地诗人作家的作品有重要的启示作用。

　　考察西南联大的文学翻译，有助于去除我们对西南联大师生的某些成见，还原一群在抗战时期有血有肉有情的知识分子形象。联大处于中国西南边陲，地理位置相对比较封闭。在那个"文艺＝抗战"的年代，不少论者认为联大师生只关注个体的生存状态，弃广大中国民众和时代情感于不顾。早在 20 世纪 40 年代艾青就针对迁居大后方的"教授"和"绅士"的抗战态度作过这样的总结："他们在云南或在四川的小城里远离了烽火，看不见全国人民的流离之苦与抗战的英勇，在小天井的下面抚弄着菊花，或者凝视着老婆的背影而感到人民无限幸福地过日子。"① 如果艾青的论断是基于当时迁居西南大后方的高校教师及诗人的创作而言的话，那当我们梳理了西南联大师生群体的文学翻译作品之后，他的话就可能会被部分地否定。即是说，通过考察西南联大师生的文学翻译，我们发现他们其实是非常关注战争的，只是这种关注与正面描写或表现战争有所不同，他们是在关注个体生命生存现实的基础上去思考当时的战争。不少翻译作品都能体现译者对抗战的关心，对入侵者的痛恨，如卞之琳翻译衣修伍德的反法西斯作品《紫罗兰姑娘》，陈铨改编并组织排演的话剧《祖国》等。此外，翻译作品还可在抗战这一特殊的情境下折射出联大师生的生死观，如冯至在此期间翻译的主要对象为里尔克，深受里尔克的影响，认为死是生的一部分，体现出抗战时期人们对生命的深沉思考。

总的来说，文学翻译作为联大师生创作的重要补充，可以反映出联大当时的学术风气、知识分子的担当意识，以及抗战语境下独特的生命体验。

第二节　西南联大作家群体的社团特征

1937 年 7 月 7 日，日本军方制造了卢沟桥事变，从而发动了全面的侵华战争，为了保存中华民族的文化之根，众多的高等学府纷纷内迁，正在这种情况下，北大、清华、南开三所著名学府迁到了

---

① 艾青:《论抗战以来的中国新诗》,《文艺阵地》（第 6 卷第 4 期）1942 年 4 月。

云南昆明，组成了在现代教育史上有着极其辉煌成就的西南联合大学。作为高等学府中传授知识答疑解惑的教师，他们也跟随着学校去了抗战时期的大后方。联大师生从北平到长沙，又徒步经过贵州，最后达到昆明，其路途中的艰辛与心中的苦痛断非今天的我们所能够体会。西南联大校歌的开头几句就是写迁校："万里长征，辞却了五朝宫阙。暂驻足衡山湘水，又成离别。"

在从北京到昆明的千里奔波的路程中，作为知识分子的西南联大师生们，面对着国土大面积的沦丧而百姓在战火中流离失所的现状，他们的内心深处又会有着怎样的感触呢？他们那时也许对诗人杜甫"国破山河在，城春草木深。感时花溅泪，恨别鸟惊心"的诗句才有了更切身的体会。战乱时期人们的爱国心最强烈，特别是对于知识分子阶层，由于他们具有较高的文化知识，对于社会的责任感和"以天下为己任"的使命感，使得他们比普通百姓对于国破家亡的体会更深切。古代有屈原的"长太息以掩涕兮，哀民生之多艰"，近代有林则徐的"苟利国家生死以，岂因祸福避趋之"，中国的知识分子阶层对于国家、对于民族、对于人民的拳拳之心从来就没有消失过。只是，知识分子作为社会中的一个阶层，其在历史中的自我定位及其表现还是有着自身的演变过程。本书即以抗战时期西南联大师生为例，去考察当时他们的翻译行为及通过翻译折射出的心理状态，而他们的行为和心理状态都与其对于知识分子的自我定位是紧密相连的。对于战时知识分子的研究就具有了一定的学术价值和社会意义。

联大师生是抗战时期中国社会的精英知识分子，具有浓厚的担当意识和家国情怀。对于具有一定文化知识的阶层，中国古代称为"士大夫"，及近现代人们则习惯用"知识分子"来称谓。中国传统的士大夫精神既包括儒家孔孟的"达则兼济天下，穷则独善其身"，也包括陶潜的"不为五斗米折腰"，更包括范仲淹的"先天下之忧而忧，后天下之乐而乐"。而现代知识分子的"本色即是'叱责腐败，保卫弱小'"①。著名学者余英时在他的著作《士与中国文化》中也写道："中国历史上的'士'大致相当于今天的知识分子，但二者之间又不尽相同。"② 即使他们之间有着巨大的不同，但中国近现代的知识分子的诞生却脱胎于古代的士大夫的转变，中国近现代的知识分子是古代士大夫精神与西方文化思潮结合的结果。正因为如此，中国近现代的知识分子身上天生具备着古代士大夫的一些特有精神气质，这也是中国知识分子与西方知识分子的不同之处。西南联大师生作为现代意义上的知识分子，他们身上既具有古代知识分子的担当意识，又具有现代知识分子的启蒙精神。

西南联大师生在抗日战争全面爆发时期，选择了跟随学校迁往抗战的大后方昆明，依旧从事教学和学习的工作，我们可以把他们归入上面所说的"岗位意识"。西南联大作为高等学府，师生的主要任务就是做研究与学问。北京大学老校长蔡元培在论述大学时曾说："大学，研究高深学问者也。"清华大学校长梅贻琦也曾说："所谓大学者，非谓有大楼之谓也，有大师之谓也。"西南联大在抗战八年极其艰苦的条件下，依旧能够取得被后世所瞩目的学术成就，这跟西南联大师生的"岗位意识"是分不开的。正如易社强所感叹的："让人惊叹的倒不是联大学术成果的坎坷遭遇，而是仍有那么多研究

① ［美］萨义德：《知识分子论》，单德兴译，生活·读书·新知三联书店 2002 年版，第 13 页。
② 余英时：《士与中国文化》，上海人民出版社 2004 年版，第 21 页。

一如既往地进行。"① 我们都知道，理工科要进行研究一般需要具有一定的仪器设备，而文科相对而言外在的条件对其进行研究制约较小。我们以文科的研究成果为例，在昆明的八年中，"朱自清至少完成了五本书的文稿，包括诗歌评论、经典研究、随笔集和《伦敦杂记》"，② 卞之琳则在 1939 年到达昆明后，很少写诗，而是把才华用在了翻译上，他翻译的诗人有马拉美、魏尔伦、瓦雷里、艾吕雅、叶芝等，对于这些诗人的作品在中国的传播起了重要的作用。在他开的翻译课上，"他选了弗吉尼亚·伍尔夫（Virginia Woolf）、劳伦斯（D. H. Lawrence）、福斯特（E. M. Forster）、海明威（Ernest Hemingway）的短篇小说"③。陈铨根据其信服的理论，编了一个剧本——《野玫瑰》，吴达元翻译了法国博马舍的《费加罗的婚礼》，穆旦虽然在 1942 年 2 月响应了国民政府"青年知识分子入伍"的号召，参加了中国远征军，但其在 1937—1942 年期间，发表了具有代表性的作品《防空洞里的抒情诗人》《从空虚到充实》《赞美》《诗八首》等，已经成为在文坛中比较有名的青年诗人。钱锺书、沈从文、冯友兰、费孝通等人更是作出了极大的成就，恕不在此一一列举。

如果我们说以上举例所说的西南联大师生们所取得的成就完全是由于其坚定的"岗位意识"所促使的，那么结论未免过于浅表。如果我们去细读他们翻译、创作或研究的文本，我们就会发现即使身处于校园之内，知识分子身上所具有的"庙堂意识"和"启蒙意识"还是深深地影响着他们。他们虽然选择了在学校从事自己专业

---

① ［美］易社强：《战争与革命中的西南联大》，饶佳荣译，九州出版社 2012 年版，第 164 页。

② 同上书，第 166 页。

③ 同上书，第 138 页。

的研究和学习，但国破家亡的现实他们从未忘却，他们只是选择把对国家民族的爱深深埋在心中，努力去学习本国文化与科学知识，翻译介绍国外的文化作品，以等待战争结束后在国家重建时做出自己的贡献。由于从事理工科研究者的这种情感很难通过作品（理工科研究者很少创作文学作品）来反映他们的思想，但从事文科研究者的爱国之情则能根据其作品来推测，虽然他们的表达方式比较隐晦。以卞之琳的翻译作品为例，卞之琳作为我国著名的翻译家，其翻译作品与翻译理论都在我国翻译界产生了重大的影响。而他在西南联大时期，则翻译了英国诗人奥登《战时在中国作》诗组的其中六首。而奥登的《战时在中国作》诗组的产生背景是1938年奥登和其挚友衣修伍德一起来到战火纷飞的中国访问，他们的足迹遍布香港、广州、上海、汉口等地，访问过周恩来、蒋介石、冯玉祥等政治名人。在此基础上他创作了二十七首诗歌，组成了《战地》诗组。由此我们即可看出卞之琳在翻译奥登诗作时对国家的关切之情。我们再去看其翻译的其中一首《当所有用以报告消息的工具》的内容，更能体会到卞之琳对于国家命运的悲痛与焦虑。全诗如下："当所有用以报告的工具/一齐证实我们的敌人的胜利；/我们的棱堡被突破，敌人在退却/'暴行'风靡象一种新的疫疬，//'邪恶'是一个妖精，到处受欢迎；/当我们悔不该生于此世的时份；/且记起一切似已被遗弃的孤灵。/今夜在中国，让我来追念一个人，//他经过十年的沉默，工作而等待，/直到在缪佐显出了全部的魅力，/一举而让什么都有了个交代；//于是带了'完成者'所怀的感激/他在冬天的夜里走出去抚摩/那个小古堡，象一个庞然大物。"①

① 卞之琳：《卞之琳译文集》（中卷），安徽教育出版社2000年版，第173页。

"天下兴亡，匹夫有责。"八年的抗战岁月，多少生命在战争中遭受毁灭，多少百姓流离失所，这是中国不能忘却的悲哀。生于此时长于此时的人们，面对国破家亡的现实，脑海中都有挥之不去的国家民族意识。对于西南联大的师生们而言，他们在迁移到抗战大后方昆明的艰苦岁月里，凭着知识分子的良知和抗战时期普适性的情感表达需要，在创作之余翻译了大量的外国文学作品和文学论著，成为我们今天抗战文学研究无法回避的珍贵文献资料。

第三节　西南联大翻译文学的兴盛

西南联大成就了战时教育的奇迹，这是毋庸置疑的。除培育了一大批优秀的科学家、教育家、哲学家，当时的联大也涌现出了一大批年轻的翻译家。联大宽松民主的教学环境激发了年轻学子的翻译创作活动。备受赞誉的民主氛围、宽松的环境、跻身世界一流行列的教授群体，构成了这所大学特殊的人文环境。这些教授不仅自己从事翻译活动，还积极引导身边的学生加入翻译的行列。

一　师资队伍与文学翻译

西南联大在战火纷飞的年代，坚持战时教育跟平时一样的方针，在西南大后方弦歌不绝，为国家培养了众多优秀人才，不少海内外知名学者都毕业于西南联大，这也是其直到今天还能引起众多学者关注的重要原因。

西南联大优秀的教师群体为学生的文学翻译指引了方向。就大学境况来讲，联大实是中国一流大学之楷模。在战前，清华、北大、南开已跻身中国一流大学行列，汇聚三校师资的西南联大更是吸引了全国各地的优秀学子，有些人宁可放弃在其他大学的学历重新报考，只为成为联大新生。究其原因，除了联大广受赞誉的民主和宽松的环境外，更吸引人的便是联大卓尔不群的教授群体。正如著名教育家梅贻琦1931年就任清华大学校长演讲时所说："所谓大学者，非谓有大楼之谓也，有大师之谓也。"其时联大文学院教授有四五十人，包括了朱自清、闻一多、刘文典、罗庸、叶公超、柳无忌、吴宓、潘家洵、钱锺书等在内的著名学者，他们大多具有留学背景，闻一多更是在美留学七年之久。这群人熟谙中西文化，在具体教学过程中能灵活自如地穿梭于中外文化之中，将外国文学作为引经据典的资源也是轻车熟路。这不仅为联大学子提供了很好的学术氛围，而且激发了他们阅读和翻译外国文学的兴趣。

联大老师不仅自身积极从事外国文学译介活动，他们还热心支持学生从事文学活动。正如前文所言，文学院仅教授就有四五十人之多，学贯中西、各有所长。比如朱自清是散文大家，治学严谨，热心支持学生开办各种文艺社团活动，而且曾任南湖诗社的导师，多次参加新诗社举办的诗歌朗诵活动并在会上朗诵译诗。[①] 从这一举动可看出，当时联大对外国诗歌的译介可能已形成一定规模。朱自清其时已经很少写诗，更别提翻译诗歌了，但在公开场合朗诵译诗有利于促进学生进行翻译活动。另一位经常参加新诗社诗歌朗诵会、讨论会的学者是闻一多，作为新诗社的导师，闻一多致力于研究中国古典诗歌和英国近代诗歌，以提倡格律体新诗写作。

西南联大教师的授课内容也有助于形成良好的翻译语境。叶公超是联大外文系教授，在英国留学时期结识艾略特，是中国介绍艾

---

① 参见西南联合大学北京校友会编《国立西南联合大学校史》，北京大学出版社2006年版，第95页。

略特的第一人。① 叶在蒙自时期开授"文学批评"和"18 世纪英国文学"两门课程。据联大学子回忆，叶先生讲课颇具特色，注重启发学生的学习兴趣和思考能力：先用英文在黑板上写下要点，然后简明扼要提纲挈领地加以说明，接下来就是自由发挥和当机立断地评论。② 这种方法有助于培养学生独立思考的能力，培养其高品质的文学鉴赏力。"18 世纪英国文学"的开设则开阔了学生的眼界，帮助学生更好地了解英国文学的历史，为他们日后从事翻译工作打下坚实的基础。叶在联大时期因系务繁忙（曾任外文系主任），鲜有文章问世，及至 1939 年翻译了卞之琳的《红裤子》，后经燕卜荪推荐，在英国杂志《人生与文章》发表。在 1938—1939 学年，他与吴宓曾合开英汉对译课（后改称翻译），叶公超负责教授汉译英，吴宓则负责教授英译汉，叶公超的英文水平由此可见一斑。从事翻译的首要条件便是熟练掌握一门外语，叶公超超凡的英语水平加之治学严谨的作风，对联大学子的英文水平的提高不无裨益。吴宓则是另一位学贯中西的大学者，他主张"外文系的学生不仅要熟练掌握西方语言文字，更重要的是要对西方文化精神有一定了解，接受西方思想潮流的同时也不应忽略对中国文学的研究"③。这对文学翻译工作者来说尤其重要，文学翻译不仅仅是两种语言转换的问题，它还涉及两种不同文化之间的碰撞，一个优秀的译者必须熟谙两种不同文化，包括风俗、生活方式、历史背景及宗教信仰等方面。吴宓为实践这一翻译主张，在联大开设了《欧洲文学史》（也称《西方文学概

---

① 叶公超于 1934 年 4 月在《清华学报》九卷二号上发表的《爱略特的诗》，被视为国内最早介绍艾略特的文献。

② 西南联合大学北京校友会编：《国立西南联合大学校史》，北京大学出版社 2006 年版，第 112 页。

③ 同上。

要》），这是外文系的招牌课。据联大校友回忆，每次上课都会上演
"抢凳子"的喜剧，后面不得不由老师来排座位，这是外文系学生最
重要的一门专业基础课。此课程包括西欧、东欧、北美、俄国文学
并兼论述印度、古代波斯、日本等国文学，开阔了学生视野并对世
界文学概况也有一定了解。吴宓上课最大的一个特点就是背诵，"不
管引文多长，老是背诵"①，不仅自己背诵，还要求学生背诵，正如
温源宁自己所说："关于背诵，我是得益匪浅。"② 这不仅让他考上
了清华研究生，而且"为他后来把中国古典诗词译成英文，打下了
一个良好的基础。如果不背英诗，翻译诗词是难以想象的"③。时为
助教的卞之琳在联大时期翻译硕果累累，不仅自己投身翻译工作，
他还鼓励学生进行翻译。因为处于抗战时期，难以收集做毕业论文
的资料，他便规定学生可用翻译作品代替毕业论文，学生翻译出书
以后他积极为其校订译本并作序，共计有亨利·詹姆士《诗人的信
件》于绍方译本序、大卫·加奈特《女人变狐狸》冯丽云译本序、
亨利·詹姆士《螺丝钮》周彤芬译本序、凯瑟林·安·坡特《开花
的犹大树》林秀清译本序、桑敦·槐尔德《断桥记》黄维新译本
序，连同他自序贡思当《阿尔道夫》译本序一起结集为一组文字，
后以《小说六种》出版。在教学实践过程中，他与袁家骅合开过翻
译课程，还介绍过弗吉尼亚·伍尔夫、劳伦斯、福斯特、厄尔斯
特·海明威，开课讲授安德列·纪德和亨利·詹姆士。受其影响，
他的学生中有两人都选择亨利·詹姆士的作品为翻译对象。

---

① 温源宁：《吴宓先生其人（Mr. WuMi—A Scholar and A Gentleman ）》，黄世垣编译
《回忆吴宓先生》，陕西人民出版社 1990 年版，第 21 页。

② 同上书，第 22 页。

③ 许渊冲：《追忆似水年华——从西南联大到巴黎大学》，生活·读书·新知三联书
店 1996 年版，第 82 页。

一位是外教教授燕卜荪，他的到来为西南联大带来了现代主义诗歌，这在一定程度上刺激了翻译活动的勃发。那时候联大学子正苦于找不到合适的学习榜样，"西南联大的青年诗人们不满足于'新月派'那样的缺乏灵魂上大起大落的后浪漫主义"[①]，因此当燕卜荪在课堂上讲述艾略特、奥登等人时，便引起他们极大的兴趣。燕卜荪是个奇才，二十三岁时凭借《晦涩的七种类型》一书名扬四海。在南岳时期，因为缺少教材和讲义，在"莎士比亚"班上，诗人凭借其惊人的记忆力大段大段地默写莎士比亚《奥赛罗》中的段落，同样的情形也出现在其开的"当代英诗"课上，乔叟、斯宾塞的一些诗篇也是他一字不落地默写在黑板上，然后再加以讲解，联大学子深深感动于他对祖国文学的热爱。燕卜荪在联大任教时间不长，其影响却不可小觑，"一个出现在中国校园中的英国诗人本身就是任何书本所不能代替的影响"[②]。正如他的学生杨周翰回忆说："从1938 年到1939 年，我完成了大学学业。这一年使我收获最大，对我以后的工作影响最深的是燕卜荪讲的现代英诗。他从史文朋、霍普金斯、叶芝、艾略特一直讲到三十年代新诗人如奥登。"[③] 根据杨周翰的回忆，不难推断出其于1942 年翻译叶芝的《拜占庭》是燕卜荪影响的直接结果。另一位外籍教授白英于1943—1946 年任教于西南联大文学院和工程学院，在外语系讲授英国诗史、现代英诗，在工程学院讲授造船技术。白英也是一位传奇人物，"他采访过希特勒，目睹奥地利被吞并，参加过西班牙内战，日本偷袭珍珠港时他在新

---

① 王佐良：《论穆旦的诗》，《语言之间的恩怨》，天津人民出版社 1998 年版，第121—122 页。
② 王佐良：《怀燕卜荪先生》，《外国文学》1980 年第 1 期。
③ 杨周翰：《我学习外语和外国文学的经历》，《外语教学与研究》1990 年第 1 期。

加坡海军基地值班，他还曾在重庆复旦大学担任教师"①。白英自己
不懂中文，却和联大老师或学生合作翻译他喜爱的中国唐诗。他利
用所开课程之便，要求学生把一些唐诗或者现当代诗歌译成英文，
然后编辑成书在国外出版，计有三种：《当代中国短篇小说选》
（*Contemporary Chinese Short Stories*），1946 年由英国 Curwen 出版社出
版发行；《白马集》（*The White Pony*），1947 年由美国纽约 John Day
出版社发行；《当代中国诗歌》（*Contemporary Chinese Poetry*），1947
年由英国 George and Routledge & sons 出版社出版发行。白英作为编
辑，从始至终参与了翻译的全过程，不得不说白英是这三本书面世
的最大功臣，是他策划了它们的出版发行。关于编辑的作用，已有
翻译理论家做过一番探讨，英国学者杰瑞米·曼迪在《介绍翻译研
究：理论与应用》作了如下论述：1. "通过与出版社、编辑及代理
人交流，译者明确了他们出版译书的目的，选择书籍的标准及对译
者的要求"（"By interviewing the publishers, editors and agents to see
what their aims are in publishing translations, how they choose which
books to translate and what instructions they give to translators"）；2.
"通常来说，编辑对外语的掌握并不熟练，他们关心的是译文在目的
语中读起来是否通畅"（"It is often the case that the editor is not fluent
in the foreign language and that the main concern is that the translation
should 'read well' in the TL"），白英对中文一窍不通，他无法去考
证联大师生的翻译作品在多大程度上忠实于原文，他通过加工、润
色译文，保证其在目的语中读起来通顺流畅；3. "最终的完成品在
很大程度上受编辑和技术编辑的影响"（"The final product considera-

_____

① 易社强：《战争与革命中的西南联大》，饶佳荣译，九州出版社 2012 年版，第
162 页。

bly shaped by editors and copy – editors"①），最终的译文是经过白英加工、润色的译文，从这个层面来说，是白英主导了这次翻译。

另一位值得一提的外籍教授是温德。温德自 1928 年以来一直在中国高校任教，于 1938 年末只身来到联大，开课讲授英国诗歌、现代诗歌、E. M. 福斯特及莎士比亚。这些课程对于年轻的联大学子来讲很有吸引力，帮助他们更多地了解英国文学。联大学生对时年 58 岁的温德评价很高，觉得他像年轻人一样活泼，"把诗歌课搬上舞台，扮演修女或恶魔"②，他能大段大段地背诵莎士比亚剧中台词，并用不同的语气和声调表现不同的人物，他的这种授课方式更利于学生的接受和理解，很受学生欢迎。

从西南联大的管理体制到教师队伍，从学生社团到学生创作，从授课内容到外籍教师的加盟，西南联大的校园氛围足以烘托出文学翻译的热闹场景。从某种程度上讲，正是有了这样的教与学的氛围，才孕育了西南联大的文学翻译。

二　教学管理与文学翻译

西南联大的教学管理制度不管是对学生还是教师而言，都有助于促进文学翻译的发展。西南联大继承了三校"兼容并包、思想自由"的优良传统，当时联大管理层有三位常委，实际管理联大的是清华校长梅贻琦，梅贻琦早在担任教务长时就提出实行"通才教育"方能适应社会需要。

梅贻琦管理联大之时，提倡"通才教育"，注重专业基础知识的

---

① Munday. J. *Introducing Translation Studies*, *Theories and Applications*. London& New York：Routledge，2001. P34.

② ［美］易社强：《战争与革命中的西南联大》，饶佳荣译，九州出版社 2012 年版，第 138 页。

训练，基础课程一般由教授担任。联大规定，大一学生只学必修课，而且每门必修课必须达到 70 分以上才能升入大二，而且必修课程不能补考，必须重修，这为联大学生打下了扎实的专业基础。同时，联大还规定"自然科学中的物理、化学、生物等课程，文法学院的学生必须选两门作为必修课程；社会科学中的政治学、经济学等课程，文法学院的学生必须选一门作为必修课程"①。这是联大实行"通才教育"的具体体现。这种通才教育实际上有助于培养学生广阔的视野、广泛的兴趣爱好，包括引导他们日后走上翻译实践的道路。据时为联大学子许渊冲的回忆，历史系的《西洋通史》是联大外语系的学生的必修课，就是在《西洋通史》课上，授课教授皮名举别具特色的讲解，"把埃及女王克柳芭（现译为克莉奥佩特拉）叫做'骷髅疤'，说她的鼻子假如高了一点，罗马大将安东尼就不会为了爱她而失掉江山"②，使他对古代西洋史发生了兴趣，进而翻译了埃及艳后的故事，即《一切为了爱情》。与此同时，联大还开设有各种各样的选修课，在必修课与选修课的比例上，学校规定选修课占 86 学分，必修课占 50 学分（本科生要修满至少 132 个学分方可毕业）。从这里可以看出，联大在注重基础教育的同时给学生留有充分的选择余地，学生可根据自己的兴趣爱好来选修课程。多种多样的选修课虽然与文学翻译并无直接联系，却能提供给学生不一样的思路，给学生以学习上的启发。许渊冲在联大学习时选修了张佛泉的《政治学概论》，张先生的一句"整体大于部分的总和"使他悟到"句

---

① 杨立德：《西南联大教育史》，成都出版社 1995 年版，第 79 页。
② 许渊冲：《追忆似水年华——从西南联大到巴黎大学》，生活·读书·新知三联书店 1996 年版，第 41 页。

子并不等于句中所有的字，因此翻译时要译出字外之意"①。

西南联大的文学翻译者一般集中在中国文学系和外国语文学系，二者同属于文学院。在昆明的八年半时间中，中文系共开出专业课程 107 门，平均每学年有 20 门左右的课程供学生学习，其中文学课程占 65% 左右。② 除了开设中国文学史的有关课程，比如中国文学史概要、中国文学专书选读、古代神话等之外，还有杨振声的《世界文学名著选读及试译》，以及陈寅恪讲授的《佛典翻译文学》。从这些课程可以看出，中文系不仅注重本国文学知识的传授，而且已经在有意识地培养学生的翻译水平。大一英文是全校学生的必修课，"联大的大一英文读本课皆由外文系教授担任，作文课由教授或讲师、助教担任"③。由经验丰富的教授讲授，不仅有利于帮助学生更好地了解英语演变特点，更重要的是加深学生对西方社会、历史、文化的了解。作文课则要求学生每周写一篇英文作文，当堂完成交由老师修改并于下次上课归还，老师对普遍性问题加以讲解以此提高学生的英文写作能力。这两门课程的开设为学生日后从事翻译工作打下了扎实的基础。

外文系也是文学翻译的重镇。外文系以讲座的形式开设了欧洲文学名著选读，教授们各自选择自己最拿手的讲，九位教授讲述十

---

① 许渊冲：《追忆似水年华——从西南联大到巴黎大学》，生活·读书·新知三联书店 1996 年版，第 42 页。

② 参见西南联合大学北京校友会编《国立西南联合大学校史》，北京大学出版社 2006 年版，第 91 页。

③ 西南联合大学北京校友会编：《国立西南联合大学校史》，北京大学出版社 2006 年版，第 104 页。大一英文授课教师阵容强大，以 1938—1939 学年为例：开课程 16 组，教师 17 人，其中教授有：叶公超、柳无忌、陈福田、潘家洵、钱锺书、黄国聪、莫泮芹等 7 位，专任讲师有：徐锡良，教员有：朱木祥、曹鸿昭，助教有：张振先、廖福、李振麟、鲍志一、姜桂侬、叶柽和杨西昆等 7 位。担任大一英文讲师多为夏威夷华侨，能说流利、地道的英语。

一部作品，分别是：吴宓讲授《柏拉图》，莫泮芹讲授《圣经》，《荷马史诗》和《奥德赛》由钱锺书讲授，《十日谈》由陈福田讲授，陈铨讲授《浮士德》，闻家驷则讲授《忏悔录》，叶公超讲授《战争与和平》及《卡拉马佐夫兄弟》，燕卜荪讲授《堂·吉诃德》。教授们不是照本宣科，讲的是自己的心得体会，这门课注重培养学术良好的鉴赏水平，加深了他们对欧洲文化的了解。正如赵瑞蕻回忆时所说："在堂吉诃德课上，走进了扑朔迷离的中世纪，在波澜壮阔的人海边缘上，有生活的悲欢，时代的嘲讽，爱情茜色的羽翼，我仿佛跟着吉诃德先生斩倒了那可恨的风车……"[①] 另外还开设有英国诗，或称英诗选读，先后由燕卜荪、谢文通、温德、莫泮芹讲授，另开设有西洋小说、西洋戏剧、莎士比亚研究、欧洲古代文学、欧洲中古文学史、文艺复兴时代文学、伊丽莎白时期文学、18 世纪英国文学、19 世纪英国文学、现代英国文学、英国诗史、法国诗史、法国诗、19 世纪法国诗、德国抒情诗、现代英诗、维多利亚诗、中西诗比较、亨利·詹姆士、乔叟、雨果等，不一而足。"外文系开设有国别文学和断代文学史 11 种；各种类型的诗歌、小说、戏剧、散文 12 种，作家作品研究 12 种。"[②] 从这些课程设置来看，外文系学生所学知识是相当系统和全面的，培养了他们对外国文学的兴趣，日后一大批联大学生投身文学翻译事业也就不足为奇。

除了上课制度之外，西南联大的教师管理制度有助于催生教师的翻译成果。联大网罗优秀人才，造就了战时教育的奇迹，校常委梅贻琦把聘任高水平的教师当作学校管理的头等大事。众多优秀教

---

① 赵瑞蕻：《怀念英国现代派诗人燕卜荪》，《离乱弦歌忆旧游——从西南联大到金色的晚秋》，文汇出版社 2000 年版，第 33 页。

② 西南联合大学北京校友会编：《国立西南联合大学校史》，北京大学出版社 2006年版，第 57 页。

师之所以选择联大，看中的不是其薪资，而是联大高水平的学术氛围。联大为激励教师有一套完整的晋级制度：规定教师晋级无人数和比例限定，强调师德，看重教学实绩、水平和科研成果；助教、教员升讲师的条件除了要开出至少两门课程，还必须发表著作或多篇论文；讲师升副教授、副教授转正教授都不受入职时间及资历的限制，只要开出的课程受全校师生的好评，并有学术专著问世；联大还规定品行优秀又有重大学术成果者，即可越级升为教授。由此可以看出联大的晋级制度核心是师德和学术成就。翻译外国文学可视为教师的学术成就之一，而且还可以提高他们的学术研究能力，故不少教师选择了翻译外国文学。以卞之琳为首的助教、讲师们因其本身浸淫西方文化已久，对于外语及外国文化都很了解，从事翻译工作也很自然；从另一方面来讲，联大颇具特色的晋级制度也是促成教师不断从事翻译的动力。

西南联大人性化的管理制度不但没有束缚广大师生的兴趣爱好，反而有助于培养学生的各种爱好，并激发教师的学术潜能。也正是在这样的管理制度下，才产生了卞之琳这样从事翻译的教师，也才可能培养许渊冲这样对翻译有浓厚兴趣的学生。

三 文学社团与文学翻译

西南联大大师如云，与联大翻译群体有密切关系的文学院更是如此，[①] 联大学子不仅在课堂上有名师指导学习文化知识，而且课外也有多彩的文学社团活动来丰富他们的文学见识。通过查阅各种联大学子后来所写有关其时文学社团的回忆性文字，可以深深地感受到多样的文学社团活动给予他们的文学营养。

---

① 以 1938 年为例，文学院教授在全校所占比例接近 30%。

西南联大的文学社团众多，渲染出浓厚的文学氛围，有助于翻译活动的开展。联大校方规定，文学社团必须有一位指导老师，如朱自清、闻一多曾担任南湖诗社的导师，闻一多后又被邀请担任新诗社的导师，因此文学社团的存在在一定意义上为联大师生提供有效的交流平台，通过这个平台，有关外国文学的消息也能很快扩散开来。首先值得一提的是冬青社，从 1940 年组建到 1946 年解散，它是西南联大存在时间最久的文学团体。冬青社最初的成员有林元、萧荻、王凝、刘北汜、汪曾祺、萧珊、穆旦、张定华、卢静、马尔俄等，聘请了闻一多、冯至、卞之琳、李广田等为指导教师。为吸引更多同学的加入，冬青社经常举办丰富的活动，如演讲会、纪念会、诗歌朗诵会等，而且在诗歌朗诵会上既可用普通话，也可以用粤语或者英语、俄语等进行朗诵，这无异于在公开活动中介绍外国翻译作品，无形中促使翻译活动的产生。冬青社的刊物在校外有《冬青》街头报，校内有《冬青》壁报，与文聚社不同，最初成员多为以前群社文艺小组同学，其时文章大多短小精悍，意在针砭时弊。至皖南事变后，联大其他进步社团大多沉寂，唯冬青社坚守阵地，1941 年，他们在贵州日报（起初叫革命日报）出版《革命军诗刊》①，坚持了约一年时间，主要刊载诗歌作品，也可见几篇翻译作品。文聚社是西南联大又一个知名的文学社团，其存在时间不算最长，但有学者称其为"中国现代文学的劲旅"②。《文聚》是"文聚社"发行的文学刊物，从 1942 年至 1946 年，文聚社断断续续共出版了两卷七期（第一卷 5、6 期为合刊）。《文聚》作为联大人自办

---

① 从 1942 年 8 月 30 日起，总第 11 期改名为《冬青诗刊》。
② 李光荣：《中国现代文学的劲旅——文聚社》，《中国现代文学研究丛刊》2011 年第 3 期。

的刊物，在上面发表文章的多为联大师生，发展势头良好，只有几篇不属联大师生的"外援"文章。短短七期《文聚》共发表了65题127篇文章，翻译作品即占了10题48篇。在翻译作品中，联大师生共计有6题36篇译作，所占份额超过3/4。

西南联大的壁报成为学生发表翻译作品的最好阵地。由于纸质的报刊版面有限，联大学生要想在校外报刊上发表文章相对比较困难。又因处于战争年代，物质资源匮乏，正规出版物的制作费用剧增，发行和出版更加困难，因此壁报就变得更为流行。"联大的壁报，一般都是先把稿件抄写在洁白的贡川纸上，再贴上铺板，挂到新校舍北区的土墙上。出另一期时或者把上期的稿纸扯去，或者干脆糊上一点废纸，再贴上新的内容。"[①] 壁报虽然成本低，但不易保存，以至于我们今天很难确切知道壁报的内容，但是可以确定的是，他们对外国文学是给予了较多关注的。据联大校友回忆，单是"文艺"壁报就曾讨论过法国作家纪德的作品；举行过斯坦培克讨论会，着重讨论其作品《愤怒的葡萄》；还联合其他社团举行过追悼罗曼·罗兰和托尔斯泰的大会，在会上朗诵了罗曼·罗兰的诗歌等。[②] 关注外国作家作品是翻译产生的先决条件，因其壁报没有保存下来，后人也难以窥其全貌，但从这些活动来看，翻译自己喜爱的作家作品也是情理之中的事，不然何以讨论外国文学呢？另有一份"介绍与批评"壁报，据联大学生司徒京华说："常常剪贴和翻译一些平常看不到的文章和言论。"[③] 因我们今天对壁报上的内容已无从考证，壁报上的文学翻译作品也难以收集并纳入本文的研究范围。

---

① 张源潜：《回忆联大文艺社》，西南联大校友会编《笳吹弦诵在春城——回忆西南联大》，云南人民出版社、北京大学出版社1986年版，第378页。

② 同上书，第372—374页。

③ 司徒京华：《说西南联大》，《战时知识》1940年9月1日，第18页。

>>>>>■■■

四　西南联大翻译文学概貌

联大师生对外国文学的译介可分为诗歌、小说、戏剧及评论四类。正如前面已经提及的那样，联大有大大小小的各种文学社团，各个社团都有自己的刊物，如《贵州日报·革命军诗刊》《文聚》等便是联大师生译作发表的重要园地。此外，不少联大教师还自己办刊物或任刊物主编，其中发表翻译作品较多的是《世界文艺季刊》，为方便起见，下以各个刊物分别述之。

《贵州日报·革命军诗刊》：冬青社其实是由政治性团体群社文艺股独立出来的。"在群社里，有一群爱好文艺的同学为展开集体的文艺活动，就组织了冬青社。"① 创办之初，冬青社的活动范围限于联大校园内，出版冬青壁报，后因稿件太多，着手出版手抄本"冬青杂志"，"冬青杂志"先后共出版了《冬青小说抄》《冬青诗抄》《冬青散文抄》及《冬青文抄》四类。冬青社还印发为抗日宣传的《街头诗页》。1941 年皖南事变以后，它开始与校外报刊《贵州日报》合作，在《革命军诗刊》副刊刊载社员及联大老师的文学作品。它既不强调为艺术而艺术，也不认同文学即宣传，"它抱定文艺并不超然于政治的观点，而唯有艺术水准愈高的作品愈有政治的作用"② 。这段原写于 1946 年的话准确地说明了冬青社的文艺观，同时也证明冬青社在当时已经能比较恰当地处理文学与政治的关系。《革命军诗刊》上刊载的译作有：闻家驷译《错误的印象》（1941 年 7月 20 日，第 9 期）；卞之琳译《译奥登诗一首》（1941 年 6 月 9 日，第 2 期）；冯至译《译盖欧尔格诗一首》（1942 年 7 月 13 日，第 10

---

①　公唐：《记冬青社》，西南联大"除夕"副刊主编《联大八年》，新星出版社 2010年版，第 159 页。

②　同上。

期）；冯至、卞之琳译《里尔克诗两首》（1941 年 5 月 26 日，第 9 期）。从冬青社的创作实际来看，他们在追求艺术水准的同时，还用"高水准"的文学翻译来发挥文学的政治作用。

《文聚》：《文聚》创刊之初，便立志要做一个纯文学的刊物，他们并不是反对抗战宣传，而是觉得"当时有些文学作品的艺术性不强，特别是有些诗歌，就只有'冲呀'、'杀呀'的口号。这在抗战初期，是起过动员民众的历史作用的，到了抗战中后期，光是口号就不行了。我们认为应该有艺术性较强的文学，再说人们的精神生活也需要艺术滋养……于是政治性与艺术性的统一，则是我们追求的目标"[1]。所以在《文聚》上发表的作品多是译者喜爱的作家的作品，艺术性较强。如卞之琳译《里尔克少作四章》（1942 年 4 月 20 日，第 1 卷第 2 期），杨周翰译《拜占庭》（1942 年 4 月 20 日，第 1 卷第 2 期），闻家驷译《魏伦（魏尔伦）诗三首》（1942 年 6 月 10 日，第 1 卷第 3 期），朱自清译《常识的诗》（1942 年 6 月 10 日，第 1 卷第 3 期）[2]，冯至译《译里尔克十二首》（1943 年 12 月 8 日，第 2 卷 1 期）[3]，冯至译《译尼采诗七首》（1945 年 1 月 1 日，第 2 卷第 2 期）；另外还以昆明文聚社的名义发行了卞之琳译的《〈亨利第三〉与〈旗手〉》（1943 年 3 月）。

《世界文艺季刊》：《世界文艺季刊》1945 年 8 月创刊于重庆，社长杭立武，主编是西南联大教师杨振声、李广田，为 32 开本季刊，终刊时间不详。在编者前言中，编者指出："《世界文艺季刊》

---

① 林元：《四十年代的一枝文艺之花——记西南联大文聚社出版物》，《新文学史料》1983 年第 3 期。

② "常识的诗"是朱自清评价［美］多罗色·巴克尔夫人的用语，以说明她的常识使她的诗有特殊的、别致的韵味，所译共十一首诗：《或人的歌》《总账》《老兵》《观察》《两性观》《某女士》《卧室铭》《不治之症》《圣地》《苹果树》《中夜》。

③ 此处标题是十二首，正文实际上是十首，"二"为衍文。

原名《世界学生月刊》由一个集政治、经济和一般学术文化的综合性刊物变成了一个纯文学的刊物。创建这个刊物的目的是因为文学的接触，不独能帮助我们了解旁人，而且能帮助我们了解自己。在今日的国际形势与交通方便的情形下，没有一个国家能孤立而生存的。我们必须在整个的世界的文艺中认识自己的国家，同样也必须在整个世界文艺中认识自己的文艺。我们必在人类整个的创造力中找到我们努力的方向。"① 从这里就可以看出编者的目的是在世界文学中认识自己，因此编者关于稿件采用标准时说："欢迎先进的文艺理论，也欢迎表现时代的创作；我们也欢迎批评或整理世界新旧文学的著作，更为这个月刊是提供给青年的，我们尤注意青年作家的作品。"② 因为主编是联大教授杨振声与李广田，主要撰稿人自然就是广大联大师生，《世界文艺季刊》上联大师生发表的翻译作品包括论文、小说翻译、书评等。如卞之琳的《新文学与西洋文学》（1945年8月，第1卷第1期）、《小说六种》（1945年11月，第1卷第2期）等，另外还刊登了杨周翰的《路易·麦克尼斯的诗》（1945年8月，第1卷第1期）、《论近代美国诗歌》（1946年4月，第1卷第3期）及《近代美国诗选译》（1946年4月，第1卷第3期），王还译的《射象》（1945年8月，第1卷第1期），闻家驷的《罗曼·罗兰的思想、艺术和人格》（1945年11月，第1卷第2期）等。关注文学自身发展规律，在世界文学中思考中国文学问题，这是符合编者前言提出的理论，也是译介活动的最大特点。

除以上期刊比较集中地刊发联大师生的文学翻译作品外，还有很多其他期刊较为零散地刊发了他们的译作。由于战时的报刊、杂

---

① 《世界文艺季刊·编者前言》（第1卷第1期），1944年8月。
② 同上。

志保存不齐，查阅起来较为困难，本文根据联大师生的名字查阅到如下译作：《西洋文学》上刊登了孙毓棠译《鲁拜集》①（1941 年 3 月，第 7 期），卞之琳译《阿尔道夫》②（续）连载（1940 年 12 月 1 日，第四期——1941 年 3 月第 7 期），卞之琳译《龚思当及其阿尔道夫》（1941 年 5 月）；《文学报》上刊登了穆旦译《对死的密语》《一个古典主义的死去》（1942 年 7 月 5 日，第 2 期）；《中南文艺》上刊登了穆旦译《献歌》③（1943 年 5 月 14 日，第 2 期）；《新生代》上刊登了闻家驷译《祭女诗》（1946 年 7 月 27 日，第 13 期）；《文阵新辑》上刊登了林秀清译凯瑟琳·安·波特《他》（1943 年 1 月）；《明日文艺》发表了林秀清译凯瑟琳·安·波特《魔术》（1943 年 2 月，第 1 期）卞之琳译奥登《战时在中国作》④（1943 年 11 月，第 2 期）；《时与潮文艺》发表了杨周翰译《战时英国诗选》⑤（1944 年第 2 卷第 6 期）；《现代诗》上登出了卞之琳译奥登《服尔太在斐尔奈》（1945 年 12 月）；《东方与西方》上登出了卞之琳译奥登《小说家》（1947 年 4 月，第 1 卷第 1 期）；天津《大公报·文艺版》上刊登了卞之琳译托·斯·艾略特《西面之歌》（1947 年）；《文艺新潮》刊登了柳无忌译彼脱拉斯兹维卡尔《国境上》（1940 年 2 月 9 日）；《中法文化》上登载了卞之琳译安德列·纪德《〈赝币制造者〉写作日记》（连载）（1945 年 11 月 30 日，第

---

① 后又见于《新文学》（第 1 卷第 2 期）1944 年 1 月 1 日。

② 《阿尔道夫》于 1937 年译出并由上海文化生活出版社（1948 年）发行单行本。

③ 刊载于联大冬青文艺社刘北汜主编的《中南报》副刊《中南文艺》（第 2 期）1943 年 5 月 14 日；此诗另见于李荣光、宣淑君的《冬青文艺社及其史事辨正》，《中国现代文学研究丛刊》2007 年第 6 期。

④ 奥登原组诗共 27 首，这里翻译了其中五首（即原组诗的 4、13、17、18、27 首），后又转载于《中国新诗》1948 年 7 月第 2 期。

⑤ 选译了六位英国诗人诗歌：Mervyn Peake、Alan Rook、J. F. Hendry、Anne Rideler、Francis Searfe、Herbert Read 等。

1 卷第四期，1945 年 12 月 31 日，第 1 卷第 5 期，1946 年 1 月 31 日，第 1 卷第 6 期）；《文史杂志》上登载了潘家洵译弥伦《后母》（1941 年 5 月）；香港《大公报·星期文艺副刊》上登载了冯至译西伦佩《芬兰的冬天》（1941 年 5 月），穆旦译路易·麦克尼斯《诗的晦涩》（1941 年）；《文萃》上发表了朱自清译多罗色·汤姆生女士（今译多萝西·汤普森）《回到大的气派：英雄的时代要求英雄的表现》①（1946 年 1 月 1 日，第 13 期）。

此外，西南联大师生的文学翻译作品还有结集出版的。卞之琳是联大师生中出版译作最多的翻译家，他联大时期的主要译作如下：《阿左林小集》，1943 年在重庆国民图书出版社出版；纪德的《新的粮食》，1943 年桂林明日出版社出版；贡斯当的《阿尔道夫》，1945 年重庆人生出版社出版；衣修伍德的《紫罗兰姑娘》，1947 年②上海文化生活出版社出版；纪德的《窄门》，到昆明后由桂林某家出版社出版，1947 年上海文化出版社再版；冯至和姚可崑合译歌德的《维廉·麦斯特的学习年代》，具体出版年月不详，但冯至在 1943 年已写出译序；吴达元译博马舍的《费嘉乐的结婚》，1941 年上海文化生活出版社出版；许渊冲译约翰·德莱顿的《一切为了爱情》，1956 年③新文艺出版社出版；王佐良译乔伊斯的《都柏林人》④ 毁于日军的大轰炸，没有出版。

西南联大师生的文学翻译成就十分突出，足以引起学界对之作学理上的研究。但由上所述可以看出，大部分译者都是联大的教师。

---

① 亦刊载于《抗战文艺》1945 年第 10 卷第 2、3 期，总第 69、70 号。

② 书稿 1946 年译出。

③ 清华校友通讯丛书复 27 册：1943 年他把埃及艳后的故事译成中文，是其翻译的第一个剧本。《一切为了爱情》即主要围绕克丽奥佩托拉和古罗马大将安东尼展开剧情。

④ 曾托人带到桂林准备出版，却不幸遇上日寇飞机轰机，手稿化为灰烬。后来仅整理出一篇《伊芙林》，1947 年载于天津《大公报》的文学副刊上。

正如前文所说，由于文化身份的原因，联大学生作品很难在昆明及其他地方的刊物上发表，多发表在校内社团所办的壁报上，壁报因为随写随撕今日已无从查阅，但不能因此认为联大学生没有翻译作品。穆旦、杨周翰、许渊冲、王佐良等都是联大毕业后留校任助教的，这里收录的作品都是他们留校任教时所发表的，没有本科四年名师的指导、自身刻苦努力的学习、学生阶段的练笔（壁报上习作的发表），他们恐怕也难以有今天的学术成就。

第四节　翻译文学与知识分子的担当意识

"天下兴亡，匹夫有责。"在战火纷飞的年代，作为知识分子的联大师生，面对国土短时间内大面积的沦丧，百姓在战火中被迫远走他乡、颠沛流离的现状，他们内心所忍受的煎熬更甚于普通民众。长期以来，人们认为处身高校的知识分子是躲在象牙塔内，他们远离战争和前线，表现出对抗战不甚关心的情绪状态，即便是很多知识分子关心民族抗战，他们选择报国的途径更多的是将内心的悲痛化为笔尖的文字，以慰藉苦难的祖国。对于西南联大的师生而言，他们的文字往往与抗战文学的大众化和宣传性保持距离，于是很多人认为他们不关心时事、不关心民族的命运，是一群关注自我内心情感世界的小众人物。阅读西南联大师生的翻译文学作品时，就会强烈地否定这种主观的认识和评价。

一　剧场政治：陈铨的戏剧改编

作为一种大众喜闻乐见的形式，戏剧成为抗战期间宣传工作的绝对主角，正所谓"宣传工具中最能产生效力者，莫戏剧若"①。抗战开始后，戏剧运动就蓬勃发展起来，国内戏剧团体纷纷成立。上海就成立了"上海戏剧界救亡协会"，组织十三支救亡演剧队伍，紧接着"中华全国戏剧界抗敌协会"成立于武汉汉口，把一切力量集中起来，使戏剧更有效地服务于抗战。组成西南联大的三所高校原先就有演剧的传统，"特别是南开，从二十年代开始，学校当局就很重视演剧活动"②。三校聚集于云南之后，戏剧运动很快就如火如荼地开展起来，先后成立了联大话剧团、联大戏剧研究社、青年剧社等。

1938 年 12 月，联大在昆明的第二学期开学以后，广大爱好戏剧的同学有感于国土沦陷，怀着抗日救国的热情，在西南大后方利用戏剧积极开展抗日救亡的宣传活动。《祖国》就是在这样的背景下搬上舞台的。陈铨教授之所以选择改编《祖国》，固然是因其内容符合中国抗日战争的实际，有助于激发广大民众的抗战热情，另外也与《祖国》一剧的风行有关。自马彦祥《古城的怒吼》（改编自法国剧作家萨度，今称萨杜尔的《祖国》）上演以来，"各地剧团来信索取剧本的很多"③。于伶、阿英、吴仞之和李健吾等人在 1938 年 7 月筹建的上海剧艺社与辣斐花园剧场上演了《祖国》④，引起很大反响。这或许是在时间仓促关头，剧本缺乏，而各地又争相上演戏剧的情

---

① 洪深：《抗战十年来中国的戏剧运动与教育》，中华书局 1948 年版，第 14 页。

② 西南联大校友会编：《笳吹弦诵在春城——回忆西南联大》，云南人民出版社 1986 年版，第 389 页。

③ 马彦祥：《古城的怒吼·前言》，华中图书公司 1938 年版，第 3 页。

④ 上海《电声》杂志，1938 年第 45 期曾预告说是李健吾改编，后经笔者查证，这出戏由江文新改编。江文新在译者后记中也曾说："……决定由上海剧艺社公演该剧……组中全人以余曾居留比利时多年，熟悉剧中地理，民情，风俗，乃以此种工作相委。"参见江文新翻译的《祖国》，（重庆）国民书店 1939 年版，第 257 页。

况下，陈铨选择改编《祖国》的原因。曾有研究者指出陈铨是根据
德国剧作家弗雷德里希·沃尔夫的剧本《马门教授》改编的，① 近
有研究者指出《祖国》改编自马彦祥的《古城的怒吼》一剧，而马
剧又改编自法国剧作家萨杜尔的《祖国》（Patrie），② "这一部'古
城的怒吼'就是根据他的（指萨杜尔）Patrie 一剧改编的"。③ 经查
证并对照阅读，陈铨剧本确是改编自《古城的怒吼》，属于二度改
编。因为剧中女主角凤子在《昆明的话剧》一文中写道："今年二
月里，有机会帮忙联大剧团，出演了一次《祖国》。这个剧本初有陈
绵先生的译本，后有马彦祥先生的改编本，改编后名为《古城的怒
吼》。这次联大剧团，用的是马彦祥的本子，再由陈铨先生改编。"④

　　陈铨改编的剧本已无处可寻，但其主要内容与《古城的怒吼》
并无明显差别，据参演人员回忆："剧本描写在日寇占领下的某个城
市里，一位大学教授不顾个人安危，不计个人恩怨，和他的学生与
工人们一起，向日寇、汉奸进行顽强的斗争，为祖国英勇牺牲的故
事。"⑤ 不仅剧情无大变化，就连剧中主要人物名字也无改动。朱自
清日记可作为佐证："晚看《祖国》，舞台设计佳。吴伯藻，潘有才
取得相当成功。佩玉是个可怜又可恨的人物。……俞认为《祖国》
一剧中潘先生向吴太太表示爱情颇为逾常。"⑥《古城的怒吼》中教
授也叫吴伯藻，其太太名字在陈剧中仍为佩玉，甚至伪北平警察局

----

① 参见季进、曾果一《陈铨：异邦的借镜》，文津出版社 2005 年版，第 86 页；《马
门教授》确有中文版，萧三译，（重庆）文林出版社 1942 年版。
② 参见孔刘辉《〈野玫瑰〉上演的前后》，《新文学史料》2009 年第 2 期。
③ 马彦祥：《古城的怒吼·前言》，华中图书公司 1938 年版，第 2 页。
④ 凤子：《昆明的话剧》，香港《大公报·文艺》（第 631 期）1939 年 6 月 4 日。
⑤ 西南联大校友会编：《笳吹弦诵在春城——回忆西南联大》，云南人民出版社
1986 年版，第 342—343 页。
⑥ 朱自清：《朱自清全集》（第 10 卷，日记），江苏教育出版社 1997 年版，第 12 页。

长在二剧中都姓潘。另外，从陈铨以后的创作来看也可以找到明证，自《祖国》后，陈铨便投身戏剧写作当中，先后创作了《野玫瑰》《金指环》《蓝蝴蝶》《无情女》等，时人戏称为"蓝蝴蝶插野玫瑰，无情女戴金指环"。考察这四部剧，可以看出其剧情大体没有跳出《祖国》的框架，都是围绕革命、爱情、道德这三大主题展开。

陈铨的《祖国》改编自马彦祥翻译的《古城的怒吼》，但却更符合译语国的实际情况，使原作在抗战语境下获得了更多的受众，再度赋予了翻译剧本的艺术生命力。首先，改编者由于是西南联大的教师，剧本最初的演出地是在联大师生之中，因此剧本对知识分子群体在抗战中的形象塑造得十分完美。原著《祖国》描写的是十七八世纪弗朗德耳国（即今比利时，当时尚未与荷兰分裂）被西班牙人所侵，一帮爱国志士准备复国的故事。故事梗概在改编中并无大变化，但陈铨的《祖国》以抗日战争为背景，讲述在敌寇占领区北平，大学教授吴伯藻不计个人恩怨，慨然奋起，带领他的学生、工人们坚决同敌伪汉奸分子作斗争，争取早日复国的故事。剧中人物都被放置在真实的历史情境中，因此这种改编剧就成了一个土生土长的中国抗日故事。改编剧一开场就蕴含着浓厚的中国元素，几个日本兵在调戏一个中国小姑娘，并以花姑娘相称，这都是广大老百姓亲身经历、目睹过的事情，作者把它搬上舞台，容易激起观众对侵略者的怨恨。原剧中的主要人物李索耳伯爵变成了吴伯藻教授，从伯爵到教授，与联大师生岂不是更有共鸣？而且也有利于树立知识分子形象，打破一般民众以为他们两耳不闻窗外事的偏见。同时陈铨借剧中人物吴伯藻之口来反驳当时大众对于学生等知识青年的偏见："这些青年凭着他们平时的训练，他们不但会喊口号，谈政治，同时他们中间也有的很知道怎样去运用游击战术，怎样的组织广大的队伍。"① 改编中另外一个重要的改变是路透社记者卡德的出现，这与当时的实际情况是相符合的，中国的抗日战争吸引了全世界的眼光，不少国际友人不远万里来到中国支持中国抗战。据不完全统计，抗战期间来华的记者在 50 人以上。在剧中，作者通过设置卡德被捕，透过他的视角来谴责日本侵略者令人发指的残酷刑罚（活埋、绞人的机器、火烧等）。

改编剧对抗战时期的反面人物也多有诟病。原剧中握有生杀大权的西班牙王室在弗朗德耳国的代言人阿伯尔伯爵，在改编剧中变成汉奸分子、伪北平警察局长潘毓桂，在原剧中占重要地位的体弱多病的拉法尔（阿伯尔伯爵的女儿，阿伯尔伯爵对其极尽疼爱）一角在改编中被删去。在人民大众的眼中，汉奸就是罪大恶极、六亲不认的同义词，在汉奸分子身上是看不到一点儿温情的，这也是抗战初始阶段对汉奸比较标准的设置。陈铨在 1941 年写的《野玫瑰》中把大汉奸王立民刻画得"有血有肉，并没有完全泯灭了良心"，其中有一场戏就是主角夏艳华利用王立民对女儿曼丽舐犊深情成功地转移了王立民对刘云樵的怀疑，还招惹了一场"野玫瑰风波"。由此可见，删去拉法尔是符合当时中国观众对汉奸分子的认识的。

改编剧在抗战的烽火中人为地删除了儿女情长的情节，重点突出抗战救国的情节。原剧描述了主人公李索耳伯爵（即改编剧中的吴伯藻教授）对其太太多罗来（改编剧中的佩玉）一往情深，在伯爵即将受审判，以为自己活不了之时，他委托友人将他的死讯告诉多罗来，并特地嘱咐："您要温和地跟她说，您明白吗？千万慎重……可笑得很，先生，我的头发已经苍白，人老心不老，我还是

---

① 马彦祥：《古城的怒吼》，（重庆）国民书店 1938 年版，第 10 页。

用二十岁年纪的热情去爱我的女人!"① 在改编剧中，作者对吴伯藻及其太太的感情未置一词，在受审之前，令吴伯藻欣慰的是该办的事情已经办妥，他已毫无牵挂，做好了牺牲的准备。虽然自"五四"新文化运动以来，知识界大力提倡个体解放，国人对爱情的态度已有了相当大的改观，但是在民族生死存亡的关头，个人情感让位于国家情感，因此在吴伯藻以为死之将至的时候，并未提到他的太太，使他念念不忘的是他的革命事业。在佩玉看来，这就是导致她出轨的重要原因："你爱你的同胞，你的国家，你爱中华民国，胜过我十倍百倍。"② 在这里，吴伯藻被树立成一个热忱的爱国志士，弃小家于不顾，为了北平的早日解放而放弃了自己的幸福，牺牲了儿女私情，尽忠于民族、国家。

改编剧在一定程度上篡改了原剧的结局，目的是要宣传民族求生的理念。原剧中加耳洛（李索耳伯爵革命战友，伯爵太太多罗来的情人，改编剧中的刘亚明）一角在最后履行对伯爵的誓言杀死告密者同时也是他的情人多罗来以后，选择自杀结束自己的生命。在改编剧中刘亚明活了下来，继续为中华民族的解放而奋斗。在国难当头，这个结尾是符合大众心愿的，他们渴望出现一个英明的领导者，带领他们向前，与日本侵略者作斗争，为中华民族报仇。因此，刘亚明的活着给人一种希望，一种信念，那就是中国绝不会亡国。与原著不同的还有佩玉的转变，改编剧中的佩玉本是一个恋爱至上主义者，但在临死之际，作者描写了她的转变："你们所做的事情，为什么不早告诉我，使我也可以同你们在一起，你们老是同我隔的很远，所以会有这一次的错误，为了我一时的失算，牺牲了这么许

---

① ［法］萨杜尔:《祖国》，江文新译，（重庆）国民书店1939年版，第51页。
② 马彦祥:《古城的怒吼》，（重庆）国民书店1938年版，第56页。

多人，破坏你们的计划，我真是罪大恶极。"① 改编者意在说明革命工作者应该团结一切可以团结的人来为革命服务，必须紧紧依靠人民大众的力量。

改编剧将个人情感置于国家利益之下，为了民族的解放而甘愿忍受个人情感的折磨。陈铨认为，戏剧不仅仅是唤起民族意识、激发抗战激情的工具，而且应该把人生感悟、个人情感与民族精神融为一体，使剧作在整体上呈现出复杂丰富的艺术面貌。基于中国现实，陈铨认为既要崇尚感情又要勇于承担责任，于是"他笔下的主要人物都能忠实地面对自己的内心，正视爱情与责任之间，也是情感与理性之间的矛盾冲突，在承受了剧烈的思想斗争之后，做出以民族国家利益为重的现实选择"②。正如《祖国》一剧中的大学教授吴伯藻。在剧中，他发现妻子与自己的学生之间的恋情，按理说他们俩都是不可能被饶恕的，但是为了国家和民族的利益，吴教授原谅了既是学生又是战友的刘亚明（其学生），并鼓励他好好活下去，继续为神圣的民族抗战而奋斗。个人的痛苦与民族利益相比，民族利益应当被放在第一位，这就是陈铨宣扬的民族意识。这从他把马彦祥翻译的《古城的怒吼》这一名字改回《祖国》也可以看出，《祖国》作为剧名不但简洁通俗，名字就提示了这是一个爱国剧，而且整体上是站在民族的角度来铺展剧情的，蕴含强烈的国家意识。

改编剧具有明显的抗战宣传意图，这也是一切改编剧具有明确的目的性的特点。改编者透过剧中人物的对白，告诉世人国难当头，我们所能做的不是逃，而是奋起反抗。"在太平盛世，一个国家，多

---

① 马彦祥：《古城的怒吼》，（重庆）国民书店1938年版，第115页。
② 李建平、张中良主编：《抗战文化研究》（第三辑），广西师范大学出版社2010年版，第147页。

有几位悲观遁世的贾宝玉，本来也无足轻重，在民族危急存亡的时候，大多数的贤人哲士，一个个抛弃人生，逃卸责任，则可能导致全民族的消亡。"① 也有研究者声称在其中不难发现尼采的"超人意识"对陈铨创作的影响。所谓超人意志，即认为人类社会的进步，必须有天才的领导，如果没有天才，社会上一切活动将处于停滞状态，用战时语境来说，只有出现一位天才式英明的领导者，我们的革命才可能取得成功。这对于陈铨是一种误解，在《祖国》一剧中虽然塑造了吴伯藻这一领导形象，但并没有传递出没有吴伯藻革命就不能成功的信号，他更注重的是描写个人利益必须让位于国家民族利益，强调的是民族至上、国家至上的观念。

陈铨早年留学欧美，对西方文学研究造诣颇深，特别是英国和德国文学，这在他的戏剧创作中有不少体现。除了《祖国》这一改编剧，其他很多剧本都汲取了不少外国养分。比如《蓝蝴蝶》一剧中引用莎士比亚的诗句，"世界是一个舞台，人生是一本戏剧，谁也免不了要粉墨登场，谁也不能够在后台休息"，其剧情与德国电影《梦幻的嘴唇》极其相似；《金指环》中丈夫怀疑妻子对其不忠，颇似莎翁笔下的奥赛罗；《黄鹤楼》里苏菲酷似哈姆雷特恋人奥菲利亚，为消逝的爱情发疯甚至死亡；《金指环》则改编自比利时剧作家梅特林克的《莫娜·瓦娜》；另外《无情女》和其早年翻译的一首济慈的诗歌《无情女》不无联系。

陈铨改编的戏剧《祖国》虽然算不上严格意义的翻译，但它是在翻译作品的基础上改编而成的，只是根据抗战语境的需要和自身所处的社会阶层来对译作中的故事背景、人物进行了修改。正是从

---

① 陈铨：《尼采与红楼梦》，《当代评论》（昆明）（第 1 卷第 20 期）1940 年 7 月 14 日。

这个意义上讲，改编是一种翻译策略，"当目标文化中不存在源文本所描述的状况时，或没有与源文本相同的意义内涵时，常采用此策略"①。陈铨正是借助对他人译本的改编，宣传了民族的抗战和知识分子在抗战中的正面形象。

二　诗歌抒怀：杨周翰的译诗

日本侵华战争的爆发促进了广大知识分子的觉醒，他们不再囿于自己的小天地，决心以笔为武器，投身于抗日救国的洪流。虽然西南联大偏居云南，所处环境相对封闭，但在民族生死存亡之际，中国传统士大夫的担当精神在联大师生身上多有体现。不仅出现了像闻一多这样的民主斗士，还有不少翻译家以译笔唱出知识分子的担当意识，作为我国比较文学研究的先驱和奠基人之一的杨周翰便是其中不可忽略的一位。

西南联大时期的杨周翰翻译了惠特曼的多首诗歌作品，表达了对抗战胜利之后建设民主社会的向往之情。惠特曼是在我国最早被介绍的美国作家之一，早在 1919 年，田汉就曾撰文介绍惠特曼，②高度评价了惠特曼的思想及其诗歌作品，给惠特曼贴上了民主诗人的标签，这成为惠特曼长久以来在中国人心目中的形象。紧接着，1919 年 12 月，远在日本的郭沫若翻译了《从那滚滚大洋的群众里》③，这是惠特曼的诗歌第一次在中国报刊与中国读者见面。自此以后，对惠特曼的译介便一发不可收拾，徐志摩、闻一多、朱湘、梁宗岱、艾青等都曾是他忠实的崇拜者。20 世纪 40 年代对惠特曼的

---

① Mark Shuttleworth&Moira Cowie. *Dictionary of Translation Studies*. Manchester, UK：St. Jerome Publishing, 1997, p. 4.

② 参见田汉《平民诗人惠特曼的百年祭》，《少年中国》（创刊号）1919 年 7 月 15 日。

③ 载于《时事新报·学灯》1919 年 12 月 3 日。

译介越来越普遍，当时抗战大后方如重庆、成都、昆明、桂林等地的报刊都刊登了惠特曼诗歌作品的翻译本。杨周翰也是众多翻译者中的一员，他称惠特曼为"真正的第一个美国现代诗人"①。惠特曼打破传统，主张写自由诗，认为诗的真正精神不在于音节而在于思想和情感。因此他的诗歌之所以赢得人们的喜爱，主要在于他的作品中蕴藏的思想："平等、自由、民主种种观念反映在诗歌里，以惠特曼为第一人。"②《自我之歌》是惠特曼的代表作，其主体思想即如惠特曼所说的："要通过一个以自己为代表的个性来最好地表现我自己特殊的时代、环境、美国和民主。"③ 这是一首歌唱民主精神的狂想曲。试以第六节为例，第六节的主题是"草"，草可谓是惠特曼诗歌意象的代称，蕴含丰富的象征意义，最主要的是象征着人民大众和民主的品格，具有广泛的普适性意义："不论宽窄的地带都一样地苦生，不论在黑种人或白种人之中都一样地生长。"④ 1945 年，苦难的中国人民终于等来了抗战的胜利，人们欢呼雀跃地以为多灾多难的祖国将迎来美好的明天，不料好景不长，1946 年 6 月，国共两党爆发了大规模的武装冲突，长达三年多的内战就此拉开序幕。

对惠特曼诗歌作品的翻译，让人们在战争语境中保持对生活的希望。在 1946 年政治紧张的氛围里，广大知识分子对于和平解决国共两党的争端是抱有极大信心的，杨周翰在此时翻译《自我之歌》等歌颂民主、自由的诗歌，便是寄希望于中国社会也能实现真正的民主。他翻译了惠特曼的《我听见，美国在歌唱》，用乐观的声音歌

---

① 杨周翰：《论近代美国诗歌》，《世界文艺季刊》（第 1 卷第 3 期）1946 年 4 月。
② 同上。
③ 李野光：《惠特曼研究》，上海外语教育出版社 2003 年版，第 124 页。
④ ［美］惠特曼：《自我之歌》，杨周翰译，《世界文艺季刊》（第 1 卷第 3 期）1946 年 4 月。

唱一个民族的崛起，"我听见美国在歌唱/我听见各种的欢歌/有机器工人在歌唱/木匠在唱着他的歌/泥水匠、船夫、鞋匠、伐木工人、母亲等等各式各样的人都在歌唱"①，他借惠特曼之口表明了对新生活的憧憬，希望看到中华民族的崛起。他跟惠特曼一样，欣赏、佩服林肯，渴望中国能出现一个如林肯那样的总统，给中国带来民主，救中国广大劳苦大众于水火之中，带领中国民众走进和平、民主、自由的新时代。惠特曼的诗极大地契合了时代的要求，让中国人民看到了希望的曙光，这也是在特殊年代杨周翰致力于译介惠特曼的重要原因。

作为传统的学院派知识分子，杨周翰对战争的描写并不像当时有些文人那样，作品中充斥着口号式的"打呀""杀呀"之类的"激情"，他在宣传抗战的同时也注重强调作品的文学性，因此从整体上来看他对民族的关怀、对日本侵略者的谴责也就显得较为内敛。在一定程度上来说，这样的作品更能打动人心，这可以从他翻译的《战时英国诗选》中体现出来。《战时英国诗选》共翻译了七位英国作家的九篇诗歌作品。作品内容都是关于第二次世界大战背景下的英国社会现状。"这些诗的写作大都是在英国经验着最黑暗的时期完成的。"它在真切地表现英国人民抵抗勇气的同时也表现着"决心勇敢之中的一点不安"②，这点不安是战争中再正常不过的现象，但是"经过了突然的恐惧和火光的世界/她又笔直地站了起来"③。伦敦没有倒下，它越炸越强，它可以化为灰烬，但是正如凤凰涅槃一样，它一定会获得新生。这又何尝不是诗人对中国的希望，抗日战争中

①　[美] 惠特曼：《我听见，美国在歌唱》，杨周翰译，《世界文艺季刊》（第 1 卷第 3 期）1946 年 4 月。

②　杨周翰译：《战时英国诗选》，《时与潮文艺》（第 2 卷第 6 期）1944 年 2 月 15 日。

③　杨周翰译：《伦敦，一九四一》，《时与潮文艺》（第 2 卷第 6 期）1944 年 2 月 15 日。

的中国大地，到处都可见日军的狂轰滥炸，但在如此艰难的环境里，诗人从没有放弃胜利的信念，他相信我们的民族终有胜利的一天，终有凤凰涅槃的那一天。高山倾倒的地方城市会站起来，被炸毁的城市是凤鸟自焚的所在。诗人强烈谴责日本侵略者的暴行："一阵几小时的暴风雨把编制缜密的世界震散了/撕去了我们的宫殿/我们的脸面/我们的日子。"① 但是我们不会退缩，只有行动起来才有把侵略者赶出国门的希望，中华民族可以打败仗，但不会被征服。战争中的昆明物价飞涨，人们生活困苦，饥饿、死亡的阴影时刻笼罩在人们身上，即使如此，译者和广大市民也不会放弃生存的希望。

此外，杨周翰还翻译了风行美国的朗诵长诗——戴文波的《我的国家》，也表达出中国人民对民主社会的向往。随着抗日救亡运动的高涨，民众的抗战力量得到了肯定，要赢得抗战的胜利，必须调动广大民众的热情。但广大民众"还有百分之八十是文盲。换句话说，还有百分之八十不识字的抗敌民众预备着上前线，假如这百分之八十预备上前线的战士没有能力和没有机会看我们的宣传文字，他们的抗敌情绪不高涨，他们对抗敌的理解也不够"②，那要取得抗战的胜利是很困难的。为了更广泛、深入地发动人民群众参与民族抗战，于是浅显易懂的朗诵诗歌异军突起，很快便由延安、重庆、武汉、桂林等地向全国各地扩散开来，西南联大的朗诵诗歌运动也如火如荼地开展起来。联大朗诵诗歌最有力的倡导者应数新诗社的导师闻一多，他不仅在课堂上朗诵田间的诗歌，称田间为"时代的

---

① ［英］Kathleen Raine：《重游伦敦》，杨周翰译，《时与潮文艺》（第 2 卷第 6 期）1944 年 2 月 15 日。

② 陈纪莹：《序〈高兰朗诵诗集〉》，高兰《高兰朗诵诗集》，（汉口）大路书店1938 年版。

鼓手"①，呼吁更多鼓手的出现，还在大大小小的文艺活动上提倡朗诵诗歌。在他的指导下，新诗社举办过多次大型诗歌朗诵活动，② 听众每次都在千人以上。《我的国家》便是在这种浪潮下被翻译成中文的。1944 年 10 月，戴文波的《我的国家》在美国一出版就好评如潮，《美国生活杂志》《时代周刊》《纽约时报书评》等报刊媒体争相报道，杨周翰译本于 1945 年 9 月由重庆中外出版社发行，译介速度之快一可证明原著的风行程度，二可佐证当时朗诵诗运动的蓬勃发展。1942 年，毛泽东在延安文艺座谈会上的讲话中提出文学应为政治服务，得到了多数作家的认同，西南联大的知识分子在此时也积极响应，正如易社强所说："真正让中国知识阶层引起共鸣和反响的并不是延安，而是昆明。"③ 联大师生选择译介作品时注重考虑其内容与抗战的关联性便表明他们文艺方向的明显转变。《我的国家》全诗分四节，第一节赞美美国是一个平等、自由、民主的国家，是一个永不休息一直在前进的国家；第二节论述美国现在道德上处于紊乱的状态，为追求精神上的安宁人们应追求上帝之所在；第三节将战死的美国士兵列举出来，用以告诉人们，他们不仅是为了美国的自由，而且更是为全人类自由的理想而战死沙场；第四节希望美国能领导世界人民创立一个自由、民主、平等的大同世界。在日本投降以后，广大知识分子已开始反省这场长达八年的抗战究竟会将中国社会带往何方，他们认为只有"民主"和"自由"才能救中国，他们热切地希望中国自此成为一个民主自由的国家。

---

① 闻一多：《时代的鼓手——读田间的诗》，龙泉明选编《诗歌研究史料选》（国统区抗战文学研究丛书），四川教育出版社 1989 年版，第 445—490 页。

② 1945 年"五四"纪念周诗歌朗诵大会，同年 9 月间为胜利民主团结而歌朗诵大会和校庆纪念周诗朗诵会。

③ ［美］易社强：《战争与革命中的西南联大》，饶佳荣译，九州出版社 2012 年版，第 326 页。

三　英雄时代：朱自清的翻译文论

朱自清以诗人、学者的身份为世人所熟知，人们一提到民主战士便想起他的挚友闻一多，却往往忽略他本身也是一名民主战士。正如王瑶所说："我们可以把闻一多的一生分成三个时期：写新诗的时期，书斋研究时期，民主战士时期。这三种形式的生活特点朱自清也都有，但它是贯穿始终的，我们不能把它截然分成三个时期。"① 闻一多后期的转变是鲜明的，而朱自清的改变就如同不断缓缓向前流动的溪水一般，是渐变的。在"五四"时期，作为文学研究会的主将，朱自清高举文学"为人生"的大旗，在亲身经历了战争给中国大众带来的种种伤痛过后，他的文艺思想"由'为人生'转变为'为人民'，由不相信文艺能实现民众化而到欢呼文艺大众化的出现"②。在绝大多数情况下，译者在选择翻译对象时，倾向于选择能引起共鸣的作品，即对所译对象具有高度的认同感。朱自清在西南联大时期翻译作品寥寥无几，仅有的两篇都是论文。在这种情况下，我们可以通过考察这两篇译作及这时期朱自清其他的论文来认识其作为"民主战士"的一面。

1944 年，美国诗人阿奇保德·麦克里希的论文《诗与公众世界》在这个时候被朱自清翻译过来，在这篇文章里，麦克里希认为私有世界与公众世界已经渐渐打通，政治生活已经变成私有生活的一部分，也就是说，私有生活是离不开政治生活的。反映在文学观念上，他认为"诗与政治是分不开的，主张诗歌内容反映政治改

① 王瑶：《关于西南联大和闻一多、朱自清两位先生的一些事》，《云南师范大学学报》1986 年第 4 期。

② 张剑：《朱自清文艺思想论》，《中国文学研究》2010 年第 3 期。

革"①。这与我国古代"文以载道"有异曲同工之妙。朱自清不止一次地在别处提到这篇文章，甚至还写了一篇《诗的趋势》来具体介绍麦克里希的文艺思想。可见《诗与公众世界》与其时他的内心对文艺的要求十分契合。正如他在另外一篇论文里评价麦克里希思想时所说的那样"时代是一个，天下是一家，所以大家心同理同"。既然是诗要载道（此时的道即时代使命），那诗人应该怎样表现它呢？在朱自清看来，诗人应走下神坛，像普通民众那样生活，然后才能在作品中表现、传达那生活的经验。艺术不应该和大众的生活分家，"'革命'的艺术不是神秘的，应能鼓动人心"②。

此外，朱自清还翻译了多罗色·汤姆生的《回到大的气派——英雄的时代要求英雄的表现》，这篇文章提倡文学要关注时代、表现时代；关注民族抗战，表现民族感情的同时尽量做到浅显易懂，反对艰深晦涩的艺术作品。文中举毕卡索（毕加索）为例，巴黎解放后，青年巴黎艺人都反对毕卡索，原因是毕卡索没有考虑到时代的变化，仍旧凭着"占领前的同样神秘的艺术回到他们中间"③。文艺工作者要为人民服务，加入民族大合唱的行列，既要反对口号诗又要积极地表现抗战，除此之外更重要的是他们的作品应积极向上、振奋人心，正如苏联著名音乐家肖斯塔科维奇，他在列宁格勒（彼得格勒）被围困时期创作的《第七交响曲》被誉为是"正义之声"和"胜利凯歌"，一切伟大的艺术都应如它那样具有净化人心、安慰人、鼓舞人的作用。文章反复强调真正的"革命艺术"应该是鼓舞人心的，艺术家应该用饱满而有训练的情感将时代的种种都纳入他

---

① ［美］阿奇保德·麦克里希：《诗与公众世界》，朱自清译，《新诗杂话》1947年。
② ［美］多罗色·汤姆生：《回到大的气派——英雄的时代要求英雄的表现》，朱自清译，《文萃》（第13期）1946年1月1日。
③ 同上。

的怀抱里去。应如戴文波《我的国家》一样，让"学生、工人、商人抢着读，读时满眶眼泪……他们心里充满了感谢"，感谢什么？感谢诗人戴文波给了他们信心，要知道，"最伟大的诗人应从已有的和现有的造成将有的境界"①，诗人是时代的预言者，在苦难的时代里，要拥抱时代并给人们以信心。

朱自清翻译的这两篇文章很适合中国抗战文学的理念，这也反映出译作主题思想与中国抗战文艺的契合。在抗战的时代条件下，诗歌不仅要反映现实，而且要高于现实。在战争年代，生活是艰难而苦楚的，妻离子散或家破人亡每天都可能上演，诗歌应该反映这些吗？答案是毋庸置疑的，但是除了写出人们的痛苦、表达对侵略者的痛恨，诗人们更应该鼓舞人们理性地去争取光明。这与穆旦在早些时候提倡的"新的抒情"是不谋而合的，"'新的抒情'应该遵守的，不是几个意象的范围，而是诗人生活所给的范围。他可以应用任何他所熟习的事物，田野、码头、机器，或者花草；而着重点在：从这些意象中，是否他充分地表现出了战斗的中国，充足地表现出了她在新生中的蓬勃、痛苦和欢快的激动来了呢？对于每一首刻画了光明面的诗，我们所希冀的，正是这样一种'新的抒情'。"②抗战以来，诗坛上已有过太多"热情"的诗篇，非但难以在读者中间获得共鸣，甚至遭到读者的唾弃，原因当然是这类作品没有给大众抗战和生活的信心。

因此，朱自清西南联大时期翻译的两篇文章对抗战文艺的发展，有极强的指导意义。朱自清作为民主战士的气魄和思想，也从他翻

---

① ［美］多罗色·汤姆生：《回到大的气派——英雄的时代要求英雄的表现》，朱自清译，《文萃》（第13期）1946年1月1日。

② 穆旦：《〈慰劳信集〉——从〈鱼目集〉说起》，香港《大公报·文艺综合》（第826期）1940年4月28日。

译的文章中表露无遗。

第五节　翻译文学与抗战语境下的生命体验

抗日战争的爆发使整个中华大地硝烟弥漫，劳苦大众流离失所，死亡的阴影笼罩在每个人的头上，处于大西南一隅的西南联大师生也不能例外。除了忍受物价飞涨、食不果腹之外，跑警报是他们每天必要的"工作"。联大校舍遭敌机直接轰炸就有两次，据联大教授曾昭抡 1940 年 10 月 13 日的日记记载："昨日敌机狂炸昆明后，我等住宅前后，落炸弹甚多。附近数屋变成一片废墟，有一屋全家六人均被炸死。联大师范学院男生宿舍全毁……"① 如此近距离地目睹死亡与毁灭，众人无不人心惶惶无所归依。加上成天阅读和听闻铺天盖地的前线战况、民众的饥饿和兵士的死伤等，战争的残酷给联大师生带来了特殊的生命体验。因此，他们的文学翻译除了反映抗战之外，也注重观照个体生命在战时的内在情感。

一　"天行健"：卞之琳的翻译小说

卞之琳 1940 年暑假来到西南联大，在联大六年，他著书立说，翻译出版了大量文学作品，可谓是外国文学译介最用心者，成为西南联大文学翻译的醒目风景。

卞之琳为什么该时期会翻译大量的文学作品？这其中固然有经济上的考虑，正如汉乐逸在评价卞之琳 20 世纪 40 年代的翻译时所

---

① 文集编撰委员会编：《一代宗师——曾昭抡百年诞辰纪念文集》，北京大学出版社 1999 年版，第 336 页。

说："部分原因肯定是为了挣钱。"① 联大教师这一文化身份也有助于其译作的发表出版。作为联大讲师的卞之琳面临着晋级的需要。正如前面所述，联大有激励教师晋级的制度：职称晋级不受入职时间及资历的限制，在具备师德的前提下，重点考评课程是否受全校师生的好评、是否有学术专著问世两项内容。当时翻译可以计为科研成果，因此有很多教师从事文学翻译活动。经统计，卞之琳在联大时期共翻译诗歌、小说、评论作品共计 14 篇，高出译作数量居次席的冯至整整 9 篇，这个差距不可谓不大。正因为卞之琳出色的翻译成就，1943 年，年仅 33 岁的他晋升为副教授，1946 年晋升为教授。当然，翻译除了要受到所谓"赞助人"系统的影响和制约外，也与译者自身的主观兴趣和意图有关，卞之琳在联大期间的翻译也与他本人的文学追求密不可分，与他作为一个知识分子的担当意识休戚相关，也与他作为一个普通人的战时感受分不开。但不管出于什么样的翻译目的，卞之琳的文学翻译作品一经译就，便汇聚到中国现代文学的园地里，在客观上促进了其时文学的繁荣发展。因此，我们应从文化交流和文学影响的角度来评价和分析卞之琳该时期的文学翻译。

纵观卞之琳 20 世纪 40 年代的翻译文学作品，不难发现小说译介出版的数量多于诗歌。对于一个被冠以诗人称呼的年轻写作者而言，从选择诗歌到小说这一转变自有其深意。正如卞之琳所说，随着时代的变迁，"在人类思想感情也随之复杂微妙化"的时候，"单纯也单薄的诗体作为表达工具已经不能适应现代的要求"②，"诗的形式再也装不进小说所能包括的内容，而小说不一定要花花草草，

---

① ［美］汉乐逸：《发现卞之琳 一位西方学者的探索之旅》，李永毅译，外语教学与研究出版社 2010 年版，第 68 页。

② 卞之琳：《诗与小说：读冯至创作〈伍子胥〉》，《中国现代文学研究丛刊》1994 年第 2 期。

却能装得进诗"①。因此为了更好地跟进时代步伐，表现时代内容，卞之琳把重心放在小说的创作与译介上。同时，卞之琳的翻译比较关注时代语境和时代诉求，一方面，近代以来的中国知识分子有传统的士大夫家天下的救世传统；另一方面，作为高校教师，他们也有为艺术而艺术、为求知而求知的岗位意识。这两种身份在卞之琳身上得到了完美的结合，也就是说他译介的翻译作品既是他喜爱作家的作品，同时又与抗战有着千丝万缕的联系。比如译介法国纪德表现进步思想的《新的食粮》，以及衣修伍德反法西斯作品《紫罗兰姑娘》。

但卞之琳对战争的关注很少从正面的角度去描写战争，而是基于个人生命体验之上，去展现人在战争中的感受和行动。战争使诗人前所未有地近距离接触死亡，但卞之琳是一位热爱生活的积极的入世者。早在1936年，他就写过一篇比较庄子与孔子思想的文章，在后记里他明确表示是借着古人来表明自己的两种思想。一种以庄子为代表，"花刚在发芽吐叶，就想到萎谢，兴冲冲地准备回南方老家，预先想到一个半月后带着一身疲倦戚戚然归来，与亲朋好友刚相聚，就想到分别之后满屋寂寥……一切都何必当初则世界完了"②。一笔勾销掉世间的一切，这就是庄子的相对主义，即时间、大小、生死等所有的一切都在他的相对主义中烟消云散。"戴了 X 光眼镜，看透了一切，你就看不见一切了……因为相对，天地扩大了，可是弄到后来容易茫然自失。"③卞之琳反对庄子这种绝对的相对，转而赞成"自甘于某一种糊涂的、若愚的，而脚踏实地的孔子"，虽

①　卞之琳:《〈山山水水〉（小说片段）卷头赘语》,《卞之琳文集》（上卷），安徽教育出版社 2002 年版，第 267 页。

②　卞之琳:《长成》,《文季月刊》（第 1 卷第 4 期）1936 年 9 月 1 日。

③　同上。

然孔子走到水边也感叹逝者如斯夫，不舍昼夜，但是他还是"一脚一 foot，两脚两 feet，重新上路"①。这是卞之琳积极乐观的人生观的注脚，在这篇文章最后，他翻译引用了瓦雷里《海滨墓园》的几句诗："像果子融化而成了快慰，像它把消失变成了甘美，在它的形体所死亡的嘴里。"卞之琳认为只有懂得葡萄、苹果死于果子而活于酒的道理才算是悟得人生之真谛。人终有一死，与其灰头土脸地过一生，不如光华灿烂于一时。

卞之琳在西南联大时期的文学翻译同样体现出积极向上的乐观主义精神。经过在大后方一年生活的熏陶，他的思想进一步成熟，这一时期体现他思想的重要论文是他为出版译作《新的食粮》所作的长达五十页的序文。在《安德列·纪德的〈新的食粮〉译者序》里，他以一种全新的视角来研究解释纪德，他肯定了纪德在《新的食粮》里提出来的积极乐观的人生观，即"天行健或新陈代谢的永生观念又在具体的形象里化了一次身：明日的喜悦惟有待今日的喜悦让位了才可以获得，每一个波浪的曲线美全系于前一个波浪的引退，每一朵花该为果子而凋谢，果子若不落地，不死，就不能准备新花，是以春天也倚仗冬天的丧忌"②。这种新陈代谢的积极人生观是永生的，"它无所谓生死，只生生不息而已"③。

卞之琳还通过文学翻译传达出积极的进取精神，这种进取精神的动力来自民族的危机和反法西斯战争的鼓舞。《紫罗兰姑娘》是卞之琳搁下译笔八年后的第一本书。1945 年冬，卞之琳在美国大兵抛

①　卞之琳：《长成》，《文季月刊》（第 1 卷第 4 期）1936 年 9 月 1 日。
②　卞之琳：《新的食粮·序》，卞之琳译，安德列·纪德《新的粮食》，（桂林）明日社 1943 年版，第 38 页。
③　卞之琳：《亨利·詹姆士〈诗人的信件〉——序于绍方译本》，《小说六种》，《世界文艺季刊》（第 1 卷第 2 期）1945 年 11 月。

售的杂志上看到衣修伍德的《紫罗兰姑娘》，放下手头工作，一口气将之译出。这是一篇反法西斯的文章，因此比较适合战时文艺的要求，但更吸引译者的是，卞之琳在这本书里发现了一种"神性"、一种"天道"。正如小说结尾时，编剧衣修伍德问导演伯格曼唯一他认为值得问的问题："是什么使得你活下去的？你为什么不自杀？为什么受得了这一切？"[①] 卞之琳在译序里给出了答案，是神性是天道，"人在地上的目的就是在宣示他里边的神性。"[②] 天道是什么？与印度哲学认为的真迹（天道）是绝对的静止或死亡相反，卞之琳认为"真迹"是动，"就是生命所以为生命，使一切能自我实践的东西"。我们经常说生命像水，水的自我实践就是不断地流，"子在川上曰：'逝者如斯夫，不舍昼夜'大可以不作消极看，'逝'即是'行'，而天行健恰正是积极的注脚。我们宁跟他相信一切东西里的神性即在于它的进步"[③]。也就是说人类存在的目的便在于不断实践不断进步，亦与他一贯倡导的天行健的思想相吻合。卞之琳认为书中主人翁导演伯格曼的行为便是"天行健"人生观的积极注脚。奥地利导演伯格曼受英国某公司之邀帮他们导演一部作品，开始因为种种原因进展颇不顺利，直到在他的家乡奥地利岌岌可危之时，他受到反法西斯精神的鼓舞，全身心投入电影的拍摄工作。在他的带动下，所有的工作人员也都真正地投入了，整个摄制组都进入了紧张的、忘我的工作状态。"伯格曼把我们群体都振奋了。他绝对把握我们就像激流一样的推涌前去……伯格曼一点也不差的知道他要什么，我

---

① ［英］衣修伍德：《紫罗兰姑娘》，卞之琳译，《文艺复兴》（第 1 卷第 5 期）1946 年 6 月。

② 卞之琳：《衣修伍德的〈紫罗兰姑娘〉》，《文艺复兴》（第 1 卷第 5 期）1946 年 6 月。

③ 同上。

们一切都水到渠成。"① "这样一种创造行为——把一大堆人众点化成每个个体在其中都能起作用的'一个单独的有机体'的行为——这样的一种竟能叫参加者感激涕零的行为：这是神圣的，这差不多就是一切。""……奇迹如此被人做到了，可是这岂非正就是神在'创造的行为'中的图像吗?"② 摄制组在伯格曼的带领下，短时间内圆满完成任务，伯格曼的这种超凡的能力正应和了中国那句老话："天行健，君子以自强不息。"

20 世纪 40 年代的卞之琳无论是在文学翻译还是文学创作中都表现了"天行健"的思想。小说《山山水水》是历时八年的鸿篇巨制，据卞之琳说，当时有了一点阅历，便不满足于写诗，因此，"在 1941 年，妄图以生活实际中悟得的大道理……写一部大作。……挽救世道人心"③。在这篇小说残存的片段里，卞之琳不止一次地提到"天行健"这一思想。在《山山水水》的《春回即景一》中，作者借"修禅学道"的大学教师廖虚舟的口中讲出："天行健也就表明了永求完美的努力……每一分钟的努力之内都有永恒的刹那——一个结晶的境界，这就是道。进步也该如此。"④ 卞之琳自己无疑是同意这个观点的，在实际创作中对他作品的反复修改便是永求完美的一种表现。但其实除了发愤图强这一内涵，卞之琳在 20 世纪 40 年代反复强调"天行健"，更重要的是赋予它"大爱"，爱"人"便是一个成熟的人的表现。对人诚挚的热爱可以让我们见到人生的整体，

---

① ［英］衣修伍德：《紫罗兰姑娘》，卞之琳译，《文艺复兴》（第 1 卷第 5 期）1946 年 6 月，

② 卞之琳：《衣修伍德的〈紫罗兰姑娘〉》，《文艺复兴》（第 1 卷第 5 期）1946 年 6 月。

③ 《〈山山水水〉（小说片段）》之卷头赘语，（香港）山边社 1983 年版，第 vi 页。

④ 高恒文编：《卞之琳作品新编》，人民文学出版社 2009 年版，第 295 页。

正如卞之琳所说："大爱不但成就整个的人，而且成就整个世界。"①
这是他基于个人生存状态之上对于战争的反思：在战争年代，人们
被迫离乡背井，妻离子散甚至家破人亡，卞之琳目睹了战争带来的
巨大伤害，见过了侵略者残酷的轰炸屠杀，听闻了很多国内的混乱
腐化，他认为只有大爱能拯救世界，大爱才能阻止战争。

卞之琳是一个主张"立行"意识的人，他秉承"天行健，君子
以自强不息"的人生信条，在抗战大后方翻译并创作了很多反映该
思想的文学作品，成为战争年代鼓舞和慰藉人心的佳作。

二　广大的寂寞：冯至的德语文学翻译

抗战时期的冯至翻译了大量德国文学，其中属于文学翻译的包
括里尔克的《给一个青年诗人的十封信》②，里尔克的 12 首诗③，以
及尼采的诗歌④。属于在抗战时期首次翻译的作品有《给死者》⑤
《哀弗里昂》⑥ 和《水的颂歌》⑦，此外冯至翻译了霍夫曼·斯塔尔的

---

① 卞之琳：《衣修伍德的〈紫罗兰姑娘〉》，《文艺复兴》（第 1 卷第 5 期）1946 年
6 月。

② 该译作 1938 年由长沙商务印书馆出版；另有，生活·读书·新知三联书店 1994
年 3 月重版。此书本是 1931 年译出，直到 1938 年才由长沙商务印书馆结集出版，此书虽
然并非作者抗战时期的翻译，不过笔者依然以为将此书作为研究冯至抗战时期的心理是有
参考价值的，后文所提到的关于里尔克、尼采的译作皆属此一情况。

③ 这些译诗刊于《文聚》（第 2 卷第 1 期），1943 年 12 月 8 日。

④ 冯至《译尼采诗七首》，刊于《文聚》月刊（第 2 卷第 2 期），1945 年 1 月 1 日；
《尼采诗抄》，刊于《文学杂志》（第 8 卷第 1—6 期），1937 年 1 月 1 日；《尼采诗抄》，
刊于《译文》（第 3 卷第 3 期），1937 年 5 月 16 日。这些关于尼采的译作中，有不少重复
刊发之作，也有很多是抗战之前就已经发表，抗战时期再次刊发。

⑤ ［德］斯特凡·格奥尔格：《给死者》，昆明《中央日报》（第九版），1944 年 10
月 10 日。

⑥ ［德］歌德：《哀弗里昂》（此诗即《浮士德》第二部《海伦娜》第三场），《文
艺阵地》文阵特辑之二《哈罗尔德的旅行及其他》，1944 年 2 月。

⑦ 此诗为《浮士德》第二部中哲人泰勒斯所唱，系对水的颂歌。1944 年 9 月 2 日，
冯至在昆明哲学编译会上的演讲《从〈浮士德〉里的"人造人"略论歌德的自然哲学》
中引了此诗，此文后收入《论歌德》一书，现据该书录入，标题为原书编者所加，此文
载《冯至全集·第九卷·海涅诗选·集外译诗》，河北教育出版社 1999 年版，第 31 页的

论文《德国小说》①，俾德曼的《歌德年谱》② 和德国马克斯·本赛
的《批判与论战》③，还有席勒的《审美教育书简》，不过当时并没
有出版。④

1940 年 10 月 10 日，冯至在《中央日报》上发表了所译的斯特
凡·格奥尔格的《给死者》：

若是一朝这种族　　　洗净了耻辱

脖颈上抛下来　　　　奴隶的枷锁

脏腑中只感到　　　　向着自尊：

在这无□坟墓的　　　战场上就会

将有血光闪照　　　　灵魂就赶赴

轰轰赫赫的队伍　　　田野就扫起

最恐怖的恐怖　　　　风暴的第三糟：

死亡者的归来！

若是这民族一旦从懦弱的懈怠

想起来他自己　　　　他的□权，使命：

那不能言说的　　　　恐怖的神示

将要为他展开　　　　就有众手高举

万口齐呼都为了　　　尊荣的赞颂

晨风里就招展　　　　庄严的旗帜

---

① 该文刊于《新文学》月刊（第 1 卷第 2 期），1944 年 1 月 1 日；复载于《文学杂志》（第 2 卷第 4 期）1947 年 9 月。

② 该文共分 8 期刊于重庆《图书月刊》（第 1 卷第 4 期至第 2 卷第 8 期）1941 年 5 月 31 日至 1947 年 8 月 15 日。

③ 该文刊于《自由论坛周刊》，1944 年 12 月 24 日；此文另载于《中国作家》（第 1 卷第 3 期）1948 年 5 月。

④ 参见姚平《冯至年谱》，《新文学史料》2001 年第 4 期。"受贺麟之托开始翻译席勒《审美教育书简》，约一年译完，但当时未发表，迟至四十三年后才开始问世。"

带着真实的记号　　　　　屈身而致敬

向死去的英雄！

（诗中"□"符号表示载于《中央日报》上的该字完全无法辨认）

生活于那个时代，山河破碎，个人生活的困顿和民族的苦难交织在一起，从这样的诗歌翻译作品中也可以看出诗人冯至并不是一个"两耳不闻窗外事"的书斋文人。在"双十节"这天，冯至借这首译诗表达的是对抗战将士的敬意，对国家、民族的信念和对侵略者的愤怒。在《哀弗立昂》里，冯至表达了相似的对民族和战争的关切：

你们若要不被征服，

就快□武装参加战争；

妇女成为亚马孙族，

每个孩子都成为英雄。

（诗中"□"符号表示载于《文艺阵地》上的该字完全无法辨认）

冯至借哀弗立昂之命运表达了对抗日战争的积极态度和尚"力"精神。在哀弗立昂死后，合唱女子唱道：

你为尘世的幸福而生，

有高贵的祖先，伟大的力，

可惜你夭亡，无影无踪，

青春的花朵已被折去！

……

谁成功！——是阴郁的问题，

命运对于他蒙着面目，

若是在最不幸的日子

一切的民族流血而沉默。

你们起始唱新的歌声，

不要长此深深地沮丧：

因为大地又将奇才产生，

像从古来产生过的一样。

——《哀弗立昂》

　　这首诗译于 1944 年，显而易见的是，这首译诗对现实的影射处颇多，表达了译者对所处时代的悲鸣及对未来新生的希望。

　　然而冯至对现实的关切、对奋斗意志的强调和对抗战的积极精神，并没有让他的内在精神达到和谐，反而加深了他的另一种情绪——寂寞。原因之一或许与李欧梵对五四作家的论述相似："五四作家似乎也继承了其明清先人对政治的嫌恶（特别是当国民党政府之中曾有数位军阀统治），以及对文学极度的重视。然而他们也同时以身为现代中国国家民族主义者而无法寻求到为社会服务的适切途径而大感沮丧。这种心态或许也是继承自儒家仕宦学者的一个传统。"① "五四"作家如此，身处抗战时期的冯至也并不例外，一方面"战争使诗人更深切地意识到个人的生命与时代的境遇、家国的命运是如此紧密地联系在一起"②；而另一方面文人与政治从来都是

---

① 李欧梵：《现代性的追求：李欧梵文化评论精选集》，生活·读书·新知三联书店 2002 年版，第 63 页。

② 汪云霞：《战争背景下的日常生活诗学——读冯至〈十四行集〉》，《武汉大学学报》（人文科学版）2011 年第 5 期。

有相当距离的（至少是若即若离的）。不过在责任与沮丧之外，冯至更多地表达了一种生之寂寞，这一时期所刊发的翻译文章中有多次表述，"我们最需要却只是：寂寞，广大的内心的寂寞。"[1]　"寂寞地生存是好的，因为寂寞是艰难的；只要是艰难的事，就有使我们更有理由为它工作。"[2]　"寂寞而勇敢地生活在任何一处无情的现实中。"[3]　冯至曾言："往完整、纯粹的方面努力……要在为人所不注视的寂寞中，自己弄出点甜味来。"[4]　这里的寂寞固然有存在意义上的哲思、有对诗歌境界的追求，而寂寞作为一种对现实的疏离，有时正是这种距离感表达了一种对现实的亲近之意，它能让诗人更加冷静而客观地去审视现实。彼时的冯至身为联大教授、著名诗人、学者，重刊早年对自己有过较大影响的里尔克的作品，在有意无意间表达了对人生、人性的指导与被指导的意味。

这种寂寞感在冯至所译尼采的诗中显现得更为强烈：

一　孤独

乌鸦乱叫，

羽翼纷纷地飞到城中：

雪要落了——，

有家乡的人，真堪欣幸！

你凝立出神，

回头看，已经多么长久！

---

① ［德］里尔克：《给一个青年诗人的十封信》，《第六封信》，冯至译，生活·读书·新知三联书店版 1994 年版，第 32 页。

② 同上书，第 40 页。

③ 同上书，第 65 页。

④ 冯至：《从深谷里》，《沉钟》周刊（第 1 期）1925 年 10 月 10 日。

你这愚人，

严冬里跑到外边的宇宙！

宇宙——一座门

走向无言枯冷的沙漠！

无处得安身，

谁若把你所失落的失落。

你面色苍惶，

被惩罚于冬日的行程，

像烟一样，

永久找更冷的天空。

鸟，飞吧，唱起

歌来，用沙漠鸟的声音！

在冰和嘲笑里，

愚人，隐藏你流血的心！

乌鸦乱叫

羽翼纷纷地飞到城中：

雪要落了——，

没有家乡的人，真堪痛苦！

（《孤独》，《尼采诗抄》，刊于《译文》1937 年第 3 卷第

3 期）

此诗刊于 1937 年 5 月，所思所感与译于 1945 年的《旅人》相仿：

"再也没有路！四围是深邃□死的寂静！"

你志愿如此！你的意志躲避路径！旅人，如今是这样，要看得冷静，明显！

你是遗失的人，你可信托——危险？

（《译尼采诗七首》，刊于《文聚月刊》，1945 年第 2 卷第 2 期，诗中"□"表示该字完全无法辨认）

对现世的亲近和精神的孤独，在冯至这里导致的是存在的迷思，甚至死亡也被纳入了观照范围：

紧紧地站定脚跟！

我们永久不能回环！

远望啊；从远方向我们致意

一个死，一个光荣，一个狂欢！

（《新的哥伦布》，载《尼采诗抄》，刊于《文学杂志》1937 年第 8 卷第 1—6 期）

但是冯至"把死亡纳入生命之中，视死亡为生命的辉煌完成，从而主张人应以'融容'乐观的态度对待死亡，以饱满的热情倾注于现存在的努力，以便领受这最完美的时刻"①。在入世与出世之间、在存在的痛苦与狂欢中，冯至毕竟受传统文化乐天的精神影响甚深，诗人依然能保持一种对生命意义的执着和追求。这或许也有时代的影响，因为时代的苦难，正是时代的激励，让曾经迷惘而自卑的诗人能有一个被认可的奋不顾身的归属——民族事业。

---

① 解志熙：《生命的沉思与存在的决断（上）——论冯至的创作与存在主义的关系》，《外国文学评论》1990 年第 3 期。

冯至借翻译文学抒发一己存在之感，他对里尔克的推崇、对尼采的热衷、对歌德的热爱，在时代与个人、生存与死亡之间，没有生的热切、没有死的恐怖，只有一种广大的孤独在蔓延。从翻译之维我们看到，关心国家前途并与时代保持距离，在“共名”① 时代保持自我独立人格的诗人是寂寞的，而这才是冯至抗战时期的真切生活体验。

三　死的执着：穆旦的翻译诗歌

穆旦在抗战时期的翻译有台·路易士的长诗《对死的密语》及《译后记》②，泰戈尔的散文诗《献歌》③，麦克·罗勃兹的文章《一个古典主义者的死去》和路易·麦克尼斯的文章《诗的晦涩》。从数量上看，穆旦这一时期的翻译屈指可数，但是也可以看出诗人穆旦对翻译的审慎态度。从翻译选择的角度出发，通过穆旦的译文去研究其抗战时期的心理，也能看出诗人这一时期的文艺理念和思想旨趣。

从穆旦仅有的两首翻译诗歌作品中，我们依然可以看到 20 世纪 40 年代战争的身影及“死亡”的阴影。死亡在战争中是最平常且不可预测的，经历过中国远征军大溃败的穆旦，对战场上的一切都不陌生，正如王佐良在《一个中国新诗人》中书写的那样，穆旦的军队生涯更多的是与热血从军、疾病、日军的威胁和疯狂的饥饿联系

---

① 陈思和曾说：“20 世纪中国的各个历史时期，都有一些概念来涵盖时代的主题……这些重大而统一的时代主题深刻地涵盖了一个时代的精神走向，同时也是对知识分子思考和探索问题的制约。这样的文化状态称之为‘共名’。”（陈思和《中国当代文学史教程》，复旦大学出版社 1999 年版，第 14 页）

② 穆旦：《〈对死的密语〉译后记》，《文学报》（第 3 号），1942 年 7 月 5 日。

③ 刊载于联大冬青文艺社刘北汜主编的《中南报》副刊《中南文艺》（第 2 期）1943 年 5 月 14 日；此诗另见于李荣光、宣淑君《冬青文艺社及其史事辨正》，《中国现代文学研究丛刊》2007 年第 6 期。

在一起，死亡无处不在，一起从军的联大同学中，有不少都葬身在了异国他乡，活下来的穆旦是幸运而痛苦的。① 经历过战场血腥的穆旦对死并不陌生，"我们以后听到他们说/你在战争里做得很不错"（《对死的密语》）。虽然这首诗并不是书写战争，也没有硝烟的气息，但是穆旦会选择这样一首书写死亡的诗歌，对经历过战争的穆旦而言并不是偶然。

　　然而诗中多是死的不安、游离、痛苦和温度，死"在飞机和高速度的汽车里"，"在床上和战场上"，"在午夜两三点和多话的会客时间"（《对死的密语》），"对于死，我们只有俯顺地尊敬"。② 死在诗中是一个拟人化的存在，她的权力极大，在死面前，似乎众生平等，然而在贫穷和富有之间，在健康和疾病之间，在年长和幼小之间，在男人和女人之间，在悲伤和快乐之间，在个人与时代之间，不论是译诗中，还是穆旦个人的时代体验，所表露的都不是一个统一而有序的存在。死的破碎让死复数化，众生的死包含众生的生的痛苦：

> 对那些没有食物，没有火的屋里的
> 自杀者，
> 对那些受制的心，枯萎在我们橄榄
> 青的运河旁，幼年的花朵过早地撕
> 裂了
> 被他们发疯的，乱射的炮火，而恐
> 惧像一场黑色的严寒

---

　　① 王佐良：《一个中国新诗人》，北平《文学杂志》（第2卷第2期）1947年7月1日。

　　② 穆旦：《〈对死的密语〉译后记》，《文学报》（第3号）1942年7月5日。

使我们的前途，在嘴边说得响亮的，

暗淡。

——《对死的密语》

但是"这是一首热情的赞美诗""既然我们也将因死的来临而化为乌有，我们一切的理想自然只有集中在此时此地的生活上"。[1]穆旦还提到："我们在这首诗里，看到了不同生活的对比。有些人最初具有真实的欢笑，易感的心，信仰和毅力。可是长大了，触到寒冷的现实，受到打击，就自然而然地想要退缩到安适的自私里。"但是"作者喜爱的是另外一种生活，是处在同志中，仍能有着真实的欢笑和悲哀，仍能充满着生命力的生活"[2]。看来不仅作者如此，作为译者的穆旦也是如此，对死的执着，正是对生的痛苦和不放弃，而对死的执着也并没有表现出阴冷、阴暗，而是轻松和愉快的，与这种情绪相应的是对死的一种亲近感，一种生的骄傲和勇气。

在《献歌》中，穆旦同样借泰戈尔表达出存的痛苦和执着：

主呵，我不知道你怎样歌唱，我永在惊异中静想。

你的乐声普照全世。你的乐声底呼吸迅行在天空中，你底乐声底圣洁的急流穿过一切岩石的阻碍而前进。

我底心企望与你合唱，可是尽力用我底歌喉，枉然。我要说话。可是话句流不进歌唱，于是我困惑地哭喊了。主呵，你已把我底心囚进你乐声底无尽的迷宫中。

这里不得不提的是，"死"对于冯至和穆旦并不相同，穆旦参加

_____

[1]　穆旦：《〈对死的密语〉译后记》，《文学报》（第3号）1942年7月5日。

[2]　同上。

过远征军，感受过战争的艰苦卓绝，见识过战争的血腥和残酷，见识过大规模的死亡和各种死亡的形态，体验过生与死的挣扎。穆旦对死有着更为亲近、深刻、破碎和具体的书写；而冯至，更多的是一种孤独感的蔓延，一种广大的空虚和强烈的自卑左右着他的思考，由此他的关注点也更抽象，是一种存在主义层面的哲理思考。穆旦有死和痛苦的破碎，而呈现出对独特生命个体不同的表达，对悲悯人生的深刻关怀，并给人极其贴近之感；冯至的诗歌境界（翻译中亦然）诚然更多的是传统的，是寂静、空灵的，是儒、是佛、是道，是传统中国的，他对死亡没有人间烟火味的表达，虽然他反复书写对死亡的态度，其关注的外在本身存在于其主观之外，形成一种疏离。冯至和穆旦的不同诗歌体验中，表现出来的是两种不同的情感思维方式。

"在穆旦的诗里找不到'纯粹'，他的诗从来不'完美'，仿佛整个二十世纪的苦难和忧患都压到了他的身上。"① 由此可见，在翻译中的穆旦却温暖得多，与冯至不同，诗人不寻求秩序和统一，尽管穆旦对秩序的破坏感到痛苦，但是破碎也代表了一种自由，自由又与破碎的事物构成了一个崩溃的世界，而所有崩溃的事物，在死亡中终得到了统一，在"死的民主主义"面前，个人与时代、诗人的内在与外在、痛苦与安适，都得到了安静的归属，死不失为一种解决生的"纠纷"的方案。

不论是卞之琳、冯至，还是穆旦，作为有家国情怀的中国知识分子，都不同程度地参与了那个时代的情绪中，他们亲身感受到了抗战的激情，人民的痛苦和知识分子的迷惘。然而他们都在翻译中

---

① 谢冕：《一颗星亮在天边——纪念穆旦》，《名作欣赏》1997 年第 3 期。

达到了与时代的某种疏离，借助翻译，以他人之诗歌表达自我之情感，表达了个人之精神追求，而与时代的痛苦和焦灼保持着有效的距离。这种距离感并不表明诗人与现实的格格不入，而恰恰证明他们能以一种客观冷静的眼光审视现实，能通过自我内化的情感去表达述说时代之殇。

第四章 "七月派"的翻译文学研究

"七月派"诞生于抗战的硝烟中，几经转折后其主体成员来到大后方重庆，并且创办了彰显自我文学风格和文艺主张的刊物《七月》。由于"七月派"的主要成员均有留学日本或苏联的经历，导致他们在自身的文学创作中融入了很多域外文学的色彩，同时在翻译作品的选择上也主要以日本、苏联及东欧国家的文学为主，呈现出较强的主体性色彩。

第一节 "七月派"及其翻译文学研究现状

"七月派"是 20 世纪 40 年代主要活动于国统区的影响较大的文学流派之一。"七月派"作家大多是在胡风的文艺理论指导下进行创作的，胡风是他们的精神领袖。由于胡风的体验现实主义①文艺理论

---

① "'体验现实主义'首先是现实主义，胡风历来都是主张现实主义的，而他讲现实主义却又重体验，突出作家在创作活动中的主观能动作用。如果承认在现实主义文学的共同倾向中可以有不同的理论创作的个性追求，那么胡风理论中最有特色的地方恐怕就是重（体验）了。"（温儒敏：《中国现代文学批评史》，北京大学出版社 1993 年版，第 206 页）

具有不合众器的特异的性质，从而在其影响下形成的"七月派"也成为中国现代文学史上一支独特的文学流派。在文艺思想高度统一化、政治化的年代，这个文学流派几乎从产生之日起就和胡风及其文艺理论一道遭受着批判，经历着冷落，背负着冤屈。直到新时期以来，由于学术思想的解放，实事求是原则的贯彻，"七月派"重新获得学术界的关注，其存在的合理性和在文学史上的价值得以重新确认，研究成果不断涌现。总的说来，在这个"重新确认"的过程中，学术界对"七月派"的研究可以分为以下几个方面：

一、"七月派"整体性研究。从整体上对"七月派"进行分析的文章很多，如周燕芬的《执守·反拨·超越——七月派史论》，汪洁的《七月派与中国现代革命文学思潮》，章绍嗣的《论〈七月〉及"七月派"的创作》和张祖立的《七月派创作和鲁迅传统》。在文学创作方面，小说研究曾是被忽略的一个领域，近年来对"七月派"小说创作的研究也取得了很大的进展，主要集中在主题、风貌、特征、叙事学角度上，如博士学位论文《论七月派小说创作》[1]，硕士学位论文《七月派小说论》[2]，其他相关论文如《论"七月派"的乡土小说》[3]、《论七月派小说的风貌和特征》[4] 和《精神奴役的创伤——论七月派小说的主题意蕴》[5] 等。因为"七月"诗派的创作成绩突出，所以对"七月派"的研究大多集中于诗歌方面，相关的

① 叶启良：《论七月派小说创作》，博士学位论文，中国社会科学院，2002 年。
② 邓俊庆：《七月派小说论》，硕士学位论文，山东师范大学，2007 年。
③ 丁帆、李兴阳：《论"七月派"的乡土小说》，《河南社会科学》2007 年第 2 期。
④ 严家炎：《论七月派小说的风貌和特征》，《北京大学学报》1989 年第 5 期。
⑤ 刘开明：《精神奴役的创伤——论七月派小说的主题意蕴》，《东岳论丛》1996 年第 5 期。

论文有:《诗心与现实的强力结合——七月诗派研究》①、《"诗的史"与"史的诗"——〈七月〉抗战诗歌研究》②、《为民族解放而歌唱——论"七月派"的诗歌创作》③、《七月派的早期分流——关于晋察冀诗人群的流派归属》④ 等。在文艺思想方面,比较集中而全面地对七月诗派文艺理论进行研究的是王治国的博士学位论文《实践自我的主体论诗学——七月诗派诗学理论研究》⑤,其他大多集中在以下几个研究点:文学批评研究,如《七月派文学批评研究》⑥;革命与文学思潮研究,如《七月派与中国现代革命文学思潮》⑦。

二、个体作家研究。"七月派"作家大多是在胡风的文艺理论指导下进行创作的,胡风是他们的精神领袖。在文艺思想高度统一化、政治化的年代,这个文学流派几乎从产生之日起就和胡风及其文艺理论一道遭受着批判,经历着冷落,背负着冤屈。直到新时期以来,由于学术思想的解放,实事求是原则的贯彻,"七月派"重新获得学术界的关注,其存在的合理性和在文学史上的价值得以重新确认,对个体作家的关注与研究成果也不断涌现。所以对胡风的研究比较深入,如《现代·反思·延异——胡风与七月派现代性重读》⑧。还

---

① 钱志富:《诗心与现实的强力结合——七月诗派研究》,硕士学位论文,苏州大学,2002 年。

② 迟彦:《"诗的史"与"史的诗"——〈七月〉抗战诗歌研究》,硕士学位论文,西南大学中国新诗研究所,2011 年。

③ 蔡清富:《为民族解放而歌唱——论"七月派"的诗歌创作》,《北京师范大学学报》1995 年第 4 期。

④ 赵心宪:《七月派的早期分流——关于晋察冀诗人群的流派归属》,《四川大学学报》1996 年第 6 期。

⑤ 王治国:《实践自我的主体论诗学——七月诗派诗学理论研究》,博士学位论文,浙江大学,2011 年。

⑥ 郭子娟:《七月派文学批评研究》,硕士学位论文,北京大学,2011 年。

⑦ 汪洁:《七月派与中国现代革命文学思潮》,硕士学位论文,山东大学,2005 年。

⑧ 黄曼君:《现代·反思·延异——胡风与七月派现代性重读》,《华中师范大学学报》2003 年第 5 期。

有的研究者从整体或者从外围进行研究，主要从杂志《七月》看编辑者胡风的思想，如《胡风报刊编辑艺术略论》① 等。此外，学界对七月派小说家的个案研究很大部分集中在路翎身上，因为胡风精心扶持的路翎最能体现七月派小说风格，他的小说的语言世界、叙述方式、结构特征乃至文学观念都为 20 世纪文学提供了一个富于启发性的范本。而对其他作家的研究也多有涉及，出现了专著《七月派作家评传》②。

三、中外文学关系中的"七月派"研究。由于"七月派"作家大都受到中西方文化传统的濡染，他们的创作、译介作品及文化活动是在中外文化交流的进程中完成的，因此也有部分论者从中外文化关系的角度对"七月派"进行研究。首先，从整体上全面分析"七月"诗派所接受的诗学影响。如《七月诗派与中外诗学传统》③指出从来源的时空构成看，"七月"诗派主要接受了三个诗学传统体系的影响：古典诗歌、新文学、西方近现代诗歌；从艺术精神与创作方法方面来看，"七月"诗派不仅接受了现实主义和浪漫主义的重要影响，而且还吸收了现代主义的一些艺术质素。其次，分析"七月派"作家对外国作家的接受，如《炽热诗情的传递——浅论惠特曼诗歌对中国"七月派"诗歌创作的影响》④ 论述了惠特曼自由激情的抒情方式影响了 20 世纪的中国诗坛以艾青为代表的"七月派"诸多诗人的创作。最后，论述单个作家与外国文学间的关系，如《论胡风在中外文学交流方面的贡献》⑤ 和《"我不停地滚动我的

---

① 胡正强：《胡风报刊编辑艺术略论》，《中国编辑》2003 年第 1 期。
② 李怡：《七月派作家评传》，重庆出版社 2000 年版。
③ 郑纳新：《七月诗派与中外诗学传统》，《广西社会科学》1995 年第 3 期。
④ 彭继媛：《炽热诗情的传递——浅论惠特曼诗歌对中国"七月派"诗歌创作的影响》，《德州学院学报》2008 年第 1 期。
⑤ 高文波：《论胡风在中外文学交流方面的贡献》，《理论月刊》2005 年第 9 期。

桶"——论绿原与外国文学》① 等。

四、"七月派"文学翻译研究。目前对"七月派"文学翻译的研究主要是进行个案研究，还没有出现从文学派别的角度对之加以整体把握的研究成果。如《胡风的文学译介活动管窥》② 对胡风在译介方面的贡献做了一个简单的梳理，《40 年代左翼期刊译介俄苏文学文论的时代特色》③ 则把"七月派"定义为左翼文学，通过对《七月》的翻译作品进行粗略梳理来总结论述译介苏俄文学文论的时代特色，但并没有展开论述，忽略了"七月派"翻译文学的整体价值。综合以上分析可以看到，对"七月派"的研究主要集中在文学社团整体研究、个体作家研究与中外文学关系研究三个方面，对其译介作品的研究则是当前研究领域的一个弱项。目前的研究成果中仅有少量论著是从中外文化关系的角度对"七月派"创作进行解读，也有部分所做的是翻译个案研究，但对"七月派"翻译文学进行整体研究的论著尚未出现，所以，对其进行较为深入的探讨具有必要性和创新性。

事实上，"七月派"一直比较注重外国文学的翻译和介绍。编者胡风在 1939 年 7 月第 4 集第 1 期《校完小记》中对译介的初衷做过明确的说明："从这一期起，想每一期特载一两篇译文。中国新文学的发展，国际文学遗产的接受是有很大的力量的，虽然在战争期的现在，主观的客观条件限制了这一工作，但只要可能，我们还不愿完全放弃这方面的努力。"④ 在这之后，针对文学在抗战时期该如何发展，胡风 1939 年 7 月在《民族革命战争与文艺》上提出了解决方

---

① 张永健：《"我不停地滚动我的桶"——论绿原与外国文学》，《世界文学评论》2006 年第 2 期。

② 徐霖恩：《胡风的文学译介活动管窥》，《上饶师专学报》1986 年第 4 期。

③ 孙霞：《40 年代左翼期刊译介俄苏文学文论的时代特色》，《湘潭大学学报》2011 年第 6 期。

④ 胡风：《校完小记》，《七月》（第 4 集第 1 期），1939 年 7 月。

案，其中一点是加强对世界文艺的遗产的接受："新文艺运动是世界文艺底徒弟，但战争以来，因为种种的困难，介绍的工作差不多停滞了。然而，为了我们对于创作方法（文艺上的战斗经验）的理解（这里且不说对于人类为进步而斗争的内容的理解），这一工作底建设的意义是非常重大的。现在，论者非难新文艺说，它完全接受了外国的方法，因而没有适合民族的需要，但在说法上也许还可以考虑一下罢。即使新文艺没有能够适合民族的需要（我以为这样的论断并不能说明事实底真理），但那也只能说是作家没有能够使他的思维方法在现实的血肉里生根，也就是没有能够正确地接受本来是和实践任务相统一的'外国的'思维方法，绝不是人类底进步斗争所累积的思维方法本身不能和我们的民族需要一致。因为，我们应该有民族的形式甚至民族的内容，但决不应有故步自封的狭义的民族的思维体系。'中国化'底战斗的意义应该是在这里。"① 可以说，胡风是比较关注世界文学的遗产的，他知道通过汲取国际文学的经验，可以给肩负使命感的中国作家提供优秀的文学营养，促使国内作家特别是"七月派"作家创作出更为优秀的作品。

谢天振在《译介学》里说："文学翻译还是文学创作的一种形式，也是文学作品的一种存在形式。"我们可以认为，《七月》上的文学翻译也属于"七月派"文学创作的一部分。中国新文学运动的发生受益于翻译文学，翻译文学作为国别文学的一部分，在抗战时期，其特殊性体现在文学价值（启蒙）与社会功利性（救亡）的平衡上。翻译文学，首先，绝对要具有被翻译的价值，作品的艺术性乃衡量其价值的主要标准；其次，反映战斗精神的作品乃翻译的首

---

① 胡风：《民族革命战争与文艺》，《七月》（第4集第1期）1939年7月。

选，抗战时期的文艺需要坚定民众的抗战信念、团结各方的抗战力量，因此社会功利性不可或缺。于是，一直被文学史抛弃的翻译文学在这个时期闪现出独特的魅力来。对"七月派"翻译文学的研究，既能避免文艺创作质量不高的尴尬，又能不落传统研究方法的俗套，管中窥豹地了解整个"七月派"的创作情况。

为此，研究"七月派"的翻译文学就有如下创新点和价值：首先从研究的对象来说，虽有不少研究"七月派"的著述，但多从"七月派"的社会历史价值入手，通过文学作品来研究《七月》的寥寥无几。本文选择了《七月》文学作品中的翻译文学这一角度，挖掘"七月派"社会历史价值之外的文学价值。其次从研究的广度来说，目前研究《七月》翻译的论文有《40年代左翼期刊译介俄苏文学文论的时代特色》，其单纯地将"七月派"定义为左翼文学，通过对《七月》的翻译作品进行粗略梳理来总结论述译介苏俄文学文论的时代特色，但并没有展开具体论述。还如《胡风的文学译介活动管窥》对胡风在译介方面的贡献做了一个简单的梳理。再有就是张玲丽的博士论文《在文学与抗战之间——〈七月〉〈希望〉研究》，通过分析刊物《七月》和《希望》的文学立场、内质思维、编辑策略、编辑主体和文学影响，较全面而完整地研究了"七月派"，可见作者研究之深之透，价值很高，但其翻译研究只有"译本的参照"和"域外文学的影响"两小节有所涉及，没能很全面、很到位地把握"七月派"的翻译文学全貌。本文将依据译介文本，囊括所有的文学体裁，全面地反映《七月》的翻译活动。最后从资料的搜集来说，此前无人对"七月派"的翻译作品进行系统的整理，本文参照国家图书馆、重庆图书馆和学校图书馆抗战文献室查得的资料，对"七月派"的译作进行统计和概述。

第二节 "七月派"的翻译文学概况

抗日战争爆发后,胡风长期担任"中华全国文艺界抗敌协会"的领导工作,与周恩来等党在后方的领导人保持着紧密的联系。他先后主编《七月》《希望》杂志和《七月诗丛》《七月文丛》等,写下大量文艺理论、评论文章,推出和评介了大量国统区进步青年作家和解放区作家的作品,艾青、田间、邹荻帆、阿垅、路翎等一批青年作家在他的指导和帮助下崛起于文坛,在他的带动下形成了著名的文学流派"七月派","七月派""是中国现代文学史上历时甚长、富有探索精神而又具有沉重的悲剧命运的进步文学流派"。

一 翻译文学的基本情况

要了解"七月派"的翻译文学作品情况,就必须以宣传"七月派"文艺思想和主张最主要的文化阵地《七月》为依托。《七月》是在抗日战争的大背景下诞生、发展与停刊的,它的动态始终与抗战时局紧密相连。1937 年 7 月 7 日爆发卢沟桥事变,日军全面侵华。1937 年 8 月 13 日爆发八一三事变,日军进攻上海。而《七月》就是在 1937 年 9 月 11 日八一三事变后战火弥漫的上海创刊,初为十六开本的周刊,先后才印行了三期(第 2 期和第 3 期分别在 9 月 18 日和 25 日连续推出)。到 1937 年 11 月,上海失守,《七月》在失守之前的 9 月 25 日被迫迁至武汉。在武汉,以十六开本的半月刊进行发行,可不到一年,1938 年 10 月,广州、武汉相继失守(抗战进入战略相持阶段),在印行 18 期后还是不得不撤退到重庆。直到 1939

年7月才复刊出第4集第1期（月刊①），经历了近两年的坚守，《七月》在1941年9月出至第7集第1、2期合刊时停刊，② 总共发行35期③。也就是说，艰苦的战争环境给《七月》的编辑、出版及其发行都带来了严重困难，从1937年9月11日创刊，到1941年9月停刊，《七月》经历了周刊、半月刊、月刊、不定期刊等多种形式，成为抗战时期唯一坚持的公开发行的共同刊物。④ 而在刊物《七月》上翻译介绍了数十篇的外国文论和作品，这些译作具有重要的文学价值和研究意义。

为了对刊物《七月》上的翻译文学展开具体研究，有必要先对其刊物上的翻译作品进行精确统计。根据笔者查证，《七月》上的翻译文学作品共计31篇，⑤ 其中以散文为主，小说和诗歌仅有少量。具体篇目情况统计如下。⑥

在上海印行三期周刊迁到武汉后，《七月》前期就很重视翻译文学的发表。信件《高尔基从加普里岛写来的信》（作者苏联 P. 马克西莫夫，译者克夫，第2集第2期，1938年2月1日），诗歌《送北征》（作者日本鹿地亘，译者胡风，第2集第3期，1938年2月16日），诗歌《颂香港》（作者日本鹿地亘，译者胡风，第2集第3期，

---

① 虽为月刊，但处在艰苦的战争环境下，很多时候会相隔2个月，甚至5个月，如1940年5月的第5集第3期和1940年10月的第5集第4期就相隔了5个月。

② "到1941年初，国民党反共的皖南事变发生，我遵照党的决定，秘密撤退到香港，表示对国民党的抗议。"（胡风：《〈胡风评论集（下）〉后记》，人民文学出版社1985年版，第371页）

③ 1940年12月的第6集第1、2期合刊和1941年9月第7集第1、2期合刊分别计算为两期。

④ 1945年12月续出《希望》，艺术风格与《七月》一致，1946年10月18日《希望》出到第2集第4期时停刊。

⑤ 1939年9月第4集第3期的"基希及其报告文学"（上）和1939年12月第4集第4期的"基希及其报告文学"（下）算作1篇，下文亦同。

⑥ 以下内容统计了《七月》上的所有翻译作品，统计的作者名字未加修改，作品信息均按刊物刊载时间为序排列。

1938 年 2 月 16 日），战讯《从广州寄到武汉》（作者日本鹿地亘，译者胡风，第 2 集第 3 期，1938 年 2 月 16 日），散文《最近的革命文学问题》（作者美国 W. Phillips 等，译者何封，第 2 集第 4 期，1938 年 3 月 1 日），散文《使人哭泣（关于战时日本文学：其一)》（作者日本鹿地亘，译者高荒①，第 2 集第 5 期，1938 年 3 月 16 日），小说《西崽的故事》（作者日本池田幸子，译者金宗武②，第 2 集第 5 期，1938 年 3 月 16 日），诗歌《听见了呀》（作者日本鹿地亘，译者高荒，第 2 集第 6 期，1938 年 4 月 1 日），信件《复曹白》③（作者日本池田幸子，译者佚名，第 3 集第 1 期，1938 年 5 月 1 日），散文《艺术与行动：论列宁》④（作者法国罗曼·罗兰，译者张元松⑤，第 3 集第 2 期，1938 年 5 月 16 日），通讯《玛德里在笑着》（作者美国黑人 L. 休士，译者张白山，第 3 集第 4 期，1938 年 6 月 16 日），散文《文学杂论——答张秀中，楼适夷诸先生》（作者日本鹿地亘，译者蔡成，第 3 集第 5 期，1938 年 7 月 1 日），演说《反法西斯主义斗争中的革命文学——在莫斯科作家局反法西斯大会上的演说》（作者保加利亚 G. 季米托洛夫，译者张原松，第 3 集第 6 期，1938 年 7 月 16 日）。

1939 年进入重庆后，《七月》上每年译介的作品依然十分丰富。诗歌《失去的两个苹果——病床杂记》（作者日本绿川英子，

---

① 胡风笔名，下同。

② 原文字迹不是很清楚，模糊显示为金宗武。据梅志写的回忆性传记《胡风传》中可断定是金宗武。

③ 从《七月》目录上可发现，曹白是《七月》的主要撰稿人。

④ "《艺术与行动》这是一篇雄大的战斗宣言，和小谣言弄小挑拨的文学遗传病是对照得鲜明的。"（胡风：《七月社明信片》，《七月》第 3 集第 2 期，1938 年 5 月）

⑤ 《40 年代左翼期刊译介俄苏文学文论的时代特色》中提到是由戈宝权翻译，经查看原文译者为张元松。

译者胡风，第 4 集第 1 期，1939 年 7 月），小说《时钟》（作者苏联 M. 高尔基，译者王春江，第 4 集第 2 期，1939 年 8 月），小说《塞马加是怎样被捉住的》（作者苏联 M. 高尔基，译者杨芳洁，第 4 集第 2 期，1939 年 8 月），散文《列宁与高尔基》（作者苏联 Y. 加奈次基，译者胡风，第 4 集第 2 期，1939 年 8 月），演说《对于人的爱——高尔基逝世三周年纪念讲演》（作者日本鹿地亘，译者胡风，第 4 集第 2 期，1939 年 8 月），散文《论戏剧与观众及其它》（作者苏联 K. 达斯尼斯拉夫斯基①，译者川麟，第 4 集第 3 期，1939 年 9 月），散文《基希及其报告文学（上）》（作者塞尔维亚 T. 巴克，译者张元松，第 4 集第 3 期，1939 年 9 月），散文《基希及其报告文学（下）》（作者塞尔维亚 T. 巴克，译者张元松，第 4 集第 4 期，1939 年 12 月），散文《高尔基论社会主义的现实主张》（作者 A. 拉佛勒斯基②，译者周行，第 5 集第 1 期，1940 年 1 月），小说《在盐场上》（作者苏联 M. 高尔基，译者苏民，第 5 集第 1 期，1940 年 1 月），散文《法国文学的革命传统》（作者法国 J. 卡梭，译者张元松，第 5 集第 2 期，1940 年 3 月），散文《瓦尔米——法国大革命史的一页》（作者法国罗曼·罗兰，译者杨芳洁，第 5 集第 2 期，1940 年 3 月），散文《叙述与描写》（作者匈牙利 G. 卢卡契，译者吕荧③，第 6 集第 1、2 期合刊，1940 年 12 月），散文《论马耶可夫斯基——苏维埃时期的最好的诗人》（作者苏联 V. 卡坦

---

① 译作原文中作者显示是 K. 斯达尼斯拉夫斯基。为方便说明，下文统一用 K. 达斯尼斯拉夫斯基。

② 关于此人的国籍，经查不得而知。

③ 这是他翻译的第一篇文章。之所以选择卢卡契的这篇论文来译，1944 年他在《〈叙述与描写〉译者小引》里曾作如下说明："……其中虽有可以商讨之处，却有很多地方让我们深思。至少我们也该回顾一下自己的足迹：到底是在真实地创作现实主义的作品呢，还是一向走的是自然主义和形式主义的创作路线、仅仅打着现实主义的大旗而已？"

阳，译者张原松①，第6集第1、2期合刊，1940年12月），散文《苏联艺术家A. 克拉甫兼珂》（作者S. 拉苏莫夫斯斯卡②，译者卢鸿基，第6集第3期，1941年4月），散文《珂勒律治与华资华斯》（作者英国J. 佛里曼，译者宗玮，第6集第3期，1941年4月），散文《普式庚论草稿》（作者苏联M. 高尔基，译者吕荧，第6集第4期，1941年9月），小说《萨尔蒂可夫小说集》（作者俄国萨尔蒂可夫，译者曹葆华，第7集第1、2期合刊，1941年9月），散文《我的自由》（作者苏联马耶可夫斯基，译者原松，第7集第1、2期合刊，1941年9月）。

从上面可知，《七月》上翻译文学的体裁多样，有散文、小说、诗歌、信件、演说、战讯、通讯等，而尤以散文最多，达22篇。翻译作品来自苏联、日本、法国、美国、英国、俄国、匈牙利、塞尔维亚、保加利亚等国，而以苏俄③和日本的作品最多，分别达11篇和10篇。在翻译作品的选择上，很多出自名家，如M. 高尔基、罗曼·罗兰、G. 卢卡契、V. 卡坦阳、马耶可夫斯基、萨尔蒂可夫、鹿地亘、绿川英子等，其中又以鹿地亘（7篇）和M. 高尔基（4篇）最多，文学价值极高。而且，从内容上来看，前期（1938年）刊登的翻译作品凸显出强烈的战斗性，多为直接表现反抗法西斯的侵略，以日本为主要译出国；后面（1939年以后）逐渐开始重视翻译作品的文学价值，苏俄文学比重加大。从形式上来看，刊出过翻

---

① 名字出现的不同版本：张元松3次、张原松2次、原松1次，为了方便说明，下文统一用张元松。

② 胡风在校完小记中表示："作家S. 拉苏莫耶卡耶，关于她我们是一点什么也不知道的。"（胡风：《校完小记》，《七月》第6集第3期1941年4月）笔者也试图查证，未果，故其国籍不得而知。为方便说明，下文统一用S. 拉苏莫夫斯斯卡。

③ 大部分作家都经历了俄国和苏联两个时期，而且其作品具体写于哪个时期也不好考证，为了方便说明，故统称为苏俄。

译专辑，专门推出某个作家的专栏性纪念文章。如为了纪念高尔基逝世三周年而设的专栏"M. 高尔基——作品和人"：《时钟》《塞马加是怎样被捉住的》《列宁与高尔基》《对于人的爱——高尔基逝世三周年纪念讲演》和 M. 高尔基像（木刻）。同时，《七月》也会刊登一些较长篇幅的文章，如《我的自白》《叙述与描写》，偶尔还会进行连载，如《基希及其报告文学》就分上下篇分别刊登在 1939 年9 月第 4 集第 3 期和 1939 年 12 月第 4 集第 4 期上。本文是以"七月派"的同人刊物《七月》为中心来研究"七月派"的翻译作品，以上得出的信息是根据《七月》原刊及影印本统计出来，全力做到以原始资料为论证依据。

通过以上梳理，"七月派"的翻译情况得以大致的呈现，本文后文的论述将以此为基础展开，分别对"七月派"对文学作品的翻译和对文论作品的翻译进行解析。

二 主要译者与译者特点

根据原文资料梳理得知，《七月》的译者有 17 位，[①] 分别是：克夫（沙可夫，原名陈维敏）、胡风（高荒、张光人、张光莹）、何封、金宗武、张元松（张原松、原松）[②]、张白山、蔡成、王春江[③]、

[①] 《七月》时期，作者共有 210 个左右，而发表过翻译作品的译者有 17 位，其中，既刊登过自己作品又发表过译作的重合作者有 6 位：胡风、吕荧、卢鸿基、周行、苏民、王春江。

[②] 在 1939 年 9 月第 4 集第 3 期上的作家介绍栏《这一期》中介绍到了张元松："某大学底新闻系学生，会在《七月》上发表过译作《艺术与行动——论列宁》和《反法西斯主义斗争中的文学》。"又据《新文学史料》1994 年第 3 期晓风发表的《胡风和〈七月〉、〈希望〉撰稿者》（三）一文可知，"当时是复旦大学新闻系的学生"。

[③] 在 1939 年 8 月第 4 集第 2 期上的作家介绍栏《这一期》中介绍到了王春江："《新华日报》底编辑之一，这以前做过流动的战区宣传工作。1937 年 12 月 1 日第 1 集第 4 期发表了《河上别》。"

杨芳洁①、川麟②（邵荃麟）、周行③、苏民④、吕荧⑤（倪平、何佶、云圃）、卢鸿基⑥（卢隐、卜鳌，圣时）、宗玮⑦、曹葆华，还有一篇是佚名。

从上可知，译者来源比较广泛，但超过 3/4 的译者在刊物上只发表了一篇翻译作品，而翻译较多的主要译者有胡风⑧译 8 篇次、张元松译 6 篇次、杨芳洁译 2 篇次、吕荧译 2 篇次。在这些译者当中，我们都知道，胡风、吕荧、曹葆华、卢鸿基是有名的翻译家，除了主编胡风之外，其他所有译者都非后来公认的"七月派"成员。也就是说，译者当中，在开始阶段甚至是中期时，我们能找到资料或者相对比较熟悉的译者只有胡风一人，只是到了后期的 1940 年底和

---

① 在 1939 年 8 月第 4 集第 2 期上的作家介绍栏《这一期》中介绍到了杨芳洁："在日本专攻英文学，现在某机关工作。"

② 在 1939 年 9 月第 4 集第 3 期上的作家介绍栏《这一期》中介绍到了川麟："《东南战线》底编者，现在正在发动《东南战线》被停刊后的新的文化工作。"

③ 翻译了《高尔基论社会主义的现实主义》，同时，其在 1938 年 2 月 1 日第 2 集第 2 期上发表了《关于"在抗日民族革命高潮中为什么没有伟大的作品产生"（讨论）》，在 1939 年 12 月第 4 集第 4 期发表了《讨论：关于〈华威先生〉出国及创作方法问题（文艺时评）》。又据《新文学史料》1994 年第 2 期晓风发表的《胡风和〈七月〉、〈希望〉撰稿者》（二）一文可知："他是吴奚如及东平的朋友。1942 年在桂林与胡风认识。胡风帮他校阅并出版了译著《马丁·伊登》（杰克·伦敦著）。抗战胜利后，他在广州编《草莽》，曾发表胡风的《离渝 X 日记》。"

④ 在 1938 年 4 月 1 日第 2 集第 6 期发表了《"稀烂路"上的生灵（通信）》，在 1938 年 6 月 1 日第 3 集第 3 期发表了《伪装三日（鲁西前线通讯）》。

⑤ 1938 年 3 月 16 日第 2 集第 5 期发表《向着伟大作品的进行（文艺论文）》，1938 年 7 月 16 日第 3 集第 6 期发表《北中国的火炬（小说）》，1941 年 4 月第 6 集第 3 期发表《人的花朵（艾青田间合论）》，1941 年 9 月第 7 集第 1、2 期合刊发表《鲁迅的艺术方法》。

⑥ 在 1939 年 8 月第 4 集第 2 期上的作家介绍栏《这一期》中介绍到了卢鸿基：在总政治部第三厅，和友人共同编印《战斗美术》。发表的作品还有：《M. 高尔基像（木刻）》《他举起了投枪（木刻）》《抢做通俗代表的论客（美术时评）》《从能动的画说起（美术时评）》《关于塑铸汪逆夫妇跪像的通信（美术时评）》。由《新文学史料》1994 年第 3 期晓风发表的《胡风和〈七月〉、〈希望〉撰稿者［三］》一文可知："他对《七月》十分关心支持，与《七月》各作者保持着友好关系，曾专程陪王朝闻到石子山胡风家中来为胡风画像。"

⑦ 据《新文学史料》1994 年第 4 期晓风发表的《胡风和〈七月〉、〈希望〉撰稿者》（四）一文可知："原名崔宗玮，又名牛述祖。……崔是胡风在复旦大学的学生。"

⑧ 还有两篇译者名是以胡风的笔名高荒出现。

1941 年才有吕荧、曹葆华、卢鸿基的译作刊登。实际上，其他不知名的译者都是胡风想要培植的新人，像吕荧、曹葆华、卢鸿基之前也是在《七月》这块土壤上成长起来的新人。如胡风在第 2 集第 5 期的《七月社明信片》上这样回答读者："刘真马之林雨先生：怀疑七月收不到外稿，这是使我们觉得意外的。请你们看，在过去的七月有多少新的名字？事实上，七月上的文字，新作家至少占一半，而且十之八九是我们所不知道的人。平均我们有一半的精力花在审查投稿的上面；不肯适合投稿者随便地没有原则地采用，而且时间和精力又不容许——回复，却是真的。请你们放心吧，为读者为青年作家而工作，是不必一定要大吹大擂地拿出什么幌子来宣传的。"① 从上面这段话我们很容易得到以下几个信息：首先，《七月》的包容性很广，任何人都可以投稿并有机会被采用。《七月》并不是只发表中老年或有些名气作家作品的刊物，也是、更是新人或年轻人展示自己才华和发表自己见解的宽广平台，看得出主编者胡风是非常鼓励新人加入的。其次，《七月》上刊登的作品是有质量保证的，所以对稿件的质量也是有一定要求的。虽然《七月》主编胡风鼓励投稿，但只有通过了审稿才能发表。② 再次，胡风以"素朴"的风格办刊物，不搞过多宣传，③ 专心办有思想有质量的刊物。"所

---

① 胡风：《七月社明信片》，《七月》（第 2 集第 5 期）1938 年 3 月。
② 我们在这里提到的《七月社明信片》中就可以看到这样一则退稿说明："溥清先生：你底稿子不想发表，特遵嘱在这里答复。你只是说他怎样怎样伟大，但读者却一点也感受不到，不发表的原因就在这里。"
③ 还是同一期《七月社明信片》中，有一则回复很好地阐释了《七月》的定位："洪倩等五位先生：你们底意思是好的但我们不想采用那些办法。七月一开始就抱定了一个目标，那就是'素朴'两个字，所以，例如在排版上，除了点线以外，就不采用任何花头。照来信的提议，也许可以使只看目录上的花头而买书的读者来多买几本，实际上早有许多杂志很注意这一点，但我们想，这些办法不一定对读者有益，而且七月底读者所要求的大概也不是这一方面。"

以我们还是复刊了。也由于这个原因，除了发行、定期、售价以外，态度和内容还和从前大致一样。当然，有的作者不见了，那是因为他们觉得这天地太小，不足成龙的原故。也有了而且将续有新的作者，那是因为我们本来愿意做一条桥梁的原故。"①

刊物出现时，《七月》的作者群年龄在 20 岁左右。而且大部分受过高等教育，如张元松是复旦大学外文系的学生，吕荧是北京大学历史系的学生，接受过大学教育的吕荧，其理论文字具有学者的严谨。有出于培植新人考虑的胡风以其魅力深深地吸引着这些年轻人。他们是在《七月》开始走向文坛，是《七月》所发掘的散发新鲜气息的青年作家，到后期，《七月》成为他们发展的平台与园地，像一颗萌芽的种子在《七月》这块土壤里成长为参天大树。比如吕荧曾用名何云圃，笔名倪平，字云圃，诗人、作家、文学批评家、文艺理论家、美学家和文学翻译家。他出生在安徽天长县一地主家庭，从小受到良好教育，中学期间就阅读过鲁迅等人的作品和苏联小说。1935 年进入北京大学后，酷爱文学，开始研读马克思、恩格斯、列宁的著作。大学期间写诗，又写文艺评论文章，是北京大学进步文艺团体"浪花社"的主要成员之一。1937 年北平沦陷后，吕荧随流亡学生赴武汉，1938 年参加中华全国文艺界抗敌协会，并结识了胡风等文艺界知名人士。胡风在《七月》杂志上为他发表了其翻译的第一篇文章《叙述与描写》。后到西南联大复学，任中学教师；1946—1947 年分别执教于贵州大学与台湾师范学院；1949 年出席全国第一次文代会；1950 年任山东大学中文系主任；1952 年调至北京人民文学出版社，专门从事翻译和美学研究；1955 年 5 月为胡

---

① 胡风：《编完小记》，《七月》（第 4 集第 1 期）1939 年 7 月。

风集团辩护，受到隔离审查。1957 年，《人民日报》发表他的美学论文《美是什么》，文前所加的"编者按"由毛泽东亲自校阅，为其恢复名誉；"文化大革命"中又重遭迫害，在冻饿交迫中含冤病逝。

"七月派"的译者群体并不算大，而且都是团结在胡风周围的有朝气和活力的年轻人，他们为抗战时期的中国文坛输送了具有战斗精神的精神营养，推动了民族解放战争的开展。

第三节 "七月派"对日本反战文学的翻译

在日本帝国主义倾注国力发动全面侵华战争的时候，在中华民族生死存亡的关头，却有这么一类日本人，他们以公开的方式给予中国国际主义及人道主义的关怀和支持。他们的名字叫鹿地亘、池田幸子和绿川英子。在日本发动全面侵华战争之前，在日本国内还是有一些持反战立场的文人作家，但进入侵华战争时期后，"由于日本军国主义政权的高压政策，由于共产党员作家、左翼作家的纷纷的'转向'，由于日本作家潜意识中的狭隘的日本民族主义，起码在日本本土上，没有反战文学。这是现代日本文学发展过程中值得注意的一个特殊现象。……而在日本，也基本上不存在流亡到国外的反战作家和反战文学。但只有一个人是特殊的例外，那就是无产阶级作家鹿地亘"①。

鹿地亘是比较知名的作家，当然鹿地亘的夫人池田幸子和另外

---

① 王向远：《二十世纪中国的日本翻译文学史》，北京师范大学出版社 2001 年版，第 189 页。

一位国际主义战士、世界语学者、日本作家绿川英子（在日本时叫长谷川照子）同样为反法西斯斗争做出了积极贡献。因为其贡献，他们的名字在《七月》上也经常被人提及，如胡风的《关于鹿地亘》，田间的《给 V. M》（V. M 指绿川英子），邹荻帆的《给鹿地亘——并无数的日本革命作家》，曹白的《迎鹿地亘夫妇底出现》等。七月派对日本文学作品的翻译形式多样，有直接论述对时政的看法，有通过底层人民的生活来抒发自己的情感，也有借与友人信件交流的机会来表达自己的见解，还有通过译介的文学作品间接表达对时局的某种暗示或响应。

鹿地亘（1903—1982）是日本进步作家，抗战时期著名的反战运动领导人。本名濑口贡，他早年参加了日本共产党，在东京帝国大学求学期间即参加日本无产阶级艺术联盟。之后，参与组建日本无产阶级作家联盟，为负责人之一。九·一八事变后，因从事反战宣传，1934 年被捕入狱，1935 年底获释。出狱后，他继续进行革命宣传，遭到军国主义的迫害。1936 年 1 月，他乔装改名，和妻子池田幸子一同流亡到中国上海，与鲁迅相识，并致力于鲁迅作品的编译工作。上海八·一三事变后，鹿地亘撰写了许多反对日本侵华战争的文章，受到日本特务的追捕，又遭到中国国民党当局的驱逐，只好化装成华侨，辗转于香港、广州等地，过着艰难的流亡生活。鹿地亘说过："仅仅用武器来执行战争的时代过去了。不懂得这个的人是现代底落伍者。"①（胡风译）从《七月》上发表的文章可以看到，鹿地亘开始以笔为武器，来和日本军国法西斯斗争。

诗歌《送北征》就是鹿地亘在香港根据自己的真实感受创作的，

①《抗到底》半月刊（第 1 卷第 7 期），1938 年 4 月。

为其代表作之一。当时深陷困境，不敢离开（一直处在追捕当中）
住处半步的鹿地亘在焦急地等待着中国政府的签证允许，希望能进
入抗战大后方武汉，而此时听到新结识的三位青年梅、陈于秋和黄
新波要去延安参加抗日大学投身革命事业，心情激动地写下了这首
诗歌。诗歌一开头并在后文中四次写道："去吧，/梅呵，黄呵，陈
呵，/朔风在招唤你们"，用极具激昂的语言表达了自己对抗战大后
方的向往和对三位年轻人加入"朔风"（指第八路军）的鼓励："把
你们底燃烧的激情。/用冰雪底心武装起来吧。/去吧，和朔风一
起，/用坚决的心/去把凶烟吹散。"而不是"苟安"和"酝酿着奴隶
的和平"。通过这种对比的方式向人们指明方向，同时也带来乐观和
希望：

> 倭寇呵，夸耀吧，你底炮火，沉迷罢，你底妄想，/说是皇
> 威要和炮烟一同/把大陆掩蔽。/但是——等着看罢，/满野的风，
> 马上/会把毒烟吹得无影无踪，/在冰雪里闪耀的山峰/会留下庄
> 严的姿态的。/尽量地表演吧，把你底寒伧的威胁，/那瞬时的炮
> 烟！/直到枯尽为止，尽量底表演吧，/把那你和你底妄想一
> 起。/直到你底梦/在冷酷的北方底魂魄里面/冷了为止！

诗人以讽嘲的语言满怀愤怒地告诉世人，"倭寇"不管你有多强
的炮火，不管你怎么地夸耀，真正的强者和最后的胜者都将属于中
国军民。我们很容易理解一个中国诗人如此呐喊，但对于一个日本
作家来说，有这般对"倭寇"的诅咒，实在是难能可贵的。在随这
首诗歌一起寄给胡风的信《从广州寄到武汉》中，鹿地亘说："不
知有多少次遇到了生命底危险，但几千万人底生命成为问题的时候，
我们个人底生命又算得什么呢。只是，面对着像狗一样地死去的恐

惧，什么工作也没有做地一天一天地消磨着日子，请想象一下是怎样一种情形。所以，当焦躁得忍耐不住的时候，从我底胸膛里迸涌出了这样的悲愤：中国底兄弟呵，认清楚敌人和朋友吧！要这样才是真正有勇气的人！"① 鹿地亘通过自己的亲身经历认识到在这场反法西斯战争当中谁是敌人、谁是朋友，他想告诉中国军民自己的立场——中国的朋友，而对于"倭寇"，他在诗歌中对其进行了很明确的诅咒，是要让更多的人一起协同对"倭寇"作战，取得正义事业的胜利。

前面这首诗歌可以说是激情高昂的，充满着乐观与期待，而另一首同样写于中国香港的即兴短诗《颂香港》表达的却是苦闷与同情：

> 我疲劳了。/温暖的内海/使怠堕的疲劳更厉害了。/我焦躁着。/忘记了季节的太阳/使无为的焦躁更难耐了。/宁静的街道呵，/夹竹桃是红的，/不知名字的黄的花紫的花，/在白的石屏上面，/连续地投下绚烂的影子。/风也没有，冰雪也没有，/不知不觉地就要过年了。/哦哦，失却了时和世底进展的/没有联系的南海底岛哟，/你——像子爵总督阁下底/温顺，弛松的面孔一样/使我厌倦了。

"疲劳"，"怠堕"，"焦躁"代表着诗人当时的心情，诗人想投身抗日战场，可迟迟没有获得中国政府的允许而不得成行，这种苦闷心情溢于言表，同时也是对"风（代表八路军，作者按）也没有，冰雪（同上）也没有""失却了时和世底进展的没有联系的南海

---

① 胡风：《从广州寄到武汉》，《七月》（第 2 集第 3 期）1938 年 2 月。

底岛"的一种同情。面对这种困境，诗人反对"温顺，弛松的面孔"，希望中国香港民众反抗起来、行动起来，这也是诗名为"颂香港"的原因所在。

当主编兼译者的胡风译完鹿地亘寄来的《送北征》《颂香港》两首诗歌后，心绪激动而不能平静下来，为此深夜时刻写下《关于鹿地亘》一文，随这两首诗歌一同刊登在《七月》第2集第3期上，胡风说"虽然这也许只是我个人底一点随感，不能作为对于鹿地亘君的介绍"，但在文中胡风还是较详细地回顾了其与鹿地亘的交往，主要讲述了其在上海时期因为鲁迅的介绍而认识鹿地亘，到后来一起译介鲁迅作品到日本，由于对反法西斯战争看法的一致，两人来往较多，却因为战事压力被迫离开上海而联系很少甚至中断。这次鹿地亘的来信除了告知自己的近况和寄来作品说明："《七月》经常地看到了，很怀念。早想写点什么寄上。每天都这样想，但现在只有下面那么一点即兴诗。"① 还有一件事情更让胡风兴奋不已，胡风在文章最后用了很多笔墨来表明自己激动的原因：

> 我赶快译了出来，介绍给中国底兄弟们。但我在这里所感到的心绪底激动，并不是因为鹿地亘君所遭受的困苦和危险，因为，如果他现在还在日本，一定会像几百几千的良心的日本思想家文艺者一样，或者闷着一声不响，受着精神的磨难，或者被日本帝国主义紧逼地追捕，残酷地拷问，终于被投进黑暗的牢狱里面，那运命是不会比现在更好的。我底感受到激动是在另一方面。因为，从这里，中国底兄弟们可以感到，中国人民争自由争解放的神圣的民族战争是和日本底人民，人类底进

---

① 胡风：《从广州寄到武汉》，《七月》（第2集第3期）1938年2月。

步的文化在一起的，中国人民争自由争解放的神圣的民族主义是有伟大的国际主义底力量在支持的，尤其是当这方面在敌人内部表现出来的时候，胜利的预感就充溢在我们底战斗的心灵上面了。日本政府几百几百地逮捕智识分子的事情，离我们也许现得遥远，然而，在今天，在这里，日本人民底代言人在说话了，日本进步文化底良心在说话了，因为，像鹿地亘君，虽然过去和现在是过着困苦颠沛的生活，但他底名字是闪耀在日本觉醒了的大众底心里，而且，如果他肯抛弃信仰，离开真理，附和日本帝国主义底狂吠，他满可以得□①宠爱，□②捧作"花形"（明星），无耻的"普罗"作家林房雄就是一个显着的例子。当日本帝国主义者在"残酷的炮烟"里面"夸耀"着"沉迷"着的时候，日本人民底代言人，日本进步文化底良心却向着我们走来了。□③是一个伟大的胜利。中国人民将向着这个胜利敬礼，将沿着这个胜利前进！我们祝鹿地亘君底健康，并且寄上我们底约言：中国底兄弟们是分得清楚"朋友"和"敌人"的！④

胡风想要表达的是，他的激动并不是因为同情鹿地亘所遭受到的困苦和危险，而是由于来自侵略者内部的"日本人民底代言人在说话了，日本进步文化底良心在说话了"，鹿地亘向我们指出了真正的敌人是日本的军国主义势力而不是无辜的日本人民，站在国际主义和人道主义的立场上，代表日本人民和进步文化的鹿地亘选择了

---

① "□"表示该字完全无法辨认。
② 同上。
③ "□"表示该字模糊不清，很可能是"这"字。
④ 胡风：《关于鹿地亘》，《七月》（第2集第3期）1938年2月。

跟中国人民站在一起，一同为争自由争解放的神圣事业而努力。对此，胡风最后进行了有效的回应和号召：中国军民是分得清楚谁是朋友、谁是敌人的！作为主编的独特译者胡风，很准确又及时地捕捉到这些信息，也是难能可贵的。不仅如此，邹荻帆发表《给鹿地亘——并无数的日本革命作家》也给予回应："我将狂吻着/你热情的诗句/九○○○○○○○○只膀子/都举起了/向你招手/向你欢呼/因为/兄弟们底中国/今朝已认识清楚了/谁是朋友/谁是仇敌。"① 对于这点，下文将结合具体文本进一步分析。

《听见了呀》把关注点转向了日本国内，同样是一首鹿地亘写于香港时期的诗，"但因为不愿受到日本特务机关底追踪，所以把他底生活环境移到了汉口。诗里面所说的天空，夜弄堂，被炸过了的墙壁，都是设想的汉口底情形"②。此诗在开头就向我们介绍了写作背景："东京市近郊的川崎、千住、荒川的出征兵士和他们底家族，当开船的时候举行了反战的示威，三十个在开了枪的军警底枪子下面倒毙，且一千多个遭了逮捕。一看到这条新闻消息，我底血马上奔涌上来，几乎要大声地叫了。"

鹿地亘一听到这个消息，在不能制止的怀念里面，把喷涌出来的声音拼命地移到了纸上。其节奏长短相接，感情浓烈。诗歌一开头就发出了怒号和绝叫："听见了呀！/我的的确确听见了呀！/兄弟呵，/母亲们呵，/姊妹呵！/喷涌的血底怒号/纹裂心脏的绝叫/在我底心底里响着了呀！"诗人一直是期待日本国内人民的反抗的，"哦哦，在悠长的时间底流里/我是怎样地期待着，/怎样地侧着我底耳朵呀！

---

① 邹荻帆：《给鹿地亘——并无数的日本革命作家》，《七月》（第 2 集第 6 期），1938 年 4 月。
② 胡风：《听见了呀·译后记》，《七月》（第 2 集第 6 期）1938 年 4 月。

像待望寒夜底过去一样/我是怎样地因为期待而压住呼吸的呀",但是在军国主义刺刀的看守下,人们往往只是在不断地诅咒,"——现在,/在包着愤怒的胸膛前面/有刺刀在指着。……然而,我听到了,痛苦的呻吟,/那是充溢在街路上的诅咒——/被饿,被冻,被损害了的生命,/小孩子们底,女人们底"。在早晨看到的也是乏力的冬天的阳光,连弄堂里也照不进来,作者处在被蹂躏、被侮辱的痛苦当中,他向往着中国大陆燃烧着的抗战圣火。

在回忆这次流血事件时,诗人的心情再一次澎湃起来,"心脏呵,疯狂的兽呵!/压住要炸裂的怒吼,/哦哦,我要窒息了!/祖国,血的祖国/无言的堰决开了——/不要哭,哦哦,同伴!/然而,眼泪马上涌了上来,流着,流着,流下来/哦哦,终于……我看见了"。之后诗人回顾了此次事件,而此时,诗人向我们再次展现出了战争正义性的一面,他想告知中国民众,很多日本士兵是能分清敌友的,同时,在控诉法西斯罪行时也在鼓励日本国内人民不畏生死、浴血奋战、反抗真正的敌人。"飘荡的征旗,纸带子底云——/背着枪的满载的劳动者——/敌人是谁?你们到哪里去?/哦哦,可亲的兄弟呵!……六乡底勇士呵,把敌人忘记了么?/下船来!挽起手臂!/掉转你们底枪口!/打到法西斯们!/群集底怒吼变成了暴风雨,/兵士们底胸口炸裂了。/哦哦,看吧!他们丢了枪!/从船沿跳下,潮水似地下来了!/欢呼声轰然地腾起了,/兵士们被高高地举了起来。/前进!向着我们底堡垒!/六乡底勇士用手指着。到工厂去!停止动力!停止战争底呼吸!"此时监视的军官慌张了,命令守兵向反战者开枪也没有人听从,就在军官自己拔出手枪之际,反战者先行"轰然地,枪口喷出了火"。虽然后面遭到了镇压,但鹿地亘却是乐观的,"打开窗,我呼吸/吐出了深深的深深的一口气。/早晨的阳光陡然射入了，/不知从什么时候起，已带有春天的气味"。诗人最后发出了心中的怒吼，他在鼓励所有人去反战，指出了他们真正需要反抗的敌人是日本军国主义者，他期待着光明正义的到来："我看着房子被炸弹炸掉了的墙壁。/据说，骷髅沾着了亲人的眼泪/就会渗出新鲜的血来。……哦哦，染在码头上的血流——/那是流在世界上/一切民众底心里的/战斗的血！是燃着的火！/看吧，看吧！法西斯们呵！/血污的刽子手们呵！/火焰在你们底脚下跳着！/在烘烘地把你们包着！"

　　另一位重要的反战作家是池田幸子（1913—1976），作为鹿地亘的妻子，二人在中国八年抗日战争中患难与共。池田幸子13岁来到中国，1936年，幸子在内山书店认识了鲁迅，后来又认识了胡风、曹白等人，再之后与流亡到中国的鹿地亘相识，二人志趣一致，几个月后就同居在一起。黄源在《欢迎"中国的友人"——鹿地亘》中写道："池田幸子和鹿地亘同居着，她的中国话说得比鹿地亘好，于翻译上和生活上给他很大的帮助。这一对在清苦生活中努力于介绍中国新文学到日本去的朋友（他们的工作使日本一般读者对中国有个新的认识），除了言语、外貌以及一些习惯不同外，我们早把他们视为我们自己的兄弟姐妹了。"[1] 可以讲，池田幸子的反战活动都是和鹿地亘联系在一起的，二人相互鼓励、相互支持、相互配合，为正义的反法西斯战争的胜利做出了重要贡献。池田幸子的散文充满着革命激情，但同时展现出了清醒的头脑。《复曹白》就是这样一篇文章，这是写给曹白的一封信，曹白是池田幸子在上海时期认识的木刻家，当时鹿地亘和池田幸子终于到达抗战大后方武汉，心情

---

　　① 黄源：《欢迎"中国的友人"——鹿地亘》，《群众》（第1卷第10期）1938年2月12日。

是欣喜的，对战况也是乐观的，"在要动身到武汉来的前一晚，因为希望和欢喜，我们睡不着。……武汉现在充满了活气。切身地感觉着一切都在一天一天地好转。在街边，伤兵挣着拐杖，和老百姓底小孩子们玩着。每天早晨，我们被不知道从什么地方送来的勇敢的救国歌底合唱唤醒。"但池田幸子的头脑是清醒的，她并没有沉浸在激动之中，而是站在正义和真理的标准之上对所谓"新支那经营"的黄河治水阴谋进行揭穿，"并不是为了人底幸福，而是料想可以作为奴化的怀柔政策的"。更进一步，指出法西斯侵略者所在之处连"苗窟"都称不上，"我不觉得法西斯侵略者们是人，和人类里面的任何一个未开化的民族都不能相比。苗子不过是小孩子，精悍的小孩子，但这些混蛋却是文明底堕落者。他们是人类底堕落，是人类之敌。他们甚至拿出几千年前的文化底传统，夸耀人种底优越。把那当作侵略底盾牌"。更为重要的是，对于某些论调，池田幸子能保持清醒和理智。针对"日本曾经承受了中国文化底大的恩惠，但现在却忘恩负义地来侵略了"的道德论调，池田幸子进行客观的分析："不错，在过去，日本承受了大陆文化底恩惠。可是，在支那文化底一面里所有的奴隶的屈从底精神，现在甚至反而成了法西斯底道德的精神底援助者。总之，在过去，文化底交流在邻接的民族中间是一直存在的，比方在日本，就是所谓倭寇，也帮助了海外文化底输入。在这个场合，我们虽然如实地看倭寇，但并不能在倭寇底行为里面找出什么道德的根据。"最终得出："我底意思是，在这个'恩义说'里面，使我们感到了和侵略者日本底倭寇道德论有相近的东西。"最后，池田幸子用三个反问句说出了自己的真正立场："说是侵略者，不是很够了么？说是人类之敌，不是很够了么？像我们，不是并非为了报恩，而是对于这人类之敌站在同一的位置上，因而伸出了同志的手了么?"池田幸子始终以同一标准来客观冷静分析时局,真正体现出"国际主义"精神。

七月派的一些文学翻译作品并不以直接表现抗战为目的,而是通过对战争背景下底层人们的关注,侧重表现个体生命在战时语境中的生存状态。例如绿川英子写的优秀短篇小说《西崽的故事》,以其和鹿地亘在上海的生活经历为蓝本,讲的是一个从农村逃出来而在上海法租界当西崽(服侍)的张忠明,他虽然没有文化,不识字,只能听别人差遣,但人却老实、淳朴和爱国。张忠明平常爱跟绿川英子开玩笑,但有一次因为被那个白俄老太婆"守财奴"偷了自己买饺子端回来的盘子,反倒被诬陷自己是惯贼而生气了,在不止一次被诬陷之后,他只能感叹国家的遭遇:"没有法子,中国人是不行的……自从东三省失去了以后,就简直完了……自从日本鬼子夺去了东三省以后,连白俄都做了中国人的主人。"而且还经常受到四十多岁的独身男子咒骂。所以从心里面讲,张忠明是希望祖国打赢这场战争的。当谈到因为没有钱而娶不到老婆时,张忠明回答说:"如果我有钱,我宁可多买些救国公债。"在这种时局下,在他心里,救亡比娶老婆更为重要,而且他还鼓动"认识字什么都明白"的作者本人去参加救亡工作、购买救国公债。可就当社会底层人民都意识到救国的重要性而行动起来的时候,战争的残酷再次让西崽张忠明流泪哭泣起来:"你到外面去看看吧,从南市逃难出来的人,一群一群地……我,气死了,气死了,简直忍着。小孩子们……满身是伤的也多得很。……他们逃到什么地方去呢?……可怜可怜……中国,我们,怎么得了呀!……"面对这样一个战争背景下的社会底层的淳朴爱国者,反战者鹿地亘没有无视,而是走近作者和张忠明的身旁,虽然眼睛也带有泪光,但脸上却浮起静静的微笑,乐观而坚信地向张忠明宣告了一个真理："这还不过是刚刚开始呀！小张！我们要的是最后的……"小说很成功地塑造了一个底层人民民族革命觉醒的形象，通过战争背景下的这个底层人民张忠明的视角，作者向我们表达了中日两国人民的共同反战立场，并使我们坚信战争的最后胜利属于正义的中国军民。

在这场反抗军国主义法西斯的持久战当中，为了取得战争的胜利，很多人放弃自己的个人利益而遵循"国家至上"的原则，这是中国社会所要求和提倡的。在"七月派"的译介作品中，绿川英子的《失去的两个苹果——病床杂记》就是这样一个典型代表。绿川英子（1912—1947），原名长谷川照子，是日本世界语学者和作家。在中小学时就受马克思主义影响，读大学时期受革命影响而喜欢上世界语，并加入日本无产阶级世界语同盟，之后不断参加左翼活动，并把自己的名字改为绿川英子，世界语为 Verda Majo，意为"绿色的五月"。胡风在译后记当中写："战争爆发以后，她英勇地和我们一道站在了反抗日本帝国主义者侵略战争的前线，虽然她为了达到这愿望还经过了一些波折，除了依然用世界语向全世界控诉以外，每天晚上还站在无线电播音机前面，用'越过无重的海、山的电波'号召她祖国的人民起来反抗军阀法西斯底犯罪行动。"[①] 1933 年，她与留日的中国留学生刘仁相识并在 1936 年结合，第二年两人先后来到中国，积极参加反法西斯的抗日斗争。绿川英子先后到达上海、香港、广州、武汉，1938 年 10 月因武汉失守，经由长沙和桂林，12月到达重庆。而就在这个月，汪精卫竟然投敌叛国，心情凝重加上战争环境下的长途跋涉，让绿川英子到达重庆后病倒了，1939 年，

---

① 胡风：《失去的两个苹果——病床杂记·译后记》，《七月》（第 4 集第 1 期）1939 年 7 月。

躺在病床上的绿川英子写下了这首充满正义、乐观与活力的长诗《失去的两个苹果——病床杂记》。

诗歌以梦境开始，梦到每月一次给母亲服侍的时候被严厉地问道："——妈妈特别给你的苹果，为什么两个都不见了。"就在想跟妈妈撒娇之时，梦被吓醒了。她幻想妈妈在收听她的广播，想要投入妈妈的怀抱，可英子很清楚地意识到："在我底眼前浮现的，是悲伤的疲乏透了的饥饿的/怨恨的愤怒的/各种各样的无数的面孔/——男的，女的，年轻的，年老的。/妈妈呵/你是我底唯一的，最爱的，但我不能够仅仅是你底所有。"英子想到的不仅仅是自己和母亲，而是千千万万的劳苦大众。再回到现实中，绿川英子是被日本军阀法西斯称作"失去了夸耀的大和抚子"① 和"卖国贼"，对此，英子以告诉母亲的方式回答："对于弱小的，贫穷的，被损害的人们的爱，/对于一切虐待他们的东西的憎恨/——从您得到的这尊贵的/'夸耀'，至宝，/就是一点点也罢，我什么时候失去了么？/您底女儿本不应该失去/但终于失去了的/仅仅是——两颊底红潮。"英子告诉我们，失去的仅仅是两颊的红潮（苹果），但"夸耀"与"至宝"的正义和尊敬一点都不缺少。英子没有停留在自己个人容颜的层面上，而是向人们揭示出了最为深层的原因，"不知道在什么时候/我两颊上的苹果不见了。/然而我知道/把它们抢去了的是谁，/而且这个可恨的手/和那个把这中国底，祖国日本底/千千万万的青年们和孩子们底那些/残忍地抢去了的手，/正是同样的一个。"指出是日本帝国主义的侵华战争，给中国人民和日本人民都带来了深重的灾难，为了解救出劳苦大众，英子提出要不断地斗争下去。并且表示，为了中国人

---

① 译者胡风在《译后记》中讲到："大和抚子是日本统治者对于他们认为可夸耀的日本女儿的尊敬的称呼，但绿川君底这份权利却被法西斯代言人剥去了。"

民、日本人民，甚至是全世界人民，英子愿意牺牲千千万万中仅仅一个的自己，牺牲小我、成全大我："妈妈呵/虽然可怕，但闭上眼睛塞住耳朵是不行的，/只有突然燃烧的斗争底熔炉里面/总有一天罢，我们一定会夺取回来的。/然而，妈妈呵/就是您底女儿永远地失去了/从您得到的苹果，/但也请您不要见怪罢，/因为那是为了/要在这大陆，那三岛，以及整个大地上/永远地丰富地结成光辉的红的苹果/因而未到时候就凋落了的/无数个无数个里面的仅仅两个的原故。"

长诗以"失去的两个苹果"为题是很有意思的，这两个苹果表面意义上指的是她那从小就很可爱如两个圆圆的红苹果一样的小脸蛋，诗人却完美地借用了这一意象向我们表达出个人服从群体，牺牲小我、成全大我的内涵。默默战斗着的绿川英子发出了这样的声音和做出这样的举动是伟大的，难怪译者胡风在《译后记》中这样说："从这里，我们不是亲切地感到了夜静时一个人在逐去了一切市声的静悄悄的播音室里的她底心，爱祖国和爱正义的心的，女儿的心和战士的心底混然一体么？"

从以上的分析可知，"在中国抗战中的反战日本人，是以他们的觉醒与实际的反对日本帝国主义的侵华的行动，表达了他们对祖国的爱和对中日友好相处的愿望的。他们是从被牺牲的惨剧中，认识到这一真理的"①。对于反战文学的价值评价，吕元明这样评价道："在华日本反战文学，是特殊条件下的产物。创伤和鸿沟将两国人民分离开来，相互对立。而反战文学却是为填平鸿沟而战的。它是日本民族当之无愧的文学精华。"②

---

① 吕元明：《被遗忘的在华日本反战文学》，吉林教育出版社 1993 年版，第 270 页。
② 同上书，第 6 页。

第四节 "七月派"对苏俄及欧美文学作品的译介

在全民抗争的大背景下，在"投笔从戎""前线主义"运动时期，在八一三事变后战火弥漫下的上海创刊，而后又因战争被迫转移到武汉的刊物《七月》，始终坚持与人民大众站在一起，坚持文人独有的抗战方式。翻译文学以一种独特的方式出现了，它以翻译和介绍外国文学作品的方式来提升战争斗志、加速战争取得胜利。编者胡风有这种远见和意识，在1938年2月1日第2集第2期编后记中对译介的初衷就做过明确的说明："从这一期起，想每一期特载一两篇译文。中国新文学的发展，国际文学遗产的接受是有很大的力量的，虽然在战争期的现在，主观的客观条件限制了这一工作，但只要可能，我们还不愿完全放弃这方面的努力。"①

在所有翻译的作品当中，其中文学作品有13篇：《送北征》（1938年2月）、《颂香港》（1938年2月）、《从广州寄到武汉》（1938年2月）、《西崽的故事》（1938年3月）、《听见了呀》（1938年4月）、《复曹白》（1938年5月）、《玛德里在笑着》（1938年6月）、《失去的两个苹果——病床杂记》（1939年7月）、《时钟》（1939年8月）、《塞马加是怎样被捉去的》（1939年8月）、《在盐场上》（1940年1月）、《瓦尔米——法国大革命史的一页》（1940年3月）、《萨尔蒂可夫小说集》（1940年9月）。以上这些文学作品大多属于反战文学作品，真正体现出了"七月派"的立场与主张。

①　胡风：《编后记》，《七月》（第2集第2期）1938年2月。

"七月派"除了对日本反战文学作品的译介外，其次主要的翻译对象就是苏联文学了，如高尔基的《时钟》《塞马加是怎样被捉去的》《在盐场上》和萨尔蒂可夫的两篇小小说《萨尔蒂可夫小说集：1. 诡谲的鲤鱼2. 自我牺牲的兔子》。而欧美国家的作品也有所涉及，如美国的《玛德里在笑着》，法国的《瓦尔米——法国大革命史的一页》。在这一部分中，翻译的文学作品很好地体现出了主编胡风的"主观战斗精神"和揭示国民"精神奴役的创伤"的主张。译介高尔基的三篇文章在揭示国民"精神奴役的创伤"的同时，能给中国人带来抵抗日本侵略的勇气和力量。

首先看《时钟》，这是高尔基非常有名的一篇托物言志散文，早已成为大家广为传颂的珍惜时间、珍爱生命的励志名篇。文章写于沙皇最反动、最黑暗的时期，也是俄国人民遭受压迫最深重的时期，文章借用时钟这一意象向我们展示了憎恨假恶丑、追求真善美的崇高理想，鼓励人们勇于反抗、勇于斗争，只有这样才能获得生命最大的价值和意义。原文中的很多句子足以让我们获得共鸣："1. 灾难是贬价的股票。最好不读任何人吐诉生活的苦恼；安慰的词句当中极少有你所欲寻求的东西。当你和妨碍你的生活的东西斗争时，生活才会越加充实而有趣。在这样的斗争里，疲倦的，悲哀的时钟在不闻不问地加速着它的进程。2. 两类人：有的人坚决主张规避生活，有人却将他们的内心与灵魂献给它。3. 赐予人类一种智慧——理想。4. 如果人类有这个希望，人就可能获到一切；如果人有这个希望，他们将变为生活的主人，而不是现在的奴隶。5. 勇敢和坚强的精神万岁，崇拜真理，崇拜正义，崇拜美的人万岁！6. 我们生活的时间是愚昧的，空虚的时间。让我们美丽的行动注意这些时间吧，永远不要宽容自己；这样，我们将会生活在充满愉快，洋溢着自豪的美丽的时间里。不能宽恕自己的人万岁!"用无情的时钟来反衬出有情有恨的人,用崇高与渺小两类人的对比来凸显斗争、理想、希望、真理、正义、美、行动的重要性,这些在苦难战争中是极其重要的。

第二篇《塞马加是怎样被捉去的》是一篇短篇小说,讲的是一个与敌人在战斗而在逃的兵(自己也称"贼")塞马加在下雪的寒冬,为了救一个被遗弃的婴儿而被捕的经历。在犹豫救与不救之际,塞马加出于人性的爱在不知不觉当中已经抱起了婴儿,只可惜婴儿最终还是被冻死而没有幸存下来,塞马加之后还处在自责和叹息当中:"我应当头一次就把他抱起来,这样或许就……头一次我没有,拿起来了,又把他放下去。"体现出的是正义、仁爱、崇高和未能救到婴儿的后悔莫及。小说肯定了这种以战斗充实人生,在个人安危与正义、仁爱、崇高之间,塞马加的行为打动了读者的灵魂。

第三篇《在盐场上》写的是一个无以谋生的小伙子企图到盐场上去做工,赖以糊口,却遭到了那些同样也是出卖劳动力的人们别出心裁的挖苦捉弄、刁难折磨,最后不得不痛苦地离去。在那儿,这个稚嫩的小伙子碰到的是粗野而不怀好意的目光,听到的是凶狠而恶毒的咒骂。当他第一次推起一辆重重的盐车,不幸翻了车时,人们用"一阵震耳欲聋的口哨、叫喊和狂笑"来欢庆他的摔跤,谁也不给他帮忙。他们还把两个车把手巧妙劈开,然后叫他去推车,使得他手掌上的皮肤被车把手夹住,皮被撕了下来,于是又引起一片幸灾乐祸的叫喊声、讪笑声。除了对剥削制度的谴责和对劳动人民的同情之外,高尔基对俄罗斯民族的某些灭绝人性、不念同胞情的精神劣根性给予了深刻揭示。

还如《萨尔蒂可夫小说集》,文中是两个很有意思的小故事,第一个小故事是"诡谲的鲤鱼",讲的是一条自以为聪明的小鲤鱼为了躲避这个到处充满凶险的世界而保命,比如阴险的人类和凶残的大鲨鱼,它决定做两件事情:第一件是替自己挖一个洞躲在里面;第二件是改变日常生活方式,白天就待在洞里,等到夜里人、兽、鸟、鱼都熟睡时再出来活动。可这样做的结果是自己虽保住了性命但却捉不到任何食物充饥,常常饿得颤颤发抖,可让人没有想到的是它竟这样自我安慰:多谢天,我还是活着的呀!常常在洞里做着如中了彩票和结婚生子梦的小鲤鱼就这样在饿得颤颤发抖之中活着,可不知道哪天它死了,不知道是做梦的时候因为一激动把脚伸出来被梭鱼吃了,还是它自己饿死了,没有人知道,因为它天天躲在洞里没有谁能亲眼瞧见。这真的是对那些怯于反抗而苟且偷生的人物的最大讽刺。小说中有一段很精妙的话足以说明作者的写作意图:"如果鲤鱼底族类要延殖下去,那他们要作的第一件事就是生育,然而他不曾生育过任何子女。要使鲤鱼底族类长得蓬勃繁荣,各个份子都筋强力壮,那他们必须豢养在天然的环境里,不在像他那样的小洞里,他自己就在这小洞中的永远的黄昏里变得几乎盲目了。年青的鲤鱼必须求得很多的滋养品,竭力接近社会,彼此分享牛油和面包,相互观摩优良的德性等等。只有这样的生活才能使鲤鱼底族类向上发展,不致退化到香鱼的境地了。"投射到人类身上,人要乐观与从容,勇于与社会的敌人日本法西斯做斗争,而不是躲避与逃避,只有这样中华民族才能取得战争的胜利,繁荣昌盛地延续下去。第二个小故事是"自我牺牲的兔子",写了一只兔子不小心经过一个狼窝被抓后关在狼窝,未婚夫的哥哥过来解救并鼓励它一起逃走,可它却不敢违抗狼的命令要等着死期的到来,就在这时被狼发现,得知兔子要结婚,所以狼太太给了兔子一天的时间,但兔子未婚夫的哥哥必须留下来做抵押。为了履行承诺，兔子很快完成了婚礼、离开自己的未婚妻，历尽千辛万苦回到狼窝等待狼的惩罚。表面看上去是在歌颂兔子的忠实和讲信用，但实际上作者是在用象征隐喻的手法讽刺某些人的懦弱，向我们展示的是批评犬儒主义和崇仰战斗精神的态度。曹葆华在《译者后记》中写到萨尔蒂可夫是19世纪伟大的俄国作家，也是卓越的讽刺家，他把18世纪中叶俄国社会生活的下贱与卑鄙、肮脏与恐怖深深地表现出来，用以揭穿沙皇俄国社会基础的腐烂，以及撕破沙皇俄国社会统治者的假面具的冷酷与无情，是他同时代的进步的人们所不能比拟的。萨尔蒂可夫讽刺的对象是那些公开与民众仇对的人和那些虚伪地向民众表示友善的人，他誓死反对一切的妥协与因循，他憎恶伪善、矜骄、虚假和诈奸。萨尔蒂可夫的童话集对于世界文学是一个无价的贡献。显然，这类小说属于地方性的题材，但是像一切真正的艺术品一样，它们超越了它们的时代，变成世界文学宝库的一部分，给今天处于抗战中的中国产生了很大的积极作用。

与萨尔蒂可夫小说对小鲤鱼和兔子的讽刺描写相比，欧美的文学作品更多的是从正面进行描写。如法国罗曼·罗兰的《瓦尔米——法国大革命史的一页》，描写的是1789年法国大革命的瓦尔米战役，巴黎人民起义后，外国组成联军准备对法国进行干涉，在这场战役中，法国人民英勇地战胜了外国干涉军，之后召开国民公会，成立了法兰西第一共和国。这段历史的回顾旨在鼓励人民进行正义的反抗，"大革命的儿孙们，生于今之世，是不是还能不畏惑地听那瓦尔米山上的大炮声的骄傲的反响呢"。同样是美国黑人L.休士的《玛德里在笑着》向我们展现出了西班牙人民在战争中乐观与从容的状态。西班牙法西斯主义独裁者佛朗哥在首都马德里不分昼夜地轰炸，但马德里的人民却没有为此所吓倒。还是从容地做着他们该做的事情，不管是旅馆里、电话局里，还是饭馆里。文中举了几个例子，教授一样幽默地做着研究，弹钢琴的姑娘照样欢快地弹着钢琴，看电影的人们坚持把电影看完等。人民处在困苦当中，但他们脸上带着从容的笑容，"蹩脚的香烟，劣等的酒，少许的面包，没有肥皂，也没有糖！而玛德里却披着英勇而欢笑的外衣。困在整夜不绝的枪声里，可是还在活着"。这里没有《萨尔蒂可夫小说集》中小鲤鱼的贪生怕死，有的只是淡然、从容、乐观和坚定，这些对于同样身处战争困苦下的中国人民来说是极其需要的。

从上面分析可知，文学作品的翻译介绍都和抗战结合得很紧密，"救亡"大于"启蒙"，政治性大于文学性，会让人误解这些文学作品都是为政治服务的，但我们认真地读完这些作品后会发现，其实这些作品很多都是具有很高的文学性，比如鹿地亘的《送北征》《听见了呀》，绿川英子的《失去的两个苹果》，高尔基的《时钟》《在盐场上》，还有萨尔蒂可夫的《萨尔蒂可夫小说集》，大多成了今天我们诵读的经典之作。

第五节 "七月派"对外国文论的翻译

在抗日战争的时代大背景下，"七月派"践行着"主观战斗精神"和"精神奴役性创伤"的文艺主张。七月派在《七月》上译介了十一篇与苏联及东欧有关的文论作品。

《七月》译介的文论作品首先提倡昂扬的战斗性精神。自日本发动九一八事变侵华以来，中国人民开始了保家卫国长达十四年之久的艰苦卓绝的抗日战争,特别是七七卢沟桥事变后进入全面抗战阶段,其残酷程度非同一般。在这样的大环境下,在震惊世界的"八一三"抗战坚持将近一个月的时候,1937年9月11日的上海,一位决心将七月的热血凝聚为更强大的艺术力量的中国作家创办了《七月》,他就是胡风。在不久后(1937年10月16日)武汉复刊的第一集第一期的致辞《愿和读者一同成长》中说:"在神圣的火线下面,文艺作家不应只是空洞的狂叫,也不应作淡漠的细描,他得用坚实的爱憎真切地反映出蠢动着的生活形象。在这反映里提高民众底情绪和认识,趋向民族解放的总的路线。"民族战争的胜利高于一切,这就决定了"七月派"作家在译介苏联及东欧文论时会不约而同地突出昂扬的战斗精神。《七月》直接译介与苏联及东欧战争有关的作品不多,但其所译介的作品注重战斗精神的传达。在1938年2月1日第2集第2期的《高尔基从加普里岛写来的信》一文中,高尔基表达了这样的观点:"我还带有很多东方人的血统,我们倾向于观察、懒惰和不做事。凡是俄罗斯人,应对这作顽强的,经常的,不停手的斗争。斗争性很好,你不准备去相信别人的话和指示,可是你也就以此生活着,注意地听,对人要敬重,但不忙去相信他是知道真理的。不要忘记,没有纯粹是白的和完全黑的人,人是各色各样的,错综的,很复杂的。"① 高尔基对作家所要求的烦恼与燃烧,正是一种动的、战斗的精神。同时鼓励作家需要战斗性,顽强地、经常地和不停手地进行斗争,这样作家才能在复杂的环境中做出正确的判断。这种精神对中国人民的对敌抗战是有帮助的,而在需要"行动"的时候"安然自若"则具有现实的危害性。而译载自

---

① [苏] P. 马克西莫夫辑:《高尔基从加普里岛写来的信》,克夫译,《七月》(第2集第2期)1938年2月。

保加利亚 G. 季米托洛夫的演说词《反法西斯主义斗争中的革命文学——在莫斯科作家局反法西斯大会上的演说》中："那些光喊着：'革命万岁！'的人并不是革命作家。只有那帮助组织工人阶级，动员他们来反抗敌人的作家，只有这样的作家才能够算作革命家。"①该文直接呼吁作家应该具有昂扬的斗争精神，投入各阶层人民的斗争中而不是空洞地呐喊。胡风在晚年回忆中谈到了他译介这篇作品的意图："是尽可能采取审慎的态度……革命导师们向文艺提出的庄严任务，一定能激励我们的作者和读者，严肃地对待文艺事业，正视我们人民在战争进程中的沉重负担和艰苦的斗争。"②可以看出他是把苏俄文学视为精神的导师，并密切关注着人民战争的现实进程。而分上、下两期分别在 1939 年 9 月第 4 集第 3 期和 1939 年 12 月第 4 集第 4 期刊载的塞尔维亚 T. 巴克的《基希及其报告文学》中也讲到了报告文学对于反抗剥削和压迫的重要意义："为了被压迫者，反对压迫者。"③从文中可以看出，基希为了被压迫者，对待压迫者更具战斗性了，而且社会也期待基希成为战斗着的无产阶级的报告员，那样的话，他能更好地运用报告文学为身处战时状态的人民服务、为社会主义服务，无疑鼓舞了中国作家的战斗激情。

"七月派"的文论译作是对现实主义的极大推崇。在抗战的大背景下，文学界倡导的是"革命文学"，强调文学服务于现实政治斗争、主张作家接近社会下层民众生活，追求的是历史的"本质真实"，因此在创作方法上提倡以现实主义为主导，旨在揭示历史发展

---

① ［苏］G. 季米托洛夫：《反法西斯主义斗争中的革命文学——在莫斯科作家局反法西斯大会上的演说》，张元松译，《七月》（第 3 集第 6 期）1938 年 7 月。

② 胡风：《胡风回忆录》，人民文学出版社 1993 年版，第 108 页。

③ ［捷克］T. 巴克：《基希及其报告文学》，张元松译，《七月》（第 4 集第 3 期）1939 年 10 月。

的规律。以胡风为代表的"七月派"作家以具有深刻现实感受的"社会派"身份在实践：接触生活，表现人生。在《高尔基从加普里岛写来的信》的第三封信中，作者表明写作要诚心诚意，主张为卓越的人们写作；要简单，让读者"看了半个字便会懂得你的"。这里对写作就进行了"现实性"的要求，写作得抓住要点，避免冗长的平铺直叙；得真实，避免冷淡或夸张；得通俗易懂，避免那种概念的抽象议论，这与胡风在《七月社明信片》中提出的明确要求是一致的。高尔基的《普式庚论草稿》中则说："在普式庚里，我们有一位洋溢着生活底意象的作家，他努力以最大的忠实，最真的现实主张把这些生活底意象用诗和散文表现出来，他以他的天才完成了这个工作。他的作品乃是一个深知博学的人对于一个特定的时代底特征，风习，信念底无价的真实的记述，并且，在本质上，是俄罗斯历史底无比的画图。"① 普式庚不像纯粹公式化的阶级作家，总是竭尽全力把自己的阶级表现为无可争辩的种种社会真理的所有者，而是从现实生活中汲取营养，在文学作品中表现现实，从而是突破了他出生贵族阶级的限制。作为悼念文章的《苏联艺术家 A. 克拉甫兼珂》对苏联雕刻艺术家克拉甫兼珂形象进行了刻画，其主要表达的是他如何走向革命，如何在革命的环境下向现实汲取文化营养而成为"苏维埃的艺术家"："他经过了革命的颓唐的布尔亚的艺术的各阶段。最初是非政治底；其次写实主义底风景画倾向于印象主义；接着，是追求装饰的纪念碑底形式，他用他在印度旅行所得来的印象转变成功一种戏剧底奇异的风格化；最后乃潜心于纯粹底形式的

---

① ［苏］高尔基：《普式庚论草稿》，吕荧译，《七月》（第 6 集第 4 期）1941 年 6 月。

追求——这便是革命的克拉甫兼珂。"① 阅读原文可以看出克拉甫兼珂的成功是因为他克服了前期浪漫主义艺术家的身份，注重的是从现实生活中寻找创作的源泉。在另一篇对现实性（主义）明显表现出推崇的是《高尔基论社会主义的现实主义》，编者胡风在《校完小记》中说："介绍高尔基底文艺论的一篇译文，对于我们当大有益处。那里面有 cpigone 一字，译者花了许多功夫查不出来，后来才觉得是德文，但也打听不出确定的含义。他要编者决定，编者更无把握，只好从他所提出的两三个意义中间选定出了'模仿者的'，成了'模仿者的现实主义'，即模仿现实的态度之意，如果不当，望给予指正。"② 这反映了译介过程的不易，但也从侧面显示出编者译介此文的目的，就是宣传社会主义的现实主义。这篇译文重点向我们介绍了高尔基关于"社会主义现实主义"创作方法的观点，对当时我国在文学服务于现实政治斗争的时代背景下的文学创作有着积极的借鉴意义，也难怪译者会称它是"研究社会主义现实主义创作方法的起点"。

还有强调现实主义能动意义的《叙述与描写》，卢卡契在文中首先对比了托尔斯泰的《安娜·卡列尼娜》和左拉的《娜娜》对赛马的描写，认为前者的描写在整个叙事中承担着必要的职能，而左拉只是抱着一种自然主义的态度为描写而描写，缺少一种内在的激情和对叙事的强烈的推动作用。卢卡契在这里实际上是强调现实主义创作方法的能动意义，它不是对生活的纯客观的摹写，而是作家凭独特的个性对生活的内在意义的透视。苏联文艺理论界的一些人批

---

① ［苏］S. 拉苏莫斯卡耶：《苏联艺术家 A. 克拉甫兼珂》，卢鸿基译，《七月》（第 6 集第 3 期）1941 年 4 月。

② 胡风：《校完小记》（第 5 集第 1 期）1940 年 1 月。

评卢卡契过分强调现实主义创作方法的自律性和能动性，抹杀了世界观改造对作家的重要意义。这种观点对中国左翼文学界的影响很大，但胡风却相当欣赏卢卡契的观点，并在"校完小记"中表示，问题的关键不是抹杀世界观的作用，而是在于解释世界观的作用："至于文章底内容本身，一时很难说出什么意见。这里面提出了一些在文艺创作方法上是很重要的原则问题，而且从一些古典作品里面征引了例证。这些原则问题，我们底文艺理论还远远没有接触到这样的程度，虽然在创作实践上问题原是早已严重地存在了的。在苏联，现在正爆发了一个文艺论争。论争底主要内容听说是针对着以卢卡契为首的'潮流派'底理论家们抹杀了世界观在创作过程中的主导作用这一理论倾向的，但看看这一篇，与其说是抹杀了世界观在创作过程中的作用。那么，问题也许不在于抹杀了世界观作用，而是在于怎样解释了世界观底作用，或者说，是在于具体地从文艺史上怎样地理解了世界观底作用。那么，为了理解文艺理论底发展现势，为了理解这一次论争底具体的内容，这一篇对于我们也是非常宝贵的文献。"① 确实，处在抗战环境下的我国文学创作存在一些问题，它需要对国外文艺理论的借鉴和吸收。我们需要的是树立正确的世界观，从生活实际出发，正确运用叙述与描写手法，表现现实的存在状态，积极地投入抗战的洪流中去，创作一些来自生活、表现人生的作品。

《七月》译介的文论体现出对人民大众力量的关注。在抗日战争时期，毛泽东在延安提出了关于马克思主义中国化的问题，强调要创造中国老百姓所喜闻乐见的"中国作风"和"中国气派"，目的

---

① ［匈牙利］G. 卢卡契：《叙述与描写》，吕荧译，《七月》（第 6 集第 1、2 期合刊）1940 年 12 月。

就是要最大限度地用先进的思想武器武装人民，赢得人民对中国革命的支持。解放区的文艺工作者和国统区的进步文艺界对此进行了文艺"民族形式"的讨论。对于什么是人民性这一问题，按照一般的解释，人民性是文学作品对"人民大众的生活、思想、情感、愿望的反映"①。因为在很多时候，它有很强的政治功利性，所以许多文学人士试图厘清文学与政治的关系，黄药眠认为文学中的人民性应该包括四点："第一、作品所描写的对象（人物与故事）是为人民大众所关心，或对人民大众的生活有重要意义的；第二、在某一特定的历史时代，作者以当时的进步立场来处理题材，真实地反映了生活的；第三、在所描写的现象范围底广泛，揭露底深刻，刻画的有力，在形式的大众化上表现出了它的艺术性；第四、作者在作品中以具体的形象表现出了当时人民大众的要求、愿望和情绪。"②提出的这四点有其道理，但在这里，"人民性"更多的、更为深刻的内容在于文学要体现人民的利益，要合乎人民的要求，要有利于人民的事业，能够提高人民大众参与中国革命的热情和觉悟。"七月派"作家对苏联及东欧文论的译介也基本上贯彻这一精神，重视译介包含了人民性主题、具有大众化形式的文学作品。《论马耶可夫斯基——苏维埃时期的最好的诗人》强调了马雅可夫斯基是一位天才的、创造性的诗人，是人民的诗人。他为大众写作，也从大众那里汲取了力量，加深了情绪的深度与思想的广度。而在《普式庚论草稿》中作者强调出身于贵族阶级的普希金是一位突破了他出生阶级限制的诗人，正是因为他来自人民之中，他用人民的语言写作，注

①　《现代汉语规范词典》，外语教学与研究出版社、语文出版社 2004 年版，第1098 页。

②　黄药眠：《论文学中的人民性》，《文史哲》1953 年第 6 期。

重日常生活和民间生活的书写。再如《高尔基论社会主义的现实主义》对艺术民众化的提倡:"艺术的源泉来源于民众。社会主义的现实主义,是采用国际主义的,它的观念是世界性,它的题材关联着全人类。"①

《七月》的文论译作重视文化对作家的教化与鼓动作用。"七月派"的作家们也会注意到意识战线的任务、注重文化和作家的教化与鼓动作用。译介苏联及东欧的文论并发挥它们的作用是"七月派"作家们所做的贡献之一。在《高尔基从加普里岛写来的信》译文中号召我们"多读一点书吧,朋友,这会使你认识到世界人类思想的奇伟的工作,并会把你的精神导引上轨道"②。作者在建议读者多读书,读有关文学史的书,如考尔胥与基尔比契尼可夫著的文学全史,包括法国、德国和英国的文学史书。另外,特别强调一定要读拜伦、雪莱、华尔丹、司各特、狄更斯、巴尔扎克、佛罗贝、莫泊桑的作品。《列宁与高尔基》是作者 Y. 加奈次基通过书信和通讯作为例证,对列宁与高尔基二人关系做了一个回忆,作者在文章的最后说:"列宁和高尔基的相互关系,不仅是对于他们的人格底研究,就是对于我们党史底研究也提供了大的兴味,所以,我们党史底编者底重要课题,是对于这个关系底解明付与特别的注意。"③ 充分说明了作家的作用和对作家的重视。而在《论戏剧与观众及其它》一文中,作者明确强调了对戏剧文化的重视和对演员们的要求:"和其它一切艺术一样,戏剧必须使观众的意识深刻化,使他们的情感洗练,使

---

① 〔苏〕A. 拉佛勒斯基:《高尔基论社会主义的现实主义》,周行译,《七月》(第5集第1期)1940年1月。

② 〔苏〕P. 马克西莫夫辑:《高尔基从加普里岛写来的信》,克夫译,《七月》(第2集第2期)1938年2月。

③ 〔苏〕Y. 加奈次基:《列宁与高尔基》,胡风译,《七月》(第4集第2期)1939年8月。

他们的文化修养提高。当观众看了戏出来以后，他们必须要比去看剧场以前能够更深刻地看到了现代的生活。因此剧场绝对不许轻率地和肤浅地去应付观众的期望，或者只是以观众的喝彩或赞许而自满。"① 除了反对诡异的舞台动作，反对皮相模拟的戏剧观，文章提出要重视排戏的次数、重视戏剧的公共教育性而不是欧洲注重商业性，明显突出了戏剧的教化和鼓动作用。在这里也可以解释胡风发表它的主要原因，在于主张和践行主观能动性。再则比如《高尔基论社会主义的现实主义》② 译文凸显文化教育的教化与鼓动作用，甚至在本文后刊登引用的高尔基语录摘抄也是充满对知识力量的肯定与鼓动。

重视苏联及东欧文学中战斗性主题作品的译介，是"七月派"响应时代要求的必然要求，也是其实践"主观战斗精神"文学思想主张的重要体现。它在文学实践中为鼓舞国人的抗战斗志、引导战时文艺的正确走向做出了自己的一份努力和贡献。

① ［苏］K. 达斯尼斯拉夫斯基：《论戏剧与观众及其它》，川麟译，《七月》（第 4 集第 3 期）1939 年 10 月。
② ［苏］A. 拉佛勒斯基：《高尔基论社会主义的现实主义》，周行译，《七月》（第 5 集第 1 期）1940 年 1 月。

第五章　中苏文化协会的翻译文学研究

在 20 世纪 30 年代日本大举侵华、中苏复交的时代大背景下，1935 年 10 月 25 日，致力于介绍俄苏文化的"中苏文化协会"在南京成立，并于抗战初期迁往重庆，以其机关刊物《中苏文化》为中心，在整个抗战期间都致力于对苏联政治、经济、军事、社会及前线和文化的介绍。而对俄苏文化的介绍，则主要集中在对俄苏文学的译介上面。因此，《中苏文化》上的翻译文学，既是重庆抗战文学的重要组成部分，也是中苏文化交流的载体之一，体现出特殊年代里文学艺术所表现出的审美需求与社会功用性。对"中苏文化协会"在抗战期间的翻译文学的研究，既有利于梳理中国文学对俄苏文学的接受情况，也可窥见中国文学对俄苏文学的影响。

第一节　中苏文化协会及其翻译文学研究现状

从 1937 年 7 月 7 日，抗日战争全面爆发至 1945 年 8 月 15 日日本帝国主义投降，八年抗战时间内，《中苏文化》共刊行近百余期，其中刊载了丰富的翻译文学作品，具有厚重的历史价值与文化价值，理应得到研究者的关注。

一

关于中苏文化协会的筹备，最早应该追溯到 20 世纪 20 年代中期。1926 年，苏联诗人皮涅克游历东方，于 6 月 20 日抵达中国上海。其时，蒋光慈、田汉等联络上海文学艺术界，在南国电影剧社举行了欢迎皮涅克的"文酒会"。在谈论中苏文化关系时，不少文艺界人士提出成立中苏文化协会，但此后便不了了之。① 直到 1931 年 9 月 18 日，日本关东军为推行对外扩张的"大陆政策"，发动了侵略中国东北的九一八事变。面对日本帝国主义步步紧逼的侵华行为，"国联"并未出面干预和制止；在国内，执政的国民党面对日渐高涨的抗日呼声，不得不放弃攘外必先安内的国策，将联合抗日的希望转向苏联。为此，国民党就中苏复交问题进行了一系列准备，并于 1932 年 10 月 5 日，在召开的中央政治局会议上决定与苏联无条件复交。

在此种国际、国内背景下，1935 年 10 月 25 日，中苏文化协会在南京成立。孙科任会长，蔡元培、于右任、陈立夫、鲍格莫洛夫、颜惠庆、卡尔品斯基为名誉会长，张西曼、徐悲鸿等 15 人任理事。协会会所设立于南京，协会以研究及宣扬中苏文化并促进两国国民之友谊为宗旨，协会以介绍苏联学者来华讲学，介绍中国学者赴苏联讲学，举行关于中苏文化之讲演及展览会，出版关于中苏文化刊物等为主要事务。

作为中苏文化协会的机关刊物，《中苏文化》月刊于 1936 年初

---

① 马德俊：《蒋光慈传》，安徽人民出版社 2001 年版，第 211 页。

在南京创刊。由南京中苏文化协会主办，中苏文化杂志社编辑出版，社址在南京山西路 105 号，发行者中正书局。其编辑委员会的主任委员为侯外庐，编辑委员有戈宝权、杜君若、沈远志、李陶甄、周一志、曹靖华、葛一虹、郑伯奇等。《中苏文化》1936—1937 年在南京共出了两卷，第一卷第十二期，第二卷第十一期。1937 年 11 月，《中苏文化》迁重庆，改出《中苏文化》抗战特刊半月刊，卷期另起，共出了三卷三十六期。从 1939 年 8 月 1 日出版的第四卷第一期起，《中苏文化》改为月刊，并不再有"抗战特刊"的名义。出到第六卷第一期（1940 年 4 月 1 日出版）又改为半月刊，到第十五卷第一期（1944 年 1 月出版）《中苏文化》再改为月刊，自此就一直是月刊，没有再变。《中苏文化》自第十七卷第七期（1946 年 9 月出版）起迁回南京，到 1949 年 9 月底在南京出到了第二十卷第九期，此后不久便停刊。

《中苏文化》是一个大型的综合性刊物，以介绍苏联情况为主，具体内容包括中苏文化及苏联政治、军事、外交、社会等诸多方面。就文艺方面而言，它不但出版过"文艺专号"，而且其刊载的关于文艺思想的文章和文学作品（小说、戏剧、诗歌、报告文学等）篇目巨大，这些文献极具史料价值，并且对于中苏两国文化的交流和沟通有重要意义。

二

作为在特殊历史背景下出现的中苏文化协会，在很长一段时间内对传播中苏文化做出了重要贡献，也受到了不少学者的关注。但总的来说，关于中苏文化协会的研究仍十分薄弱，到目前为止关于中苏文化协会的研究主要有以下几个方面。

1. 对中苏文化协会本身的研究。对中苏文化协会的主要研究成果有：王锦辉的博士论文《中苏文化协会研究》①，在广泛搜集档案资料和借鉴以往研究成果的基础上，系统地梳理了中苏文化协会的缘起、发展及终结的历程，廓清协会的三个发展阶段。该文在深刻结合当时的国际国内背景的基础上，以协会自身的发展脉络为线索来行文，有别于简单地依据地点变化的阶段划分，试图较深刻地分析该组织独特的地位及与国共两党的双重关系，得出"中苏文化协会是国民党对苏示好的载体""是国民党与苏联关系的晴雨表"等一系列结论。另外，王锦辉的《中共与中苏文化协会关系浅析》②一文，也系统梳理了中共与中苏文化协会的关系。孙绳武作为中苏文化协会编译委员会成员，在《难忘重庆岁月——在中苏文化协会》③中，对曹靖华领导下的编译委员会的工作及其成员做了大量回忆。夏从本的《在南方局领导关怀下的中苏文化协会》④一文，系统梳理了中苏文化协会改组后的变化及其与南方局的关系。薛衔天的《民国时期的中苏关系史》（1917—1949）⑤，肯定了中苏文化协会的功绩，就中苏文化协会的成立和活动做了详尽的阐释。此外，李随安的《抗日战争时期的中苏文化交流》⑥对中苏文化协会也有提及和介绍。

2. 对中苏文化协会重要人物的研究。对中苏文化协会重要人物的研究，主要集中在对孙科、张西曼及翦伯赞等人物的研究上。对

---

① 王锦辉：《中苏文化协会研究》，博士学位论文，中共中央党校，2010 年。

② 王锦辉：《中共与中苏文化协会关系浅析》，《北京党史》2011 年第 6 期，第 16 页。

③ 孙绳武：《难忘重庆岁月——在中苏文化协会》，《新文学史料》2007 年第 4 期，第 65 页。

④ 夏从本：《在南方局领导关怀下的中苏文化协会》，《红岩春秋》2007 年第 2 期，第 18 页。

⑤ 薛衔天：《民国时期的中苏关系史》（1917—1949），中共党史出版社 2009 年版。

⑥ 李随安：《抗日战争时期的中苏文化交流》，《黑龙江社会科学》1994 年第 2 期，第 62 页。

孙科的研究，主要是王军的《孙科与抗战初期的中苏关系》① 和李玉贞的《抗战时期中苏关系的一个侧面——孙科与中苏文化协会》②，作者以孙科和中苏文化协会的关系为视角，认为在抗战期间孙科以中苏文化协会会长和《中苏文化》杂志主编身份，全面地介绍了苏联及中苏外交动态，为促进两国邦交做出了积极努力。张西曼的女儿张小曼的《从〈韧的追求〉谈及张西曼与中苏文化协会》③，就侯外庐1984年版的《韧的追求》一书中记载的张西曼与中苏文化协会关系的数处错误进行了说明，从张西曼参与的中苏文化协会的系列活动和会议中，梳理了张西曼与中苏文化协会的关系。另外，张小曼的《我的父亲张西曼》④，作者从张西曼的性格、在辛亥革命中的贡献、传播马列主义及创办中苏文化协会和积极投身抗日运动等方面对之进行了详尽介绍。黄静的《抗战时期翦伯赞在重庆的学术活动》⑤，从民族危难之时的讲学著述与"和而不同"的学术风气两个方面介绍了翦伯赞在重庆的学术活动。而翦天聪的《回忆我的父亲翦伯赞》⑥ 和吴传仪的《翦伯赞与〈中苏半月刊〉》⑦，从翦伯赞与中苏文化协会关系的视角对中苏文化协会有所提及。

3. 立足中苏文化协会总会及分会所办刊物的研究。中苏文化协会出版的刊物，除了中苏文化协会总会编的《中苏文化》以外，还

---

① 王军：《孙科与抗战初期的中苏关系》，《史学月刊》1996年第4期，第107页。
② 李玉贞：《抗战时期中苏关系的一个侧面——孙科与中苏文化协会》，《广州大学学报》（社会科学版）2005年第11期，第5页。
③ 张小曼：《从〈韧的追求〉谈及张西曼与中苏文化协会》，《新文化史料》1994年第1期，第48页。
④ 张小曼：《我的父亲张西曼》，《海内与海外》2009年第7期，第12页。
⑤ 黄静：《抗战时期翦伯赞在重庆的学术活动》，《淮阴师范学院学报》2003年第2期，第179页。
⑥ 翦天聪：《回忆我的父亲翦伯赞》，《中国民族》2001年第9期，第48页。
⑦ 吴传仪：《翦伯赞与〈中苏半月刊〉》，《湖南档案》1998年第3期，第37页。

有中苏文化协会湖南分会编的《中苏》半月刊和中苏文化协会成都分会编的《中国与苏联》，以及中苏文化协会四川分会编的《文化国际》等刊物十余种。而立足总会及分会所办刊物的研究，主要体现为从不同角度对《中苏文化》和《中苏》的分析。张海燕的《〈中苏文化〉电影文献研究》通过对文献资料的分类、统计，结合对当时在中国上映的苏联影片的分析，印证了苏联电影给予中国电影的影响，确实是研究中苏文化协会的新角度。此外，范忠臣的《〈中苏〉半月刊与文化抗战》①以《中苏》半月刊为研究视角，分析了该刊物的宣传内容及存在的主客观条件，认为其宣传的全民抗战、持久抗战、反对汉奸、反对压制民主的思想对当时抗战起到了积极影响。

4. 从文学与艺术的角度进行研究。目前有部分学者从文学与艺术的角度对中苏文化协会进行研究，陈春生的《抗战时期中国接受苏俄文学的特点初探》②，通过对抗战时期国统区、解放区和沦陷区接受苏俄文学的资料的梳理，分析了当时中国接受苏俄文学的特点。而关于国统区的接受情况，主要是以由国统区要员出面组织成立的中苏文化协会的会刊《中苏文化》为中心，对中苏文学的交流作用不可忽略。李随安的《苏联文学与中国的抗日战争》③从中国抗日战争需要苏联文学，抗战期间中国对苏联文学的翻译介绍，苏联文学对中国抗日战争的影响三个方面分析了苏联文学对中国的抗日战争的作用。文章的第二部分，即抗战期间中国对苏联文学的翻译介

---

① 范忠臣：《〈中苏〉半月刊与文化抗战》，《抗日战争研究》2003 年第 2 期，第 129 页。

② 陈春生：《抗战时期中国接受苏俄文学的特点初探》，《抗日战争研究》2000 年第 1 期，第 71 页。

③ 李随安：《苏联文学与中国的抗日战争》，《黑龙江社会科学》1995 年第 5 期，第 60 页。

绍，认为"中苏文化协会、第三厅的文化工作委员会和翻译工作委员会在组织和促进苏联文学的翻译介绍方面做了很多工作，贡献甚大"。柳岸的《抗战时期外国文学翻译浅议》[1] 提到了抗战时期中国出现的文艺刊物，其中也包括《中苏文化》，并详尽罗列了当时中国对俄国 19 世纪的现实主义文学、年轻的美国文学以及英法和欧洲其他殖民国家的战时文学的译介情况，遗憾的是并没有就《中苏文化》的译介情况做系统梳理。另外，林郁的《抗战时期重庆文艺报刊略》[2]，对抗战时期重庆的文艺报刊进行了大致归类，其中也包括《中苏文化》，并大致介绍了其主要内容和特征。

由于对中苏文化协会及其刊物《中苏文化》的资料搜集较为困难，相关方面的研究并没有引起研究者的重视。从上述分析可以看出，目前学者们关于中苏文化协会的研究，多是从中苏文化协会及其各分会，或是从重要人物入手，或是立足于其刊物《中苏文化》所做的研究。而关于中苏文化协会在文学翻译方面所做的研究却十分有限。随着对中苏文化协会研究的深入，其刊载的俄苏文艺思想及文学作品，成为研究抗战时期翻译外来文学的一个重要部分。在这样的研究背景下，对《中苏文化》翻译研究的忽视不得不说是一种遗憾。

因此，本部分立足于史料的搜集整理，在统计的基础上充分对资料进行历史性描述。结合 20 世纪 30 年代中国对外国文学的译介史及当时中国的文学与文化思潮，对《中苏文化》在抗战期间的翻译文学进行清理和研究，力求廓清在此期间中苏文化协会翻译文学的基本情况。

---

[1]　柳岸:《抗战时期外国文学翻译浅议》,《重庆师院学报》1984 年第 1 期, 第 15 页。
[2]　林郁:《抗战时期重庆文艺报刊略》,《重庆社会科学》2010 年第 2 期, 第 83 页。

第二节　中苏文化协会译介俄苏文学的概况

抗日战争时期，译介到中国来的外国文学作品多达数千种，其中，以对苏联文学的译介为最盛。1942 年，中国诗人郭沫若在中苏文化交流会上谈及对苏联文学的翻译时就说道："近代的苏联文学，无论他们的思想、作品乃至作家的历史及其生活习惯，可以说像洪水一样泛滥到了中国，中国也最关心苏联的文学，以量来讲，恐怕比来自英美的还要多。"① 笔者以中苏文化协会的机关刊物《中苏文化》为依托，对其在抗战期间所译介的俄苏文学进行了统计，从抗日战争全面爆发（第二卷第 7 期，1937 年 7 月）到抗战胜利（第 16 卷第 6、7 期合刊，1945 年 7 月）的 8 年时间内，其译介的俄苏文学的篇章数量远远高于同时期的其他期刊。

一　被主要译介的俄苏作家

细梳理《中苏文化》对俄苏文学的翻译，会发现里面有许多文章是对俄苏作家的介绍，其中包括高尔基、托尔斯泰、马雅可夫斯基、莱蒙托夫、海尔岑等作家。中苏文化协会通过《中苏文化》将这些作家介绍到中国来，既拓展了中国作家与读者们的文学视野，也影响着中国的抗日战争。

（一）对高尔基的译介

高尔基是苏联伟大的无产阶级革命家和文学家，把俄苏作家介绍到中国来，高尔基自然是首选。因此，在《中苏文化》上译介过

---

① 郭沫若：《中苏文化之交流》，《中苏文化》（第 11 卷第 3、4 期合刊）1942 年 6 月。

来的俄苏作家中，以高尔基所占的篇章为最多，达 30 余篇。

1939 年 3 月 16 日，在《中苏文化》第 3 卷第 8、9 期合刊上，刊载了两篇关于高尔基的文章，分别是：《艺术家和人——高尔基的两重伟大》（A. Aniksy 著，葛一虹译）、《高尔基——一个热情的战士》（A. Leites 著，葛一虹译）。此后，从 1940 年开始，由于中苏文化协会每年都为高尔基举办逝世周年纪念活动，刊载关于高尔基的文章就更多。1940 年 6 月 18 日，为纪念高尔基逝世四周年，《中苏文化》第 6 卷第 5 期上刊登了 7 篇关于高尔基的文章，分别是：《高尔基与中国》（A. 国塔夫著，什之译）、《人民作家高尔基》（作者佚名，戈宝权译）、《高尔基——政论家》（包略克著，苏凡译）、《高尔基——人道主义与进步的象征》（包席霍克著，葛一虹译）、《列宁论高尔基》（赛维林著，以群译）、《莫洛托夫论高尔基》（作者佚名，吴伯箫译）、《高尔基与列宁和斯大林》（A. 纳果儿尼著，王春江译）。

1941 年 1 月 1 日，在《中苏文化之文艺特刊》上，有三篇关于高尔基的文章，其中一篇是将高尔基与陀思妥耶夫斯基进行比较。此三篇文章分别是：《高尔基论普式庚》（S. 巴罗哈地著，葛一虹译）、《高尔基与陀思妥耶夫斯基》（叶尔密洛夫著，陈落、百澄合译）、《高尔基在特鲁贝次堡垒中的三十一天》（作者佚名，罗颖之译）。在 1941 年 3 月 10 日的第 2 卷第 8 期的《中苏文化》上，孟昌辑译了 6 篇高尔基的文学论文，分别是：《关于一个论战》《培养文化技师》《关于故事》《论不负责任的人们及论今日儿童文学》《文学的突击队员》《再论文字通顺》。

1941 年 6 月，高尔基逝世五周年，《中苏文化》在当年 6 月 25 日第 8 卷第 6 期上刊登了 13 篇文章来纪念这位伟大的无产阶级文学家。这 13 篇文章分别是：《斯大林与高尔基》（B. 卜亚力克著，艾和平译）、《高尔基论世界文学》（L. 鲁波尔著，YK 译）、《高尔基的文学遗产》（L. 鲁波尔著，叶文雄译）、《高尔基的俄国文学史》（M. 犹诺维著，赵华译）、《高尔基——不灭的火把》（J. 贝赫尔著，叶文雄译）、《高尔基与托尔斯泰关于戏剧的"论争"》（S. 勃廉特保著，苏凡译）、《高尔基的初步文学活动》（作者佚名，谷辛译）、《高尔基的剧作〈未开化者〉》（列文著，李兰译）、《高尔基的生活与创作年表》（罗斯肯著，礼长林译）、《高尔基著作的中译表（附：关于高尔基的著作）》（作者佚名，瞿定秀译）、《高尔基中央文化憩息公园》（作者佚名，罗夫译）、《文学史片言》（高尔基著，曹靖华译）、《高尔基论文艺的翻译辑选》（高尔基著，敏之译）。

1942 年及以后，《中苏文化》上翻译的直接关于高尔基的文章大大减少。从 1942 年到抗战胜利，《中苏文化》上译介的关于高尔基的文章共 6 篇，分别是刊于 1942 年 1 月 1 日第 10 卷第 1 期的《反法西斯的高尔基》（作者佚名，李嘉译）；刊于 1942 年 6 月 18 日第 11 卷第 3、4 期合刊的《高尔基与托尔斯泰》（作者佚名，微末译）、《高尔基的著作及其藏书》（作者佚名，荒芜译）、《纪念高尔基之死》（色列塞夫著，凝晖译）；刊于 1944 年 7 月第 15 卷第 5 期的《高尔基——反法西斯主义的热情战士》（尼其丁著，译介佚名）；刊于 1945 年 6 月第 16 卷第 5 期的《高尔基——反泛日耳曼主义的战士》（柯慈敏著，唐旭之译）。

抗战时期中国对高尔基的译介具有双重期待：一是抗战现实的需要，二是国内社会革命的需要。其作品的反抗性成为支撑中国人民追求解放和自由的精神食粮。

（二）对托尔斯泰的译介

仅次于高尔基，《中苏文化》也用了大量篇章来介绍作家托尔斯泰。如果说《中苏文化》对高尔基的介绍是横跨整个抗战时期的话，那么，对托尔斯泰的介绍则集中在苏德战争爆发之后。整个抗战期间，《中苏文化》上介绍托尔斯泰的文章共有 16 篇，其中苏德战争爆发后有 14 篇。

1940 年 12 月 25 日，《中苏文化》第 7 卷第 6 期上刊载了两篇关于托尔斯泰的文章，分别是：《论战争与和平》（N. 葛兹著，周行译）、《托尔斯泰故乡——雅里纳·波里那》（E. 闵德林著，周行译）。1941 年苏德战争爆发后，介绍托尔斯泰的文章多了起来，此时至抗战结束的 13 篇关于托尔斯泰的文章分别是：1941 年 6 月 25 日《中苏文化》第 8 卷第 6 期上的《高尔基与托尔斯泰关于戏剧的"论争"》（S. 勃廉特保著，苏凡译），1942 年 6 月 18 日，《中苏文化》第 11 卷第 3、4 期合刊上的《高尔基与托尔斯泰》（作者佚名，微末译）；1942 年 6 月 20 日《中苏文化》第 11 卷第 5、6 期合刊上的《托尔斯泰的文学遗产》（V. 日丹诺夫著，礼长林译）和同一期上的《A. 托尔斯泰自传》（作者佚名，苏凡译）。1943 年是译介托尔斯泰作品最多的一年。1943 年 4 月 30 日《中苏文化》第 13 卷第 7、8 期合刊上的《论托尔斯泰的小说〈复活〉》（作者佚名，聊伊译）和同一期上的《托尔斯泰关于〈复活〉的一封信》（毛德著，梁纯夫译）；1943 年 9 月 10 日《中苏文化》第 14 卷第 3、4 期合刊上的《回忆托尔斯泰》（高尔基著，葛一虹译）、《托尔斯泰与英国》（季斯迭爱古娃著，葛一虹译）和《托尔斯泰与美国》（作者佚名，芳道译）、《托尔斯泰论文学艺术》（作者佚名，重行译）；1943 年 10 月 15 日《中苏文化》第 14 卷第 5、6 期合刊上的《托翁的文学遗产》（日丹洛夫著，铁弦译）和 1943 年 11 月 30 日《中苏文化》第 14 卷第 7、10 期合刊上的《论〈安娜·卡列宁娜〉》（齐尔查宁诺夫著，孙伟译），以及 1945 年 4 月第 16 卷第 3 期上的《A. 托尔斯泰自传》（托尔斯泰著，曹靖华译）。

作为俄国 19 世纪伟大的批判现实主义作家，托尔斯泰的作品自然会受到中国读者的欢迎，有助于人们对现实更为深刻的认识。

（三）对俄苏其他作家的介绍

抗战期间《中苏文化》对于俄苏作家的介绍，除了高尔基与托尔斯泰之外，还有马雅可夫斯基、莱蒙托夫、海尔岑、奥斯特洛夫斯基等中国读者比较熟知的一些作家。《中苏文化》上介绍其他俄苏作家的文章有：

1940 年 3 月 8 日《中苏文化》第 5 卷第 3 期上的《苏联空中女英雄——作家拉斯科瓦》（作者佚名，曹靖华译）；1940 年 8 月 15 日《中苏文化》第 7 卷第 1 期上的《论柏林斯基》（布拉果夷著，周行译）、《论卢那卡尔斯基》（狄那莫夫著，葛一虹译）、《论肖洛浩夫》（A. 舍拉菲莫维支著，戈宝权译）和《论布留索夫》（作者佚名，铁弦译）；1941 年 1 月 1 日《中苏文化文艺特刊》上的《高尔基论普式庚》（S. 巴罗哈地著，葛一虹译）和《高尔基与陀思妥耶夫斯基》（叶尔密洛夫著，陈落、百澄合译）；1941 年 5 月 20 日的《马雅可夫斯基审美观点的批判》（O. 拍斯克著，焦敏之译）和《马雅可夫斯基的作诗法》（包略克著，苏凡译）；1941 年 6 月 25 日《中苏文化》第 8 卷第 6 期上的《在莱蒙托夫的石像前》（裤司泰·

卡太格洛夫著，李嘉译）、《旧俄及苏联作家论莱蒙托夫》①、《关于莱蒙托夫》（V. 尼阿斯达德著，黎璐译）、《伟大的诗人》（A. 托尔斯泰著，思光译）、《关于莱蒙托夫的名作〈商人之歌〉》（斯特拉赫著，小畏译）。

进入 1942 年，《中苏文化》译介俄苏作家的文章数量依然很多。1942 年 1 月 1 日《中苏文化》第 10 卷第 1 期上的《反纳粹战士，残废作家奥斯特洛夫斯基》（作者佚名，黎家译）；1942 年 6 月 20 日《中苏文化》第 11 卷第 5、6 卷合刊上的《普式庚的伟大》（卢波尔著，李藏译），《现代俄国文学之父》（莱支涅夫著，邹绿芷译），《海尔岑——俄国人民的伟大儿子〈一、海尔岑和他的时代〉》（诺维契著，叶文雄译），《海尔岑——俄国人民的伟大的一生〉》（普特固格著，叶文雄译），《海尔岑——俄国人民的伟大儿子〈三、大艺术家〉》（N. 尼吉丁著，叶文雄译），《谢夫钦科》（L. 拜特杜支著，吴伯萧译），《伟大的民众诗人——谢夫钦科》（作者佚名，罗夫译），《伟大的俄国学者与批评家——论车尔尼雪夫斯基》（N. 博戈斯洛夫斯基著，周行译），《苏联奥赛丁民族诗人》（库司太·赫太古洛夫著，李嘉译），《绥拉菲莫维支》（作者佚名，茅澜译），《法捷耶夫》（作者佚名，苏凡译），《伟大的诗人——马雅可夫斯基》（卡达阳著，石文译），《斯大林奖金的得奖者尼古拉包戈廷》（作者佚名，史汀译），《肖洛霍夫的创作》（伏罗洛娃著，礼长林译），《苏联阿倍诗人兼剧作家沙美特伏尔岑》（作者佚名，李嘉译）；1942 年 7—12 月《中苏文化》第 12 卷上的《悼史坦尼斯拉夫斯基》（布尔加宁著，离子译），《剧作家特楞涅夫与

---

①　这是由谷辛整理翻译的各旧俄作家论莱蒙托夫的文章，文章的原作者有柏林斯基、车尔尼雪夫斯基、托尔斯泰、契诃夫、海尔岑、高尔基。

柳白芙·耶洛瓦娅》（米哈伊洛夫著，离子译），《诗人布留索夫》（作者佚名，苏凡译），《作家斯维尔斯基》（作者佚名，苏凡译），《〈夏伯阳〉的作者博尔曼诺夫》（作者佚名，苏凡译），《乌克兰名作家柯秋宾斯基及其〈幻觉〉》（作者佚名，苏凡译），《戏剧家聂米洛夫斯基》（丹钦科著，离子译），《英雄作家奥斯特洛夫斯基》（作者佚名，苏凡译）。

1943 年 1 月 31 日《中苏文化》第 13 卷第 1、2 期合刊上的《绥拉菲摩维契在〈铁流〉前的创作》（作者佚名，苏凡译）；1943 年 5 月 30 日《中苏文化》第 13 卷第 9、10 期合刊上的《瓦希莱夫斯卡亚与〈虹〉》（道尔高波洛夫著，怀霜译），《瓦赫坦高夫底二三手稿》（作者佚名，黄无菌译），《西蒙洛夫的〈俄罗斯人〉》（罗果托夫著，黄无菌译）；1943 年 8 月 15 日《中苏文化》第 14 卷第 1、2 期合刊上的《这位诗人是这样的》（作者佚名，铁弦译）；1943 年 9 月 10 日《中苏文化》第 14 卷第 3、4 期合刊上的《斯坦尼斯拉夫斯基的家世》（作者佚名，苏凡译），《沙金娘及其〈中央水电厂〉》（作者佚名，苏凡译）；1943 年 11 月 30 日《中苏文化》第 14 卷第 7、10 期合刊上的《苏联名作家拉德可夫及其新体》（罗果托夫著，得先译）；1943 年 12 月 31 日《中苏文化》第 14 卷第 11、12 期合刊上的《依萨科夫斯基诗辑》（作者佚名，戈宝权译）[①]，《〈灾难的路〉是怎样写成的》（托尔斯泰著，译者佚名），《考尔涅邱克的〈前线〉》（作者佚名，聊伊译），《李昂诺夫的〈侵略〉》（拉斯拉夫基著，玉辛译），《〈俄罗斯人〉人物的来源》（西蒙洛夫著，方道译），《雷什娃与图尔查宁诺娃》（玛洛夫著，得先译）。

---

① 由于原文已经查找不到，此文中把该文归在对俄苏作家的介绍的文章中。

1944 年 6 月《中苏文化》第 15 卷第 3、4 期合刊上的《苏联各民族的女作家》（斯科西雷夫著，欧恩译），《论涅克拉索夫的诗》（耶果林著，铁弦译），《屠格涅夫创作的技巧与内容》（拉甫列茨著，林柏禄译），《论屠格列夫的〈猎人日记〉》（司特拉若夫著，孙伟译）；1944 年 10 月《中苏文化》第 15 卷第 6、7 期合刊上的《俄罗斯讽刺作家萨尔蒂可夫》（拉夫莱斯特基著，葛一虹译），《俄罗斯幽默作家契霍夫》（尤诺维契著，魏辛译）；1944 年 10 月《中苏文化》第 15 卷第 8、9 期合刊上的《彼尔文催夫的小说》（果托洛夫著，倪舫译）；1945 年 3 月《中苏文化》第 16 卷第 1、2 期合刊上的《战时的苏联诗人及其诗》（特洛森克著，铁弦译）；1945 年 4 月第 16 卷第 3 期上的《伟大的俄罗斯作家与热情的爱国主义者》（罗维契著，郁文哉译），《论埃美利阳·普加撤夫》（梯莫夫著，文达译）。

对俄苏作家的大量翻译和介绍，不仅有助于声援国内的抗日战争，而且有助于为战后寻求中国社会的发展道路提供启示。当然，这些俄苏文学翻译作品也是中国抗战文学的重要构成部分，显示出抗战语境下翻译文学的繁荣。

二　对俄苏文学作品的翻译

抗战期间的中苏文化协会除了积极介绍俄苏作家之外，还致力于对苏联文学作品的介绍，包括小说、戏剧、诗歌等。最能反映战争时代的社会现实的文学作品莫过于小说，尤其是现实主义的文学作品。因此，抗战期间的《中苏文化》在俄苏文学作品的译介中，也以小说的译介为最多。

（一）对俄苏小说的翻译

抗日战争期间，《中苏文化》对俄苏小说的译介共有 44 篇，其中有 14 篇译于苏德战争爆发之前，有 30 篇译于苏德战争爆发之后。
在苏德战争爆发之前，《中苏文化》用十二期连载了曹靖华译的卡达
耶夫的中篇小说《我是劳动人民的儿子》①。译介于苏德战争爆发之
前的其他小说有：1939 年 10 月 1 日《中苏文化》第 4 卷第 3 期上的
《塔曼》（M. Y. 莱蒙托夫著，戈宝权译）；1940 年 10 月 25 日《中苏
文化》第 7 卷第 5 期上的《侦探队长》（斯达夫斯基著，曹靖华
译）；1940 年 12 月 15 日上的《机关枪手雷巴克》（斯达夫斯基著，
曹靖华译），《在波兰进军的旅程》（卡达耶夫著，李陶甄译）；1941
年 1 月 1 日《中苏文化文艺特刊》上的《小花儿——七瓣小花儿》
（卡达耶夫著，曹靖华译），《竞争者》（亚利亨著，王语今译）；
1941 年 4 月 20 日《中苏文化》第 8 卷第 3、4 期合刊上的《梦》
（卡达耶夫著，曹靖华译），《极北地方的果子》（F. 康提巴著，贾
芝译），《一个不识字的女人》《M. 左琴科著，庄启东译》，《人
价》（V. 伊伦可夫著，倪明译），《洗衣服病了》（B. 高尔巴扶夫
著，庄寿慈译），《阵地插曲》（E. 加布利洛维支著，卢鸿基译）；
1941 年 5 月 20 日第 8 卷第 5 期上的《小鸟》（法捷耶夫著，曹靖
华译）。

译介于苏德战争爆发之后的小说有：1942 年 1 月 1 日第 10 卷第
1 期上的《德国士兵的自白》（作者佚名，李嘉译）；1942 年 5 月 20
日第 10 卷第 5、6 期合刊上的《梅海尔》（韦林斯基著，曹靖华译），
《鸽》（柯洛索夫著，抱鸣译）；1942 年 7—12 月第 12 卷上的《玛

---

① 这十二期分别是：1939 年 8 月 1 日的第 4 卷第 1 期，1939 年 9 月 1 日的第 4 卷第
2 期，1939 年 10 月 1 日的第 4 卷第 3 期，1940 年 1 月 1 日的第 5 卷第 1 期，1940 年 2 月 1
日的第 5 卷第 2 期，1940 年 3 月 8 日的第 5 卷第 3 期，1940 年 4 月 1 日的第 6 卷第 1 期，
1940 年 4 月 25 日的第 6 卷第 2 期，1940 年 5 月 5 日的第 6 卷第 3 期，1940 年 5 月 20 日的
第 6 卷第 4 期，1940 年 6 月 18 日的第 6 卷第 5 期，1940 年 7 月 30 日的第 6 卷第 6 期。

霞》（卡锦斯卡娅著，曹靖华译），《幸福》（作者佚名，曹靖华译），
《在潜水中》（苏波洛夫著，黎军译），《大地主和红军士兵》（作者
佚名，曹靖华译），《新秩序》（费尔洛夫著，桴鸣译），《火光》（柯
罗愣科著，桴鸣译）；《太阳》（作者佚名，曹靖华译），《母亲》（吉
洪诺夫著，桴鸣译），《去吧，孩子》（斯札普林斯克著，绿原译），
《的人》（雷林克著，桴鸣译），《母亲的血》（尼克拉索娃著，戈宝
权译），《未婚妻》（K. 芬著，桴鸣译）；1943 年 1 月 31 日《中苏文
化》第 13 卷第 1、2 期合刊的《两个故事》（作者佚名，戈宝权
译），《俄罗斯人》（K. 西蒙洛夫著，桴鸣译）①；1943 年 2 月 28 日
第 13 卷第 3、4 期合刊的《苏联的炮兵》（普罗契夫著，徐培译），
《苏联的骑兵》（高罗多维柯夫著，王大可译），《春天》（作者佚名，
吉洪诺译），《虹》（瓦希莱夫斯卡娅著，曹靖华译）；1943 年 10 月
15 日《中苏文化》第 14 卷第 5、6 期合刊上的《单纯的心》（克特
琳丝卡娅著，侍桁译）②，《珊妮》（格拉德可夫著，清君译）；1944
年 1 月第 15 卷第 1 期上的《作战前的晚上》（杜甫仁科著，茅盾
译），《民主共和》（瓦希列夫斯卡著，荒芜译）；1944 年 6 月第 15
卷第 3、4 合刊期上的《生命》（格罗斯曼著，欧恩译）；1944 年 7
月《中苏文化》第 15 卷第 15 期上的《老医生》（塞该叶夫曾斯基
著，荒芜译）；1944 年 11 月第 15 卷第 10、11 期合刊上的《保卫察
里津》（A. 托尔斯泰著，曹靖华译）；1945 年 4 月第 16 卷第 4 期上
的《刽子手的卑劣》（作者佚名，茅盾译），《献身》（作者佚名，庄
寿慈译）。

---

① 连载于 1943 年 2 月 28 日第 13 卷第 3、4 期合刊上。
② 连载于 1943 年 11 月 30 日第 14 卷第 7、10 期合刊和 1943 年 12 月 31 日第 14 卷第
11、12 期合刊上。

尽管长篇小说更能表现出大时代背景下的社会现状，但由于篇幅的限制，《中苏文化》在翻译俄苏小说的时候，短篇小说的数量明显大于长篇小说。

（二）对俄苏戏剧的翻译

由中苏文化协会主办的刊物《中苏文化》秉承了协会的宗旨，在研究和宣扬中苏文化的宗旨下表现出对苏联戏剧的极大关注，有力地声援了抗战时期中国戏剧文学的发展。接下来，本文试图以《中苏文化》刊物为例，从四个方面分析抗战时期中苏文化协会对苏联戏剧理论的译介情况。

第一，对苏联戏剧现状的译介。戏剧的宣传鼓动作用由于抗日战争的全面爆发而凸显出来，很多文学社团和刊物纷纷发动戏剧运动或刊登戏剧作品来鼓舞中国人民的抗战激情，中苏文化协会也不例外。作为一份翻译介绍苏联文学为主的刊物，《中苏文化》在这一时期也表现出对苏联戏剧的极大关注。

中苏文化协会对苏联戏剧的关注首先体现在苏联戏剧作品的译介上。据笔者查阅抗战时期的原始期刊《中苏文化》，统计出该刊共计翻译发表了8篇苏联戏剧：第7卷第4期上，刊载了王语今译的乌利亚宁斯基的《驿站》和肖洛可夫的《静静的顿河》；同一期上还刊载了葛一虹译的包哥廷的《带枪的人》和萧三译的古舍夫的《光荣》。第13卷第7、8期合刊上刊载了桴鸣译的索特尼柯的《出走》和葛达尔的《铁木尔的宣誓》。在第14卷的3、4期合刊上还刊载了聊伊译的考尔涅邱克的《前线》和离子译的《复活》。在当时的苏维埃戏剧中，"最重要的是不知道'为艺术而艺术'这回事的，他的目的不仅是通过演剧的政论家的言论，而且还是在舞台本身的声音和色彩中来，为社会主义的建设实际服务"①。所以，就整体而言，这些戏剧创作的出发点和旨归不在戏剧艺术上，而是为无产阶级革命和反法西斯战争服务的宣传剧。

中苏文化协会对苏联戏剧的关注还体现在对苏联剧场的介绍上面。戏剧文本最终要被大众接受，还得依赖于具体的舞台表演，而舞台是剧场的重要构成部分。因此抗战期间的《中苏文化》有近 10 篇是关于苏联剧场的介绍。第 3 卷第 6 期刊载了马蒙译的勃莱克的《梅耶荷德剧场的解体》，第 4 卷第 2 期上面刊载了葛一虹译的《第三次五年计划中的苏联剧场》，同一期上还刊载了于绍文译的《莫斯科艺术剧院与苏联戏剧的发展》，郑伯奇译的《一九三八——一九三九年度苏联戏剧季》和《苏联特种剧场点描》。这几篇剧场介绍的文章涉及对苏联红军剧场、红海军舰剧场、列宁格勒剧场、国立犹太人剧场、中央傀儡剧场的描写。在第 6 卷第 5 期上刊载了章泯译的《高尔基艺术剧场创造的过程》，第 8 卷第 2、5 期上也分别刊载了《苏联戏剧界与红海陆军》和《玛耶可夫斯基和戏剧年表》，第 10 卷第 3 期上刊载了《苏联剧场与红军》，第 15 卷第 3、4 期合刊上刊载了方士人译的《列宁与莫斯科艺术剧场》，第 16 卷第 5 期上刊载了《莫斯科艺术剧场上的列宁》。就当时的苏维埃剧场而言，之前的梅耶和德剧场由于各种原因被宣告解体，活跃在当时苏维埃的剧场是紧跟着时代步伐的莫斯科艺术剧场、高尔基艺术剧场等。在莫斯科职工会剧场和列宁格勒的那些剧场，他们的剧目大都也是苏维埃剧本，并涉及现代苏维埃社会的诸多问题。所有这些关于苏联剧场的介绍，其目的就是要突出戏剧的时代性和现场感；而就中国戏剧

---

① Y. Sobolev：《苏联戏剧概况》，章泯译，《中苏文化》（第 4 卷第 2 期）1939 年 9 月 1 日。

而言，就是要多创作和演出与抗日战争有关的戏剧，表现中国人民争取民族独立的时代主题。

中苏文化协会对苏联戏剧的关注不仅仅是停留在戏剧作品与剧场的介绍方面，还有更深层次的关于苏联戏剧理论的译介与探索。在第3卷第4期上刊登了《苏联的戏剧与电影》，对当时苏联的戏剧与电影做了大致介绍；第3卷第8、9期合刊上刊登了《论高尔基的剧作》，以及第10期上刊登了沙蒙译的《三十年的苏联话剧》；第4卷第2期上刊登了章泯译的《苏联戏剧概括》与郑伯奇译的《一九三八——一九三九年度苏联戏剧季》；第8卷第6期上刊登了苏凡译的《高尔基与托尔斯泰关于戏剧的"论争"》和第10卷第1期上徐昌霖译的《苏德战争前后英国古典剧在苏联舞台》；在第11卷第5、6期合刊上有的《苏联阿倍诗人兼剧作家沙美特伏尔岑》；在第12卷上则又刊登了离子译的《剧作家特楞涅夫与柳白芙·耶洛瓦娅》和《戏剧家聂米洛夫斯基》。

在当时的苏维埃剧场中，不仅上演了苏维埃作家的剧本，旧俄和欧洲的古典作品也占着重要而特殊的地位。比如对于席勒和巴尔扎克作品的改编，巴尔扎克的很多小说都被改编成戏剧在苏维埃剧场上演。而最值得提及的是莎士比亚的作品在改编与上演的过程中获得了新的价值。为什么苏联会翻译上演莎士比亚的戏剧呢？莎士比亚的戏剧作品中"健壮与乐观的调子"与苏维埃剧场的调子相合，而其深入的心理描写和灿烂的色彩，为苏维埃的导演与演员们提供了一种丰富的艺术养料。

第二，对苏联戏剧作家的译介。作为在特殊历史时期里出现的剧作家，他们总是力图通过戏剧作品来表达自己的阶级意识和立场。由于苏联十月革命后建立了新社会，因此苏联戏剧主要表现了人们在新社会的各种生活场景，以及在从农奴制过渡到社会主义社会的过程中各色人物的微妙心理。

作为苏联无产阶级文艺的代表，高尔基是苏联剧作家中最特殊也最有影响力的领军人物。当时无产阶级文艺界一致认为，高尔基是苏联乃至世界无产阶级文学的大师，在文艺创作的方向上，"高尔基已经充分具体地完成了社会主义的现实主义的原则。而这社会主义的现实主义是整个的苏维埃艺术创作的标准"[①]。在文艺创作技巧方面，"高尔基的文学上的技巧对于苏维埃剧作家算是一种丰富的启迪泉源，苏维埃剧场不仅提供高尔基的那些近作，那描绘一九一七以来的历史的发展的，并且还上演他早期的作品"[②]。所以，在苏维埃剧场中会常常上演高尔基的戏剧作品，甚至是他的《童年》《在人间》《我的大学》等小说也被改编成了剧本。

高尔基的戏剧抨击了资本主义制度下人际关系的冷漠。苏联作家 S. Dinamov 在《论高尔基的剧作》中为了阐释高尔基戏剧作品的思想精华所在，他首先提出了几个问题：高尔基想说什么？他反对的是什么？他仇恨的是什么？并以剧本《蒲雷曹夫》为中心来阐释这些问题。在高尔基的剧作《蒲雷曹夫》中，蒲雷曹夫的一家被塑造为失去了人性的人物形象，在他们那里，资本主义制度下的商品关系构成了人与人乃至人类的主要关系，他们的观念、思想与意识都成了商品和市场现象。剧中的主人公蒲雷曹夫和他的妻子的关系，也是一种商品关系。在这些人物看来，思索就是死亡，思索有致命的危险，但剧中的主人公却正是通过思索开始观察他身边的世界：

---

① Y. Sobolev：《苏联戏剧概况》，章泯译，《中苏文化》（第 4 卷第 2 期）1939 年 9 月 1 日。

② 同上。

所谓的"家人",其实是隐藏在资本主义商品关系下为获取利益而丧失了人性的人,人与人之间的关系都只是一种商品关系。于是,蒲雷曹夫在孤独和彷徨中求助于宗教与帝制,也遭到了同样的命运。这部戏剧的用意十分明显,那就是劝慰人们应该抛弃资本主义社会的商品关系,投身到建设社会主义的新生活中才能找到最终的归宿。

高尔基的戏剧对如何塑造典型人物和典型环境做了最好的示范。在高尔基看来,戏剧所描写的典型是与周围的环境相适应着的,在看似偶然的戏剧冲突中又包含必然的因素在里面。以《蒲雷曹夫》为例,戏剧主人公蒲雷曹夫因在现实生活中遭受打击而开始寻找商品关系之外的人性救赎,这种寻找又受到现实条件的制约。因此,剧中蒲雷曹夫的一系列丰富的内心活动,都是现实环境的反映而非高尔基生硬的塑造;而作为戏剧作品人物的蒲雷曹夫,在不自觉中成为现实人物的典型代表。恰如列宁对蒲雷曹夫所碰到的那些现象所下的定义:"战争是莫大的历史危机,新时代的开端。战争如一切危险一样,加剧了深藏着的矛盾,损破了一切假面具,抛弃了一切虚伪的礼仪,破坏了腐败或已经腐烂了的威信,这样也就是使矛盾暴露了出来。"① 作者进一步引用马克思的观点来阐释高尔基戏剧作品的伟大之处。"在这个资本主义生涯的制度里面,人,人的关系,人类都变成商品。观念本身,思想本身,意识本身,都变成商品,变成市场现象,充满着基督教虚伪性的那些关系代替了统治过古代世界的那些关系。"② 高尔基在《蒲雷曹夫》里所揭露的正是这样一种概念系统——非人的,不是人的,而是物的概念系统,这部戏剧

---

① S. Dinamov:《论高尔基的剧作》,罗沙译,《中苏文化》(第 3 卷第 8、9 期合期)1939 年 3 月 16 日。

② 同上。

的实质也正是在这里。

除了高尔基以外的苏维埃作家们，也大都试图通过自己的戏剧作品来表达自己的意识立场。剧作家亚斐洛纪洛夫的剧本总是试图涉及关于社会意识形态的问题和讴歌劳动人民的热情。基尔逊的剧作或表现农村阶级斗争的大场面，或描绘欧洲的阶级斗争。还有法伊可，他的喜剧描绘那些逐渐过渡到无产阶级观点的知识分子，面临新社会产生的动摇和不确定的心情。此外，波果丁等剧作家们从各种角度描绘着新生活和新阶级的产生。一些小说家的作品也给戏剧创作准备了材料，如史达夫基描绘的顿河上的哥萨克人为集体农场而斗争的作品，萧洛可夫的小说对农村在社会主义社会的复杂发展进程给了细致的描绘等，都给苏联该时期的戏剧创作提供了很好的素材。

如果说抗战时期中苏文化协会对苏联戏剧的关注是通过苏联戏剧理论的译介体现出来的，那么其对苏联戏剧理论的译介与探索则主要体现在对于高尔基与托尔斯泰的戏剧理论的探讨上。

第三，对苏联戏剧主张的译介。中苏文化协会全面翻译和介绍了苏联戏剧，除对苏联戏剧作品、剧场和主要剧作家进行翻译介绍之外，也译介了关于戏剧比较的文章，彰显出该时期苏联戏剧的某些价值取向和艺术主张。

关于苏联戏剧理论主张的译介，主要是通过对高尔基和托尔斯泰戏剧观念的比较凸显出来的，主要集中在对戏剧语言和戏剧动因两个方面的探讨上。在《中苏文化》第8卷第6期上刊载了S. 勃廉特保的《高尔基与托尔斯泰关于戏剧的"论争"》的文章。在这篇文章中，作者S. 勃廉特保主要阐述了高尔基的《论剧》与托尔斯泰的《论莎士比亚及其戏剧》这两篇文章关于戏剧人物的语言及戏剧情节的动因的看法。

主要是在戏剧人物的语言方面。戏剧是和舞台艺术结合在一起的，戏剧中人物的语言是描写戏剧人物的主要工具，每个人都应该说着自己的语言。在《论莎士比亚及其戏剧》中，对于英国伟大剧作家莎士比亚在戏剧语言方面的表现，托尔斯泰认为莎士比亚是在用叙事诗的方法描写而不是在用戏剧的方法描写。他认为在莎士比亚的戏剧尾声中，一部分人物讲着另一部分人物的语言，很多人物的语言丧失了戏剧语言的独特性，语言的同质化现象十分明显。"在莎士比亚所有剧中的人物语言中，充满了诸如此类的不自然的说法。"① 这种对于剧中人物语言的严格要求，使托尔斯泰进一步尖锐地指出在莎士比亚的戏剧中："莎士比亚缺乏一种主要的（如果说不是唯一的）塑造性格的手段——语言，亦即让每个人物用合乎他性格的语言来说话。这是莎士比亚所没有的。莎士比亚笔下的所有人物，说的不是他自己的语言，而常常是千篇一律的莎士比亚式的、刻意求工、矫揉造作的语言。这种语言，不仅塑造出的剧中人物，任何活人在任何时间和任何地点都不会用来说话的。"②

高尔基在《论剧》中同样提到了关于戏剧语言的看法。在高尔基看来："剧本——正剧和喜剧——是最难写的文学形式，难在剧本需要每一个在其中动作的单位用言语和行为两者自力地表示出特性来而不借著者方面的提示。"③ 同时，高尔基也将戏剧和叙事诗做了比较，作为不同文体的叙事诗和戏剧对于语言的要求自然大相径庭："剧本是不容著者有多少自由置喙的余地的，在剧本里，著者给观众

---

① ［俄］列夫·托尔斯泰：《论莎士比亚及其戏剧》，陈燊译，古典文艺理论译丛编辑委员会编《古典文艺理论译丛（二）》，人民文学出版社 1961 年版，第 162 页。

② 同上书，第 161—162 页。

③ ［苏］高尔基：《论剧》，《夜莺》（第 1 卷第 3 期）1936 年 5 月 10 日。

的体式是除外的。"① 而在论及戏剧人物的语言时，高尔基在《论剧》中认为当时的苏联年青剧作家们在创作戏剧的过程当中阉割掉了人物的说话："基本中的人物——他写道——只创造他们的说话，亦即纯粹的话语，但成为我们年青剧作法的一般的和可痛的缺点的，首先是著者语言的贫乏，它的枯燥无味，贫血症，无个性。"② 在这里，高尔基和托尔斯泰一样，表现出了对于戏剧人物语言的重视。

基于对戏剧中人物语言特殊性的重视，高尔基在多处提出戏剧尾声的多样性和性格化的必要性。"为使剧本中的人物在舞台上演员的表现中获得艺术的价值和社会的说服力，就需要每个人物的话语严密的独特化，极度地表情化，——只有在这种条件下，观众捉握到的就是，剧本中的每个人物确能说得和动作得像被著者所确认的和舞台演员所表现的一样。"③ 由上文的论述可知，托尔斯泰和高尔基都十分重视戏剧人物的语言，强调戏剧人物要有自己的个性化的语言。而这两位作家，在上述两篇论文中还发表了对于戏剧动作动因问题的相似性看法。

托尔斯泰以莎士比亚的戏剧《李尔王》为主要批评文本，论述中涉及莎士比亚的其他戏剧，他认为在莎剧中，很多情节的发展并没有一个严密的逻辑基础，而是充满了偶然性。他进一步断言在莎士比亚的戏剧作品中："登场人物被完全任意安排进去的处境是这样不自然，以致读者或观众不仅不能同情他们的痛苦，甚至对于所读的和所见的都不能产生兴趣。这是第一点。其次，不论这个剧本也好，莎士比亚所有其他剧本也好，它们的所有人物的生活、思想和

① ［苏］高尔基：《论剧》，《夜莺》（第 1 卷第 3 期）1936 年 5 月 10 日。
② 同上。
③ 同上。

行动，跟时间和地点是全不适合的。"① 除了任务安排和任务境遇的随意性外，托尔斯泰进一步认为莎剧中人物的行为也是随意的："不仅莎士比亚笔下的人物所处的悲惨境况是不可能的、不以事件进程为依据并与时间和地点不相适合的，就是这些人物的行为也不合乎他们特定的性格，而是完全随心所欲的。"② 可以说，在托尔斯泰那里，莎士比亚的戏剧中是完全缺少动因的选择的。高尔基站在自己的立场也认为苏联的青年作家们忽略了戏剧动因。"他们不问剧本中事件的自然趋向，不顾事件的运转系列，在这里常常相反地被任意，著作者的不关心，动因的忽略所控制着。"③

尽管托尔斯泰与高尔基关于戏剧诸多问题的看法在很大程度上是一致的，但他们的意识立场的差异决定了他们解决问题的办法很不相同。托尔斯泰站在"家长制的，朴素的农民观点"上，反映农民的气氛，"那样忠实地，他自己把他的朴素，把他对于政治的疏远，把他的神秘主义，脱离世界的愿望，对于恶的不抵抗，物理的诅咒资本主义和金钱权利放到了自己的学说里去"④。高尔基是无产阶级艺术绝对伟大的代表，他为无产阶级艺术做出了很大贡献，并使自己的艺术作品坚固地结合全世界工人运动的实际情况，让戏剧艺术成为宣传新思想的载体。

关于戏剧的动因，尽管托尔斯泰和高尔基都认为动因对于戏剧来说是必需的，但他们两个人的基本原则却又是尖锐对立的。在托尔斯泰对于莎士比亚的戏剧动因的揭示中，他反对剧中人行为的唯

① ［俄］列夫·托尔斯泰：《论莎士比亚及其戏剧》，陈燊译，古典文艺理论译丛编辑委员会编《古典文艺理论译丛（二）》，人民文学出版社 1961 年版，第 160 页。
② 同上书，第 161 页。
③ ［苏］高尔基：《论剧》，《夜莺》（第 1 卷第 3 期）1936 年 5 月 10 日。
④ S. 勃廉特保：《高尔基与托尔斯泰关于戏剧的"论争"》，苏凡译，《中苏文化》（第 8 卷第 6 期）1941 年 6 月 25 日。

物主义动机。在将莎士比亚的作品《李尔王》和同一名称的匿名古本作品做比较时，他指出了两种作品的同一情节的不同动因，并认为莎士比亚的作品的动因是精神生理的，而将该匿名作品举之为杰作。在戏剧的语言方面，托尔斯泰也攻击莎士比亚"不是简单地为了满足美学的知觉，而是因为意识的不一致"[1]。而高尔基对于这些问题的态度完全相反，他驳斥剧中人物语言的平凡，因为这会让社会生活（而不是精神生活）的积极现象和消极现象间的界限消失。"卑贱的和有害的或正直的，有社会价值的行为在演剧的舞台上转化为无声无色的，粗浮结合的文句的无声骚音。"[2]

对托尔斯泰和高尔基戏剧观念的比较，实际上是要突出戏剧作品和戏剧艺术的阶级性特征和时代特色，突出苏联在戏剧文学的语言和动因等方面的主张和立场。

第四，译介苏联戏剧的特点。在抗日救亡的危急关头，文艺与时代的联系十分紧密，如《文艺阵地》就称本刊是"战斗刊物"，《七月》和《希望》则号召作家们用坚实的爱憎真切地反映出蠢动的生活形象，《抗战文艺》号召大家把视线一致集中于当前的民族大敌。在抗日战争与民族解放的宏大叙事下，文学翻译活动也必然受到时代语境的制约，它不再是两种文化和文学语言之间的简单转换，而被深深地打上了主流政治意识形态的烙印。因此，《中苏文化》对于苏联戏剧理论的翻译也显示出了文学翻译在特殊的战争语境下的特征。

中苏文化协会对苏联戏剧的译介具有鲜明的时代特色和精神诉

---

① ［俄］列夫·托尔斯泰：《论莎士比亚及其戏剧》，陈燊译，古典文艺理论译丛编辑委员会编《古典文艺理论译丛（二）》，人民文学出版社1961年版，第174页。

② S. 勃廉特保：《高尔基与托尔斯泰关于戏剧的"论争"》，苏凡译，《中苏文化》（第8卷第6期）1941年6月25日。

求。抗战期间《中苏文化》上刊登了多部译介过来的苏联戏剧作品，比如乌利亚宁斯基的《驿站》、包哥廷的《带枪的人》、肖洛可夫的《静静的顿河》等。这些译介过来的戏剧作品虽然不局限于反法西斯战争，但其中人民大众的抗争精神还是传达出中国对于抗日战争与反法西斯战争的文艺需要。如果说作品所表现出来的对于法西斯国家发动战争的谴责是显而易见的，那么刊载在《中苏文化》上的一系列翻译的关于苏联戏剧理论的文章所传达出来的为抗战服务的思想却是藏匿在作品背后的。比如《三十年的苏联话剧》《苏德战争前后英国古典剧在苏联舞台》等翻译文章表明，苏联戏剧很明显因为战争和社会主义建设的需要而进入一个新的阶段，非专业剧作家的创作与各种戏剧作品都在这时频繁出现。由于战争的原因，戏剧宣传的直接性、广泛性与直观性等要求戏剧翻译特别注重演出效果，不论是戏剧文学本身的特点，还是由于在特殊时代背景下的使命，《中苏文化》对于苏联戏剧理论的译介都显示出中国抗战的客观文艺需求，那就是"面向着人民大众，把一切力量集中到训练民众，组织民众，在全国统一的中央政府领导之下，来广泛地开展民众工作及民众的抗日运动"①。

中苏文化协会对苏联戏剧的译介显示出鲜明的无产阶级立场和建设社会主义新社会的美好愿望。从整体上而言，《苏联的戏剧与电影》《三十年的苏联话剧》和《苏联戏剧概况》等文章分别对苏联当时的戏剧发展与戏剧理论都做了大致介绍，呈现出在社会主义新社会戏剧艺术的繁荣和发展。而作为当时无产阶级文学家代表的高尔基，他的戏剧理论也在《论高尔基的剧作》《高尔基艺术剧场创

---

① 《创刊词》，《中苏文化》（第 1 卷第 1 期）1937 年 11 月 1 日。

造的过程》及《高尔基未发表的电影剧本与剧本》中被译介到中国，并被很多读者所接受。除高尔基以外，苏联其他具有代表性作家的作品与其戏剧理论也被译介给了中国的读者，如刊登在第 11 卷上的《苏联阿倍诗人兼剧作家沙美特伏尔岑》和第 12 卷上的《剧作家特楞涅夫与柳白芙·耶洛瓦娅》和《戏剧家聂米洛夫斯基》，对这些剧作家们的文学创作做了理论上的梳理。更为重要的是，对苏联戏剧作品、主要剧作家和戏剧理论主张的译介都反映出强烈的无产阶级立场，为抗战胜利后无产阶级文艺的发展提供了思路，同时也显示出中苏友好协会的价值观念和文艺思想的超前性。

中苏文化协会作为特殊时期中苏文化交流的民间组织，不可能不受当时的战争语境与政治语境的制约，因而其会刊《中苏文化》对苏联戏剧的译介具有鲜明的民族性和阶级性特点。也正是凭着该刊对苏联戏剧和其他文艺作品的译介，中国抗战时期的文艺创作才会如此繁荣，中国抗战之后的无产阶级文艺才会更具生命力和开拓性。

（三）对俄苏诗歌的译介

从量上来说，《中苏文化》上译介的俄苏诗歌并不多，共 20 篇，上面刊登的关于诗歌的理论也很少。但所译诗歌都是俄苏著名诗人的作品，他们被《中苏文化》译介到中国来，激励着中国人民的抗日战争。

这些诗歌作品分别是：1937 年 11 月 16 日第 1 卷第 2 期上的《保卫大上海》（V. Loogofsky 著，译者佚名）；1939 年 4 月 16 日第 3 卷第 11 期上的《海燕歌》（高尔基著，张西曼译），《囚徒之歌》（作者佚名，寒克译）；1939 年 10 月 1 日第 4 卷第 3 期上的《莱蒙托夫诗选》（M. Y. 莱蒙托夫著，戈宝权译）；1940 年 4 月 25 日第 6 卷第 2 期的《专在开会的人们》（马雅可夫斯基著，穆木天译），《给一个法官》（马雅可夫斯基著，高寒译）；1940 年 6 月 18 日第 6 卷第 5 期上的《鹰之歌》（高尔基著，铁弦译）；1941 年 4 月 20 日第 8 卷第 3、4 期合刊上的《爱沙尼亚诗选》（庄栋译）；1941 年 11 月第 9 卷第 2、3 期合刊上的《苏联抗战诗歌选辑》（作者佚名，王语今译）；1942 年 7—12 月第 12 卷上的《父与子》（沙扬诺夫著，铁弦译），《奥丽霞》（郭罗得内著，铁弦译），《胜利的轮值》（罗日介特文斯基著，铁弦译），《民兵》（吉洪诺夫著，铁弦译），《我们记得》（沙扬诺夫著，铁弦译），《转告一切朋友们来听》（作者佚名，冯玉祥译），《丹让曲》（克林凯尔著，赵克昂译）；1943 年 4 月 30 日第 13 卷第 7、8 期合刊上的《在你居住的那个地方》（米哈尔科夫著，凝晖译）；1943 年 9 月 10 日第 14 卷第 3、4 期合刊上的《"塔斯窗"诗选》（塔斯窗著，铁弦译）；1943 年 10 月 15 日第 5、6 期合刊上的《法西斯的笼头》（马雅可夫斯基著，安娥译）；1943 年 11 月 30 日第 14 卷第 7、10 期合刊上的《亲的训令》（阿莫里夫著，戈宝权译）。

对俄苏诗歌的翻译涉及了很多著名诗人的作品，但相较于小说与戏剧，《中苏文化》对诗歌的翻译量是比较少的。相对于其他刊物而言，《中苏文化》杂志对俄苏诗歌的翻译也略显贫弱。

（四）对俄苏文坛及文艺思想的介绍

抗日战争期间的《中苏文化》上，除直接介绍俄苏作家和作品外，还译介了不少关于恶俗文坛和文艺思想的文章。这些文章，对我国 20 世纪三四十年代的文艺思潮的发展，具有不可忽视的作用。

1939 年 8 月 1 日《中苏文化》第 4 卷第 1 期上刊登了一篇关于讨论文学的文章《文学的本质》（奴西诺夫著，以群译），这篇文章紧接着又连载在 1939 年 9 月 1 日《中苏文化》第 4 卷第 2 期上面。

1940年5月5日第6卷第3期上刊登了《马克思论文学》（E. 特罗许钦可著，葛一虹译），随后这篇文章又连载在1940年5月20日第6卷第4期上和1940年6月18日的第6卷第5期上。1940年7月30日第6卷第6期上刊登了《最近苏联文坛鸟瞰》（作者佚名，方士人译）；1940年8月15日第7卷第1期上则刊登了《斯大林论作家》（作者佚名，戈宝权译）；1940年11月7日《苏联十月革命二十周年纪念特刊》上则刊登了《斯大林论文学艺术》（罗可托夫著，曹葆华译），《苏联社会主义的文学及其最近的文艺论争》（柯尔特曼著，魏辛、李孟达合译）和《苏联近日的文学创作》（A. 沙维其著，李兰译）。1941年1月1日的《中苏文化文艺特刊》上刊载了《致青年作家》（A. 托尔斯泰著，曹靖华译），《社会主义的美学观》（M. 铎克尼著，焦敏之译），《最近苏联文艺论争中之诸问题》（B. 雷赫著，苏凡译）和《最近苏联文艺论争之真相》（作者佚名，魏辛译）。1942年6月18日第11卷第3、4期合刊上的《论青年文学及其任务》（高尔基著，罗颖之译）；1942年第7—12卷第12期上的《爱国战争中的苏维埃艺术》（作者佚名，苏凡译）；1940年4月30日第13卷第7、8期合刊上的《儿童文学的重要任务》（作者佚名，夏愤译）和《军事儿童与儿童文学》（伊瓦特尔著，苏凡译）；1944年6月第15卷第3、4期合刊上的《列宁论文学艺术》（吉尔布丁著，戈宝权译），《列宁与知识分子》（巴伊科夫著，方士人译），《六十年代的俄国文学》（卢那卡尔斯基著，叶文雄译）和《苏联文坛纪事》（作者佚名，曼斯译）；1944年7月第15卷第5期上的《俄罗斯文学与俄罗斯人民》（V. 日丹诺夫著，葛一虹译）；1944年10月第15卷第8、9期合刊上的《苏联战争短篇小说的新趋势》（罗果托夫著，荒芜译）；1945年3月第11卷第1、2期合刊上的《战时苏联文艺检讨》（吉洪诺夫著，贝璋衡译），《战时的苏联诗人及其诗》（特洛森克著，铁弦译）和《战时苏联艺术学会活动》（A. 格拉西莫夫著，郁文哉译）；1945 年 7 月第 16 卷第 6、7 期合刊上的《苏联的民族文学》（斯科西雷著，庄寿慈译），《拥护苏联文学的高度思想性》（耶果林著，孟昌译），《拥护苏联艺术的高度思想性》（苏洛道夫尼科夫著，叶文雄译），《战时苏联儿童文学的检讨》（阿列克绥耶娃著，乔屿译），《作家的责任》（爱伦堡著，偎临译）。

总之，《中苏文化》对俄苏文学的译介是全方位的，从文体上讲，既有小说、戏剧、诗歌，也有文论作品；从作家的角度讲，既有俄国时期的批判现实主义和浪漫主义作家，也有苏联成立后的现实主义作家。这些翻译作品是中国抗战时期翻译文学的重要构成部分，在整个俄苏文学译介的历史中也占有十分重要的地位，值得认真研究。

第三节　中苏文化协会翻译文学的特征

1954 年 8 月 19 日，茅盾在全国文学翻译工作会议上做了《为发展文学翻译事业和提高翻译质量而奋斗》的报告。在报告中，茅盾对文学翻译做了如下定义："文学的翻译是用另一种语言，把原作的艺术意境传达出来，使读者在读译文的时候能够像读原作时一样得到启发、感动和美的享受。"[①] 可见，文学翻译不仅是两种不同语言之间的艺术转换，其最终目的是让读者获得美的感受。文学翻译活

---

① 　钱锺书：《论不隔》，《学文》（第 1 卷第 3 期）1934 年 7 月。

动作为一种审美活动，与艺术创造一样是从审美心理的角度出发来探讨文学翻译的艺术性生成，"译者应根据自己的世界观反映他所选择的内容和形式浑然一体的原作中的艺术真实"①。

固然，文学翻译活动的核心问题仍是其艺术性，但"都会反映某种意识形态和诗学理论，以致操纵文学，使它在特定的社会里以特定的方式发挥功效"②。20世纪三四十年代的中国翻译文学更是如此。处于抗日战争的时代大背景下，每一个译者作为社会整体的一分子，其翻译的艺术都是他所处时代的产物。因此，抗日战争期间《中苏文化》对苏联文学的译介，难免落下时代的烙印。所以，本章打算从三个层面来探讨中苏文化协会的翻译特征：首先，从艺术立场来看其文学性是其作为期刊的本质特征；其次，从其阶级立场来看这一期刊在文本选择中的反抗特质；最后，在世界格局的大环境中，"中苏文化协会"也在成为反法西斯的一员时具备了反战的特征，而这一特征，自有其阶级立场所决定，也有其紧跟苏俄思想的影响。

一　俄苏文学翻译的文学性

在《中苏文化》所译介过来的俄苏文学作品中，最能体现其艺术立场的是其对俄苏文学理论与文艺思潮的译介。这些理论性文章的翻译，体现出20世纪三四十年代的翻译者们基于文学内部的审美诉求而做出的探索，成为小说、戏剧、诗歌等文学作品翻译的理论后盾，直接对中国20世纪三四十年代的文学发展产生了影响。

对于俄苏文艺思潮的介绍，最早应始于第4卷第1、2期上连载

① 郑海凌：《文学翻译学》，文心出版社2000年版，第37页。

② Bassbett, Susan & Lefevere, andre, *Translation, History and Culture*, London, Cassell, 1990, p. iv. 转引至俞佳乐《翻译的社会性研究》，文心出版社2000年版，第27页。

的以群翻译的苏联文艺批评家诺西诺夫的《文学的本质》。诺西诺夫在文章中提出了"形象思维"这一概念，他认为文学也是一种意识形态，作为意识形态上的文学与其他的政治上的、科学上的意识形态并没有什么差异，只是形式不同而已，即文学是"形象上的思维"，"而形象，是作家社会的思维与阶级的观念的特殊的表现形式，文学形象的本质是阶级性。在现实中存在着各种各样的典型，它们再现于文学上，成为艺术的形象。社会阶级的典型反复再现于文学中，成为特定的时代的文学的支配的形象。作家的世界观决定各种形象的选择和创造，艺术内容是反映在艺术中的阶级的现实，是阶级的社会的实践"。①

"形象思维"原本是一个俄国的文论用语，最初是由俄国文学批评家别林斯基提出来的。这个术语在别林斯基那里，指的是"寓于形象的思维"。后来经过俄国马克思主义文艺理论家普列汉诺夫、高尔基等人的继承和阐释，以及以群等译者借助《中苏文化》和其他刊物对之的翻译与传播，使这一概念被介绍到中国来以后，对 20 世纪 30 年代朱光潜在《文艺心理学》中以"形象的直觉"为核心概念所构建的美学观，以及 20 世纪 40 年代蔡仪在《新艺术论》中提出的"具体的概念"都产生了影响。

《中苏文化》分三期连载了 E. 特罗许钦可的《马克思论文学》。在这篇长达十一页的文章中，作者讨论了马克思文论中的"现实主义"这一文艺思潮。文章认为，马克思作为人类历史上伟大的无产阶级革命家，对文学和美学都表现出了浓厚的兴趣。这些兴趣，"分布在他的历史的与经济的著作中的种种解释上，在他的信件和文章

---

① ［苏］诺西诺夫：《文学的本质》，以群译，《中苏文化》（第 4 卷第 2 期）1939 年 9 月。

中同样存在着如此的事情"①。马克思对于文学的兴趣，着重表现在其对于现实主义文学的关注上。"现实主义文学把社会关系移入了人类关系的语言。"② 在马克思看来："它给予了布尔乔亚时代的人民一种丰富而又多方面的特性，是其社会心理的一个提纲，信念，观点和思想形态。"③ 文章进一步提到，马克思对于他之前的时代的小说，认为："英国小说家中的辉煌的现代派，用了他们的明瞭而又雄辩的描写比一切所有的政治家、公法学家和道德家合起来的现实了更多的政治与社会的真实，它表现了布尔乔亚社会的各种层次，从藐视一切职业自认为比凡人高些的体面的国库公债所有者开始，到小小的鞋店老板和律师助理人为止。"④ 但他却十分推崇莎士比亚的作品，并在《资本论》中屡次引用莎士比亚。在马克思那里，对莎士比亚的喜爱与推崇，不再是个人兴趣的问题，而是对现实主义的原则问题。同样，对于法国现实主义作家，马克思则称"巴尔扎克是布尔乔亚现实主义的最高峰"，也在其《资本论》中数次引用巴尔扎克及其作品，因为"巴尔扎克的对于真实的关注的深刻的理解上是特著于一般其他作家的"⑤。基于对现实主义的喜爱，使得马克思对戏剧的重视成了必然。"戏剧是发生在社会生活中的批判的年代，它表现着活的实际的元素，和反映着时代的好论争的性格，它用它的独特机构再创造存在着的冲突，表现着对原则的斗争。它是

---

① E. 特罗许钦可：《马克思论文学》，葛一虹译，《中苏文化》（第 6 卷第 3 期）1940 年 5 月。

② 同上。

③ 同上。

④ E. 特罗许钦可：《马克思论文学》，葛一虹译，《中苏文化》（第 6 卷第 4 期）1940 年 5 月。

⑤ 同上。

一种表现的艺术，一种大众的艺术，它有着影响观众的巨大力量。"① 因此，在马克思看来，现实主义作品是为社会服务的，所以艺术在很大程度上也是一种教育。文学对于马克思在社会的研究上是一种知识的源泉的特征，更是一种服务社会的武器。②

1941 年 1 月，在《中苏文化》的文艺特刊上面，刊载了三篇介绍苏联文艺思想的作品，分别是由焦敏之译的 M. 铎克尼著的《社会主义的美学观》，由苏凡译的 B. 雷赫的《最近苏联文艺论争之诸问题》及魏辛译的"红色处女地杂志"编的《最近苏联文艺论争之真相》，不同程度地探讨了苏联当时的诸多文艺问题。

《社会主义的美学观》共三万余字，刊载在《中苏文化》上长达 21 页。全文从"什么叫做美学，它所研究的对象是什么？""美学的社会性与历史性""艺术的特性与内容""艺术上的美""什么叫做升华""戏剧""喜""文艺的党性""社会主义的现实主义"等九个方面对苏联社会主义的美学观做出了详细论述。文章认为，作为革命的无产阶级学说的马克思主义，是"人类在十九世纪以德意志哲学，英国古典政治经济学以及法兰西社会主义为代表所建树的优秀诸劳作的合法的继承者"③。但马克思恩格斯遗留于后世的，不光是那些直接与辩证的历史唯物论诸问题关系的马克思主义艺术观的一般的根本的命题，而且还有审美和文艺理论方面。而列宁与斯大林对马克思学术成果的进一步阐释与推崇，才使得其发展成为社会主义的美学观。从马克思到斯大林一脉相承的社会主义的美学观，

---

① E. 特罗许钦可：《马克思论文学》，葛一虹译，《中苏文化》（第 6 卷第 4 期）1940 年 5 月。

② 参见 E. 特罗许钦可《马克思论文学》，葛一虹译，《中苏文化》（第 6 卷第 5 期）1940 年 6 月。

③ M. 铎克尼：《社会主义的美学观》，焦敏之译，《中苏文化文艺特刊》1941 年 1 月。

不仅影响着当时的苏联文坛，《中苏文化》对这篇文章的译介，也表现出在特殊时期我国文艺界对文学的社会功能的诉求，从而导致对文学的审美性的压制与批评，影响着我国 20 世纪 40 年代及新中国成立之后的文学发展。

B. 赫雷的《最近苏联文艺论争中之诸问题》中对当时苏联文坛上存在的关于文艺与现实的关系，艺术的过去与未来等问题进行了梳理。文章认为斗争是世界史和社会史的全部内容，资本主义社会因为斗争必然使其艺术走向死亡，事实上，西方的建筑艺术已经在资本主义制度下出现了衰微。哲学家黑格尔揭示出了这一矛盾，首先是艺术必须描绘真实，艺术因为对真实的描述从而成为超越内容的形式。其次是对艺术家的世界观的论述。马克思主义确定了艺术家的美学价值和艺术家与进步见解的联系及艺术家与时代之间的依存关系，从而揭开美学理想形成的原因。马克思在其著作中表明了这种联系，同时指出伟大的精神和个人的意志是获得这些"美学理想"所必需的努力。文章在最后还就美学问题做出了阐释：文学作品的艺术性，那就是"人民的"特性，那种渗透了接近人民和亲爱人民观念的作品是非常美丽的，虽然这些内容可能是隐匿在不显著的，甚至是丑恶的形式中的。

《中苏文化》在同一期上紧接着刊登了《最近苏联文艺论争之真相》一文，从"人民、历史、革命"三者之间的关系为出发点对苏联文学流派之间的论争问题进行了梳理。除此以外，戈宝权译的《斯大林论作家》和曹葆华译的《斯大林论文学艺术》，都从社会主义的角度出发，对正处于社会主义建设中的苏联作家与文学艺术做出了现实主义的要求。而叶文雄译的《六十年代的俄国文学》与曼斯译的《苏联文坛纪事》，以及贝璋衡译的《战时苏联文艺检讨》

等文章，都对俄苏文艺思潮有所提及。这些文艺思潮与理论，通过翻译家们的努力被介绍到战时的中国大地上来，让中国读者由此看到苏联文艺的趋势：无论如何要把自己作品里的，新的，未知的和科学的观念给公式化，不然就不成为艺术家，只是平凡的、不独立的作家。这种特殊时代背景下的艺术取向，构成了文学批评家活动的全部意义——就是对胜利的社会主义观点的坚持，而小集团主义一直生活在自己封闭的小世界里，在这种小世界里统治着自己，最终会自食其果。

二　俄苏文学翻译的反战性

自 1937 年日本发动全面侵略中国的卢沟桥事变开始，中国大地上便战火纷飞。国难当头，一切都为抗战服务，文学作为时代的镜子，也不能例外。要想革命的民主战争取得胜利，无疑地，除了客观条件之外，还应该取决于民族自身的力量。这胜利的力量，即抗战的全体性。要做到这点，就必须使抗日反法西斯的战争不仅是军事的，而且是政治的，文化的。因此，"我们就应'面向着人民大众'，把一切力量集中到训练民众，组织民众，在全国统一的中央政府领导之下，来广泛地看民众工作及民众的抗日运动"①。其实，对俄苏文学的翻译，从一开始就被纳入中国人民有组织的斗争中，成为中国革命的一部分。

在苏联卫国战争年代，随着战争的发展，作家们根据各自对战争的观察和内心的真实感受，怀着饱满的战斗激情写下了大量的小说作品。其实，在艰苦年代出现的那些描述人民群众斗争的故事，多半是能取材于散文作家所记载的战争笔记，这些笔记对一些重大

---

① 《中苏文化》创刊词。

事件做出了十分翔实的记载。作家们在记叙所发生的事件时都是那么认真，一丝不苟，以致他们的很多作品都可以称为心灵感受的真实记录。这一时期苏联的小说的基本题材都是描写战争，即便那些反映人民群众劳动的题材和历史题材的作品，也是从激励人们更好地为战争做贡献的需求来加以描写的。

瓦西列夫斯卡娅的中篇小说《虹》，是一部以德国法西斯军队占领下苏联人民的斗争为题材的作品。它通过描写德国法西斯军队占领乌克兰一个村庄后一个月内的种种暴行，以及留在村庄的妇孺老弱的反抗斗争，表现敌后苏联人民大无畏的英雄气概和他们对胜利的坚定信念。

娥琳娜是小说中极具代表性的人物，她的原型是一个名叫亚历山德娜·戴丽曼的农妇。娥琳娜是一个和苏维埃政权有着血肉联系的集体农村妇女。革命前她在地主庄园干活，后被欺凌。革命后她在集体农庄劳动，不幸阵亡了。她的家乡已组织游击队，她就毅然前往参加。在游击队里，她做过侦探，炸过桥。不过，她的主要工作是洗衣做饭，照顾伤病员，就像一位慈爱的母亲那样为大家操劳，同志们都亲切地称她为"母亲"。后来，由于她怀孕到了最后一个月，便返回村里，想平平安安地把孩子生下来。

但是，娥琳娜回到村里还不到两天，就被德寇逮捕。无论德寇对她怎样威胁恐吓，也得不到关于游击队的口供，于是便在一个月明如昼的夜晚，剥光她的衣服，然后用刺刀逼着这个裸露的孕妇，在广场上向前跑五十码，向后跑五十码，并用机关枪打得她满身是血。她支持不住，跌倒后又爬起来，爬起来又跌倒。目睹惨状的村民无不义愤填膺，觉得娥琳娜所受的折磨，实际上代表了全村人民在德寇铁蹄下遭受的苦难。而娥琳娜也觉得全村人民的眼睛都在看着她，觉得耳朵里响着游击队员呼喊"母亲"的声音。她深深地懂得作为一个苏维埃人，在敌人面前要傲然挺立，不哭不叫，不向敌人吐露任何一句关于游击队员的话。

娥琳娜生下孩子以后，德寇扬言不招供就杀掉她的孩子，企图利用母子之情来软化她。娥琳娜作为母亲，当然爱她的儿子，要知道这是她四十多岁才生的第一个儿子啊。但是，对于娥琳娜来说，游击队员就是她的"好多儿子"，她绝不能让敌人伤害他们。当敌人对她的婴儿下手时，她十分悲痛，但是她首先想到的是游击队员们，他们此刻在森林里做什么呢，坐在野火旁呢还是沿着森林的小路悄悄地向德国部队进攻呢？是包围着驻扎德国司令部的房子呢还是抬着自己的受伤队员向森林里退却呢？正是这种此刻以祖国人民反法西斯的斗争事业为重的宽广胸怀和高尚情操，使她克制了失去亲骨肉的痛苦。最后，娥琳娜在敌人的屠刀下壮烈牺牲。

像娥琳娜这样的妇女，在当时是有着代表性的，她们在残暴的法西斯侵略者面前毫无惧色，奋不顾身地进行战斗。例如老妈玛柳琪在娥琳娜被德寇所折磨的深夜，让自己十来岁的儿子米什迦偷偷去给娥琳娜送面包。当德寇用枪打死米什迦之后，玛柳琪对呜咽地哭起来的女儿说："你别哭吧。米什迦是同红军一样地死去了，你明白吗？"又如玛利亚，当她被德寇当作追查"送面包人"的人质抓走时，她高声呼喊道："这不要紧，你们坚持着吧，别屈服吧，别想念我们吧，你们坚持到底。"这些勉励乡亲们的话，实际上是苏维埃人永不屈服，共同斗争的誓言。

小说在描写勇于斗争的妇女们的同时，还描写了全体村民不分老弱投身到反对德寇的斗争中来了。德寇用武力逼迫村民交出粮食，但每一个村民都断然拒绝，因为他们认识到"交出粮食就是出卖自己和自己人……就是否认祖国，出卖给敌人"。德国法西斯军队押解一队红军俘虏经过村庄时，村里的妇女和小孩儿冒着生命危险给红军送面包。在德寇的"新秩序"下，每一个苏维埃人都被迫起来进行殊死斗争。小说的结尾描写红军部队反攻过来，把盘踞在村子里的德寇全部消灭。原来这个村庄习惯用歌声来迎接朝霞，送别黄昏，现在又到处响起了歌声，人们尽情歌唱斗争的胜利。

在小说中，多次描写天空出现的彩虹。根据民间传说，这是一种"吉兆"，它是用来象征光明战胜黑暗，象征苏维埃人民必定战胜德寇，预示光辉灿烂的未来属于苏维埃的。由于作者成功地运用了象征这种手法，使得作品从头到尾都流露着革命乐观主义精神。

对一些诗歌的译介也体现出《中苏文化》对反战文学的热爱，比如马尔夏克的《出征》①：

> 春天伴着夏天/一同在莫斯科游玩/也不知散下了多少阳光/在乌云和碧色的天上/莫斯科悠悠地醒过来/在这六月的一天/刚刚开放/公园里的紫丁香/□□□□②飞驰如电/他不断地□□振头/钢袋里的钢球和球拍/青年人们正□住公园/欣赏着和平与夏天/莫斯科迎接着清晨/突然，在太空里传播/沁人心坎的语言/□系肯定面又严厉的语□/全国立刻辨识出它的主人翁/早晨，在我们的门槛上/爆发了战争/凶恶的，背后的敌人/逼上了苏联的大门/像是一片□□的乌云/面向着我们的太阳飞进/一下子，一瞬间/□□的一切都改变了/那穿着春季背心的青年人/也射出了严厉的战斗员的眼光/姑娘变成看妇/一个红十字帮助她的衣

---

① 马尔夏克：《出征》，庄栋译，《中苏文化》（第8卷第3、4期合刊）1941年4月。
② 因文字资料太过久远，部分文字模糊不清，故用此符号代替，下同。

袖／不知有多少个未来的英雄／正行走在莫斯科的街头／他们又该
有多少在□穴，在□□□□／有多少在学校书桌的一旁／在机关
车中／在苏联的每一个家庭／一切——都是为了与敌人的斗争啊／
参加那威严而遥远的长征吧／天空上回旋地飞来飞去／国家的守
卫者—飞机／一切——都是为了与敌人的斗争啊／参加那威严而
遥远的长征吧／记住：胜利是属于我们的／列车和斯大林的旗帜
／正领导着千百万人去斗争。

马尔夏克这首诗，通过非常生活化的日常描写和抒情化的情感
释放，渗透在宏阔的历史背景中，人民的起伏跌宕。全诗的转折
是在"一瞬间，一切都改变了"，改变的不仅是苏联人民的生活，
而且是整个世界。但诗人并没有直接去写世界战场哪怕苏联战场
之上的残酷战斗，而是用一种乐观的革命浪漫主义情绪传达着对
于战争必胜的信念，战争前的青年和女孩，都变成英雄和看护，
这不仅是身份的转变，而且是在时间的推移中，表现苏联人民的
坚持不懈与坚定不移。本来分散的个人生活，在战争之中，都凝
聚到同一个目标之中。战胜敌人是他们的目的，但战胜之后平静
的生活，才是他们的理想。他们没有在这种"变化"中退缩，而
是迎着"变化"，改变"变化"，努力回归到"变化"之前的岁
月中。

我们不因□的离别而哭泣／当送丈夫出征的时候／现在，国
家正需要多数的又敏捷又年轻的手／在那威严的日子里／战斗的
女性啊／让她们，每个人都找到自己的工作啊／不要使我们的镟
床没有工作而停止／不要让田里的庄稼荒芜／我们要多多地供给
国家以粮食和□□／凡是大地所蕴藏的一切／我们与前线一同呼

吸/我们的心脏要像一颗心那样地搏动/我们，工作，保护孩子们/我们的权利完全相同/我们亲密地走进战斗的行列/□□□□有红十字符号的背包/要作为勇敢而有魄力的人/在日常的，普通的家庭之中/我们不因新的离别而哭泣/当送丈夫出征的时候/现在，国家正需要多数的又敏捷又年轻的手/在那威严的日子里/战斗的女性啊/让她们，每个人都找到自己的工作啊。①

亚历山大诺娃的这首《战斗中的女性》并没有像其他斗志昂扬的诗人一般从正面描写战场，从而渲染一种革命浪漫主义的情绪。在这里，亚历山大诺娃从一个"留守"妇人的角度写起，把俄国传统中那种大地母亲般的坚强与宽厚展现无遗，战争卷走了丈夫与平静的岁月，妇人不仅没有因"离别而哭泣"，反而为更美好的未来，为前线输送物资和支持。事实上，这首诗虽然是从侧面描写战争带来的生活的改变，即没能上战场的人们怀揣着乐观情绪做着力所能及的事，一片昂扬的节奏中，诗人通过复沓，即两次"我们不因新的离别而哭泣"的出现，说明妇人并不是不哭泣，而是把这种理应悲伤的力量投入未来的期许之中，因为架起的未来之桥梁，才使得现实如此坚实和有希望。而这些，都是基于希望尽快结束战争，回归于日常平静的理想。

三　俄苏文学翻译的反抗性

从中国进入新民主主义革命以来，帝国主义、封建主义与官僚资本主义就成为压在中国人民头上的三座大山。20世纪三四十年代的中国社会，一方面忙于应对外来列强的侵略，另一方面仍旧要面

---

① 亚历山大诺娃：《战斗中的女性》，庄栋译，《中苏文化》（第8卷第3、4期合刊）1941年4月。

对的是封建主义与官僚资本主义的压迫。在阶级上，表现为封建地主阶级与资产阶级对底层人民的压迫。《中苏文化》上的翻译文学就表达了对阶级压迫的反抗精神。由于对外来列强的侵略主要体现为反战情绪，因此本节所谓的"反抗性"，主要是指社会底层对阶级压迫的反抗。

《中苏文化》从 1939 年第 4 卷第 1 期起分 12 期连载了卡达耶夫的《我是劳动人民的儿子》这部小说。作品主人公谢明，在第一次世界大战期间应征去前线打仗，一去就是四年。四年中，谢明的家乡发生了翻天覆地的变化：十月革命胜利，家乡政府将地主的土地和牲口分给了底层的劳动人民，谢明家里也得到了土地及牛、马、羊等。家里的经济状况自然而然地比以前好过很多。所以，当谢明从前线回来看到这一切时，竟然像个小孩子一样哭了起来。在小说里，谢明的眼泪不仅是因为思念家乡而流，还感激于十月革命的胜利为家乡带来的巨大变化。

小说中的反派人物台加琴科，是一个势利眼而且是思想反动的人物，是沙皇地主阶级的代表。台加琴科一直对俄国十月革命的胜利心怀余恨，希望有朝一日俄国沙皇旧势力能够借着德国军队的到来而复辟。所以对于自己女儿苏菲亚与男主人公谢明之间的爱情，他非常反对，希望德军的到来能够使一切发生改变，那样女儿也会嫁给另一个人。德国军队在乌克兰反动派的支持下，进攻苏维埃。村苏维埃主席李梅纽克被绞死，村民被迫交出家中武器，台加琴科当上村长。村里的地主克伦伯兴高采烈地回到了他的庄园，沙皇旧势力复辟。其时，乌克兰革命委员会发表《告乌克兰工农书》，号召工农群众起来和敌人进行斗争。在当局的号召下，逃亡的农民逐渐变成有自己司令部、军队厨灶、机关枪队、骑兵和炮兵都武装得很好的起义队伍。小说的最后，谢明带着一队人马前去破坏苏菲亚和地主克伦伯的婚礼却被反动派逮捕，游击队及时赶到解救了村子并赶走了德国人和地主克伦伯，枪毙了台加琴科。此后，游击队编入工农红军，谢明当上了炮兵连长，并和苏菲亚结成了美满的婚姻。

《我是劳动人民的儿子》的思想内容相当深刻。十月革命后建立了崭新的苏维埃政权，为贫苦农民带来了土地和幸福。但革命并非一帆风顺，阶级斗争是有反复的。新生的红色政权需要劳动人民用鲜血和生命去保卫。作品中主人公谢明，起初只是想到家乡、土地和情人，后来在阶级斗争的实践中一步步提高了觉悟，成为反对阶级压迫和捍卫新政权的英勇战士，是劳动人民的忠实儿子。作品充满了生活气息，对俄罗斯农村求婚、订婚、会亲等场面的描写非常真实细腻，使人读了如历历在眼前。这部苏联小说，在很大程度上都给了国内形势与斗争一些具有远见的"教育"意义。因其所属的社会结构和社会阶级十分相似，故而有着范本和榜样的力量，能使《中苏文化》的读者和泛影响者看到斗争的希望和目的，而且在这其中，自觉地通过锻炼来提高自身认识和觉悟。

《我是劳动人民的儿子》对沙皇统治阶级的压迫的反抗是显而易见的，但《中苏文化》上翻译过来的另外一些戏剧作品，也同样表达了底层人民对阶级压迫的反抗意识。作为在特殊历史时期里出现的剧作家，他们力图通过戏剧作品来表达自己的阶级意识和立场。由于苏联十月革命后建立了新社会，因此苏联戏剧主要表现了人们在新社会的各种生活场景，以及在从农奴制过渡到社会主义社会的过程中各色人物的微妙心理。

这种反抗阶级压迫的文学，在翻译过来的诗歌和戏剧中也随处可见。比如莱蒙托夫的《普希金之死》①：

> 毁灭了，倒下了光荣之子/这受了一世的诽谤的诗人/低低地垂下了头/胸前的铅子，复仇的心/这伟大的灵魂不能忍受那些奸险卑污的 X 小/他来到世间，唱着鞭笞似的字句/于是，他一无所余地被毁了/⋯⋯迫害他，不是你们吗/迫害这自由的火炬的天才/你们不惜巴结地说着世界的大 X/只为了唤起激烈的虐待/你们胜利了，如愿以偿/他终于中了恶意的利剑/你们将无比的天才熄灭/凋谢了，他的华丽的冠冕⋯⋯

莱蒙托夫以他惯常的浪漫主义色彩、自剖式的语言风格和极具情绪化的表现方法，把普希金——这一俄罗斯的太阳——的形象鲜明生动地刻画了出来。但是莱蒙托夫并没有把笔触简单停留在普希金的"死"上，而是像莱辛所言，去刻画其死前"生动的瞬间"，在对比中凸显诗人普希金是把其深厚的感情种植在俄国的土地上，而不是献于王权富贵，更不会因此谄媚妥协。莱蒙托夫正是看到普希金这一伟大之处，抓住"身死名流"的主题，揭示着广阔的社会革命是属于底层被压迫的人民，也只有人民像这颗俄国的太阳，才能迎来属于自己的黎明。

对于阶级的反抗，不仅是停留在对封建地主阶级的讽刺上，还包括对资产阶级及资本主义制度的揭示，比如高尔基的剧作《蒲雷曹夫》。在《蒲雷曹夫》中，蒲雷曹夫因在现实生活中遭受打击而开始寻找商品关系之外的人性救赎。这种寻找，使得蒲雷曹夫开始学会了思考，思考使蒲雷曹夫开始观察他身边的世界：所谓的"家

---

① M. Y. 莱蒙托夫：《普希金之死》，戈宝权译，《中苏文化》（第 4 卷第 3 期）1939 年 10 月。

人"，其实是隐藏在资本主义商品关系下为获取利益而丧失了人性的人，人与人之间的关系都只是一种商品关系。① 于是，蒲雷曹夫在孤独和彷徨中求助于宗教与帝制，又遭到了同样的命运：在他们那里，资本主义制度下的商品关系构成了人与人乃至人类的主要关系，他们的观念、思想与意识都成了商品和市场现象。

尽管蒲雷曹夫只是高尔基剧作中的一个小人物，却是高尔基对典型人物与典型环境做出的最好示范。剧中蒲雷曹夫的一系列丰富的内心活动，都是现实环境的反映而非高尔基生硬的塑造；而作为戏剧作品人物的蒲雷曹夫，在不自觉中成为现实人物的典型代表。恰如列宁对蒲雷曹夫所碰到的那些现象所下的定义："战争是莫大的历史危机，新时代的开端。战争如一切危险一样，加剧了深藏着的矛盾，损破了一切假面具，抛弃了一切虚伪的礼仪，破坏了腐败或已经腐烂了的威信，这样也就是使矛盾暴露了出来。"② 该戏剧的用意十分明显，就是揭示资产阶级的丑恶，"在这个资本主义生涯的制度里面，人，人的关系，人类都变成商品，充满着基督教虚伪性的那些关系代替了统治过古代世界的那些关系"。

除了高尔基以外的苏维埃作家们，也大都试图通过自己的戏剧作品来表达自己的意识立场。剧作家亚斐洛纪洛夫的剧本总是试图涉及关于社会意识形态的问题和讴歌劳动人民的热情。基尔逊的剧作或表现农村阶级斗争的大场面，或描绘欧洲的阶级斗争。还有法伊可，他的喜剧描绘了那些逐渐过渡到无产阶级的知识分子，面临

---

① 参见 S. 勃廉特保《高尔基与托尔斯泰关于戏剧的"论争"》，苏凡译，《中苏文化》（第 8 卷第 6 期）1941 年 6 月。

② 同上。

新社会产生的动摇和不确定的心情。此外，波果丁等剧作家们从各种角度描绘着新生活和新阶级的诞生。

第四节　俄苏文学翻译的中国情结

在英国历史学家汤因比那里，任何文明都是不能永存的。而季羡林在强调翻译的重要性时却讲道："我本人把文化（文明）分为五个阶段：诞生，成长，繁荣，衰竭，消逝。问题是，既然任何文化都不能永存，都是一个发展的过程，那为什么中华文化能成为例外呢？为什么中华文化竟能延续不断一直存在到今天呢？我想，这里面是因为翻译在起作用。"①

文学艺术的翻译活动，是构筑不同文化之间交流的桥梁。早在20世纪70年代，发源于以色列的多元系统理论和发源于低地国家和英国的翻译研究学派就将关注的目光投向了翻译活动之外的文化系统。② 近二三十年来，翻译者们开始从不同的文化研究角度来探讨翻译问题，除了文学内部的因素之外，翻译背后的社会背景、意识形态、经济条件、社会习俗等都被纳入翻译活动的互动因素之中。因故，翻译不再是不同文化背景下两种语言的交流，而是一种文化现象。

一　俄苏文学翻译作品中的中国现实

抗日战争初期，中苏文化协会就迁至重庆。彼时，重庆抗战文

---

①　许钧：《文学翻译的理论和实践——翻译对话录》，译林出版社2001年版，第3页。

②　俞佳乐：《翻译的社会性研究》，上海译文出版社2006年版，第95页。

学界以中苏文化协会为中心，在抗战期间通过各种形式积极与苏联文学界进行交往。① 苏联也以极大的热情，动员全苏作家声援中国的抗日战争。1937 年，苏联诗人江布尔还写下激昂的诗篇《献给中国人民》② 来表达对中国抗战的支持。通过与苏联文学界的交流，"近代的苏联文学，无论他们的思想，作品乃至作家的历史及其生活习惯都可以说是像洪水一样泛滥到了中国，中国也最关心苏联的文学，以量来讲，恐怕比来自英美的还要多"③。可以说，同时期苏联文坛上的每一次论争，苏联文学理论的每一步发展变化都通过《中苏文化》和其他刊物的翻译及时波及中国，对中国的文艺产生了重大影响。

仔细梳理 20 世纪三四十年代的苏联文学作品，会发现现实主义作品占了绝大部分。苏德战争爆发之前，苏联社会主义建设如火如荼地进行，随着电站、矿井、工厂等的建成，以及新的城市的出现，苏联的社会主义建设在 20 世纪 30 年代进入了一个新的阶段。新阶段的社会主义建设自然需要作家通过文学作品将这些内容表达出来。因此，作家们在新形势下所承担起来的文学与建设的任务，直接推动了现实主义作品的发展，成为区别于苏联 20 世纪 20 年代文学发展的最主要缘由。1941 年 6 月苏德战争爆发，德军的入侵使苏联举国上下投入战争之中，现实主义题材的作品进一步发展。纵观《中苏文化》在抗战期间对俄苏文学的译介，以战争为内容的现实主义

① 例如：1938 年 12 月，中苏文艺研究会举行首次演讲，由戈宝权主讲《苏联近年来文学戏剧电影之鸟瞰》；1941 年 5 月，郭沫若在中苏文化协会主讲《再谈中苏文化之交流》，侧重于文艺交流问题；1942 年 8 月末在中苏文化协会举办的苏联文化讲座，戈宝权介绍了苏联文学；1944 年 6 月，重庆文学界在中苏文化协会举办了"高尔基逝世八周年纪念晚会"。

② 黄俊英：《两次世界大战的中外文化交流史》，重庆出版社 1991 年版，第 178 页。

③ 郭沫若：《中苏文化之交流》，《中苏文化》（第 11 卷第 3、4 期合刊），1942 年 6 月。

作品贯穿始终，与苏联的文学发展紧密相连。同时，《中苏文化》上也译介了部分以歌颂劳动为主题的反映苏联社会主义建设的作品，反映出翻译者们对苏联文学脉络的精准把握。可以说，20世纪三四十年代"中国翻译界对于苏联文学的译介，一直是紧紧地追随着苏联官方文学的发展进程的。如果按照时间顺序把《中苏文化》对于苏联文学的译介排一顺序，基本可以反映出苏联战时文坛发展的脉络和状况"①。

（一）对中国反法西斯战争的呼应

1941年6月22日，德国法西斯背信弃义，向苏联发动了突然进攻。苏联人民高举反侵略的大旗，在布尔什维克党的领导下，以大无畏的英雄气概，展开了轰轰烈烈的保卫社会主义祖国抗击法西斯侵略的正义战争。1945年5月9日，德国法西斯无条件投降，伟大的卫国战争宣告胜利结束。在长达四年的战争中，苏维埃国家的大片河山惨遭蹂躏，苏联人民经历了严峻的考验，做出了巨大的牺牲。在这场同法西斯的殊死斗争中，苏联作家同全体人民同仇敌忾，团结一致。他们肩负着用艺术语言武装人民，在他们心中点燃起消灭敌人、保卫祖国烈火的神圣责任。作家们利用一切可能的形式，宣传教育群众为保卫祖国而战。苏联文学也从未像卫国战争期间那样迅速地反映现实，那样紧密地结合生活，那样自觉地为夺取人民战争的胜利而英勇奋斗。这一时期的文学主题只有一个，即反抗法西斯侵略，保卫社会主义的祖国。

《中苏文化》对苏联以卫国战争为内容的文学作品进行了大量译

---

① 李今：《二十世纪中国翻译文学史（三四十年代·俄苏卷）》，百花文艺出版社2009年版，第93页。

介，其中多是现实主义题材的作品。塞该叶夫·曾斯基的《老医生》就是其中之一。小说的主人公伊万·彼得罗维奇是一位年近七旬的外科医生，而他的妻子，娜杰日达·加甫里洛夫娜则是一位内科大夫。作为一对即将告别生活舞台的老夫妻，生活中的一切新鲜事物在他们看来都是可爱的，他们也因此而过着幸福的生活。甚至在卫国战争前期，他们对战争都抱着调侃的态度。然而，如电的弹光和如雷的炮声正一天天接近，一连连的锄奸人员开始在广场上操练步伐，两位老医生也只得将自己的金表、钥匙、铜器及全部钞票捐出来。此时，医院的大部分工作人员因为战火纷飞而逃离，只留下了伊万·彼得罗维奇和他的妻子，以及三四位上了年纪的护士，可是躺在医院病床上的伤员却有几十人。不久，希特勒军官们来到医院，他们将医院里的伤员像扔柴块一样扔出医院，伊万·彼得罗维奇和妻子因为不愿意离开而被法西斯军官留了下来。小说的最后，面对法西斯军官让他们为新躺在医院里的法西斯伤员医治时，夫妻俩选择为对方注射药物而死去。

柯涅楚克的《前线》是一部以苏德战争为背景而创作的现实主义剧本。《前线》的主人公戈尔洛夫将军在国内战争时期军功卓著，但卫国战争开始后他已经落后于形势的要求。他被不学无术者和马屁精包围，既缺乏现代军事知识和灵活的战术思想，又独断专行。他认为凭战士的勇敢可以解决一切问题。他往往以不必要的牺牲战士的生命为代价而取得军事行动的胜利。作为戈尔洛夫将军对立面的是年轻有为的奥格涅夫将军，他努力学习现代军事技术知识，掌握现代军事技术，不断总结作战经验，取人之长补己之短，创造性地执行作战方案。这两者之间的军事指挥思想的冲突构成了《前线》的基本情节。

如果说柯涅楚克的《前线》揭露了苏联卫国战争时期前线指挥官中存在的"戈尔洛夫"气，指出科学指挥现代战争对取得胜利的重要意义。那么，西蒙洛夫的《俄罗斯人》则颂扬了群众性的英雄主义。剧中没有慷慨激昂的语言，也没有过分紧张的情节。作品的主人公不说大话，平凡朴实，但他们凭借着心灵的呼唤而从容赴难。作家认为，这种默默无闻的英雄主义才是真正的俄罗斯性格的典型。剧中中心人物是共产党员军官萨方诺夫，他性格温和，待人以诚，喜坐沉思，而又坚强勇敢，道德高尚。军医士格洛巴、原沙皇军队中的老军官瓦辛，女侦察员瓦丽亚等，都在同敌人的斗争中表现出真正的英雄气概。

除此之外，《中苏文化》上还有《单纯的心》《母亲的血》《作战前的晚上》等数篇以卫国战争为内容的现实主义作品。同一时期的中国，也处于反法西斯战争中，因此，《中苏文化》对苏联以战争为题材的文学作品的译介，一方面反映出中苏文化协会密切关注苏联文学，另一方面也反映出中苏人民在面对敌人争取民族独立时表现出的钢铁意志和慷慨激情。

（二）对中国抗战背景的呼应

刊载在《中苏文化》上的苏联小说，大部分都是苏联作家们以苏联的社会背景为小说的故事背景而创作的小说，再通过中国译者译介后为中国的读者所接受，如曹靖华译的卡达耶夫的《我是劳动人民的儿子》和托尔斯泰的《保卫察里津》等。而还有一部分，则是苏联作家们以中国的抗战为背景进行的小说创作，被中国译者译介中国后再为广大人民群众所接受。在抗日战争期间，刊载在《中苏文化》上的以中国的抗战为背景的苏联小说共计三篇。这三篇小说都是中国译者张郁廉从苏联作家哈玛堂的《大愤怒》中翻译过来的，以中国民间的抗日故事为背景，它们分别是《上海的橘子》《小孩子陈财》《三个少女》，都反映了中国人民的抗日精神。

《上海的橘子》的故事就发生在上海。小说主要讲述了一个叫吉玲的十几岁的小女孩儿，在放眼望去到处都是日本巡警和日本侦探的地方送"橘子"的事情。在吉玲的橘框里，上面放的是橘子，下面放的却是宣传抗日运动的传单。这个十几岁的小女孩儿，勇敢地穿越了日本人的监视，小心翼翼地将橘子从街头送到有好几层楼房高的百货商店——永安公司，然后在永安公司的楼上将装有宣传抗日传单的篮子扔下。当吉玲最后因为被日本侦探发现后面临着被一群喝醉酒了的日本警察抓住而难逃一死的危险时，她选择了从永安公司的楼上一跃而下。此时，那些传单也像雪花一样从空中飘下来，落到街头路过的人的头上。人们接过传单，只见上面写着上海中国青年救亡协会印的："中国人，反抗残暴的日本侵略者！为保卫祖国，大家团结起来！"

《小孩子陈财》的故事则发生在南京，描述的是住在集市上的陈鞋匠的儿子陈财，由于他早晨到兵营里散发反抗日本人的传单，晚上往日本总司令部的窗户里扔炸弹，因此被日本人捉住。在故事里，日本人还驱赶了几千民众到设有障碍物的街上，让他们目睹小孩子陈财被日本人残酷地杀害的场景，以起到杀鸡儆猴的作用。在小孩子被杀害的时候，有一个老头子认出了他，说他是多么老实的孩子呀。而陈财在被杀害的时候，嘴里还在叫喊着："中国人，不要怕，打死日本鬼子。"

《三个少女》中的故事发生在上海浦东，奉命去保卫浦东的一营士兵全部牺牲，八天前还是上海某丝厂女工的少女小季、吴梅和胡兰躲在地窖里面目睹了外面街上日本人的烧杀抢掠，她们决定带上仅剩下的八颗手榴弹出去和日本人决一死战。当她们将手榴弹藏在旗袍里掷向向她们走来的日本兵时，日本人的刺刀也插进了她们的身体。

"外国人写关于中国人的作品，常有隔靴搔痒之概，这是在所难免的，但我们还是从这些插话中，就可以看出人家是怎样同情于我们的抗战了。"① 苏联同中国一样，在第二次世界大战期间都为世界反法西斯联盟里的一分子，对法西斯帝国主义与战争的痛恨，让两国人民同仇敌忾，因此苏联作家们以中国的抗战为背景的这三篇小说，可以说也是苏联人民自己的抗战经历。张郁廉将其翻译过来，鼓舞了中国人民的抗日战争，也激励着世界反法西斯联盟共同御敌的士气。

（三）对中国战后社会建设的呼应

1934 年 8 月，苏共为团结各民族作家为发展社会主义文学而奋斗，在莫斯科著名的圆柱大厅召开了第一次苏联全体作家代表大会。出席大会的作家有高尔基、托尔斯泰、法捷耶夫、肖洛霍夫、爱伦堡等苏联作家，以及中国诗人萧三等。大会在听取了尤金所做的《苏联作家协会章程》的报告后通过了章程，其中规定："社会主义现实主义为苏联文学与文学批评的基本方法，要求艺术家从现实的革命中真实地、历史具体地去描写现实。同时艺术描写的真实性和历史具体性必须与用社会主义精神从思想上改造和教育劳动人民的任务结合起来。社会主义的现实主义保证艺术创作有特殊的可能性去表现创造的主动性，选择各种各样的形式，风格和体裁。"② 苏联全体作家代表大会的召开，结束了苏联文学界各流派和团体纷争的

---

① 胡风：《关于解放以来的文艺情况的报告》，《新文学史料》1988 年第 4 期，第 3 页。

② 曹葆华：《苏联文学艺术问题》，人民文学出版社 1959 年版，第 25 页。

局面，基本上实现了作家队伍的团结。

《万能的手》讲的就是一篇歌颂劳动的小说。小说的主人公梅芙图克，她的眼睛比星星还要漂亮，她娇嫩的面颊比罂粟还要红，她的歌声比河流唱歌的声音还要清亮，她是这个草原上最漂亮的姑娘。她的父亲为了满足她的愿望，通过向全国征选未婚夫的方式将她嫁出去，但她的目标却是这个世界上最穷却又最富有的人。求婚的日子很快到来，梅芙图克编着墨黑长辫，身穿锦缎长袍，手戴戒指出现在求婚人的面前。第一个上来的人带着一百只骆驼，所有的骆驼都驮满了装着贵重货物的包裹；第二个上来的是一位军官，他带着一千多名手拿精良武器的士兵；还有人拿着小箱子，里面装着金刚钻、珍珠和绿宝石。然而这些人都被梅芙图克一一拒绝。最后，梅芙图克出现在一位身穿粗布衣服的青年面前。这位青年只有一根针、一把锤子和一把铲子。青年说："我是一个很好的裁缝，会缝比你现在身上穿得还要好得多的衣服；我还是一个很好的铁匠，能在一小时之内给你马群中的所有马钉上马掌；我又是一个厨子，能烧世界上最好吃的饭菜。我的财富，在我的手上。"[1] 小说的最后，梅芙图克嫁给了这位青年，因为他是一个既聪明又爱劳动的人。

《万能的手》从侧面反映了 20 世纪 30 年代的苏联文学对社会主义建设中的劳动的歌颂，只是类型题材中的一个缩影。同时期的苏联作家，很难不受到几个五年计划的影响。社会主义建设的狂飙式前进，让他们以饱满的热情歌颂社会主义改造和建设事业，密切关注人们的心理，用社会主义新人的典型教育和鼓舞广大读者。卡达耶夫的《我是劳动人民的儿子》，通过通俗的故事表达出鲜明的思

---

① 左柯琴：《万能的手》，桴鸣译，《中苏文化》（第 14 卷第 5、6 期合刊），1943 年 10 月。

想：应当时刻不忘作为劳动人民的儿子的崇高责任，提高对敌人的革命警惕及对社会主义建设的热情。肖洛霍夫的《被开垦的处女地》，生动而又真实地反映了苏联人民在布尔什维克党领导下所进行的农业社会主义改造运动。列昂诺夫、玛·莎吉娘等，都深入农业集体化运动或造纸厂、水电站、钢铁联合企业工程的第一线，奔赴格鲁吉亚、中亚西亚等边远地区，创造出优秀的现实主义作品。

值得一提的是，尽管通过《中苏文化》译介过来的高尔基的文章，涉及社会主义建设的和卫国战争的不多，但这却是一个不能忽视的现象。在 1928 年以前，中国对高尔基文学作品的翻译，如鲁迅所言："即使偶然有一两篇翻译，也不过因为他所描述的人物来得特别，但总不觉得有什么大意思。"[①] 细究个中缘由，是因为"他是'底层'的代表者，是无产阶级的作家。对于他的作品，中国的旧的知识阶级不能共鸣，正是当然的事情"[②]。然而，1928 年，高尔基从意大利回到苏联，苏联已从他出走时的列宁时代变成现在的斯大林时代，高尔基被斯大林寄予厚望，希望"能够以他的威望和党外人士身份宣扬斯大林，引导文学家们团结在一起，向全世界展示，在他的领导下苏联所取得的伟大成就"[③]。从此，高尔基成为无产阶级的代表，是世界上空前的最伟大的政治家的作家，被推举到了登峰造极的地位。因此，在 20 世纪三四十年代对俄苏文学的翻译介绍中，高尔基成了一个特别的现象。而"中苏文化协会"对现实主义文学的译介，也体现在对高尔基的译介上面。

---

① 冯雪峰主编：《鲁迅全集》(7)，人民文学出版社，第 395 页。
② 同上。
③ 李今：《二十世纪中国翻译文学史（三四十年代·俄苏卷)》，百花文艺出版社 2009 年版，第 125 页。

二　俄苏文学翻译中的中国文学接受

所谓"文化回译"，是指将用 A 国语言描写 B 国文化的跨国文学作品翻译成 B 国语言，让它们回归 B 国文化。① 文化回译不同于一般意义上的回译，其原文本所描述的不是原语文化，而恰恰是目标文化。文化回译强调的是文化上的回归，就是要把这种文学作品译成目标语，让它回归到目标文化之中。致力于中苏文化交流的《中苏文化》曾在抗战期间刊载过很多关于苏联文化与文学方面的文章，但也有一部分是通过中国译者翻译过来的苏联作家们的创作，或以中国抗战为背景的苏联小说，或是他们向苏联人民大众介绍中国的作家，甚至是将中国的文学介绍到苏联，这些都反映了中苏两国在特定时期内的友好文化交流。

（一）中国作家接受情况的翻译

《中苏文化》上介绍作家的文章，多是苏联人或中国人写的关于苏联作家们的文章，但也有三篇是苏联人讲中国作家鲁迅与郭沫若的文章，再由中国译者翻译过来。这三篇文章分别是：见之译的罗果夫的《鲁迅与俄国文学》（1940 年，《中苏文化》文艺特刊），苏凡译的苏联作家 N. A. 彼得洛夫的《鲁迅郭沫若与中国新文学》（1941 年 11 月，《中苏文化》第九卷第 2、3 期合刊），苏牧译的费德林的《论郭沫若之〈屈原〉》（1944 年 6 月，《中苏文化》第十五卷第 3、4 期合刊）。综合梳理这三篇文章，对鲁迅与郭沫若在苏联的形象有一个大致的了解。

在《鲁迅与俄国文学》一文中，苏联作家罗果夫开门见山地声称"伟大的中国作家鲁迅，是新中国文学的创始人，也是俄国文化

---

① 参见冯庆华主编《文体翻译论》，上海外语教育出版社 2002 年版，第 246 页。

在中国的热心传播人"。在这里，作家罗果夫赋予了鲁迅两个身份，一个是新中国文学的创始人，另一个则是俄国文化在中国的热心传播人。对于鲁迅的第一个身份的界定，是苏联作家对中国作家鲁迅文学作品的肯定；而对于鲁迅的第二个身份的界定，则反映了鲁迅在传播中苏文化中的重要作用。

其实，鲁迅作为中国最伟大的文学家之一，不管是在创作上还是在翻译上，都与俄国文学保持着密切联系。从文学创作方面来讲，鲁迅受到了众多苏联作家的影响，尤其是受到了柴霍夫和高尔基的影响。鲁迅对于前者的接受，主要体现在其早期的作品里，如在其《野草》《热风》等作品中，自觉不自觉地流露出了柴霍夫的情调；而对后者的接受，主要体现在鲁迅创作更为成熟的后期，比如读者读到鲁迅的名作《阿 Q 正传》的时候，就会想起高尔基的剧作《在底层》，甚至是高尔基"把这位新中国文坛上前无古人后无来者的大师，这位坚韧不拔屹然定立的战士推送到民族统一战线上来"①。

N. A. 彼得洛夫的《鲁迅郭沫若与中国新文学》，将中国新文学分为三个时期：第一个时期为 1919—1927 年，这时中国作家仅在摸索文学创造的道路；第二个时期为 1927—1936 年，争取革命作家的左翼战线与组织左联；第三个时期为 1936—1949 年，新中国成立之前的文学。作者将第一个时期内的文学分为：集于"创造"杂志四周的浪漫派与集于"文学研究会"四周的写实派。

浪漫派以郭沫若为代表。与中国学者们的看法一致的是，在彼得洛夫看来，作为诗人、剧作家、作家、政论家与外国文学翻译家

---

① 罗果夫：《鲁迅与俄国文学》，见之译，《中苏文化之文艺特刊》1941 年 1 月。

的郭沫若也是在这一时期达到了他创作的全盛时代。而在郭沫若稍后的作品中，如《函谷关》《孤竹君子》等作品中，他不断揭示出反帝反封建的革命真相，确定了浪漫主义文学的意识倾向。他通过文学作品从广大人民群众的角度去看待外国侵略者的战争和重估文化价值。除上述革命精神外，郭沫若的作品还带着欧洲颓废派的明显痕迹。因此，郭沫若在苏联，"是一位西欧文学的模仿者，同时是一位语言的革命者"①。

写实派提出了"为人生而艺术"的标语，并要求文学成为"被压迫的血与泪的文学"。作为激进的无产阶级见解的发言人的写实派，他们的主张是与浪漫主义截然相反的。在苏联人看来，鲁迅是写实派中不得不提的一员，他是"伟大的中国农民文学式的作家"。因为《呐喊》与《彷徨》，鲁迅使自己造就了在中国现代文学方面的艺术字典中大师的名字。

（二）中国文学接受情况的翻译

1941年11月《中苏文化》第9卷第2、3期合刊上刊登了《中国文学在苏联》一文，该文原是由苏联作家所写，由礼长林翻译过来的，对当时中国文学在苏联的情况做了大致介绍。

关于作家作品方面，苏联在20世纪40年代出版了萧三的两部作品：A. 洛姆翻译的《湖南的笛子》和M. 森克列维赤翻译的《不可克服的中国》。关于《湖南的笛子》集，俄国作家罗果夫在《国际文学》杂志里发表了关于该集子的评论。《文学评论》杂志上，也刊载了斯契别尔克的评论。可见该书在苏联是比较受到苏联作家

---

①　N. A. 彼得洛夫：《郭沫若鲁迅与中国新文学》，苏凡译，《中苏文化》（第9卷第2、3期合刊）1941年11月。

们的欢迎的。在苏联的报纸和刊物上，我们可以找到下列文章的专论：陈义的《在平汉路上》（登在 1940 年 5 月的《在哨位上》报纸上，译者为 L. 泡滋德涅也娃），郝昆的《新的万里长城》（登载在1940 年 5 月起始的《文学报》上，译者为列契科尔），鲁迅的《故乡》与《问天》（登载在 1940 年 3 月的《青年卫队》上，译者不详）。在俄文版的《国际文学》上，还发表了许多小说：张天翼的《华威先生》（欧卓尔斯卡译），W. E. 的《出发》（M. 鲍高斯洛夫斯基译），刘白羽的《三颗炸弹》（L. 泡兹德涅也娃译），以及发表在苏联儿童杂志上的 M. 泡兹德涅也娃所翻译的中国童话《海水为什么是咸的》。

此外，还有一些中国作家的书籍在当时正准备出版，那就是《鲁迅作品集》。在这些集子里，包括许多短篇小说：《白光》《故乡》《明天》《不重要的事件》，以及其他许多别的作品。俄文版的《国际文学》主编 T. 罗可托夫编纂《现代小说集》，L. 泡兹德涅也娃的《现代中国诗集》，这是由艾青、臧克家、萧三、田间、王亚平等的作品组合而成的。担任翻译的是苏联的下列诗人们：M. 洛弗德纳、A. 洛姆、S. 包布洛夫、S. 列夫曼、G. 拉洛夫等。

《中苏文化》翻译的这些作品，对中国作家和中国文学的评价也许并不如我们全面深刻，但是他们从俄苏文化出发所理解的中国作家作品，由于采用的视角和方法与我们有所差异，因而得出的看法也就有所不同。透过苏联文学接受之镜，我们也能更全面地理解中国文学，发现"身处庐山之中"所不能看到的内容。

在战火纷飞的 20 世纪三四十年代，致力于介绍俄苏文化的中苏文化协会，于艰苦卓绝的战争环境中努力地肩负起了沟通不同民族文化与文学之间的任务。《中苏文化》上的翻译文学，是战时两国之间交流的信鸽，传达着在战争年代两国人民对于文学与和平的诉求。遗憾的是，在研究《中苏文化》对俄苏文学译介的过程中，由于年代久远，很多文章能统计到篇目却找不到具体内容；还有部分文章的内容模糊不清，给研究带来了很大的障碍。可以说，以《中苏文化》上的翻译文学为切入点，还有很多东西值得挖掘和研究。

参考文献

一　文献类

《抗战文艺》，中华全国文艺界抗敌协会，1938—1946 年。

《文化岗位》，中华全国文艺界抗敌协会昆明分会，1938—1940 年。

《战歌》，中华全国文艺界抗敌协会昆明分会，1938—1941 年。

《笔阵》，中华全国文艺界抗敌协会成都分会，1939—1944 年。

《战国策》（第 1—17 期），1940—1941 年。

《大公报·战国副刊》（第 1—31 期），1941—1942 年。

《今日评论》（第 1—4 卷），1939—1941 年。

《民族文学》，1943—1944 年。

《军事与政治》（第 1—8 卷），1941—1946 年。

昆明文聚社《文聚》（第 1 卷第 1—3 期），崇文印书馆，1942—1945 年。

《贵州日报·革命军诗刊》①（第 2、9、10 期），1941—1942 年。

---

① 从 1942 年 8 月 30 日起，即总第 11 期改名为《冬青诗刊》。

《世界文艺季刊》（第 1 卷第 1、2、3、4 期），（重庆）商务印书馆，1941—1943 年。

《新华日报》，1938—1945 年。

王大明、文天行、廖全京编：《抗战文艺报刊篇目汇编》，四川省社会科学院出版社 1984 年版。

文天行、王大明、廖全京编：《中华全国文艺界抗敌协会资料选编》，四川省社会科学院出版社 1983 年版。

重庆师范学院中文系组编：《"战国派"——国统区文艺资料丛编》，重庆师范学院 1979 年版。

二　论文类

雷溅波：《我与〈战歌〉诗刊》，《云南师范大学学报》（哲学社会科学版）1991 年第 4 期。

罗铁鹰：《回首话〈战歌〉》，《新文学史料》1983 年第 1 期。

刘增杰、王文金：《有关〈谷雨〉的一些材料》，《新文学史料》1982 年第 2 期。

罗荪：《关于〈抗战文艺〉》，《新文学史料》1980 年第 2 期。

徐传礼：《历史的笔误与价值的重估——"重估战国策派"系列论文之一》，《东方丛刊》1996 年第 3 期。

张学智：《贺麟的哲学翻译》，《广东社会科学》1991 年第 4 期。

晓风：《胡风创办〈七月〉和〈希望〉》，《新文学史料》1993 年第 3 期。

黄岭峻：《论抗战时期两种非理性的民族主义思潮——保守主义与"战国策派"》，《抗日战争研究》1995 年第 2 期。

江沛：《自由主义与民族主义的纠缠——以 1930—1940 年代

"战国策派"思潮为例》，《安徽史学》2013年第1期。

姚平：《冯至年谱》，《新文学史料》2001年第4期。

徐燕虹：《杨周翰与英国文学研究》，《外国文学》2002年第2期。

林元：《四十年代的一枝文艺之花——记西南联大文聚社出版物》，《新文学史料》1983年第3期。

杨周翰：《漫谈翻译及其他》，《译林》1983年第4期。

杨周翰：《饮水思源——我学习外语和外国文学的经历》，《外语教学与研究》1990年第1期。

李怡：《穆旦研究述评》，《诗探索》1996年第4期。

李怡：《论穆旦与中国新诗的现代特征》，《文学评论》1997年第5期。

唐正芒：《论〈新华日报〉的抗日宣传》，《湘潭大学社会科学学报》2002年第5期。

黄月琴：《论抗战时期〈新华日报〉广告的政治社会功能》，《淮海工学院学报》（社会科学版·学术论坛）2010年第7期。

黄淑君：《〈新华日报〉与抗战后的工人运动》，《西南大学师范学报》（哲学社会科学版）1994年第1期。

王永恒：《抗战时期〈新华日报〉对大后方工人的政治动员》，《新闻爱好者》2009年第22期。

马娟：《〈新华日报〉对国统区舆论的建构和消解》，硕士学位论文，安徽大学，2010年。

姜宁：《〈新华日报〉与抗日民族统一战线》，硕士学位论文，吉林大学，2005年。

奚冬梅：《抗战时期〈新华日报〉反法西斯宣传研究》，硕士学位论文，哈尔滨工业大学，2006 年。

肖达夫：《抗战时期〈新华日报〉宣传策略研究》，硕士学位论文，湖南师范大学，2010 年。

柴琳：《〈新华日报〉〈文艺之页〉研究》，硕士学位论文，重庆师范大学，2009 年。

孙美娜：《重庆版〈新华日报〉文艺副刊叙事诗研究》，硕士学位论文，西南大学，2010 年。

藏云远：《战斗的美学观——高尔基逝世四周年纪念》，《新华日报》1940 年 6 月 18 日。

戈宝权：《玛雅可夫斯基的光荣传统——从"罗斯他通讯社的窗子"谈到"塔斯通讯社的窗子"》，《新华日报》1943 年 4 月 14 日。

戈矛：《谈诗的写作》，《新华日报》1939 年 10 月 9 日。

仓夷：《日本人民的反战诗》，《新华日报》1939 年 8 月 25 日。

简壤：《创造人民的艺术》，《新华日报》1943 年 4 月 30 日。

默涵：《读高尔基底社会论文》，《新华日报》1943 年 2 月 15 日。

何应钦：《报的责任》，《中央日报》1928 年 2 月 1 日。

佚名：《现阶段戏剧运动的任务》，《中央日报》1937 年 7 月 9 日。

佚名：《关于"副刊作品"》，《中央日报》1941 年 3 月 11 日。

三　专著类

［德］顾彬：《二十世纪中国文学史》，范劲等译，华东师范大学出版社 2008 年版。

［美］戴文波：《我的国家》，杨周翰译，中外出版社 1945 年版。

［美］哈罗德·布鲁姆：《影响的焦虑》，徐文博译，生活·读书·新知三联书店1989年版。

［美］汉乐逸：《发现卞之琳 一位西方学者的探索之旅》，李永毅译，外语教学与研究出版社2010年版。

［美］刘剑梅：《革命与情爱》，郭冰茹译，上海三联书店2008年版。

［美］易社强：《战争与革命中的西南联大》，饶佳荣译，九州出版社2012年版。

［美］刘禾：《跨语际实践》，宋伟杰等译，读书·生活·新知三联书店2002年版。

［苏］高尔基：《高尔基选集：文学论文选》，孟昌、曹葆华译，人民文学出版社1958年版。

［英］Mona Baker：《翻译与冲突——叙事性阐述》，赵文静主译，北京大学出版社2011年版。

陈丙莹：《卞之琳评传》，重庆出版社1998年版。

陈伯良：《穆旦传》，世界知识出版社2006年版。

陈福康：《中国译学史》，上海人民出版社2010年版。

陈福康编：《中国译学理论史稿》，上海外语教育出版社1992年版。

陈历明：《翻译：作为复调的对话》，四川大学出版社2006年版。

陈平原：《文学的周边》，新世界出版社2004年版。

陈思和主编：《中国现代文论选》，上海教育出版社2010年版。

陈孝全：《朱自清传》，北京航空航天大学出版社2008年版。

陈永国编译：《翻译与后现代性》，中国人民大学出版社2005年版。

陈玉刚主编:《中国翻译文学史稿》,中国对外翻译出版公司1989年版。

杜运燮等编:《一个民族已经起来,怀念诗人、翻译家穆旦》,江苏人民出版社1987年版。

段从学:《"文协"与抗战时期的文艺运动》,北京大学出版社2012年版。

方华文:《20世纪中国翻译史》,西北大学出版社2005年版。

费正清主编:《剑桥中华民国史》(第二部),上海人民出版社1992年版。

冯光廉等编著:《中国现代文学史教程》(上册),山东教育出版社1984年版。

冯姚平编:《冯至与他的世界》,河北教育出版社2001年版。

冯至:《冯至选集》,四川文艺出版社1985年版。

冯至:《山水斜阳》,黑龙江人民出版社1999年版。

郭建中编著:《当代美国翻译理论》,湖北教育出版社2004年版。

郭延礼:《中国近代翻译文学概论》,湖北教育出版社1997年版。

郭志刚、孙中田主编:《中国现代文学史》(修订版下册),高等教育出版社1999年版。

何晓明:《百年忧患——知识分子命运与中国现代化进程》,东方出版中心1997年版。

洪深:《抗战十年来中国的戏剧运动与教育》,中华书局1948年版。

季进、曾一果:《陈铨 异邦的借镜》,文津出版社2005年版。

贾植芳：《中国现代文学社团流派》（下卷），江苏教育出版社 1989 年版。

江沛：《战国策派思潮研究》，天津人民出版社 2001 年版。

江弱水：《卞之琳诗艺研究》，安徽教育出版社 2003 年版。

江渝：《西南联大　特定时期的大学文化》，电子科技大学出版社 2010 年版。

蒋勤国：《冯至评传》，人民出版社 2000 年版。

蓝海：《中国抗战文艺史》，现代出版社 1947 年版。

李冰梅：《文学翻译新视野》，文学翻译新视野 2011 年版。

李光荣、宣淑君：《季节燃起的花朵　西南联大文学社团研究》，中华书局 2011 年版。

李今：《二十世纪中国翻译文学史》（三四十年代·英法美卷），百花文艺出版社 2009 年版。

李欧梵：《现代性的追求：李欧梵文化评论精选集》，生活·读书·新知三联书店 2002 年版。

李宪瑜：《二十世纪中国翻译文学史》（三四十年代·英法美卷），百花文艺出版社 2009 年版。

李泽厚：《中国思想史论》（上），安徽文艺出版社 1999 年版。

廖七一等编著：《当代英国翻译理论》，湖北教育出版社 2004 年版。

林同济：《时代之波》，（上海）大东书局 1946 年版。

刘小枫：《拯救与逍遥》，上海三联书店 2001 年版。

刘小枫：《中国文化的特质》，生活·读书·新知三联书店 1990 年版。

罗新璋、陈应年编：《翻译论集》（修订本），商务印书馆

2009 年版。

吕进等:《重庆抗战诗歌研究》，西南师范大学出版社 2009 年版。

马彦祥:《古城的怒吼》，（重庆）华中图书公司 1938 年版。

蒙树宏:《云南抗战时期文学史》，云南教育出版社 1998 年版。

孟昭毅等:《中国翻译文学史》，北京大学出版社 2005 年版。

穆旦:《新文学碑林　穆旦诗集 1939—1945》，人民文学出版社 2001 年版。

钱理群、温儒敏、吴福辉:《中国现代文学三十年》，北京大学出版社 1998 年版。

钱文亮:《新文学运动方式的转变》，上海文化出版社 2010 年版。

钱锺书:《七缀集》，生活·读书·新知三联书店 2002 年版。

司马长风:《中国新文学史》，（香港）昭明出版社 1979 年版。

谭载喜:《西方翻译简史》（增订本），商务印书馆 2004 年版。

唐弢、严家炎主编:《中国现代文学史》第 3 卷，人民文学出版社 1980 年版。

王秉钦等:《20 世纪中国翻译思想史》，南开大学出版社 2009 年版。

王德威:《想象中国的方法》，生活·读书·新知三联书店 1998 年版。

王宏志:《翻译与文学之间》，南京大学出版社 2011 年版。

王宏志:《重释"信达雅"——二十世纪中国翻译研究》，东方出版中心 1999 年版。

王克非编著:《翻译文化史论》，上海外语教育出版社 2000 年版。

王思隽、李肃东：《贺麟评传》，百花洲文艺出版社 2010 年版。

王喜旺：《学术与教育互动　西南联大历史时空中的观照》，山西教育出版社 2008 年版。

温儒敏、丁晓萍：《时代之波——战国策文化论著辑要》，中国广播电视出版社 1997 年版。

西南联大除夕副刊主编：《联大八年》，西南联大学生出版社 1946 年版。

西南联大校友会编：《笳吹弦诵在春城——回忆西南联大》，云南人民出版社 1986 年版。

西南联合大学北京校友会编：《国立西南联合大学校史》，北京大学出版社 2006 年版。

谢天振：《译介学》，上海外语教育出版社 1992 年版。

谢泳：《西南联大与中国现代知识分子》，福建教育出版社 2009 年版。

徐迅：《民族主义》，中国社会科学出版社 1998 年版。

许渊冲：《追忆似水年华——从西南联大到巴黎大学》，生活·读书·新知三联书店 1996 年版。

杨立德：《西南联大的斯芬克司之谜》，云南人民出版社 2005 年版。

杨立德：《西南联大教育史》，成都出版社 1995 年版。

姚丹：《西南联大历史情境中的文学活动》，广西师范大学出版社 2000 年版。

姚可崑：《我和冯至》，广西教育出版社 1994 年版。

易彬：《穆旦评传》，南京大学出版社 2012 年版。

云南省政协文史委编：《云南文史资料选辑》（第 4 辑），云南人民出版社 1988 年版。

臧克家:《臧克家文集》,山东文艺出版社 1985 年版。

张辉:《冯至 未完成的自我》,文津出版社 2005 年版。

张寄谦:《联大长征》,新星出版社 2010 年版。

张隆溪:《二十世纪西方文论述评》,生活·读书·新知三联书店 1986 年版。

张曼仪:《卞之琳著译研究》,香港大学中文系 1989 年版。

章绍嗣等:《武汉抗战文艺史稿》,长江文艺出版社 1988 年版。

中国翻译工作者协会《翻译通讯》编辑部编:《翻译研究论文集(1894—1948)》,外语教学与研究出版社 1984 年版。

中国翻译家辞典编写组:《中国翻译家辞典》,中国对外翻译出版公司 1988 年版。

中国现代文学馆编:《陈铨文集》,华夏出版社 2000 年版。

周本贞:《西南联大研究》(第一辑),中国大百科全书出版社 2005 年版。

朱寿桐:《中国现代社团文学史》,人民文学出版社 2004 年版。

朱自清:《朱自清全集》,江苏教育出版社 1997 年版。

四 外文类

André Lefevere, 1975. *Translating Poetry: Seven Strategies and a Blueprint.* Van Gorcum, Assen.

André Lefevere, 2004. *Translation, Rewriting and the Manipulation of Literary Fame.* Shanghai: Shanghai Foreign Language Education Press.

Barnston, Wills, 1993. *The Poetics of Translation: History, Theory, Practice.* U. S: Yale University Press.

Eagleton, Terry, 1996. *Literature Theory*: *An Introduction*. Oxford OX4 1JF, UK: Blackwell Publishers.

Goldman, Merle, 1977. *Modern Chinese Literature in the May Fourth Era*. U. S. A. : Harvard University Press.

MarkShuttleworth & Moira Cowie, 1997. *Dictionary of Translation Studies*, *Manchester*. UK: St. Jerome Publishing.

Nida. E. A&Charles R. Taber. 1969. *The Theory and Practice of Translation*. Leiden: E. J. Brill.

Rogert T. Bell, 1991. *Translation and Translating*: *Theory and Practice*. Uk: Longman Group Ltd.

Steven G. Yao, 2002. *Translation and the languages of modernism*: *Gender*, *Politics*, *Language*. New York: Palgrave Macmillan.

SusanBassnett & André Lefevere, 2001. *Constructing Cultures*: *Essays on Literary Translation*. Shanghai: Shanghai Foreign Language Education Press.

Ward, Jan de & Nida, Eugene A. , 1986. *From One Language to Another*: *Functional Equivalence in Bible Translating*. New York: Thomas Nelson Publisher.

后　记

　　每每面对缙云山的松涛和嘉陵江的流水，时光的脚步便清晰可见。

　　二十一年前踏进西南大学校门的情景，细思起来恍若昨日。青山尚在，可人已敌不过岁月的流转，曾经青涩迷茫而又意气风发的青年，如今已霜染白发。

　　功名、财富、利益，都是浮生的枷锁，唯有衰老才是时间最终的馈赠。计较什么？在意什么？内心最需要什么？过普通人的生活，想普通人的打算，享普通人的快乐，方能体味活着的真谛。当时间慢慢滑过灰暗的屋顶，生命的悠长和无限的遐想，才会充盈我们的生活。

　　光阴虚度，时常有碌碌无为的自卑情结。因此，身为人师，有时真不知拿什么去影响我的学生。思想学识？道德为人？我们总是匆匆地为着无尽的人生目标行进，有时平心静气的交流都成为一种奢望。

　　好在师生一场，总会有联系的各种纽带，比如学术兴趣，比如师生情谊。此书所辑，是我和学生共同努力的结果：熊辉撰写绪论、

第一章第二节，并整理参考文献和统稿工作；庞莉芹撰写第一章；蔡银强撰写第二章；聂兰撰写第三章；刘亮亮撰写第四章；黄波撰写第五章。

此书是重庆市文艺创作项目的资助成果，也是西南大学重大科研专项（SWU1709732）及学科团队项目的资助成果，感谢相关领导的偏爱，感谢太平盛世，为我们提供了长足的学术空间。

2017 年 6 月 21 日